Knaur.

Knaur.

Im Knaur Taschenbuch Verlag sind bereits folgende Bücher der Autorin erschienen:
Der Winterwanderer
Die Racheengel

Über die Autorin:
Christine Lehmann, geboren 1958 in Genf, studierte Germanistik und Kunstgeschichte, lebt mit ihrem Mann in Stuttgart und arbeitet als Nachrichtenredakteurin beim SWR. Sie veröffentlicht seit 1994 Krimis und Romane.

Christine Lehmann

Die Liebesdiebin

Roman

Knaur Taschenbuch Verlag

Besuchen Sie uns im Internet:
www.knaur.de

Originalausgabe Juli 2005

Redaktion: Dr. Gisela Menza
Umschlaggestaltung: ZERO Werbeagentur, München
Umschlagabbildung: Mauritius Images, Mittenwald
Satz: Ventura Publisher im Verlag
Druck und Bindung: Clausen & Bosse, Leck
Printed in Germany
ISBN 3-426-62916-X

2 4 5 3 1

Für meine Schwester Maria
und ihre Töchter Samira und Rebecca

1

Falk bog um die Ecke des Roten Rathauses und summte Wagners Hochzeitsmarsch vor sich hin: »Dam daaa dadammm, dam-di da-dammm …« Glücklicherweise war er nicht der Bräutigam.

Die Sonne schien, die rote Klinkerfassade glühte. Links und rechts des Portals wartete die Hochzeitsgesellschaft, in zwei Gruppen gespalten. Der Brautvater rauchte, ein Einzelhändler aus Kreuzberg. Die Brautmutter zupfte an der Braut herum. »Wie du wieder aussiehst, Kind!«

Falk trat zur Familie des Bräutigams, schlug seinem alten Freund Achim auf die Schulter und begrüßte dessen Vater und Mutter. Die Familie der Braut war von Anfang an das Problem gewesen. Sie passte nicht zum distinguierten Hamburger Kaffeeimporteur Hansen, der nervös auf die Uhr blickte, zum alten Geld und dem über Generationen trainierten guten Benehmen. Achim hatte seine Xandra auf dem Papier ausgesucht und dann beim teuren Essen im Le Provincial im Nikolaiviertel kennen gelernt, mit roter Rose als Erkennungszeichen. Die Würfel der Liebe waren gefallen, ungeachtet falscher sozialer Hintergründe. Achim war ein Romantiker, und das hatte er mit Falks Mutter gemein, die das Eheanbahnungsinstitut Goldene Rose leitete und die Verbindung eingefädelt hatte.

Falk fand durchaus, dass Frauen wie Xandra, solange sie jung und schön waren, ihre Herkunft vergessen machen konnten. Wenn allerdings nach ein paar Jahren die ersten Konflikte auftauchten, dann kreischte sie wie ein Obsthändlerweib aus Kreuzberg, und Achim schwieg mit steifer Oberlippe wie ein echter Hanseat. Auch das weiße Brautkleid ließ das vornehme Understatement vermissen, das der alte Hansen so schätzte. Es machte Xandra blass und drall und ließ sie ziemlich heiratsgierig aussehen. Die Scheidung würde Achim teuer zu stehen kommen. Aber diese Erfahrung musste er offenbar selbst machen.

»Auf wen warten wir denn noch?«, fragte Falk, sich munter die Hände reibend. »Sollten wir nicht allmählich raufgehen?«

»Hast du dir keine Krawatte umbinden können?«, raunte ihm Achim zu. »Bist immerhin mein Trauzeuge. Und du weißt doch, wie Papa ist.«

Falk rückte grinsend die rosa Rose am Revers seines hellen Leinensakkos zurecht. »Ist ja nicht mein Papa«, bemerkte er vergnügt. Unter dem Sakko trug er nicht einmal ein Hemd, sondern ein dunkelgraues T-Shirt. Und seine Füße steckten auch nicht in schwarzem Leder, sondern in sportlich gestreiften Edelsneakers. Falk war ein nicht besonders großer, aber muskulöser Typ Anfang dreißig. Bislang war es ihm erspart geblieben, sich der Kleiderordnung eines Geschäftslebens zu unterwerfen. Und so konnte er sich den Luxus leisten zu meinen, im Anzug mit Schlips und Kragen sähe er aus wie ein Konfirmand, er mit seinem renitenten schwarzen Haarschopf und seinem insgesamt etwas ungebügelten Gesicht. »Tut mir Leid, Achim«, fügte er jedoch artig hinzu, »aber das einzige weiße Hemd, das ich nach

Berlin mitgebracht habe, hast du gestern Abend beim Herrenbesäufnis mit Rotwein versaut. Und jetzt auf in die Schlacht.« Er schnappte sich die Braut, um sie bei Achim unterzuhaken. »Wo müssen wir denn hin?«

»In den Louise-Schröder-Saal«, antwortete Achim. »Dritter Stock.«

Die Familien formierten sich auf dem Weg zum Portal. Doch die Braut drehte sich auf den Stufen noch einmal um. Auch Falk bemerkte den jungen Mann, der vom Parkplatz her angelaufen kam. Er war so außer Atem, dass er sich gegen den Pfeiler am Rathausportal lehnen musste. Tränen rannen ihm übers Gesicht. Einer trauert immer am Hochzeitstag, dachte Falk, ehe er sich ins Treppenhaus wandte.

Sie waren nicht die Einzigen. Jeden ersten Freitag im Monat war Großkampftag im Roten Rathaus. Eine weitere Hochzeitsgesellschaft kam, bereits abgefertigt, die Treppe herab, während sie den roten Läufer ins gelbe Treppenhaus mit dem weißen Gewölbe hinaufstiegen. Falsche italienische Renaissance aus dem 19. Jahrhundert. Links über ihnen Merkur, rechts die Allegorie der Schifffahrt mit Stechruder. Das passte immerhin zum Obsthandel und zum Kaffeeimport aus Übersee. Aber sonst passte nichts. Xandra stolperte an Achims Arm, als wäre sie auf einmal gar nicht mehr heiratsgierig.

So zogen sie in den grünlichen Saal ein, in dem nach der Wende der erste Runde Tisch getagt und sich der Westberliner Senat mit dem Ostberliner Magistrat zusammengesetzt hatte. Die Rolle als Trauzeuge führte Falk in die erste Reihe. Dabei waren Trauzeugen seit Jahren abgeschafft. Aber Hochzeiten bestanden ohnehin aus einem bunten Allerlei von sinnentleerten Bräuchen und Sitten, da kam es auf einen Irrtum mehr oder weniger nicht an. Falk verstand durchaus, dass Achim ihn einfach nur als alten Freund hatte auszeichnen wollen. Achim hatte den Schwenk ins bürgerliche Leben geschafft, hatte in Berlin eine exklusive Kaffeehandlung aufgebaut und stand nun an der Schwelle, eine Familie zu gründen.

»Sie haben schönes Wetter mitgebracht«, sagte die Standesbeamtin. An ihrem blauen Blazer blitzte eine Doppelreihe goldener Knöpfe. »Aber in Ihrer Ehe wird nicht immer die Sonne scheinen.« Die Braut wurde unter der Schilderung anstehender schlechter Tage immer kleiner auf ihrem Stuhl. Dann hieß es endlich aufstehen.

»Und nun frage ich Sie, Achim Hansen, wollen Sie die hier anwesende Xandra Schulze zur Frau nehmen?«

»Ja«, sagte Achim.

Die Standesbeamtin lächelte, als hätte sie befürchtet, der Herr werde es sich anders überlegen. »Dann«, fuhr sie fort, »richte ich jetzt an Sie, Xandra Schulze, die Frage: Wollen Sie den hier anwesenden Achim Hansen zum Mann nehmen ...«

»Bis dass der Tod euch scheide«, murmelte Falk vor sich hin.

Eine unerwartete Stille im Saal ließ ihn aufblicken. Die Standesbeamtin lächelte besorgt.

»Nein«, flüsterte Xandra. »Nein«, wiederholte sie deutlich hörbar. »Ich kann nicht ...« Sie drehte sich zum Saal um und rief gellend: »Georg!« Falk drehte sich ebenfalls um und sah gerade noch den verzweifelten jungen Mann vom Rathausportalpfeiler aus der Tür huschen, die krachend ins Schloss fiel.

»Xandra!«, schrie die Mutter der Braut. »Spinnst du?«

»Es tut mir Leid, Mama. Tut mir Leid, Achim, aber ich ... ich kann nicht, jetzt nicht, ich muss ...« Damit raffte sie die weißen Röcke und rannte los.

Fassungslosigkeit zeigte sich auf Achims Gesicht und eine völlig deplazierte tiefe Befriedigung auf dem seines Vaters. »Phänomenal, wie die das hingekriegt …« Er unterbrach sich, denn seine Frau war wie üblich ganz dem Eindruck des Augenblicks verhaftet und entsetzt. »Ich meine, wirklich schade um das Essen im Le Provincial. Eigentlich sollte man hingehen, ich meine, Hunger hat man ja trotzdem.«

»Aber Hannes!«, sagte Frau Hansen.

Falk rannte zur Tür. In den Fluren vertrieb sich die nächste Hochzeitsgesellschaft die Zeit mit dem Betrachten der Bilder von Berliner Ehrenbürgern an den Wänden. Falk sprintete auf weichen Sohlen die Treppe hinunter. Draußen vor dem Roten Rathaus stand Xandra und ließ den Brautstrauß sinken. »Georg, wo bist du?« Ratlos blickte sie Falk an. »Eben war er doch noch hier?«

Falk sah sich um. Ein Taxi bog vorn um die Ecke und verschwand. Ein alter Mann ging grinsend an ihnen vorbei. »Nich traurich sein. Aller juten Dinge sind zwee.«

Eine junge Frau entfernte sich eiligen Schrittes Richtung Nikolaiviertel. Der immer unruhige Berliner Wind wehte halblange Locken über ihre Schultern. Sie waren von einem seltenen Rotblond, zart wie gebrannter Ton mit goldenen Funken. Zu gern hätte Falk das Gesicht dazu gesehen. Eine solche Haarfarbe verlangte aquamarinblaue Augen, helle Brauen und ein paar Sommersprossen. Aber er sah nur eine hellgrüne Sweatjacke und Jeans. Allerdings, einen hübschen Hintern hatte sie.

Falk griff nach seinem Handy. Nach dem fünften Klingeln meldete sich seine Mutter. »Es hat nicht geklappt«, verkündete er. »Die Braut hat Nein gesagt.«

»Was? Aber das verstehe ich nicht. Es war doch Liebe auf den ersten Blick, über alle sozialen Gräben hinweg. Ein richtiges Märchen von Aschenputtel und Prinz.«

»Anscheinend ist ein anderer dazwischengekommen. Ein gewisser Georg. Das ist jetzt das zweite Mal im letzten halben Jahr, dass dir eine Braut davonläuft. Wenn sich das herumspricht, dann kannst du deine wohlhabenden und hochwohlgeborenen Kunden vergessen, Mama.«

2

Jasmin legte die Mappe auf den Konferenztisch und schüttelte die rotblonden Haare nach hinten. In der Sonne, die durch die Fenster hereinfiel, schimmerten sie wie gebrannter Ton mit Goldflitter. Ihr Gesicht besaß genau den hellen Teint, die zarten Sommersprossen und die wasserblauen Augen, die zu dieser Haarfarbe gehörten.

Gloria Göran hatte die Kaffeekanne in der Hand und schenkte sich ein.

Sie war eine kleine energische Geschäftsfrau Mitte fünfzig mit dunklen Augen, rot gefärbtem Haar, glutroten Lippen, rot lackierten Fingernägeln und schwarzweißen Plastikohrklipps. Sie balancierte ihre randvolle Kaffeetasse ans Kopfende des Konferenztischs, setzte sich und wickelte einen Zuckerwürfel aus. Währenddessen trudelten auch die anderen ein. Angefangen hatte Gloria vor sieben Jahren. Aber so richtig brummte das Geschäft erst, seit Jasmin vor fast fünf Jahren dazugestoßen war. Inzwischen versammelten sich zur Freitagskonferenz in dem kleinen Büro am Nussbaum im Nikolaiviertel ein halbes Dutzend Mitarbeiter.

»Fangen wir an«, eröffnete Gloria. »Abschlüsse?«

»Soeben«, sagte Jasmin. »Der Fall Hansen.« Sie warf Rolf, der scheinbar versunken mit einem Kugelschreiber spielte, einen skeptischen Blick zu. »Der junge Achim Hansen wird es seiner Obsthändlerin aus Kreuzberg nicht verzeihen, dass sie ihn auf dem Standesamt hat stehen lassen, um unserem Romeo hinterherzurennen.«

»Hatten wir nicht beschlossen«, sagte Rolf, aus seiner vorgetäuschten Versunkenheit erwachend, »dass wir Trauungsrücktritte vermeiden? Wir wollen doch nicht Ermittlungen wegen fortgesetzter Störung der öffentlichen Ordnung auf uns ziehen.«

Die kleine dicke Lieselotte seufzte.

»Manchmal geht es halt nicht anders, Rolf«, verteidigte sich Jasmin. »Xandra war ein harter Brocken, und wir hatten nur zwei Wochen Zeit. Leider ist es den Vätern nicht beizubringen, dass sie etwas früher zu uns kommen, nicht erst wenn bereits Tischkärtchen gemalt werden. Mir wäre es auch lieber gewesen, wir hätten auf den Einsatz eines Romeos verzichten können. Doch von dir kam ja nichts Brauchbares.«

»Das kann man so nicht sagen«, erwiderte Rolf mit gespielter Ruhe. »Aber Xandras Schulscheitern wegen Schulschwänzens war dir ja nicht gut genug. Außerdem …«

»Das hätte bestenfalls Achims Vater beeindruckt – und den mussten wir nicht mehr überzeugen –, nicht aber Achim. Der war doch ganz hin und weg von seiner kuhäugigen Xandra.«

Rolf verzog gequält die Miene wie immer, wenn Jasmin ihn unterbrach, und machte sich breit. »Wir hätten natürlich auch das Gerücht streuen können, Achim habe voriges Jahr einen Unfall mit Todesfolge gebaut und Fahrerflucht begangen. Wir hatten einen Unfall auf der Strecke Hamburg-Berlin, der dafür tauglich

gewesen wäre. Das hätte Xandra vermutlich doch ins Grübeln gebracht.«
Jasmin holte Luft. »Dann darf ich dich daran erinnern, Rolf, dass wir keine strafrechtlich relevanten Gerüchte mehr in die Welt setzen wollten, wenn die Zielperson eine Position hat, die sie in Gefahr bringt, von der Presse beachtet zu werden.«
»Kinder!«, rief Gloria. »Vertragt euch. Zwei Wochen sind wirklich knapp, auch für Rolf, eine glaubhafte üble Nachrede zu konstruieren. Trotzdem müssen wir künftig verstärkt darauf achten, dass wir spektakuläre Trauungsrücktritte auf dem Standesamt vermeiden, genauso übrigens wie üble Nachrede, die einen Staatsanwalt auf den Plan rufen könnte.«
Gloria zog unter ihrer Mappe den Anzeigenteil einer Zeitung hervor. Auch Jasmin hatte bereits die jüngste Annonce gesehen, die Gloria in diversen überregionalen Zeitungen geschaltet hatte.

»Ihre Tochter wirft sich an den falschen Mann weg.
Ihr Sohn will eine Frau heiraten,
die es auf Ihr Familienvermögen abgesehen hat.
Wir kümmern uns darum.
Professionell und diskret. E-Mail …«

»Der Bedarf ist groß«, fuhr Gloria fort. »Die Leute, die uns brauchen, finden uns. Aber wer uns nicht finden soll, sind Journalisten, die uns als Liebesdiebinnen in einem Lifestyle-Magazin groß rausbringen wollen. Denkt daran: Sobald eines unserer Gesichter in einer Zeitschrift erscheint, können wir dichtmachen.«
Zunächst einmal trennt sich Gloria von der betreffenden Person, dachte Jasmin. Ihre Chefin neigte zur Dramatik.

»Darum werde ich nicht müde zu sagen: Haltet euch fern vom Zielobjekt. Ihr werdet nicht dafür bezahlt, dass ihr auf dem Hochzeitsvideo erscheint und jemand sich fragt, wer das ist.«

Jasmin senkte den Blick auf ihre Mappe. Erst heute Vormittag hatte sie gegen dieses Gebot verstoßen, zumindest halb. Aber anders war es nicht zu machen gewesen. Vor dem Eingang zum Roten Rathaus hatte ein Taxi mit laufendem Motor stehen müssen, damit der Romeo von der Bildfläche verschwinden konnte, ehe die genarrte Braut und ergrimmte Brüder und Freunde erschienen. Doch dass Xandra oder der sportliche Typ, der kurz darauf aus dem Rathaus gestürzt war, sie mit dem Geschehen in Verbindung brachte oder sich an sie erinnerte, war höchst unwahrscheinlich. Außerdem würde sie diese Leute in ihrem Leben nie wiedersehen.

»Bevor wir uns den neuen Fällen zuwenden«, nahm Gloria den Faden erneut auf, »schließen wir die Sache Hansen ab.«

»Der Romeo sitzt im Zug nach Freiburg und zählt sein Geld«, ergriff Jasmin rasch das Wort. »Er hat den Wolf gespielt mit der verwilderten Männlichkeit eines Waschbrettbauchs und den Rastalocken eines Surfers, der den Winter in Südafrika beim Wellenreiten verbracht hat. Natürlich hat er jede Menge falscher Fährten gelegt, für den Fall, dass Xandra ihn suchen geht – falsche Urlaubsziele, falsche Lieblingsrestaurants, falsche Musikgruppen und so weiter.«

Gloria schmunzelte. »Gut. Dann kann ich Herrn Hansen also die Rechnung schicken.«

»Eine ziemlich teure Autoreparatur«, bemerkte Lieselotte.

»Ein regelrechter Totalschaden«, murmelte Rolf.

Die Runde lachte. Gloria pflegte ihre Rechnungen mit Briefköpfen zu kaschieren, die auch einer misstrauischen Ehefrau, einem in Vaters Rechnungen stöbernden Sohn oder einem Buchprüfer nicht auffielen. Und nur Gloria kannte die genaue Höhe einer solchen Rechnung.

»Kommen wir zu den neuen Fällen.« Gloria schlug die dicke Mappe auf, die vor ihr lag. »Wenn das so weitergeht, müssen wir in Hamburg, Frankfurt und München Büros aufmachen. Obschon das Dienstreisenmodell den Vorteil hat, dass wir immer gleich wieder aus der Stadt verschwunden sind. Andererseits könnten wir in Büros vor Ort auch kleine Fälle annehmen.« Gloria überflog ihre Notizen. »Zum Beispiel hat sich in Hamburg auf unsere Annonce ein türkischer Vater gemeldet, der seinen Sohn vor einer Ungläubigen schützen möchte.«

»Darum könnte ich mich kümmern«, erbot sich Vanessa. Sie war erst seit einem halben Jahr dabei. »Ich habe in Hamburg eine ehemalige türkische Schulfreundin. Sie könnte mit Kopftuch und allem Drum und Dran eine türkische Ehefrau spielen, die dem fraglichen Mädchen in glühenden Farben das Leben in einer moslemischen Familie schildert. Vielleicht springt sie dann von selber ab.«

Gloria blickte Vanessa nachdenklich an.

»Es würde wie eine Zufallsbekanntschaft aussehen«, fuhr Vanessa eifrig fort. »Und den kleinen Zuverdienst könnte meine Freundin gut brauchen.«

»Und dann prahlt sie auf der nächsten Fete damit herum, dass sie im Auftrag einer Berliner Agentur Beziehungen auseinander bringt«, bemerkte Lieselotte.

Vanessa blickte regelrecht erschrocken drein. Fast ein wenig schuldbewusst, fand Jasmin.

»Die Grundidee ist gut«, griff Gloria schiedsrichterlich ein.

»Aber, Vanessa, für deine türkische Freundin muss es so aussehen, als würde sie dir einen Freundschaftsdienst leisten. Geld wirst du ihr dafür nicht anbieten können.«
»Meine Freundin würde aber ohnehin gern bei uns mitmachen.«
»Wie bitte?«, fuhr Gloria auf. »Willst du damit sagen, dass du mit ihr bereits darüber gesprochen hast?«
Rolf hob die Hand, formte sie zu einer Pistole, zielte auf Vanessas Kopf, machte »Peng« und blies über die Mündung des Laufs, den sein Zeigefinger darstellte.
Vanessa wurde blass. »Ich dachte …«
»Darüber reden wir später«, unterbrach Gloria. »Komm nachher in mein Büro.«
Sie orientierte sich erneut in ihren Auftragsbogen.
»Was haben wir noch. Ach ja, hier: Eine Tochter in heller Aufregung, weil ihre verwitwete Mutter sich mit Heiratsplänen trägt. Villa im Grunewald, Aktienfonds, viel Geld. Das wäre doch was für dich, Rolf. Mach aus dem Anwärter einen Heiratsschwindler.«
»Wahrscheinlich ist er tatsächlich einer«, sagte Rolf und nahm den Auftragsfragebogen entgegen, den Gloria ihm über den Tisch zuschob.
»Nächster Fall: Besorgte Eltern … Waren beide persönlich hier, er Professor an der FU, sie Lehrerin. Der siebzehnjährige Sprössling droht in die Drogenszene abzugleiten. Er hat eine neunzehnjährige Freundin in Mahrzahn. Drogen … dein Fall, Lieselotte.«
Lieselotte griff nach dem Blatt. »Wenn es stimmt, dann sorge ich dafür, dass sie wegen BtM im Knast landet.«
»Lieselotte! Wie oft muss ich dir das noch erklären? Es spielt kei-

ne Rolle, ob es stimmt. Die Eltern zahlen, und wir sorgen dafür, dass die missliebige Freundin aus dem Leben des Söhnchens verschwindet. Klar?«

»Aber …«

»Kein Aber, Lieselotte. Wir können das nicht jedes Mal durchdiskutieren. Wenn dieser Professorensprössling und die Mahrzahntussi sich wirklich lieben, dann bringt sie nichts auseinander. Und wenn sie etwas auseinander bringt, dann wir! Wir finden in einer Beziehung die Sollbruchstelle, an der sie später ohnehin zerbricht. Verstanden?«

»Hm.«

»Gut. Du sorgst dafür, dass die Polizei das Mädchen wegen Drogenbesitzes vorübergehend aus dem Verkehr zieht. Dann schauen wir, ob wir für den Jungen eine Julia brauchen, die ihn ins bürgerliche Leben zurückführt. Klar?«

»Alles klar.«

Wahrscheinlich träumt Lieselotte insgeheim davon, in einem Eheanbahnungsinstitut tätig zu sein, dachte Jasmin wieder einmal. Lieselotte lebte in Pankow mit den Kindern zweier verschiedener Männer, aber nicht mit Männern.

»Weiter im Text. Eine Hamburger Senatorengattin wünscht einen Scheidungsgrund. Sie schlägt den Einsatz einer Julia vor, einschließlich fotografischer Dokumentation des Seitensprungs ihres Mannes durch einen Detektiv.«

»Eine unserer leichtesten Übungen«, bemerkte Rolf protzig und langte nach den Unterlagen.

Jasmin unterdrückte eine Bemerkung. Geiler Bock!

»Nächster Fall.« Gloria lächelte Jasmin zu. »Eine anonyme Zuschrift per E-Mail. Ein höchst interessanter Fall.« Sie las vor: »›Sehr geehrte Damen und Herren, Bezug nehmend auf Ihre

Annonce in der Zeitung, möchte ich mich an Sie um Hilfe wenden. Severin Rosenstock soll Nicole Tiller heiraten. Aber sie ist eine kaltherzige und egoistische Schlampe, die es nur auf sein Geld abgesehen hat. Man muss ihn vor einem schweren Fehler bewahren, der ihn nur unglücklich machen wird.‹«
»Du meine Güte«, seufzte Lieselotte. »Immer diese Dramatik. Als ob man sich nicht wieder scheiden lassen könnte.«
»Klingt, als hätte ein Analphabet seinen Nachbarn gebeten, ein Schreiben aufzusetzen«, bemerkte Rolf.
»Oder nach einem Kind«, sagte Lieselotte verträumt.
»Ein Teenager würde nie schreiben: ›… möchte ich mich an Sie um Hilfe wenden‹«, widersprach Jasmin. »Dafür muss man mindestens vierzig Jahre alt sein.«
»Aber es klingt tatsächlich wenig weltgewandt«, sagte Gloria. »Zum Beispiel fehlten sämtliche Adressen, auch der Absender.«
»Ein Klacks, das herauszufinden«, sagte Rolf. »Dieser Severin Rosenstock, ist das nicht *der* Rosenstock?«
»Ja klar, Rosenstock-Küchen«, platzte Lieselotte erfreut heraus. »Ich habe auch eine Rosenstock-Küche daheim. Modell Tessin. Das sind gute Küchen und bezahlbar.«
»Im Kern ein Familienunternehmen«, bemerkte Rolf.
»Und diese … wie heißt sie? Nadja, Nadine …«, begann Lieselotte.
»Nicole Tiller«, korrigierte Gloria.
»… die ist dann das Aschenputtel, das dem Firmenpatriarchen und der Mutter des Sohnes gar nicht gefällt. Oder einer Tante. Oder einer verliebten Nachbarin.«
Einen Moment herrschte nachdenkliche Stille.
»Jasmin«, sagte Gloria, »was meinst du?«
»Nun ja, ein anonymer Auftrag … so nötig haben wir es doch

nicht mehr, dass wir in Vorleistung gehen, um einen Auftraggeber zu kontaktieren, der womöglich keinen Cent besitzt.«

»Da fällt mir was ein«, sagte Rolf in dem aufsässigen Ton, den er gern annahm, wenn Jasmin eine unmissverständliche Meinung vertrat. »Erst kürzlich ist mir der Name Tiller irgendwo untergekommen. Richtig! Er stand in der Zeitung, und zwar im Zusammenhang mit einem Einbruch in eine Villa. Es sollen Kunstwerke im Millionenwert gestohlen worden sein. Ja, genau. Es war die Tiller-Villa auf dem Turmberg in Karlsruhe-Durlach. Karlheinz Tiller, Großunternehmer, Baumaschinen, Gleisumbauzüge.«

»Was bitte?«, rief Lieselotte.

»Gigantische Maschinenzüge, die auf Schienen fahren und eine Bahnstrecke erneuern. Vorne bauen sie alles ab, in der Mitte werden neue Schwellen und Gleise verlegt, hinten kommt die fertige Strecke raus.«

»Wer braucht denn so was?«, fragte Lieselotte.

»Jedes Bahnunternehmen«, antwortete Rolf. »Ich habe gelesen, dass Tiller nach der EU-Erweiterung mit seinen Gleisumbauzügen in Polen Millionen verdient.«

»Dann ist Nicole Tiller gar kein Aschenputtel«, stellte Lieselotte fest. »Geld heiratet Geld. Aber vielleicht ist ein Aschenputtel im Haus, das da was dagegen hat.«

Das Wort Geld glitzerte in Glorias Augen. »Es könnte sich lohnen, dass wir uns um den unbekannten Auftraggeber kümmern. Jasmin, das ist der Fall für dich.«

»Wer solch unbeholfene Briefe schreibt, hat vermutlich kein Geld«, erwiderte sie wenig begeistert.

»Was herauszufinden wäre«, sagte Rolf und langte nach dem Blatt, das Gloria noch in der Hand hielt. »Wo die E-Mail her-

kommt, das kriege ich raus, und wo diese Königshochzeit stattfindet, auch.«
Jasmin war sich sicher, dass niemand ihre innere Erregung bemerkt hatte.

Glorias Bürofenster wiesen zur Fischerstraße auf den Nußbaum, die legendäre Speisestätte von Heinrich Zille, Otto Nagel und Claire Waldoff. Unten an den Straßentischen hatten sich etliche Touristen niedergelassen. Im Büro legte sich Sonnenschein auf Glastisch und Ledersessel in der Sitzecke. Die Zimmerlinde war mit den Jahren etwas üppig geworden.
Da Jasmin inoffizielle Vizechefin der Agentur war, hatte Gloria sie zum Gespräch mit Vanessa dazugebeten.
»Wenn du mit einem tollen Beruf prahlen willst, dann musst du Fernsehansagerin werden. Aber solange du für mich arbeitest, bist du eine Sekretärin. Was die tut, will niemand wissen.« Gloria lächelte. »Wir sind hier alle nur Sekretärinnen.«
»Und Rolf?«
»Der ist Detektiv.«
»Das ist ungerecht!«
»Männer können eben keine Sekretäre sein. Doch wir Frauen leben davon, dass man uns unterschätzt. Wenn du damit nicht leben kannst, dann sollten wir uns trennen, je schneller, desto besser. Willst du das?«
Vanessa schüttelte den Kopf.
»Okay. Und wenn du das nächste Mal eine neue Mitarbeiterin für uns anwerben willst, dann komm zu mir, und wir überlegen zusammen, wie wir Kontakt aufnehmen.«
Vanessa nickte. Sie wirkte ziemlich geknickt, als sie ging.
Gloria holte eine Flasche Raki und zwei Schnapsgläser aus dem

Schrank und schenkte ein. »Du siehst blass aus, Jasmin«, bemerkte sie, während sie ihr das Glas über den Tisch zuschob.

»War eine anstrengende Woche«, erwiderte Jasmin. Allein der Geruch von Anis machte sie schon besoffen. »Ich glaube, ich sollte vierzehn Tage Urlaub nehmen. Als ich heute Morgen aufstand, dachte ich, ich kriege einen Koller. Irgendwo da draußen wird es Frühling, und ich sitze hier zwischen Wänden und Bahnsteigen. Die Ostsee wäre schön.«

Gloria hob das Glas.

3

In Kreuzberg hatte sich in den letzten Jahren viel getan. Schickimicki mischte sich mit Subkultur. Falk schlenderte die Kottbusser Straße entlang. Unansehnliche Fassaden zwischen Neubauten aus Glas und buntem Metall. Aber die Türken gab es immer noch. Fast beruhigend, dass die wahnwitzige Unruhe, die Berlin beherrschte, manches Viertel nicht einholte. Immer noch die Secondhandläden, Minigalerien, Hinterhöfe, in denen alternative Kultureinrichtungen blühten. Basisdemokratisch selbstverwaltet.
Zwischen türkischen Läden die Auslagen eines Obsthändlers. Falk betrachtete die Ananas, Mangos und Kapstachelbeeren, die Weintrauben aus Südafrika und die Nispeln aus Spanien, füllte dann vier Äpfel in eine Plastiktüte und ging in den Laden. Xandras Mutter stand an der Kasse. Falk tat so, als hätte er sie noch nicht bemerkt, und betrachtete die Tomaten. An der Kiste mit Schnittlauch, Petersilie, Salbei und Koriander in großen grünen Büscheln sortierte Xandras Vater die welken Büschel und Stängel aus.
»Guten Tag, Herr Schulze«, sagte Falk, »wir kennen uns. Haben wir uns nicht letzten Freitag bei … bei der Hochzeit getroffen?«

Der Obsthändler musterte den eleganten Kunden. Schulze war ein kleiner runder Mann, der in grüner Schürze wesentlich besser aussah als im schwarzen Zweireiher.
»Wie geht es Ihrer Tochter Xandra?«
Schulze knurrte, entschloss sich dann aber doch zu vorwiegend einsilbigen Worten. »Ick sach nur: Frauen! Da steckt keener drin. Wie soll's ihr schon jehn? Mann weg, Heirat jeplatzt, Freund weg. Dat heulende Elend.« Er blickte zur Käsetheke hinüber. Dort stand das heulende Elend, die großen blauen Augen ins Leere gerichtet, und knabberte an einem Fingernagel. »Und zahlen muss sie trotzdem diese Heiratsagentur. War ja 'ne erfolgreiche Vermittlung jewesen, nich? Die Strauchtomaten sind übrigens sehr aromatisch.«
Falk tütete Strauchtomaten ein, nickte dem Vater zu und begab sich zur Käsetheke. Es roch türkisch im ganzen Laden, nach Schafskäse in der Lake, eingelegten Oliven und einer undefinierbaren Mischung aus Gewürzen.
Xandra erkannte ihn sofort. »Hallo«, sagte sie verlegen. Ihre Augen schwammen in Röte. »Sie sind das. Wie … wie geht es Achim?«
»Bescheiden. Er versteht nicht, warum Sie ihm das angetan haben.«
»Das tut mir ja auch schrecklich Leid. Ich hätte es ihm vorher sagen müssen. Ich hätte mit ihm reden müssen. Er war so verzweifelt, Georg, meine ich. Ich kannte ihn doch erst zwei Wochen. Aber ich wollte Achim heiraten, ehrlich. Dann dachte ich wieder, er bringt sich um, Georg, meine ich. Ich muss mich entscheiden, hat er gesagt.«
»Na«, entgegnete Falk ungewollt streng, »Sie haben sich ja dann auch entschieden. Für Georg.«

Auf einmal quollen Tränen aus Xandras Augen und tropften auf ihre runden Wangen hinab. »Er weiß es doch gar nicht. Er hat es doch gar nicht mitgekriegt. Er denkt, ich sei mit Achim verheiratet und in den Flitterwochen.«
»Dann rufen Sie ihn an. Das kann doch nicht so schwierig sein.«
»Wie denn? Ich weiß doch gar nicht, wo er ist. Und bei seinem Handy ist immer nur die Mobilbox dran, oder es meldet sich ganz wer anders.«
»Oh!«, machte Falk. »Das ist aber merkwürdig.«
»Er ist tot, ich weiß es. Er hat sich etwas angetan.«
Falk lachte unwillkürlich laut auf. »Wenn er Sie liebt, dann bringt er sich nicht um, sondern kommt wieder. Andernfalls taugt er nichts.«
Das schien Xandra nicht zu trösten.
»Von dem Schafskäse hätte ich gern zweihundert Gramm«, sagte Falk.
Sie stocherte mit dem Messer eine Scheibe vom Schafskäse herunter, der in der Lake lag. Falk konnte jetzt schon sagen, dass es zu wenig war. Außerdem zerbrach ihr die Scheibe, während sie sie auf das Papier hob, um sie abzuwiegen.
»Plötzlich stand er vor mir, Georg, meine ich. So wie Sie. Er wollte auch Schafskäse. Und Oliven. Schwarze Oliven. Die ganze Zeit hat er mich angeschaut. ›Was schaust du so?‹, habe ich ihn gefragt. ›Du hast so wunderschöne blaue Augen‹, hat er geantwortet. Er hat gefragt, ob ich mit ihm essen gehe. Ich habe gesagt, ich heirate in vierzehn Tagen. ›Nein‹, hat er gesagt, ›du heiratest nicht oder mich.‹ Einfach so. Er war nur zu Besuch in Berlin. Den restaurierten Pergamon-Fries anschauen. Ich weiß nicht mal seinen Nachnamen. Es war Wahnsinn.«
Armer Achim, dachte Falk. Da war ein Mann wohlerzogen,

gesittet und höflich und schwerreich, und dann kam irgendein frecher Wolf und entführte ihm die kuhäugige Braut vor der Nase. Fast als wäre es gewollt gewesen. Hatte Achim Feinde? Xandra krümelte eine zweite dünne Scheibe Feta auf die erste. Nun zeigte die Waage dreihundertzweiundvierzig Gramm.

»Ist recht so«, sagte Falk nachsichtig. Schließlich ging es ihm nicht um den Käse. »Vielleicht kann ich Ihnen helfen, Xandra.«

»Wie denn?« In ihren Augen glitzerten Trotz und Hoffnung.

»Wenn Sie mir Georgs Handynummer geben …«

»Aber ich sagte doch, da meldet sich niemand.«

»Man kann Handynummern zurückverfolgen.«

»Sind Sie bei der Polizei?«

Falk zog die Brauen hoch. »Seh ich so aus?« Er meinte die Frage durchaus ernst. Er war entschieden zu gut angezogen für einen Bullen. Wenn Xandra das nicht sah, dann taugte sie ohnehin nicht zur Gattin eines Kaffeeimporteurs Junior namens Achim Hansen. »Aber mit Geld bekommt man alles raus.«

Fünf Minuten später marschierte Falk mit einer Tüte Tomaten, einer Tüte Äpfeln, dreihundertzweiundvierzig Gramm Schafskäse und einer Handynummer auf einem Zettel auf die Kottbusser Straße hinaus. Nachdem er Xandras Geschichte einer Blitzverführung gehört hatte, war er sich sicher: Es konnte kein Zufall sein, dass zum zweiten Mal im letzten halben Jahr eine Hochzeit platzte, die seine Mutter als Heiratsvermittlerin angebahnt hatte. Zwar dürfte es dem alten Hansen ganz recht gewesen sein, dass aus der Ehe mit Xandra nichts geworden war, aber wenn es sich in den besseren Kreisen herumsprach, dass die Bräute der Goldenen Rose zickig waren, dann konnte seine Mutter ihr Haus am Wannsee dichtmachen. Nicht dass sie auf diesen Verdienst angewiesen wäre, aber ausgebootet zu werden war auch dann nicht schön, wenn einem Geld gleichgültig sein konnte. Sie führte das Heiratsinstitut seit über dreißig Jahren, und immer war es für sie so eine Art existenzielle Rückversicherung gewesen. »Wenn dein Vater mich aus dem Haus ärgert, dann habe ich immer noch das Institut«, pflegte sie zu sagen. Aber wer wollte der Goldenen Rose übel? Die Konkurrenz? Davon gab es zwei Dutzend in Berlin.

Kaum in seinem Auto, tippte Falk die Nummer des Handys ein und erfuhr, dass eine Verbindung derzeit nicht hergestellt werden könne.

4

Jasmin schloss die Reisetasche und nahm die Einladungskarte vom Tisch. Außen waren zwei Ringe aufgedruckt. Wenn man sie aufschlug, ertönte pfeifend Mendelssohns Hochzeitsmarsch, »dadadadiii düüü dü düttt di diiii da düüüüü…«, und man las in Schnörkelschrift: »Nicole Tiller und Severin Rosenstock wollen den Bund fürs Leben schließen.«
Die Post hatte ihr diese Karte schon vor einiger Zeit zugespielt. Nicoles letzter und vollständiger Triumph. Sicherlich rechnete sie nicht damit, dass Jasmin wirklich zur Hochzeit kommen würde. Erstaunlich, dass Nicole überhaupt ihre Adresse in Berlin wusste. Jasmin stand nicht im Telefonbuch. Und bei ihren Eltern hatte Nicole nicht nachgefragt, danach hatte Jasmin sich erkundigt.
Sie hätte Gloria unbedingt sofort sagen müssen, dass sie Nicole Tiller und Severin Rosenstock kannte. Doch dann hätte Gloria vermutlich eine Regel formuliert, für die es bislang noch keinen Anlass gegeben hatte und die lauten musste: »Niemals in eigener Sache!« Man hätte Vanessa schicken können. Irgendwann musste sie ihren ersten eigenen Fall bekommen. Das wäre eine Gelegenheit gewesen. Allerdings war Gloria gerade sauer auf

Vanessa, und wenn jemand Severin noch kurz vor der Hochzeit auf Abwege bringen konnte, dann war es sie, Jasmin, die er einst geliebt hatte, bevor Nicole ihn ihr wegschnappte.

Am Dienstag hatte Rolf bereits gewusst, woher die anonyme E-Mail stammte. »Von einem ISDN-Anschluss in einer Ferienpension namens Hus Achtern Boom in Kühlungsborn, einem Badeort in Mecklenburg-Vorpommern. Die Rosenstocks besitzen dort in der Gegend ein Anwesen.«

Haus Peerhagen, wie Jasmin bereits der Hochzeitseinladung entnommen hatte, aber für sich behielt.

»Das trifft sich gut, Jasmin!«, rief Gloria aus. »Wolltest du nicht an der Ostsee Urlaub machen? Wie wär's mit Kühlungsborn? Du recherchierst ein bisschen. Und dann entscheiden wir, was wir machen und wen wir schicken. Vielleicht willst du es dann ja auch selber machen. Den Aufwand stellst du mir in Rechnung, dein Hotel zahlt die Firma. Ist das ein Angebot?«

Eigentlich hatte Jasmin es nicht nötig, sich ihren Urlaub von Gloria finanzieren zu lassen. Sie verdiente mehr, als sie ausgeben konnte. Und gerade diese Sache musste ihre Privatsache bleiben.

Andererseits hätte Gloria es nicht verstanden, wenn sie eine Reise an die Ostsee auf Kosten der Firma ablehnte. Es war ein großzügiges Angebot, denn die Recherche würde sie höchstens ein paar Tage kosten. Das konnte sie nicht ablehnen. Denn wer unverhoffte Gratisangebote nicht annahm, hatte was zu verheimlichen, pflegte Gloria zu behaupten.

Jasmin steckte die Einladungskarte in die Seitenklappe der Reisetasche. Es war ein schöner Morgen Mitte Mai, als sie zum Lehrter Bahnhof aufbrach. Die Sonne funkelte schräg in die Stadt hinein. Der Fernsehturm glitzerte wie eine Discokugel,

und der magere Kirschbaum an der Ecke verbreitete einen nahezu betäubenden Duft.
Der Regionalexpress fuhr zuerst gen Westen über Spandau aus der Stadt hinaus, dann nordöstlich nach Oranienburg, ehe er freie Fahrt gen Norden gewann. Jasmin hatte ihre Reisetasche unter den Sitz geschoben und auf den Knien die Mappe mit den Unterlagen, die Rolf in den letzten Tagen zusammengetragen hatte, und zwar mit einem Eifer, als hätte er gespürt, dass Jasmin dieser Auftrag in eine Zwickmühle brachte.
Warum hatte sie es nicht geschafft, Gloria zu erzählen, dass sie Nicole und Severin kannte? Mit Gleichgültigkeit in der Stimme. »Die hat mir damals den Mann weggeschnappt. Wegen ihr habe ich mein Studium abgebrochen und bin nach Berlin geflüchtet. Wenn du willst, dann wird es mir ein Vergnügen sein, ihr die Hochzeit zu versalzen.« Sie hatte es nicht gesagt, weil sie es nicht gleichgültig sagen konnte. Ihre Stimme hätte gezittert. Auch nach fünf Jahren noch stiegen in ihr Scham und Zorn hoch, wenn sie zurückdachte.
Severin, der sanfte, langgliedrige Bursche, der einst in einer BWL-Vorlesung neben ihr saß und sich den kybernetischen Regelkreis und die ökonomischen Steuerungskonzepte erklären ließ. »Mein Vater will halt, dass ich Betriebswirtschaft studiere. Ich soll mal den Betrieb übernehmen«, hatte er seine geistige Trägheit gerechtfertigt. Ohne sie hätte er die Prüfungen nicht bestanden. Ihm fehlte jeglicher Ehrgeiz. Seine charmante Nachlässigkeit und die Gelassenheit des Reichtums hatten Jasmin gegen ihren Willen fasziniert. Dieser junge Mann hatte es immer leicht gehabt und seufzte darunter. »Du wärst viel besser geeignet, die Firma zu führen. Wir sollten heiraten«, hatte er gesagt. Sie hatte gelacht, ihn aber ernst genommen. Was für eine

Zukunft hatte sie auf einmal gehabt. Sie, die kleine Jasmin Kandel, Tochter eines Karlsruher Pfandleihers für Autos.
Ihre Kindheit hatte sie zwischen Autos verbracht. Sogar einen Rolls-Royce hatten sie einmal auf dem Hof stehen gehabt. Aber meistens waren es kleine Leute, die ihre Schrottmühlen brachten. Steifbeinig gingen sie vom Hof, zählten die Scheine nach, die ihr Vater ihnen ausgehändigt hatte, steckten sie in die Jackeninnentaschen oder die Portemonnaies in der Gesäßtasche einer Kaufhausjeans oder einer Kunststoffhose. Kleine Leute mit ganz großen Geschichten über plötzlich erkrankte Tanten oder Ehefrauen und die Erwartung einer größeren Geldzahlung in allernächster Zeit. In Wahrheit mochte der eine sein Geld versoffen haben, der andere verspielt. Ihr Vater hinterfragte die Geschichten nicht. Es war ihm gleichgültig, aus welchen Gründen sie ihre Autos brachten. Sie finanzierten die Kandel'sche Vierzimmerwohnung in einer Plattenbausiedlung am Rand von Karlsruhe-Beiertheim mit Eichenschrankwand, Fernseher, Videorekorder und Rosenstock-Küche. Den kleinbürgerlichen Wohlstand, in dem Jasmin aufgewachsen war, verdankten sie der Not anderer Leute.
Es war Jasmin immer peinlich gewesen, wenn sie in der Schule den Beruf ihres Vaters angeben musste – Autohändler, Gebrauchtwagenhändler, Pfandleiher, eines war so schlimm wie das andere gewesen. »Es ist ein ehrlicher Beruf«, hatte ihre Mutter jedes Mal betont und dabei geklungen, als würde sie genau das ihrem Mann seit Anbeginn der Ehe vorwerfen. Dabei war sie auch nur die Tochter eines Metzgers. Auch wenn der Metzger nach dem Krieg in dem Dorf nahe Karlsruhe den ersten großen Mercedes fuhr, damals in den Zeiten, da das Eis noch vom Eismann gebracht wurde.

»Eigentlich wollte ich Schauspielerin werden«, hatte ihre Mutter ganz früher erzählt. »Aber da hätte ich reiten und fechten lernen müssen. Und wie hätte das gehen sollen? Man war froh, wenn man nach dem Krieg überhaupt was zu essen hatte.« Als Jasmin alt genug war, um nachzufragen, wie es denn sein konnte, dass die Metzger auf dem Dorf in den fünfziger Jahren nichts zu essen gehabt hatten, sprach sie nicht mehr darüber. Auch Jasmins Zukunft verlor die Farbe, die sie ganz früher noch gehabt hatte, und solche Sätze wie: »Du mit deinem Haar … mit deinem Gesichtchen wie Mia Farrow. Eines Tages wirst du ein großer Star. Du wirst mit Königen speisen«, fielen nicht mehr. Ihre Mutter hatte sich in einen Wattebausch verwandelt. Es wurde überhaupt nicht mehr viel geredet. Vater saß abends vor dem Fernseher, die Fernbedienung in der einen Hand und eine Flasche Rothaus in der anderen. Er hatte sich nichts vorzuwerfen. Großvater Kandel hatte mit Schrott gehandelt. Man wusste, wo was zu holen war, man war fleißig und realistisch. Und ein Quäntchen Glück belohnte den Schlauen. Die Kinder konnten studieren. Der Sohn würde Rechtsanwalt werden oder Staatsanwalt. Und Jasmin saß im Hörsaal der Uni Heidelberg neben dem Erben des Rosenstock-Küchenimperiums und stand vor einer großen Karriere als Ehefrau. Vom Hörsaal direkt in die Chefetage eines Konzerns. Ein bisschen schwummrig war ihr bei dem Gedanken schon geworden, aber warum denn nicht? Doch die Illusion zerplatzte wie einst Mutters manische Visionen von Glanz und Reichtum. Genau ein Semester dauerte Jasmins Traum. Dann kam Nicole aus den USA zurück.

Bis heute begriff es Jasmin nicht. Sie hatte Severin sogleich zum Essen eingeladen, um ihn ihrer besten Freundin vorzustellen. »Doch ja, ein netter Kerl«, hatte Nicole geurteilt. »Ein

bisschen zu soft für meinen Geschmack. Aber dir muss er ja gefallen, gell?« Sie hatten gekichert wie in alten Zeiten. Nicole hatte sie herzlich umarmt und ihr Glück gewünscht. »So wie es aussieht, wirst du deinen Millionär heiraten, bevor ich meinen habe.«
Keine drei Tage später erwischte Jasmin die beiden in ihrer WG zusammen in Nicoles Bett. Noch am selben Abend flüchtete Jasmin aus Heidelberg zu ihren Eltern nach Karlsruhe. »Und was ist mit deinem Studienabschluss?«, fragte ihr Vater nach drei Wochen. »Dann such dir halt einen Job«, sagte ihre Mutter nach sechs Wochen. »Wir können dich nicht ewig durchfüttern.« Nach einer weiteren Woche bat ihr Vater sie nach der *Tagesschau* ins Wohnzimmer und bot ihr bei sich in der Pfandleihe einen Posten als Buchhalterin an. »Allerdings, Lohn gibt's nur für eine Ungelernte. Bist ja auch nichts anderes.«
Den Rest ihres Lebens im verglasten Flachbau zwischen Autos sitzen und den Lebenslügen in Not geratener Menschen ins Auge schauen? Zwei Monate zuvor hatte sie sich noch in der Chefetage der Firma Rosenstock gesehen. Aber ihr Vater war unerbittlich in seiner Sorge, sie könne völlig den Halt verlieren. »Ab nächstem Ersten wirst du monatlich eine gewisse Summe für Kost und Logis an deine Mutter abführen.«
Innerlich tot und zu Tode erschreckt, hatte Jasmin sich einen Job in der Stadt gesucht. Den Winter über arbeitete sie als Verkäuferin in einem Drogeriemarkt. Wie ein Automat brach sie morgens bei Dunkelheit auf und kehrte abends bei Dunkelheit zurück. Das Wochenende verbrachte sie im Bett. Im Fernsehen war die Werbung das Einzige, was zuweilen in ihre erstarrte Seele hineinblitzte. Ganz schrecklich die Liebesfilme. »Reiß dich zusammen, Kind!«, sagte ihre Mutter anfangs noch. »Unter-

nimm was mit Freunden.« Doch sie verstummte mit der Zeit. Alles im Lot, das Kind ging ja arbeiten und lieferte Geld ab. Vermutlich wäre Jasmin verhungert und verdorrt, wäre nicht im Frühsommer ein Brief von Lieselotte gekommen, in dem sie von der Geburt ihrer zweiten Tochter erzählte.

Warum sie geschrieben hatte, konnte auch Lieselotte nie schlüssig erklären. Sie hatte nur drei Semester in Heidelberg studiert und war dann nach Berlin zurückgekehrt. Jasmin konnte sich nicht einmal genau an Lieselotte erinnern. Irgendeine Dicke mit Hang zu chaotischer Lebensführung, die einmal in einem Seminar neben ihr gesessen hatte. Doch sie hatte sofort ihren Koffer gepackt, war zu ihrer Mutter in die Küche gegangen und hatte ihr mitgeteilt: »Ich gehe nach Berlin.« Von ihrem Vater hatte sie sich nicht verabschiedet. Er war nicht zu Hause gewesen.

Ein halbes Jahr hatte sie bei Lieselotte und ihren zwei kleinen Kindern in Pankow gewohnt. Zu freundschaftlichen Gefühlen war Jasmin nicht fähig gewesen, aber sie hatte im Chaos der kleinen Familie ohne Väter eine gewisse Beruhigung empfunden. Lieselotte war ein Muttertier mit dünnen Haaren und etwas vorstehenden Augen, und solche waren keine Konkurrenz, schon gar nicht wenn man selbst bis auf die Knochen abgemagert war. Sie fütterte Lieselottes Töchter, konnte selbst aber kaum einen Bissen essen. Wie lange das so ging, erinnerte sie sich nicht, denn ihr war jegliches Zeitgefühl abhanden gekommen. Hungern war Selbstvernichtung, man merkte es nur nicht, weil man so high war. Sterben machte high. Ihr Leben war zu Ende, eine Sackgasse ohne Wendeplatte. Aber nicht einmal das spürte sie. Man konnte so am Ende sein, deprimiert bis zur inneren Vereisung, dass es richtig angenehm war. Absolute Stille im Innern. Nichts und niemand fragte noch, warum.

Irgendwann drohte Lieselotte damit, sie ins Krankenhaus einliefern zu lassen. Wenn Jasmin heute zurückdachte, dann glaubte sie nicht, dass sie damals den Ernst der Lage begriffen hatte. Es war auch nicht Lieselottes massive Besorgnis gewesen, die sie irgendwie Schritt für Schritt wieder in ein Leben zurückgeschubst hatte, von dem man behaupten konnte, es sei normal. Vielmehr war es Lieselottes schlichte Anfrage gewesen: »Du sag mal, Jasmin, dein Bruder hat doch Jura studiert. Ist es eigentlich illegal, wenn man jemanden verführt, nur um die Hochzeit mit einem andern zu verhindern? Erfüllt das irgendeinen Straftatbestand wie Körperverletzung oder Freiheitsberaubung?«

»Eines weiß ich sicher«, hatte Jasmin erwidert, »deine Cannabis-Plantage auf dem Dachboden ist absolut illegal. Aber Verführung ist nicht einmal sittenwidrig. Wen willst du denn verführen?«

So hatte sie Glorias Firma kennen gelernt.

Zunächst hatte sie nur die chaotische Buchführung in Ordnung gebracht. Dann hatte sie angefangen, bei den Konferenzen mitzureden, und schließlich hatte sie Gelegenheit erhalten, ihr Meisterstück abzuliefern. Ein Mann wollte die Braut seines Freundes heiraten. In so einem Fall konnte man keinen Romeo einsetzen, um die Braut zu einem vorehelichen Seitensprung zu provozieren. Sie sollte sich ja in den Klienten verlieben. Und wenn man den Bräutigam vor der Hochzeit mithilfe einer Julia auf Abwege brachte, hieß das noch lange nicht, dass sich die betrogene Braut dem heiratswilligen Freund des Bräutigams zuwandte. Doch es war Jasmin gelungen, die Braut in eine scheinbar lebensgefährliche Situation zu bringen, damit der Klient als Lebensretter auftreten konnte.

»So jemanden wie dich brauche ich!«, hatte Gloria ausgerufen.

»Hätte Lieselotte dich nicht angeschleppt, hätte ich dich erfinden müssen.«

Sie hatte eine eigene Wohnung in der Karl-Marx-Straße in Neukölln bezogen, blitzmodern und teuer mit Balkon nach hinten hinaus, Schlaf-, Wohn- und Arbeitszimmer und Rosenstock-Einbauküche, Modell Barcelona mit blau-weiß gemusterten Sockelleisten.

Es hatte Jasmin nicht interessiert, was genau sie in Glorias Augen von anderen jungen Frauen unterschied. Die innere Vereisung, gepaart mit überraschender Anerkennung, machte ihren Kopf frei für selbstlos kühle strategische Berechnungen. Die Welt, die Jasmin seit knapp fünf Jahren durchkreuzte, war ein Schachbrett, auf dem sich Gefühle verschieben ließen. Nichts hatte wirklich Bestand, am wenigsten die Liebe, so oft man auch deren Ewigkeit beschwor.

Für diesen Beruf schien sie geboren. Die Katastrophe mit Severin hatte sein müssen, damit sie ein für alle Mal kapierte, dass sie jedes Schicksal in die Hand nehmen und verändern konnte, nur ihr eigenes nicht. Sie hatte keines. Für sie gab es kein Konzept. Gott – falls er existierte – hatte vergessen, für sie im Lebensbuch die Spalten Soll und Haben anzulegen. Für sie gab es kein Ziel. Denn ein Lebensziel kam durch Träume zustande, denen man auf dem Sofa nachhing – Reisen, Mann und Kinder oder *Wer wird Millionär* gewinnen, berühmt sein, fünf Kilo abnehmen oder zum nächsten Geburtstag eine tolle Party feiern und so weiter. Doch Jasmin träumte nichts, wenn sie auf dem Sofa saß. Sie zappte gedankenlos durchs Fernsehprogramm oder spielte gegen den Computer Schach, bis es Zeit war, ins Bett zu gehen.

Sie war einfach anders. Schon als Kind. Vor allem als Kind.

Immer wieder hatten Kunden ihrem Vater zu dem prächtigen kleinen Sohnemann gratuliert, der zwischen den Autos spielte. Die hatten es gut gemeint, hatten, um souverän zu wirken, bevor sie das dringend benötigte Geld einsackten, noch etwas geben wollen, beispielsweise ein Kompliment. Ihr Vater korrigierte. Der Kunde lachte peinlich berührt, Jasmin schämte sich für die Scham ihres Vaters.

Solange sie klein und allein mit ihrem Vater gewesen war und für ihn unter die Autos kroch und mit kleinem bohrendem Finger jedes Unterbodenrostloch entdeckte, war alles in Ordnung. Aber dann begann er sich für ihre kurzen Haare, ölverschmierten Jeans und Sweatshirts und ihre Fachkenntnisse über Vergaser und die Bundesliga zu schämen. Ihre Mutter kaufte ihr Röcke und bestand darauf, dass sie sie anzog, wenn es zur Verwandtschaft ging, den Metzgern und Eisenwarenhändlern. »Und kämm dich!«

In der Pubertät machte Jasmin die beklemmende Entdeckung, dass Mädchen anders waren als Jungs und dass sie zu der Gattung Mensch gehörte, die zahm und regungslos herumzusitzen und die Beine übereinander zu schlagen hatte. Wenn man sie fragte, was sie mal werden wolle, hatte sie zu antworten: Frisöse oder Kinderärztin, nicht aber Kampfjetpilot oder Kfz-Mechaniker. Schauspielerin war ein guter Kompromiss, denn auch Männer konnten Schauspieler sein. Man lachte zwar, aber nicht mehr kopfschüttelnd, sondern lebenserfahren: »Ja, ja, die Träume der Jugend.« Und Tante Zichorie, die Schwester von Jasmins Mutter, bemerkte: »Dann musst du aber endlich anfangen, dich ein bisschen hübsch zu machen. Und tanzen musst du lernen. Schauspielerinnen müssen zwar nicht schön sein, aber Grazie müssen sie haben und das gewisse Etwas.«

Jasmin bemühte sich um Grazie, allerdings ohne Erfolg. Sie hatte auch wenig Gelegenheit zum Üben mit einem Bruder im Haus. Wolfram war fünf Jahre älter als sie. Sie musste wachsen, um sein Fahrrad zu bekommen. Sie musste schlau sein, damit er sie mitnahm, um auf dem Schwarzmarkt Fußballkarten zu verkaufen, und schnell, damit sie für ihn alten Damen Handtaschen klauen durfte. Sie musste im Skat besser sein, damit er sie mit zu seinen Kumpels nahm. Und so war sie ein Bub geworden. Doch dann merkte sie, dass Wolfram eigentlich keinen Buben zu seinen Kumpels mitnehmen wollte, sondern eine hübsche kleine Schwester. Sie musste endlich ein Mädchen werden. Dazu brauchte sie die kleinen Gegenstände aus dem Drogeriemarkt, mit denen ihre Klassenkameradinnen sich aufpeppten: Lippenstift, Nagellack, Mascara, Make-up, Lidschatten. Diese kleinen Dinge kosteten ein Heidengeld. Leider hatte ihre Mutter keinen Schminkkasten zum Probieren. »Du bist hübsch genug«, behauptete sie, als sie sie um Geld anging. »Der größte Schmuck der Frau sind Jugend und Unschuld. Du wirst nicht herumlaufen wie ein Flittchen.«
Mit vierzehneinhalb wurde sie im Drogeriemarkt in der Kaiserstraße beim Klauen erwischt. Das Drama zu Hause war überraschend wüst. Ihr Vater ohrfeigte sie. Ihre Mutter erstickte beim Abendbrot fast an einem Stück Hühnerbrust. Die »schiefe Bahn« wurde zum Schreckenswort, dessen Echo die Eichenschrankwand mit voller Wucht auf Jasmin zurückwarf. »Dein Bruder studiert auf Staatsanwalt, und du klaust«, schrie ihr Vater. »Wie kannst du uns das antun?«
Der Familienrat beschloss, Jasmin in der Nähe von Baden-Baden in ein Internat für verhaltensauffällige Jugendliche zu stecken. Auch um die kranke Mutter zu entlasten. Vater Staat

übernahm die Kosten, für den Pfandleiher genauso wie für die millionenschweren Eltern von Nicole Tiller.
Nicole hatte Klamotten geklaut und war dreimal erwischt worden. Dabei hatte sie es nicht einmal nötig gehabt. Sie besaß reichlich Taschengeld und Stil. Sie war bei den großen Frauen in die Schule gegangen, bei Julia Roberts in *Pretty Woman* und bei Verona Feldbusch und Claudia Schiffer, denn bei ihr daheim hatte man Premiere und DVD-Player und Parkett, auf dem Nicole Gehweisen, Tanzschritte und Gesten geübt hatte. Sie konnte für achtzehn durchgehen und wusste, wie man in Baden-Baden in der Lichtentaler und Langen Straße einkaufte. Immer hatte sie eine Nagelschere dabei, um in den Umkleidekabinen die Markenschildchen aus den Kragen zu trennen und dann einen Preisnachlass auszuhandeln. Nie hatte sie es eilig, wieder aus einem Laden rauszukommen, auch wenn sie unter dem Pullover zwei T-Shirts trug, die sie nicht bezahlen würde.
Das Los bestimmte sie im ersten Jahr zu einem gemeinsamen Zimmer, und als sie im zweiten wählen durften, beschlossen sie zusammenzubleiben. »Gegensätze ziehen sich an«, behauptete Nicole auf ihre frühreife Art. Jasmin lauschte mit großen Augen, wenn sie von Monte Carlo erzählte, von Jachten und Einkaufsflügen mit ihrer Mutter nach Paris, London und New York. Sogar einen Porsche war sie schon mal gefahren, illegal natürlich, weil ohne Führerschein. »Der Neunhundertelfer hat eine harte Schaltung«, behauptete sie. »Außerdem, jeder fährt Porsche. Ich heirate nur einen Mann mit Ferrari.«
Dabei hatte sogar Tillers Auto einst auf dem Kandel'schen Autohof gestanden, ein silberfarbener Maserati. Jasmin erinnerte sich noch an den seltsamen Dreizack am Kühlergrill und die Uhr am Armaturenbrett, die von einer Mandorla umschlossen

wurde. Auch den Namen Tiller hatte sie gekannt, bevor sie Nicole kennen lernte. Ihr Vater war nämlich nicht müde geworden, jeden Zeitungsbericht über Karlheinz Tiller, den Kunstsammler, Sportsponsor und Großunternehmer, mit den Worten zu kommentieren: »Tillers Auto stand auch schon auf meinem Hof. Und er hat es nie ausgelöst. Da kannst du mal sehen ...«

Aber das hatte Jasmin nicht interessiert. Wichtiger war, dass sie zum ersten Mal im Leben eine Freundin hatte. Mit allem Drum und Dran: Sie kicherten die halben Nächte, hechelten die Klassenkameradinnen durch und vertrauten einander alles an.

»Binden!«, rief Nicole. »Wer benutzt denn noch so was? Warum sollen Tampons denn gesundheitsschädlich sein? So, in der *Emma* hat deine Mutter das gelesen? Da steht sicher auch, dass Highheels versklaven und Make-up uns zu Objekten degradiert. Lauter Dinge, die unfroh machen. Zum Glück liest meine Mutter *Brigitte*.«

Es war eine schöne Zeit. Jasmins Leben hatte Plan. Sie würden Millionäre heiraten und sich auf Jachten sonnen. Irgendwie gelang es Nicole, sie mit der katastrophalen Entdeckung der Weiblichkeit zu versöhnen. »Lass dir doch die Haare wachsen.«

»Aber lange Haare stören.«

»Wobei denn?«

»Beim Schwimmen zum Beispiel.«

»Ich finde überhaupt, du solltest damit aufhören. Schwimmen macht dicke Oberarme und breite Schultern.«

Jasmin betrachtete ihre muskulösen Oberarme und ahnte, dass die Männer das nicht gut fanden. Hingegen mochten sie rote Fingernägel, behauptete Nicole, und rasierte Beine und Achseln. »Und Ohrringe musst du tragen. Das mögen die Männer.«

»Aber wenn man damit hängen bleibt?«
»Wo sollte man denn damit hängen bleiben? Willst du immer und ewig wie ein Bub aussehen?«
Kurz vor Weihnachten in ihrem sechzehnten Lebensjahr gewann Jasmin die Baden-Württembergischen Landesmeisterschaften im Hundert-Meter-Freistil, und Nicole durchstach ihr die Ohrläppchen. Sie nahm eine Nadel, hielt sie in die Flamme ihres Feuerzeugs, verankerte das Öhr in einen Korken und ging ans Werk. Die Nadel durchdrang das Ohrläppchen mit einem Geräusch wie früher, wenn Jasmins Mutter die Nadeln ins Nähkissen stach. Weh tat es erst, als Nicole einen ihrer Ohrstecker einpflanzen wollte und das Loch nicht gleich fand, weil es blutete. Dann Teebaumöl drauf, damit sich nichts entzündete.
Mit glühenden Ohrläppchen saß Jasmin auf ihrem Bett und fühlte sich wie ein neuer Mensch. Der erste Schritt zur Verweiblichung war getan. Nun leistete sie sich auch Ringe und Armbänder und ließ die Haare wachsen.
Nicole und Jasmin tranken Blutsbrüderschaft. In Zeiten von Aids allerdings symbolisch mit Rotwein. Schließlich machte man es in der Kirche beim Abendmahl auch so. Und es war natürlich keine Blutsbrüderschaft, sondern ein Eid auf ewige Schwesternschaft. »Du bist meine kleine Schwester«, bestimmte Nicole. »Und ich werde immer gut auf dich aufpassen. Der Mann, der dir wehtut, bekommt es mit mir zu tun. Das schwöre ich.«
Vielleicht hatte es damals angefangen. Ein erster Keim von Konkurrenz, kaum sichtbar, nicht zu diagnostizieren für eine unerfahrene Jugendliche wie Jasmin. Ihr fiel nur auf, wie fremd sich ihrer beider Welten außerhalb des Internats waren.
Nicole wurde auf einem Biologieausflug zu einem Imker von

einer Biene gestochen. Daraufhin verklagte Tiller den Biologielehrer auf Schmerzensgeld.
»Der tut was?«, fragte Jasmin verblüfft nach. »Nur weil eine Biene …«
»Wozu mussten wir auch da hin?«, rechtfertigte sich Nicole. »Der Biolehrer hat es doch geradezu herausgefordert, dass jemand gestochen wird. Wenn ich eine Bienenallergie gehabt hätte, dann hätte ich sterben können.«
Jasmin lachte. »Du hast aber auch voll hysterisch herumgefuchtelt. Jedes Kind weiß, dass Bienen stechen. Nur Kinder reicher Eltern anscheinend nicht. Sie haben ja einen Vater, der vor Gericht geht, wenn es mal wehtut.«
Jasmin merkte, wie sie neben Nicole wuchs. Und als Nicole immer noch glaubte, sie sei die Große und Jasmin die Kleine, waren sie bereits beide Champions, wenn auch auf unterschiedlichen Gebieten. Und vielleicht, dachte Jasmin manchmal, war sie inzwischen sogar eigentlich die Größere, denn sie durchschaute Nicoles Verhaltensmuster und glich aus, bevor es zu Konflikten kam, während sie für Nicole undurchschaubar blieb. Nicht dass Nicole sich die Mühe machte, sie durchschauen zu wollen. Aber immer öfter sagte sie: »Ich versteh dich nicht, Jasmin, wirklich! Warum kannst du Silvana nicht in Mathe abschreiben lassen? Ist doch egal.«
Es war nicht egal. Wenn der Lehrer merkte, dass Silvana die Mathearbeit bis auf die Vorzeichenfehler von Jasmin abgeschrieben hatte, dann bekam auch Jasmin null Punkte.
»Ist doch egal!«, rief Nicole völlig verständnislos. »Bei deinem Schnitt. Vierzehn Punkte oder fünfzehn in Mathe, darauf kommt es doch wirklich nicht an.«
Es kam darauf an.

»Du bist kleinlich, weißt du das. Unsolidarisch und kleinkariert.«
»Und du bist sehr großzügig mit meinen Noten«, schrie Jasmin zurück. »Du hast doch noch nie genug Mathe gelernt, damit jemand von dir abschreiben könnte. Wozu auch? Wenn du durchs Abi fällst, dann verklagt dein Vater die Schule.«
»Du bist ja nur neidisch.«
»Auf was, Nicole? Auf was denn?«
Achselzuckend drehte Nicole sich weg. »Du solltest dir die Augenbrauen zupfen.«
Äußerlich blieb Jasmin die kleine Schwester neben der großen Nicole. Die blonde Mähne reichte Nicole bis zum Po, während Jasmins hellrote Haare zu dünn waren, um länger als schulterlang getragen zu werden. Nicoles herzförmiges Gesicht war ohne Makel. Wenn sie lächelte, hatte man den Eindruck, sie habe mehr Zähne im Mund als andere Menschen. Eine schimmernde Reihe von Perlen. Dagegen hatte bei Jasmin die Zahnregulierung versagt, die man ihr routinemäßig hatte angedeihen lassen. Auf ihrer Nase hüpften wie Flöhe die Sommersprossen. Ihre Oberarme waren doppelt so dick wie die von Nicole. Das regelmäßige Schwimmtraining hatte ihr breite Schultern in Relation zu den Hüften verliehen, während Nicoles Becken in Hüfthosen, Miniröcken und unter nabelfreien Tops den Männern ein wahres Fest an Weiblichkeit und Fruchtbarkeit verhieß. Neidlos erkannte Jasmin Nicoles Schönheit an. Keine Frage, ihre große Freundin war geboren für den roten Teppich. Und Jasmin war es nicht.
Auf ihren Vater und die Last tausender in Kredit gegebener Autos die Schuld zu schieben wäre zu leicht gewesen. Allerdings missbilligte er entschieden und mit kleinbürgerlichem Stolz ihre

Freundschaft mit Nicole. »Tillers Auto stand auch schon auf meinem Hof. Und er hat es nie ausgelöst.«

Und er sagte rundheraus Nein, als Jasmin ihm vor ihren letzten Sommerferien vor dem Abitur eröffnete, dass Nicole sie zu einem Mittelmeertörn auf der Jacht ihres Vaters eingeladen habe, die im Hafen von Palma de Mallorca lag, mit Skipper und Roomservice. »Dich von diesen Leuten aushalten lassen? So weit kommt es noch.«

»Nicole ist meine beste Freundin!«, schrie Jasmin in der Not einer Teenagerin, welche die Chance ihres Lebens schwinden sah. »Und sie hat mich eingeladen.«

»Und wer bezahlt den Flug? Glaubst du, ich arbeite, damit du das Geld in Monte Carlo auf den Kopf haust?«

»Ich habe was gespart. Ihr braucht mir gar nichts zu geben.«

»Und wie willst du das Essen im Restaurant bezahlen, die Landgänge, die Discos, die Klamotten? Nein. Wir haben es nie nötig gehabt, uns aushalten zu lassen. Und meine Tochter hat das auch nicht nötig. Schon gar nicht von diesem Betrüger Tiller. Ich habe sein Auto auf meinem Hof stehen gehabt. So einer lebt nur auf Pump. Und eines Tages fliegt alles auf. Und dann ist Schluss mit Jacht und Juwelen. Wirst schon sehen.«

»Du bist ja nur neidisch!«

Das ganze Wochenende hatte ihr Vater nicht mit ihr gesprochen. Am Wochenende darauf hatte er ihr die Flugtickets und eine Hotelreservierung für drei Wochen Barcelona übergeben. Geschenkt konnte man kaum sagen für diese stumme Geste gekränkter väterlicher Großzügigkeit. Ließ sich nicht nachsagen, dass er seiner Tochter keine Reise bezahlen konnte. Würde in der Kneipe damit prahlen. Alles auf Basis der Not anderer Leute. Die Gewinnspanne zwischen Bargeld und Gebühren für die

Auslösung der Wagen oder Versteigerungsgewinn. In schlechten Zeiten ging das Geschäft gut. Und die Zeiten wurden immer schlechter. Zumindest für die kleinen Leute. Für die großen natürlich nicht.

»Wir holen dich in Barcelona ab«, schlug Nicole sofort vor, als sie sich montags wieder im Internat trafen. »Kein Problem. Das wird ein Spaß, sag ich dir. Drei Wochen voll krass die Fete.«

Es wurde die Hölle.

Jasmin schüttelte sich unwillkürlich. Dabei rutschte ihr die Mappe mit den Unterlagen von den Knien. Sie musste sich unter den Tisch bücken, der sie von einer jungen Frau trennte, die ihr schräg gegenüber am Fenster saß und in einem Buch las. Zwischen fremden Füßen klaubte sie Fotokopien und Internetausdrucke zusammen. »Entschuldigung.«

»Macht doch nichts«, sagte die junge Frau und reichte ihr noch ein Blatt.

Es war die Kopie eines Zeitungsartikels mit der Überschrift »Fingierter Diebstahl in der Tiller-Villa?« Er berichtete, dass die Polizei untersuchte, ob die fünf wertvollen Bilder, die Tiller seiner Versicherung nach einem Einbruch in seiner Villa auf dem Turmberg in Karlsruhe-Durlach als gestohlen gemeldet hatte, tatsächlich gestohlen worden waren. Denn wieso war die Alarmanlage an jenem Abend nicht eingeschaltet gewesen? Der Artikel war drei Jahre alt. Einen weiteren zu diesem Thema gab es in Rolfs Dossier über Tiller nicht. Vermutlich war in aller Stille Strafbefehl ergangen. Wolfram hatte ihr einmal erklärt, dass man Strafbefehle erteilte, wenn es sich um berühmte Leute handelte, die ihren Namen nicht in einer öffentlichen Verhandlung an den Pranger gestellt sehen wollten. Staatsanwalt und Richter kungelten Schuldigkeit und Strafmaß unter sich aus.

Wenn der Verurteilte keinen Einspruch erhob – und so einer wie Tiller würde sich hüten, eine öffentliche Verhandlung zu provozieren –, dann war die Sache erledigt. Was kümmerte es Tiller, ob er vorbestraft war. Er wollte ja nicht Politiker werden.
Jasmin legte die Papiere in ihre Mappe zurück. Das musste sie später in Ruhe durchgehen, wenn die Erinnerungen sie nicht mehr zapplig machten. Überhaupt hätte sie mit dem Auto fahren sollen, da kam man nicht zum Nachdenken. Man musste auf Mittelstreifen, Seitenstreifen, Straßenschilder und Ampeln achten und hatte keine Zeit, vor dem inneren Auge das Deck einer Jacht zu sehen – alles Kirschholz, hatte so viel gekostet wie eine Vierzimmerwohnung in bester Lage – und Karlheinz Tillers Gelächter zu hören, diese sonore Tonmischung aus Prahlhans und Nörgler.
Jasmin hatte Tiller damals auf der Jacht nicht zum ersten Mal gesehen, aber immer in Anzug mit Schlips und weißem Kragen, nicht in Badehose und jeglicher Sozialkontrolle entkleidet. Er flirtete so offen mit ihr, dass sie jedes Mal in maßloser Scham die Augen vor Nicoles Mutter niederschlug. Bis sie mitbekam, dass die schlanke gebräunte Frau mit den aufgespritzten Lippen es in der Koje mit dem Skipper trieb. Karlheinz Tiller war im Grunde vierundzwanzig Stunden lang betrunken. Er war sich nicht zu schade, auf dem Ballermann die Sangria aus den Wasserhähnen in der Mittelkonsole der Tische zu trinken, in den Wet-Shirt-Shows an die größten Titten zu fassen oder morgens einer von den zehn Ersten sein zu wollen, die das Frühstück umsonst bekamen. Ein reicher Mann von unten. »Mein Vater war auch nur Gebrauchtwagenhändler.«
Seine Frau zog die Augenbrauen hoch, wenn er den Proleten rauskehrte, Jasmin auf den Bikinihintern klatschte und die

Preise für Bier, Cola und einen Teller Gambas einzelner Kneipen verglich, um das Billigste zu wählen.
»Kümmer dich nicht um meine Eltern«, versuchte Nicole sie zu beruhigen. »Die sind immer so im Urlaub.«
Dann wieder stopfte Karlheinz Tiller Jasmin ein Bündel Banknoten in den Busen. »Kauf dir was Geiles. Du bist viel zu ernst.« Für seine Frau musste es so aussehen, als würde er sie für Dienste entlohnen, die Jasmin sich nicht ausmalen wollte.
Aber es waren nicht nur Tillers Zudringlichkeiten, von denen Nicole uneinsichtig behauptete, sie seien nicht so ernst gemeint, sondern eine unzählbare und ständig wechselnde Menge junger braun gebrannter Männer, die sich auf dem Deck sonnten und mit einer eigenartigen Gleichgültigkeit und Routine mit Nicole flirteten. Es war dieser unbegreifliche Wechsel von blasierter Langeweile zu einem plötzlich aufgesetzten Lächeln, Augenglitzern und Lippenlecken, sobald Nicole oder Nicoles Mutter oder irgendwelche ebenfalls aus dem Nichts erscheinenden jungen Hüpfer in Bikinis und oben ohne auf ein kleines Handgemenge oder mehr aus waren.
Vielleicht, dachte Jasmin heute, hatte sie in ihrer jungfräulichen Naivität etwas gründlich missverstanden. Und was war eigentlich dabei, dass die schönen jungen Körper sich hin und wieder aneinander erfreuten? Sie hatte eben nur nicht dort hineingepasst. Und man hatte sie auch auf geradezu ernüchternd deprimierende Weise links liegen lassen. Tagelang hatte sie mit kaum jemandem mehr Worte gewechselt als »Danke«, »Tschüss« oder »Nein danke, für mich nichts mehr«.
Einer der jungen Männer hatte sie im Vorbeigehen angefasst und ihre Brust in der Hand gewogen und dazu bemerkt: »Klein, aber fein.«

Ein abwehrendes Zucken hatte gereicht, damit er sich lächelnd abwandte.
Nicole war Jasmin in diesen drei Wochen fremd geworden. Ein von Nicole dahingeworfenes »Spielverderber« hatte sie bis zu Tränen gekränkt. Hätte sie gekonnt, sie hätte das Schiff verlassen. Aber sie war gefangen. Sie war darauf angewiesen, dass man sie zu ihrem Rückflug nach Barcelona brachte. Ihr Geld war schon nach einer Woche alle gewesen.
Zum zweiten Mal rutschte ihr die Mappe von den Knien. Diesmal lag es daran, dass der Zug bremste. Jasmin konnte die Papiere gerade noch halten. Ein Wald und das Bahnhofsschild Dannenwalde zogen am Zugfenster vorüber und blieben schließlich stehen.
Der Einzige, der zustieg, war ein atemloser junger Mann in abgewetzten Jeans mit einer Reise- und einer Anzugtasche von Seisser & Cie, die je das Zehnfache von Jasmins Reisetasche wert waren. Statt in die erste Klasse durchzugehen, blieb er abrupt an der Sechserbank mit Konferenztischchen in der Mitte stehen, in der Jasmin und die andere Frau saßen. Er stopfte seine teuren Gepäckstücke in den Gepäckträger, riss sich das verschwitzte Leinensakko vom Leib, knüllte es dazu, ließ sich dann Jasmin gegenüber auf den Sitz an der Gangseite fallen und zückte sofort ein Handy.
»Ja, ich bin's, Mama«, konnte Jasmin nicht vermeiden zu hören. »Nein, ich sitze im Zug. Meine Karre hat wieder mal den Geist aufgegeben. Nichts zu machen. Ja, ich weiß … Ich schätze …« Er blickte auf die Uhr. »Ja … Nein …«
Die junge Frau auf seiner Bankseite am Fenster hob kurz den Blick von dem Buch, das sie seit Oranienburg las.
Seine Armbanduhr war ein Schweizer Chronometer von Ulysse

Nardin mit Anker auf dem Zifferblatt und Armband, leuchtend blau, deren Wert Jasmin mit verständigem Blick auf den eines Mittelklassewagens schätzte. Seine Hand, die das Handy hielt, wies die Zeichen einer schweren Havarie auf – Ölflecken und eine rot angelaufene Quetschung am kleinen Finger. Seine Unterarme waren reichlich schwarz behaart.

Jasmin schätzte sich glücklich, noch nie etwas für behaarte Männer übrig gehabt zu haben. Wenn man wie sie jung und nicht in festen Händen war, prüfte man automatisch bei jedem Mann, ob er taugte oder getaugt hätte, wäre man nicht zu versteinert gewesen, um sich jemals wieder zu verlieben, und wäre man überdies nicht auf dem Weg gewesen, der ehemals besten Freundin den Mann auszuspannen.

Jasmin fing einen Blick auf, den die junge Frau am Fenster ihr zuwarf. Jetzt, mit dem Mann in ihrer Runde, war es nötig geworden abzuchecken, wer mitspielte. Sie war zierlich, sehr schlank, brünett und mandeläugig. Sie trug ein rosa, hellblau und hellgrün gestreiftes Twinset und schwarze Hosen. Eine echte Regionalzugschönheit.

Typisch Mann, dass er sich bei zwei Frauen einnistete, noch typischer, dass er sich, geleitet von tief verankerten unbewussten Entscheidungsmustern, auf die Seite der zierlicheren, der schwächeren und weiblicheren gesetzt hatte. Ein Mann war eben immer auf der Jagd.

»Nein, Mama«, sagte er gerade, »in dieser Sache bin ich noch nicht viel weitergekommen … Nein …«

Der Zug setzte sich in Bewegung, und Jasmins Handy klingelte. Auf dem Display erkannte sie die Telefonnummer ihrer Mutter. Sie war versucht, den Anruf nicht anzunehmen, tat es dann aber doch. »Hallo, Mama.«

»Wo bist du denn, Kind? In deinem Büro heißt es, du seist verreist.«
»Ich bin auf dem Weg an die Ostsee, aber rein geschäftlich.«
»Aber im Büro sagten sie …«
»Mit wem hast du denn gesprochen? Mit Petra? Die kann das auch nicht wissen. Es ist ein Auftrag der Chefin persönlich.«
»Übers Wochenende? Was ist das denn für ein Geschäft übers Wochenende? Wie willst du denn jemals zur Ruhe kommen?«
Jasmin war siebenundzwanzig und wollte alles, nur nicht zur Ruhe kommen.
»Ich weiß es wirklich nicht, Mama«, sagte der Mann gegenüber gerade. »Der Zug hält in jedem Kaff. Nein, lass mal … Ich bin sicher rechtzeitig da, um meine Tochter abzuholen.«
Sieh an, schon geschieden, der Herr, dachte Jasmin. »Was gibt's denn so Dringendes, Mama?«, fragte sie.
Inzwischen hatte der Bursche ihr gegenüber die Ölflecken an seinen Jeans entdeckt, deren Used-Look dadurch die letzte Vollendung erfuhr. Eine pechschwarze Locke fiel ihm aus ungebürsteten Haaren in die Stirn eines nicht sonderlich glatten Gesichts mit kohlschwarzen Augen und einem ungeduldigen Zug um Nasenflügel und Lippen, die sich nie hatten bemühen müssen, Gefühle zu verbeißen. Reicher Leute verwöhntes Söhnchen.
»Wolltest du nicht dieses Wochenende nach Karlsruhe kommen?«, klagte unterdessen Jasmins Mutter. »Deine Tante Zichorie hat Geburtstag, wie du weißt.«
»Richte ihr einen schönen Gruß aus, aber ich bin geschäftlich unterwegs.«
»Dein Bruder hat auch abgesagt. Seitdem er mit diesem Flittchen zusammen ist …«
Jasmin atmete aus. »Mama«, sagte sie leise, »ich muss jetzt

Schluss machen. Ich kann auch nächstes Wochenende nicht kommen. Ich habe zu tun. Ich habe einen Job.«

»Findest du nicht, dass es langsam Zeit wird, dass du deinen kindischen Trotz aufgibst. Wir haben dich damals nicht rausgeschmissen. Es war deine Entscheidung, nach Berlin zu gehen.«

Jasmin ließ das Handy sinken. Es quakte in ihrem Schoß weiter, während draußen Wälder, blühende Fluren und blaue Seen im Glanz des Frühlingstags vorbeizogen. Im Augenwinkel bemerkte sie, dass der Bursche ihr schräg gegenüber am Gang kurz den Blick hob. Die junge Frau am Fenster registrierte sofort sein Interesse, so kurz und belanglos es auch war, und fuhr sich mit der Hand durch die dunklen Haare. Dabei blitzte unter der Jacke ihres Twinsets eine Achselhöhle auf.

Jasmin nahm das Handy wieder hoch. »Mama, ich muss jetzt wirklich Schluss machen. Mein Akku ist leer. Ich melde mich wieder.« Damit drückte sie ihre Mutter weg.

Die junge Frau verbiss sich ein Schmunzeln und blickte angelegentlich aus dem Fenster, den Zeigefinger ins zugeklappte Buch geklemmt. Eines hatten Frauen immer gemeinsam, selbst wenn sie um Männer konkurrierten – die Mütter.

»Ist für Ihre Mutter jedes fremde weibliche Wesen auch immer gleich ein Flittchen?«, erkundigte sich Jasmin liebenswürdig.

Die junge Frau schaute Jasmin überrascht an und stieß ein perlendes Gelächter aus. Damit gelang es ihr, endlich die Blicke des Mannes auf sich zu lenken. Auch er hatte das Telefonat mit seiner Mutter inzwischen beendet.

»Und für Ihre Mutter?«, sprach Jasmin ihn unverblümt an.

»Meine Mutter betreibt ein Eheanbahnungsinstitut. Sie lebt davon, dass Männer sich für Frauen interessieren.« Er lächelte

sie beide paritätisch an und hob die ölverschmierten Hände. »Hätte wohl eine von Ihnen ein Papiertaschentuch für mich?«
Die junge Frau am Fenster beeilte sich, ihm dienlich zu sein, Jasmin nicht.
»Herzlichen Dank.« Er begann sich die Finger abzuwischen. Dabei suchte sein Blick das Weite, oder vielmehr den Schaffner, der soeben den Wagen betreten hatte und sein »Jemand zujestiggääääään?« rief. Um an sein Portemonnaie zu kommen, musste der Zugestiegene aufstehen und sich zu seinem Sakko recken, das im Gepäckträger knüllte. Die Augen der Regionalzugschönheit wanderten von knapp unterhalb seines Gürtels das olivgrüne T-Shirt hinauf. Sie konnte es gar nicht vermeiden. Jasmin auch nicht. Man ahnte den Waschbrettbauch eines gut trainierten Freizeitsportlers. Er löste einen Fahrschein bis Rostock, erkundigte sich, wann der Zug dort ankam, und schaute abschätzend auf sein Chronometer. Warum fuhr er eigentlich nicht erster Klasse?
Jasmin senkte den Blick und schlug ihre Mappe auf, die sie auf den Knien gegen den Mitteltisch gelehnt hielt. Die Regel Nummer eins im Buch der Verführung lautete: Wenn dich ein Mann interessiert, dann schieß einen Pfeil auf ihn ab und interessiere dich dann für alles andere, nur nicht für ihn. Dabei – wohlgemerkt – interessierte sie dieser Waschbrettbauch nicht. Allein schon deshalb, weil sie für solche Typen ohnehin nur zweite Wahl war.
»Was lesen Sie denn da?«, erkundigte er sich nach einer Weile, aber nicht bei ihr, sondern bei der Schönheit auf seiner Seite am Fenster.
Die junge Frau lachte verlegen. »Habe ich am Bahnhof gekauft.« Es war irgendein Roman mit buntem Cover.

»Und, spannend?«
»Es geht so. Eine Liebesgeschichte.«
Jasmin konzentrierte sich auf Rolfs Dossier über den Konzern Rosenstock. Sie stand vor einer weit schwierigeren Aufgabe, als im Zug einen jungen Mann, den sie nie wiedersehen würde, in ein belangloses Gespräch zu verwickeln.
Rosenstock war eines der Großunternehmen, die nach dem Krieg eine Stadt in der Lüneburger Heide zum Synonym für seine Existenz gemacht hatten, wenn es auch niemals ein Konzern nach dem Aktiengesetz geworden, sondern immer GmbH geblieben war. Nach dem Mauerfall hatte man in Rostock ein großes Werk gebaut. Die Märkte der Neuen Länder winkten. Vermutlich hatte es auch ordentliche Subventionen gegeben. Seit Anfang der neunziger Jahre wurden die Geschäfte von einer Holding geführt, deren Chef der alte Patriarch Günter Rosenstock war. Man hatte alle möglichen Sparten dazugekauft – Parkplatzverwaltungen, eine Telefongesellschaft, eine Computerteilefertigung und, sieh an, auch eine Baugerätespedition. Etwa mit Gleisumbauzügen von Tiller?
Jasmin hob den Blick. Die junge Frau ihr gegenüber las wieder. Der Mann auf der anderen Seite hatte sich zurückgelehnt und die Augen geschlossen.
Nach dem Börsencrash vor drei Jahren hatte Rosenstock begonnen, viele dieser Sparten wieder abzustoßen und sich aufs Kerngeschäft zu besinnen: Küchengeräte, Küchenmöbel, Küchentechnik in einem Markenspektrum von billig bis Luxus. Rolf hatte einen Prospekt beigelegt. Modell Bologna, klare Formensprache, klassisches Weiß mit warmer Nussbaumoptik und hoch eingebautem Ofen, der voll und ganz den ergonomischen Anforderungen gerecht wurde.

Jasmin musste schmunzeln. Irgendeinen Haken gab es immer, und wenn es die Designergriffe waren, die sich im Zwickel an der Tür mit keinem noch so spitzen Fingernagel reinigen ließen.
Der Zug tauchte in den Nationalpark Müritz mit seinen dunklen Wäldern, wilden Mooren und glasklaren Gewässern. In ein paar Minuten würden sie in Waren halten, der Stadt im Sternpunkt dreier blauer Seen. Die Frau am Fenster packte ihr Buch in die Handtasche und stand auf. Sofort sprang auch der Kavalier an der Gangseite hoch, um sie hinauszulassen, und half, ihre Tasche aus dem Gepäckträger zu ziehen, eine leichte Tasche, bei der sie eigentlich keine Hilfe brauchte.
»Danke«, sagte sie, und an Jasmin gewandt: »Gute Weiterreise.«
»Schönes Wochenende«, erwiderte Jasmin.
Die Regionalzugschönheit verschwand. Der verschmutzte Kavalier setzte sich wieder. Der Zug fuhr erneut an. Jasmin senkte den Blick in ihr Dossier.
»Entschuldigen Sie?«
Sie schaute auf.
»Könnten Sie wohl ein Auge auf meine Sachen haben. Ich muss mir einen Kaffee besorgen. Bis hier ein Wagen durchkommt, sind wir in Rostock.«
»Es kommt kein Wagen. Der Zug hat einen Snackpoint«, erklärte Jasmin.
»Ja, dann … Soll ich Ihnen einen Kaffee mitbringen oder irgendetwas anderes?« Seine Augen waren von einem wirklich außergewöhnlichen Bitterschokoladebraun.
»Nein, vielen Dank.«
»Wie Sie wollen.« Doch statt aufzustehen, beugte er sich vor. »Verzeihen Sie meine Neugierde, aber in diesen engen Zügen

kann man einfach nicht umhin, so manches mitzubekommen. Ich frage mich …«

»Vielleicht«, unterbrach ihn Jasmin liebenswürdig, »wären Sie in der ersten Klasse weniger Versuchungen ausgesetzt.«

Er lachte nach einer Verblüffungssekunde. »Wissen Sie, diese unterkühlten Laptopegozentriker in der ersten Klasse machen mich depressiv. Bei jedem Mobilfunkgespräch verdealen sie Millionen. Aber finden Sie, dass ich indiskret bin? Redet man in der zweiten Klasse auch nicht miteinander?«

Jasmin lachte freundlich. »Sind Sie ein Bestsellerautor auf Studienreise in der Holzklasse?«

Er lächelte durchaus charmant. »Sie beißen ein bisschen, hm? Habe ich mir fast gedacht. Die musst du im Auge behalten, habe ich mir gesagt. Darum habe ich mich Ihnen gegenübergesetzt. Man wird ja nicht gern von der Seite angefallen, nicht?«

Jetzt lachte Jasmin verblüfft.

»So«, sagte er zufrieden und stand auf. »Und jetzt gehe ich mir den Kaffee holen. Sie möchten wirklich nichts?«

Jasmin schüttelte den Kopf, damit beschäftigt, ihre inneren Bataillone zu ordnen. Der Bursche verlangte ihre ganze Aufmerksamkeit, aber natürlich nicht ihre persönliche, sondern ganz grundsätzlich die einer Frau, besonders dann, wenn sie signalisierte, dass sie sich eigentlich recht gut ohne ihn beschäftigen konnte. Ihr Puls beschleunigte. Sie mochte es gar nicht, wenn jemand schlagfertiger war als sie.

Als er wiederkam, hatte sie die Dossiers über Tiller und Rosenstock in ihre Reisetasche gesteckt und blickte aus dem Fenster. Die Sonne stand bereits recht hoch. Im Augenwinkel sah sie, dass der Mann sich bückte und ein Blatt Papier aufhob, das unter seinem Sitz hervorlugte.

»Gehört das Ihnen?«

»Oh, danke.« Das Blatt musste ihr schon entwischt sein, als ihr die Mappe hinuntergefallen war. Es zeigte einen Gleisumbauzug. Sie faltete es zusammen und steckte es in ihre Reisetasche unterm Sitz.

»Entschuldigen Sie, dass ich keinen Frieden gebe«, begann er wieder. »Ich bin mir sicher, Sie schon gesehen zu haben.«

Was für eine blöde Masche!

»Allen Ernstes. Wir sind uns schon einmal begegnet. Und es ist gar nicht lange her. Dass Sie sich nicht an mich erinnern, ist nur zu verständlich. Männer wie mich gibt es zu Dutzenden. Aber Frauen mit dieser Haarfarbe ... Was für ein Rot! Nicht einfach nur Hexenrot, sondern ... wie soll ich sagen? ... ein englisches Rot, zart wie ein Wüstenwind. Es erinnert mich an eine bestimmte Schauspielerin. Ich komme nur nicht auf den Namen.«

«Mia Farrow?«, schlug Jasmin vor. »Die kleine Böse aus dem Agatha Christie-Film *Tod auf dem Nil.* Meine Mutter fand das jedenfalls immer. Daher vielleicht Ihr Eindruck, wir würden uns kennen.«

»Ich habe nicht gesagt, dass wir uns kennen ...«

Haarspalter!

»Es war vor einer Woche am Roten Rathaus. Ich habe Sie nur von hinten gesehen. Ich möchte gewiss nicht zudringlich erscheinen, aber Ihre Haarfarbe hat mich bewogen, mich zu fragen, ob Sie auch den dazugehörigen hellen Teint, die Sommersprossen und die aquamarinblauen Augen haben.« Er lächelte. »Alles vorhanden, wie ich sehe. Perfekt. Ihre Sommersprossen sind der wahre Grund, warum ich nicht in die erste Klasse durchmarschiert bin.«

Jasmin begann zu denken, dass es sich um einen etwas geschwätzigen Charmeur handle, und ihre inneren Bataillone ließen sich nieder und fingen an, Karten zu spielen. Grundregel Nummer eins im Buch der Verführung für Männer: Niemals mehr als fünf Worte am Stück reden, bevor die Frau nicht mehr als zehn gesagt hat. Das sollte eigentlich nicht so schwierig sein.

»Allerdings«, fuhr er fort, »war das ein Tag, den ich ohnehin nicht so schnell vergessen werde. Mein bester Freund wollte heiraten. Doch auf dem Standesamt hat die Braut Nein gesagt und ist fortgelaufen. Und zwar wegen eines anderen.«

»Oh! Das klingt ja wie im Film«, sagte Jasmin. »Schade, dass ich nicht dort war.«

Er lehnte sich zurück und blickte auf seine zwar gesäuberten, aber malträtierten Hände hinunter. »Für meine Mutter war es ziemlich peinlich.«

»Für Ihre Mutter?«

Er sah sie wieder an. »Sie führt, wie schon gesagt, ein Heiratsvermittlungsinstitut. Hauptsächlich für Manager und sonstige Arbeitstiere, die keine Zeit haben, sich eine standesgemäße Braut zu suchen.«

»Aber …« Jasmin biss sich auf die Unterlippe. Sie war drauf und dran gewesen, darauf hinzuweisen, dass Xandra keineswegs eine standesgemäße Braut für Achim gewesen war. Hastig scheuchte sie ihre inneren Bataillone wieder an die Frontlinie.

»Ja?«, fragte er aufmerksam. »Was wollten Sie sagen?«

»Dann hat Ihre Mutter diese Hochzeit angebahnt?«

»Ja. Aber es ist von Anfang an alles schief gegangen. Die Braut hat bei den Angaben zur Person ziemlich geschwindelt, vor allem was ihre finanzielle Unabhängigkeit betraf. Als sich bei der Bonitätsprüfung herausstellte, dass sie die Tochter eines

Kreuzberger Obsthändlers ist, hatte sich mein Freund bereits unsterblich in sie verliebt. Und dann läuft dieses Flittchen … Verzeihung … dann läuft dieses törichte Geschöpf mitten in der Trauung davon. Können Sie mir erklären, was in so einem Frauenhirn vorgeht?«

»Vielleicht ist Geld doch nicht alles.«

Der junge Mann lachte. »Doch, glauben Sie mir, nichts ist so erotisch wie Geld. Warum sonst heiraten junge Frauen alte Knacker?«

Jasmin lächelte. »Nicht wegen des Geldes, sondern weil ältere Männer besser zuhören.«

»Als Vaterersatz meinen Sie?«

»Wie kommen Sie auf die Idee, dass Väter gut zuhören?«

»Hört Ihr Vater Ihnen nicht zu?«

»Und Ihre Mutter? Lässt die Sie ausreden?«

»Selbstverständlich. Ich bin ein Muttersöhnchen aus Überzeugung, denn nichts geht über die Beziehung eines Sohnes zu seiner Mutter. Bei keiner Frau genießt er so vorbehaltlose Liebe, keine würde seine Fehler so zuverlässig entschuldigen und in Qualitäten umdeuten. Und ich habe unzählige Fehler.«

Jasmin legte seine Worte unter Ironie ab und frage nicht nach seinen Fehlern.

»Und Sie …«, begann er unverdrossen von neuem. »Sie wollen sich in Rostock bei Rosenstock eine Küche kaufen?«

Jasmin schüttelte den Kopf. »Ich wohne zur Miete, da lohnt sich das nicht.«

»Dann für jemand anders? Für ein Hotel? Nein? Ich dachte, weil Sie vorhin einen Prospekt mit Küchen studiert haben. Aber Sie sind doch geschäftlich unterwegs?«

»Nein, ich will an der Ostsee Urlaub machen.«

Auf seinen Lippen flackerte ein Schmunzeln. »Dann haben Sie Ihre Mutter vorhin belogen.«

Jasmin zog es vor, dazu nichts zu sagen.

»Was machen Sie denn so beruflich?«

»Ich … ich bin Journalistin«, antwortete sie widerstrebend.

»Ah, interessant. Bei welcher Zeitung denn?«

»Bei verschiedenen.«

Er runzelte die Stirn. »Und wo steckt die Verbindung zwischen Küchen und Baumaschinen oder vielmehr zwischen Rosenstock-Küchen und Gleisumbauzügen. Bitte verzeihen Sie mir meine Impertinenz. Auf dem Weg in den Urlaub studieren Sie eine Mappe mit Unterlagen über beides?«

»Es ist eine Recherche«, antwortete Jasmin notgedrungen erfinderisch. »Der Rosenstock-Konzern hat in den neunziger Jahren fremde Sparten gekauft, darunter einen Baumaschinenvertrieb.«

»Tatsächlich? Wittern Sie ein krummes Ding?«

»Was könnte dabei krumm gelaufen sein?«, fragte Jasmin durchaus ernsthaft.

Er hob die Hände. »Keine Ahnung! Ich war in den neunziger Jahren nicht in Deutschland.«

Eine seltsame Antwort, dachte Jasmin. Aber ehe sie dazu kam, aus ihrer Verwunderung eine Frage zu machen, bemerkte er, dass sie sich Rostock näherten. Draußen zogen Autobahntrassen, Windkraftanlagen und die Ausläufer einer Stadt vorbei.

»Und wo werden Sie Ihren Urlaub verbringen?«, erkundigte er sich, im Begriff aufzustehen.

»Ich weiß es noch nicht genau. Mal sehen.«

Er schnaufte. »Sie wollen sich wohl ums Verrecken nicht in die Karten gucken lassen, hm?«

Jasmin lachte, zog ihre Tasche unter dem Sitz hervor und stand auf.

»Darf ich Ihnen trotzdem meine Karte geben?« Auch er war aufgestanden und hielt ihr zwischen Zeige- und Mittelfinger eine Visitenkarte hin. »Ich habe in Kühlungsborn ein Segelboot liegen. Vielleicht könnten wir mal zusammen essen gehen, wenn Sie sich von meiner aufdringlichen Fragerei etwas erholt haben. Vielleicht hätten Sie sogar Lust auf einen kleinen Segeltörn? Sie können mich jederzeit auf meinem Handy anrufen. Zu jeder Tages- und Nachtzeit. Und sagen Sie jetzt bitte nicht: Mal sehen.«

»Wie Sie meinen.« Jasmin ließ die Karte unbesehen in ihre Blazertasche gleiten, und schon in der Bahnhofsunterführung verlor sie ihn aus den Augen. Er war zum Südausgang fortgeeilt, während Jasmin nach Wegweisern Ausschau hielt. Im schwarzen Steinboden funkelten die grünen Einsprengsel von Flaschenglas. Treppen leiteten sie ins alte Bahnhofsgebäude, das von außen aussah wie ein Kurhotel mit seiner gerundeten weißen Fassade und dem Schmuckgiebel auf Pfeilern. Jasmin zog die Seeluft in ihre Lungen, begriff aber, dass sie ihren vorbestellten Mietwagen nicht hier finden würde. Mit einem Schlüssel bewaffnet, begab sie sich schließlich auf den Parkplatz auf der Südseite. Der Schlüssel passte zu einem violetten Focus.

Rostock entließ sie nach Westen aus dem Spalier von Baumärkten und Einkaufscentern in eine schnurgerade Allee. Der Blick wurde weit und streifte über endlose Felder, bis schließlich dichte, tiefe Wälder sich mit den Alleebäumen vereinigten. Am fremdesten war Jasmin der Himmel. Er war riesig und blau und gab verblüffend vielen verschiedenen Wolkenformationen Raum: Quellwolken, Wattefetzen, Streifen und Schleiern.

Es war Freitag, eine Woche vor Pfingsten. In einigen Bundesländern hatten bereits die Ferien begonnen. Trotzdem war nicht viel los. Jasmin hatte sich erkundigt, in Heiligendamm waren Reservierungen nicht nötig. Aber sie war sich noch nicht schlüssig, ob sie wirklich dort absteigen wollte, auch wenn Gloria die Rechnung bezahlte.

Ab Bad Doberan leisteten die Gleise der Mecklenburgischen Bäderbahn Molli der Straße Gesellschaft, die im Dunkel des Waldes nach Heiligendamm schnürte, hinein in die weiße Stadt am Meer, die sich mithilfe eines großen öffentlichen Parkplatzes, Zäunen und geschlossenen Toren der Neugierigen erwehrte.

Einst von Herzog Friedrich Franz I. gegründet, um dem englischen Seebad Brighton den Rang abzulaufen, hatte Heiligendamm zu DDR-Zeiten den Werktätigen als Erholungsstätte gedient und war 1997 – ziemlich genau zweihundert Jahre nach Gründung – fast vollständig von der Kölner Fundus-Gruppe aufgekauft worden, die schon das Berliner Adlon aufpoliert hatte. Hundertzwanzig Luxuszimmer, hundert Suiten, dazu Logierhäuser. Eröffnung vor zwei Jahren, und jetzt sollte draußen zwischen Wald, Rennbahn und Golfplatz aus hundertfünfzig Villen die Gartenstadt entstehen. Die schneeweißen klassizistischen Fronten von Severinpalais, Grand Hotel, Kurhaus und Haus Mecklenburg lagen, die Gesichter nach Sonnenaufgang gewandt, in spitzem Winkel zum Strand, von dem aus die Seebrücke wiederum wie eine Kompassnadel nach Norden in die grüngraue Ostsee stach. Gen Osten zwischen Wald und öffentlichem Strand reihten sich die Logierhäuser auf, mehrgeschossige, einst prächtige Bauten mit Erkern und verglasten Veranden, die mit blinden Fenstern noch auf ihre Renovierung warteten.

Hier also sollte Nicoles Hochzeit stattfinden. Auf dem Beiblatt zur Hochzeitseinladung stand, es seien etliche Zimmer und Suiten reserviert. Allerdings stand da nicht, wer sie bezahlen würde, die Gastgeber oder die Gäste.
Jasmin umrundete auf Waldpfaden die noble Anlage und kehrte zum Parkplatz zurück. Für ihr Gefühl stank das Ganze ein bisschen zu sehr nach Geld. Und sie musste sowieso noch nach Kühlungsborn zum Hus Achtern Boom, aus dem die E-Mail stammte.
Kühlungsborn lag zehn Kilometer weiter westlich unmittelbar am weißen Ostseestrand. Ein Stadtwald sprengte den Ort und trieb die Kurhotels und Häuser ans Meer, nach Westen und Osten und ins Hinterland auseinander. Auch hier gab es eine Seebrücke, von der aus man gen Heiligendamm hin den nagelneuen Jachthafen und die bewaldete Küste sehen konnte.
Jasmin marschierte direkt zur Zimmervermittlung und fragte nach Hus Achtern Boom. Man zeigte es ihr auf einem Stadtplan. Es lag hinter dem Stadtwald in einer Straße namens Neue Reihe, die ihrem Namen keinerlei Ehre machte. Bis hierher waren die Farben des Tourismusbooms noch nicht gekommen. Hier herrschte noch DDR. Der Häuserputz war grau und das Kopfsteinpflaster unvorstellbar bucklig.
Hus Achtern Boom war ein in den sechziger Jahren gebautes ehemaliges FDGB-Erholungsheim direkt am Wald. Den Eingang überragte ein Betondach. Die Rezeption war mit viel zu viel Teppich ausgestattet und wurde von topfartigen Leuchten eher verdüstert denn erhellt.
Die Frau an der Rezeption erledigte die Anmeldungsformalitäten mit aufreizender Langsamkeit. Sie war vielleicht dreißig, hatte üppiges langes schwarzes Haar, war im Stil eines spät beru-

fenen Hippiegirls mit hellblauer Batikbluse, Steinketten und langem Zippelrock bekleidet und schien selbst zum Lächeln zu müde.
Jasmin erhielt einen Schlüssel für Zimmer 3 und schulterte ihre Reisetasche. Auf der Treppe kam ihr ein dickes Kind entgegen, vielleicht elf oder zwölf Jahre alt. Es ging, ans Geländer geklammert, so langsam die Treppe hinab, als hätte es die Knie- und Hüftprobleme eines Neunzigjährigen. Jeans, Sweater, Turnschuhe, kurze mittelblonde Haarfransen, dunkle Trotzaugen. Ob Junge oder Mädchen war buchstäblich nicht zu erkennen.
Jasmin fühlte sich höchst unangenehm an sich selbst erinnert. Natürlich, ehe man den Fauxpas beging, einen hässlichen Jungen für ein Mädchen zu halten, beglückwünschte man die Eltern doch lieber zu einem Sohn. So musste es den Kunden ihres Vaters ergangen sein.
Voller Unbehagen bog Jasmin in den Gang ein. Überhaupt fühlte sie sich wehrlos. Schon der Kerl im Zug hatte sie am Nasenring herumführen können. Es musste daran liegen, dass sie sich erstmals nach fünf Jahren wieder umgedreht hatte und im Begriff stand, die Demarkationslinie zwischen innerer Erstarrung im Diesseits und den Leidenschaften betrogener Liebe und ewiger Feindschaft im Jenseits der Vergangenheit zu überschreiten. Bald, sehr bald würde sie Nicole wiedersehen und Severin.
Das Zimmer wies zum Stadtwald. Jasmin riss das Fenster auf. Unten auf einer schmalen Wiese trocknete Wäsche. Der Boden des Zimmers war mit eigenartig weichem Linoleum ausgelegt, das sich um die Bettbeine herum wellte. Ein Fernseher war in der oberen Ecke angeschraubt. Der Telefonanschluss sah nicht nach Modem aus. Die Nasszelle war vor zehn Jahren neu ge-

wesen. Das erste Blatt der Klopapierrolle war sorgsam zur Spitze gefaltet und wurde sofort nass gespritzt, als Jasmin die Dusche aufdrehte.

Sie zog sich einen hellblauen Faltenrock aus Seide mit holzbraunem Schnörkelmuster und eine hellblaue Bluse an. In diesem Outfit war sie gewissermaßen nicht mehr sie selbst – diese unverwechselbare Mischung aus Charakterzügen, Verletzungen und Trotzreaktionen –, sondern eine allgemein weibliche Person, die einer strengen Aufgabe verpflichtet war.

Nächster Schritt: Auf dem Bett breitete sie die Landkarte aus. Der Wegbeschreibung auf der Hochzeitseinladung zufolge lag Haus Peerhagen zwischen Jennewitz und Hundehagen. Die Karte wies die Gegend südlich von Kühlungsborn als Kühlung aus, ein Hügelzug mit Wald, aus dem der Diedrichshagener Berg herausragte. Eine dornenbuschreiche Gegend musste das einst gewesen sein, bei den vielen Hagen in den Ortsnamen. Haus Peerhagen war auf der Karte nicht verzeichnet.

Jasmin putzte sich die Nase unterm laufenden Wasserhahn, trank aus den hohlen Händen in tiefen Schlucken und legte dann Lippenstift und blauen Lidschatten auf, der mit der Farbe ihrer Augen und ihrer Bluse harmonierte. Sie ging ins Zimmer zurück und schlüpfte in hellblaue flache Ballerinas mit braunen Punkten. Derartig ausstaffiert würde niemand, aber wirklich niemand sie für einen Kurgast oder eine Urlauberin halten.

Gegen halb drei stieg sie die Treppe ins Foyer hinab. An der Rezeption war niemand zu sehen. Die Tür zum Büro war nur angelehnt. Jasmin konnte den Monitor eines Computers älterer Bauart erkennen. Und sie hörte das Protestgejaule eines Mädchens, während das spätberufene Hippiegirl sagte: »Wie du wieder aussiehst, Ronja. Was soll denn dein Vater von dir denken?«

»Der denkt doch sowieso nur an sein Boot!«, trotzte das Kind.
»Fang nicht wieder damit an, sonst heißt es gleich wieder, ich würde dich gegen deinen Vater aufhetzen. Und dann zahlt er wieder nicht.«
»Aber ich will nicht Boot fahren.«
»Du wirst es überleben, mein Kind.«
Jasmin legte den Schlüssel mit dem schweren Messingknochen leise auf die Theke. In diesem Moment kam das Kind aus dem Büro und schlurfte mit hängendem Kopf an ihr vorbei.
»Hallo!«, sagte Jasmin.
In Ronjas teigigem Gesicht wirkten die Augen wie falsch angenähte dunkle Knöpfe. Verzweifelt suchte Jasmin nach irgendetwas, das ein Kompliment verdiente, fand aber nichts. Also musste es ohne gehen. »Ronja, kannst du mir vielleicht sagen«, fragte sie, »wie ich nach Peerhagen komme?«
Das Kind starrte sie blöde an.
»Da fahren Sie südlich Richtung Kröpelin raus«, mischte sich unversehens die Mutter ein. Sie hatte sich gespenstisch leise wieder hinter der Rezeptionstheke materialisiert. »Und in Jennewitz links. Dann sehen Sie es schon.«
»Vielen Dank.« Jasmin flüchtete hinaus auf die Straße.
Mit ihrem violetten Kleinwagen fuhr sie wie geheißen südlich aus Kühlungsborn hinaus. Links weideten Pferde auf der Wiese in der Senke vor der Kühlung, an die dreißig. Für so elegante Sportarten wie Reiten, Golf oder Tennis war in Jasmins Kindheit und Jugend nie Gelegenheit gewesen. Und so war nichts aus den von ihrer Mutter geerbten Träumen geworden, Schauspielerin zu werden. Denn dazu musste man ja reiten und fechten können. Jasmin schmunzelte vor sich hin. Wann eigentlich kapierten Jugendliche, dass sie nicht Pilot, Lokführer, Pferde-

pfleger, Sängerin oder Schauspielerin wurden? Wann hörten die Erwachsenen auf, zu lächeln und einem über die Köpfe zu streichen, wenn man solche Berufe aufsagte. »Lern erst einmal was Rechtes.« Mit ihrem Abiturschnitt hätte Jasmin Medizin studieren können, aber Nicole war auf nichts Besseres verfallen als Betriebswirtschaftslehre. »Da trifft man die richtigen Jungs«, hatte sie behauptet. »Wenn du Jura studierst, dann heiratest du einen Anwalt. Aber in BWL sitzen die Erben.« Also hatte auch Jasmin BWL studiert. Sie waren schließlich unzertrennlich gewesen.

»Du wolltest doch Schauspielerin werden?«, hatte ihre Mutter damals gesagt. Immer wieder hatte sie damit angefangen. Aber eigentlich ging es nicht an, dass die eigene Mutter ihrer Tochter etwas so Vernünftiges wie BWL ausredete. Und Schauspielerin war wirklich nicht die Alternative, wenn Mama sich ihre Tochter nicht als Buchhalterin vorstellen konnte. Jasmin schwindelte leicht, wenn sie daran dachte, wer sie heute hätte sein können, hätte ihre Mutter nicht zwischen Depressionen und Mia Farrow-Visionen geschwankt – Juristin vielleicht wie ihr Bruder oder Ärztin oder Architektin. Sie hätte auf der anderen Seite der Gesellschaft gelebt oder genau mittendrin, mit Mann und Kindern im Kreis von Freunden, denen sie erzählen konnte, was sie machte, und nicht als Liebesdiebin am Rande der Legalität.

Die Kühlung war ein heller Laubwald mit feuchten Klingen und steilen Anstiegen. Dahinter öffnete sich das gewellte Mecklenburger Land mit seinen endlosen Feldern, in denen sich Windkrafträder drehten. Jennewitz bestand aus ein paar Häusern an einer Straßenkreuzung. Eine unlängst frisch asphaltierte Abzweigung an der Straße nach Hundehagen ließ Jasmin aufmerken, bremsen und abbiegen. Der Weg führte zwischen

Maisfeldern eine baumbestandene Anhöhe hinauf und endete an einer roten Mauer mit Eisentor.

Jasmin wendete den Wagen und parkte ihn am Grünstreifen vor dem Tor mit der Schnauze in Fluchtrichtung. Es herrschte Vogelzwitscherstille, als sie ausstieg. Hätte der Motor nicht leise unter dem Blech geknistert, hätte sie sich in die Jahrhunderte der Kutschen entrückt fühlen können. Hinter dem eisernen Tor grünte eine Wiese mit mächtigen alten Zedern. Der Weg führte schnurgerade und von Rabatten mit Tulpen und Narzissen gesäumt auf ein ziegelrotes Gebäude zu. Sogar der Himmel darüber wirkte verschwenderisch. Bei genauer Betrachtung war es ein altes, nicht einmal sonderlich großes Gutshaus mit zwei Stockwerken und je drei Fenstern zuseiten des Portals.

Jasmin lugte durch die Gitterstäbe des Tors. Rechts zwischen alten Birken waren weitere Gebäude zu erkennen, Schuppen und Garagen vermutlich. Doch nirgendwo stand ein großer Vierradantrieb, wie ihn Besitzer solcher Häuser gewöhnlich fuhren. Nichts rührte sich am Haus. Kein Fenster war offen.

Jasmin trat zurück. Im linken Torpfosten befand sich eine moderne Klingelanlage, aber ohne Namensschild. Wunderbar! Außerdem gab es ein kleines Nebentor, das sich öffnen ließ. Leichter konnte man es ihr kaum machen. Bis zur Haustür und noch weiter konnte sie sich verirren auf der Suche nach einer beliebigen Familie Presewitz oder Faulengraben, die hier in der Gegend wohnen sollte.

Sie trat in den Garten, schloss das Tor hinter sich und schlenderte die Auffahrt zwischen den Rabatten entlang. In ihrem Aufzug würde man sie nicht für eine Narzissendiebin oder verirrte Touristin halten. Allerdings schien überhaupt niemand zu Hause zu sein, der sie für irgendetwas hätte halten können. Eine Klingel war an der alten Haustür aus geschnitztem Holz auf den ersten Blick nicht zu sehen. Jasmin gab sich auch keine große Mühe, eine zu finden. Ein von prächtigen Rosen gesäumter Plattenweg führte um das Haus herum.

Was für ein Blick! Jasmin stoppte beeindruckt an der hinteren Hausecke. Felder senkten sich – beruhigend fürs Auge – über fünf oder sechs Kilometer zur Küste, hinter deren Bäumen ein dunkelblauer Streifen Meer den lichten Himmel spiegelte. Kein Haus war zu sehen, nur der wuchtige Turm einer roten Klinkerkirche, die zu einem Dorf gehören musste, das sich an einer von Alleebäumen markierten Straße unter Baumkronen versteckte. Links grünte die Kühlung.

Die rückwärtige Fassade von Peerhagen wurde von einer großen, von Balustraden aus Sandstein eingefassten Terrasse beherrscht. Eine Freitreppe ergoss sich würdevoll in den etwas sandigen Rasen. Von dort oben musste der Blick noch schöner sein.

Jasmin vergaß alles und steuerte auf die Freitreppe zu.

»Schade«, sagte jemand hinter ihr, »dass sie nachmittags im Schatten liegt.«

Jasmin fuhr herum. An der Hausecke stand eine Frau in Gummistiefeln, Kordhosen und kariertem Hemd, vielleicht Ende fünfzig, wenn man sich von ihrem üppigen pechschwarzen Haar nicht täuschen ließ. Sie blickte Jasmin aus ungemein lebhaften und sehr dunklen Augen an. Die Ohrstecker, in denen je ein Karat funkelte, warnten Jasmin davor, sie für eine Zugehfrau oder Gärtnerin zu halten.

»Aber der Blick ist wirklich herrlich«, fuhr die Frau lächelnd fort. »Gehen Sie ruhig hinauf.«

»Verzeihung, dass ich hier einfach so hereinplatze«, sagte Jasmin mit gespielter Verlegenheit, »aber am Tor stand kein Name, und am Haus habe ich keine Klingel gefunden. Ich bin auf der Suche nach dem Haus der Familie Niedergesäß.«

»Niedergesäß?« Die Frau lachte. »Nein, mein Kind, Leute dieses undelikaten Namens wohnen hier nicht.«

»Oh! Dann entschuldigen Sie die Störung. Ich dachte wirklich … nein, wie peinlich!«

»Macht fast gar nichts«, entgegnete die Frau. In der rechten Hand hatte sie eine Gartenschere und ein paar Gummihandschuhe. Jetzt wechselte sie beides in die linke Hand und streckte Jasmin die rechte hin. »Rosenstock ist mein Name. Adeltraud Rosenstock. Und das hier ist Haus Peerhagen. Peer ist das niederdeutsche Wort für Pferd, Hagen heißt Dorngebüsch.«

»Jasmin Kandel«, sagte Jasmin und schüttelte eine zupackende Hand. »Angenehm. Und bitte entschuldigen Sie mein freches Eindringen, Frau Rosenstock. Übrigens, könnte es sein, dass Sie einen … einen Sohn namens Severin haben?«

»Das könnte nicht nur sein, es ist so.«

»So ein Zufall aber auch!«, rief Jasmin. »Ich kenne Severin von früher. Wir haben zusammen … studiert. Ich hatte ja keine Ahnung! Geht es ihm gut?«

»Er heiratet nächste Woche. Da sollte man annehmen, dass es ihm gut geht.«

»Herzlichen Glückwunsch.«

»Gratulieren Sie nicht mir, mein Kind, sondern der Braut.«

Jasmin lächelte nach außen und schmunzelte nach innen. Da war schon die Erste, die über die Eheschließung nicht sonderlich glücklich war. Aber welche Mutter war schon glücklich, wenn der Sohn sich an eine andere vergab.

»Übrigens«, fuhr Adeltraud fort, »müssen sie gleich da sein.

Wenn Sie hereinkommen wollen. Ich hatte sowieso vor, mir einen Tee zu machen. Sie sind herzlich eingeladen.«
Unwillkürlich blickte Jasmin auf die Gartenschere und die üppig aufblühenden Rosen entlang der Terrassenmauer. Adeltraud lächelte. »Die Rosen können warten. Kommen Sie. Sie sehen aus, als lechzten Sie nach einem Tee. Und wenn nicht, dann sind Sie höflich genug, so zu tun.«
Jasmin musste ehrlich lachen.
»Um auf der Terrasse zu sitzen, ist es allerdings ein bisschen kühl, fürchte ich. Außerdem müssen wir durch den unaufgeräumten Keller ins Haus. Ich habe den Hausschlüssel leider nicht einstecken.«
Durch ein Kellergewölbe, vorbei an diversen Fahrrädern und an Rasenmäher, Laubsauger, Schlauchtrommeln, einer Werkbank, Sensen, Sicheln und Häcksler, gelangten sie an eine Steintreppe, die an einer Holztür endete. Sie betraten einen dunklen Flur und standen nach ein paar Schritten unversehens in einer großen hellen Küche.
»Oh!«, entfuhr es Jasmin.
»Ja, schön, die Küche«, sagte Adeltraud, an den Wasserhahn tretend. »Mein Sohn hat sie mir vor zwei Jahren zum Geburtstag geschenkt. Die Einrichtung natürlich, nicht den Raum. Alles selbst entworfen bis ins Kleinste. Dabei ist das in meinem Fall Perlen vor die Säue geworfen, denn ich koche kaum, und wenn, dann schlecht. Aber Sieglinde, unsere Haushälterin, ist ganz glücklich damit, glaube ich.«
Jasmin musterte rasch das Ensemble aus Rauchglas, Kirschholz und Stahl. Der Herd mit Gasflammen und Elektrokochstellen war in einer Kochinsel aus Stahl, Holz und rosafarben überhauchtem Marmor unter einer stählernen Dunstabzugshaube

untergebracht. Auch die Arbeitsflächen neben der Spüle waren aus poliertem Marmor. In die edel gegliederten Schrankwände mit ihren Rauchglastüren und Stahlgriffen waren außerdem eine Bratröhre und ein Grill eingebaut. Hier konnte ein Koch für eine große Gesellschaft kochen. Für die kleinen Verrichtungen standen Kaffeeautomat, Schnellkocher, Toaster und Küchenmixer bereit. Alles gut durchdacht.

Die Fenster der Küche gingen nach Süden hinaus zur Wiese und Auffahrt. Im Sonnenlicht schimmerte an den Fenstern ein großer Kirschholztisch mit moderner Eckbank und einigen Stühlen.

»Bitte setzen Sie sich doch«, sagte Adeltraud, während sie gläserne Teetassen auf den Tisch stellte. »Gefällt sie Ihnen, die Küche?«

»Sie ist ein Traum, Frau Rosenstock. Wissen Sie, ich bin in einem Karlsruher Plattenbau aufgewachsen.« Unnötig, das zu sagen, fand sie sofort. Aber die schwarzäugige Frau verführte zur Vertrauensseligkeit. Jasmin war nicht darauf vorbereitet gewesen, Severins Mutter dermaßen sympathisch zu finden.

»Ach bitte, sagen Sie doch Adeltraud zu mir«, bat sie jetzt von der Spüle her, das kochende Wasser in eine Kanne gießend. »Ich würde nämlich gern Jasmin zu Ihnen sagen. Ein sehr schöner Name.«

»Meine Mutter heißt Rose, meine Tante Hortensie«, erzählte Jasmin wiederum völlig unnötigerweise.

»Lauter Blumenkinder!« Adeltraud kam um die Kochinsel herum mit der Kanne und einer Schale Gebäck, stellte beides auf den Tisch und setzte sich. »Leider muss ich gestehen, dass Severin Sie niemals erwähnt hat, Jasmin. Zucker?«

Jasmin schüttelte den Kopf. Eine Bewegung draußen ließ sie aus dem Fenster blicken.

»Ah, Nicole kommt«, bemerkte Adeltraud. Man sah das Tor am Ende der Zufahrt sich langsam öffnen. Ein silbergrauer Porsche rollte den Weg entlang und bog nach links zu den Garagen ab.
»Etwa Nicole Tiller?«, erkundigte sich Jasmin mit gespieltem Erstaunen.
»Sagen Sie bloß, die kennen Sie auch von früher. Aber ja, Severin hat sie ja schon in Heidelberg kennen gelernt. Eine Weile war Sendepause, aber vor zwei Jahren haben sie sich dann sozusagen wiedergetroffen oder wiedergefunden, wie man es nimmt.«
»Nicole kenne ich sogar noch aus meiner Schulzeit«, musste Jasmin angesichts der unmittelbar bevorstehenden Begegnung einräumen. »Wir waren im selben Internat.«
Adeltraud nahm einen Schluck Tee. »In diesem Internat für schwer Erziehbare?«
Jasmin nickte.
»Und was hatten Sie angestellt, dass man Sie dorthin gesteckt hat? Ladendiebstahl wie Nicole? Sie brauchen sich nicht zu schämen. Ich habe als Vierzehnjährige mal eine Scheune angezündet. In diesem Alter ist man so intelligent wie Einstein, aber moralisch kaum klüger als ein Schimpanse.«
Jasmin musste lachen. »Ich hatte Lippenstift in einem Drogeriemarkt geklaut.«
»Ach Gott, mehr nicht? Haben Sie noch Geschwister?«
»Einen fünf Jahre älteren Bruder. Er ist inzwischen Staatsanwalt.«
»Und Ihr Vater?«
»Er betreibt eine Pfandleihe für Autos.«
»Verstehe«, sagte Adeltraud.
Jasmin schluckte trocken. In drei Minuten hatte sie mehr über

sich erzählt als in den vergangenen fünf Jahren irgendjemandem sonst. Entschlossen hob sie das Teeglas, um sich die Lippen zu verbrennen.

»Und darf man fragen, was Sie beruflich machen?«

»Ich bin …« In diesem Moment schlug im Haus eine Tür, man hörte Schritte im Gang, und die Küchentür sprang auf.

»Ah, hier bist du, Adeltraud. Ich habe …« Nicole blieb auf halbem Weg zum Tisch wie vom Schlag getroffen stehen.

»Wir haben Besuch«, sagte Adeltraud unnötigerweise.

»Hallo, Nicole.«

Sie war immer noch schön, eigentlich noch schöner. Hyperschlank, braun gebrannt, steckte in Hüftjeans mit Umschlag, rosafarbenen Stiefeletten und einem nabelfreien Top. Darüber trug sie eine glänzende rote Edelknitterjacke. Das lange blonde Haar wehte offen über ihre Schultern. Auf den Lippen in ihrem herzförmigen Gesicht lag immer noch das so einnehmend kindliche Lächeln.

»Jasmin? Mein Gott, Jasmin! Wo kommst du denn auf einmal her? Ich fasse es nicht. Schick siehst du aus.« Ehe Jasmin wusste, wie, lagen sie sich in den Armen. »Was für eine nette Überraschung. Ich freue mich. Geht es dir gut, Jasmin? Mensch, wie lange ist das her?«

Jasmin taumelte aus der Umarmung zurück und ordnete sich die Haare.

»Weißt du, wer das ist, Adeltraud?«, wandte sich Nicole nun an ihre künftige Schwiegermutter. »Das ist meine beste, meine allerbeste Freundin aus dem Internat. Wir waren praktisch unzertrennlich. Wir haben auch in Heidelberg noch zusammengewohnt. Aber dann ist Jasmin nach Berlin gegangen, und wir haben uns in den letzten Jahren völlig aus den Augen verloren.

Mensch, Jasmin! Dass es dich noch gibt!« Nicoles Freude wirkte echt. »Und was machst du hier in Peerhagen?«

»Sie sucht eine Familie Niedergesäß …«, Adeltraud schien große Freude an dem Namen zu haben, »… und schneite vor einer halben Stunde hier herein. Als sie Rosenstock hörte, fiel ihr Severin ein, und als sie deinen Namen hörte … et voilà.«

»Eigentlich mache ich vierzehn Tage Urlaub in Kühlungsborn«, erklärte Jasmin.

»Das trifft sich gut«, rief Nicole. »Dann bist du zur Hochzeit noch da. Ja, Jasmin, es ist so weit. Severin und ich, wir heiraten nächste Woche.«

»Das weiß sie doch längst«, sagte Adeltraud.

»Das weißt du?« In Nicoles blaue Augen trat ein misstrauischer Glanz. »Woher?«

»Ich habe es ihr erzählt, vorhin«, antwortete Adeltraud. »Dieser Tage gibt es in diesem Haus doch kein anderes Thema mehr.«

Und wer hat mir dann die Hochzeitseinladung geschickt?, fragte sich Jasmin.

»Apropos«, sagte Nicole in zurückgewonnener Wirbelwindlaune, »ich muss auch gleich wieder weg. Eigentlich hatte ich gehofft, Severin sei schon hier. Wir haben nämlich einen Termin in Heiligendamm mit Steffen wegen des Hochzeitsmenüs. Aber wie ich sehe, werde ich da auch wieder alleine hinmüssen. Du bleibst doch zum Abendessen, Jasmin.«

»Äh … Ich müsste allerdings noch …«

»Aber Sie kommen zum Abendessen wieder«, vergewisserte sich Adeltraud. »Vorausgesetzt, Sie haben nicht just heute etwas anderes vor. Zum Beispiel eine Einladung bei den Niedergesäßen.« Sie lachte vergnügt. »Oder bildet man den Plural in diesem Fall anders?«

»Ich muss dann«, unterbrach Nicole. »Wir sehen uns, Jasmin. Ich freue mich. Ich freue mich wirklich sehr.« Sie hob die Hand und wackelte mit den Fingern. Dann war sie draußen.

Jasmin nahm einen großen Schluck Tee.

»Ich weiß nicht«, sagte Adeltraud nachdenklich, »war ich eigentlich auch so, als ich geheiratet habe? Für Nicole muss alles vom Feinsten sein. Am besten noch pompöser als morgen in Madrid die Hochzeit des spanischen Prinzen. Leider können wir keine Kathedrale anmieten. Da es nun bloß standesamtlich ist, muss es wenigstens der Ballsaal im Kurhaus von Heiligendamm sein. Mit rotem Teppich, Kapelle und hundert Gästen. Machen Sie sich auf etwas gefasst, Jasmin.«

5

Die Idee kam wie aus dem Nichts. »Wittern Sie ein krummes Ding?«, hatte der Bursche im Zug gefragt, nachdem er ihr das ausgedruckte Foto von Tillers Gleisumbauzug gereicht hatte. Gleisumbauzüge in Polen? Konnte man da nicht wirklich ein krummes Ding wittern?

Jasmin hatte sich auf dem Bett im Hotelzimmer flachgelegt und genoss die kleinen Geräusche von Ferien, die zum offenen Fenster hereindrangen – das Kriegsgeschrei der Möwen, das Rauschen des Winds in den Stadtwaldbäumen, das Quietschen einer Fahrradbremse, Kindergeschrei, der gluckenhafte Warnruf einer Mutter. Erstmals nach Jahren sehnte sie sich nach Urlaub. Hand in Hand mit einem Mann am Strand entlangspazieren, Aalsuppe essen gehen. Das ganz normale Leben ohne Arg und Lügen.

Und dabei kam ihr plötzlich die Idee. Sie wühlte ihr Handy aus der Handtasche und tippte, einem wenig durchdachten Impuls folgend, die Nummer ihrer Eltern ein.

Ihre Mutter war dran. Es war kurz nach sieben, keine Gefahr, dass sie störte, während ihre Eltern starr wie Wachspuppen auf dem Sofa saßen und *Heute* sahen.

»Ist Papa zu sprechen?«
»Der Papa?« Ihre Mutter war zu erstaunt, um die Frage zu beantworten. Jasmin hörte, wie sie den Hörer vom Ohr nahm und ein leises und verwundertes »Deine Tochter« in den Raum rief.
»Was will die denn?«, hörte sie daraufhin ihren Vater raunen.
»Weiß ich doch nicht, frag sie halt«, antwortete ihre Mutter ebenso leise.
»Ja«, ließ er sich dann laut vernehmen. Es war lange her, dass Jasmin mit ihrem Vater telefoniert hatte. Er ging zu Hause fast nie ans Telefon.
»Hallo, Papa«, sagte Jasmin mit forcierter Unbefangenheit. »Weswegen ich anrufe … Du weißt vielleicht, dass ich gerade an der Ostsee bin.« Was redete sie da? Er wusste es vermutlich nicht. Falls ihre Mutter es ihm erzählt hatte, hatte er es sofort wieder vergessen. Es tat auch nichts zur Sache. »Du erinnerst dich vielleicht an meine ehemalige Freundin Nicole Tiller. Ihr Vater hat mal ein Auto bei dir …«
»Ich weiß.«
»Und er hat es nie ausgelöst. Weißt du, was du einmal zu mir gesagt hast? Tiller sei ein Betrüger. So einer lebt nur auf Pump, und eines Tages fliegt alles auf. Und dann ist Schluss mit Jacht und Juwelen.«
»Ja, und?«, brummte ihr Vater.
»Was hast du damals genau gemeint, Papa?«
»Das weiß ich doch jetzt nicht mehr.«
»Tiller handelt mit Gleisumbauzügen. Weißt du etwas darüber?«
»Nein.« Sie hörte ihren Vater schnaufen. »War's das?«
Jasmin biss die Zähne zusammen. »Ja, Papa, und verzeih die

Störung. Ich muss jetzt dann auch los. Grüß Mama noch mal von mir. Tschüss.«

Sie hörte gerade noch seinen halb verwunderten, halb unwirschen Ruf, bevor sie auf die Aus-Taste drückte, und warf das Handy aufs Bett. Wie hatte sie nur einen Augenblick hoffen können, ihr Vater werde sich für ihre Angelegenheiten interessieren?

Außerdem wurde es Zeit, sich fürs Diner in Peerhagen umzuziehen. Sie entschied sich für den auf Taille geschnittenen terrakottafarbenen Hosenanzug, der um einige Töne dunkler den Farbton ihrer Haare reflektierte. Darunter einen hellblauen Body und dazu baumelnden Ohrschmuck aus hellblauen Swarkovskikristallen als kleines glitzerndes Signal ihrer Paarungsbereitschaft. Auch wenn Männer blind für modische Raffinesse waren, reagierten sie zuverlässig mit archaischer Plumpheit auf die fatale Ähnlichkeit der verheißungsvollen Falte des Busens mit der Gesäßfalte, der roten Lippen mit Venuslippen und der Ohrgehänge mit den verlängerten Ohrläppchen afrikanischer Naturvölker.

Das Foyer von Hus Achtern Boom lag leer und verwaist in teppichweicher und staubiger Dämmerung, als Jasmin hinunterkam. Sie umrundete die Theke und lugte durch die angelehnte Bürotür in den Raum dahinter. Er schien ebenfalls leer. Sie trat ein. Der Bildschirm des Computers war dunkel. Sie stippte die Maus an, und der Bildschirm erwachte.

»Kann ich Ihnen helfen?«, meldete sich eine träge Stimme von hinten.

Jasmin drehte sich lächelnd um. »Ich wollte eigentlich nur fragen, bis wann ich wieder hier sein muss. Ich meine, ob Sie nachts abschließen und ich meinen Schlüssel mitnehmen sollte.«

»Der Nachtportier lässt Sie rein.«
»Ah, vielen Dank.« Jasmin huschte lächelnd an der Frau in der Zippelbluse mit dem langen Rock vorbei, verabschiedete sich und verließ das Hotel.

Nicole trug ein Halterneck-Top aus hellgrünem Seidencrepe im Hippie-Romantik-Look mit aufgenähten Muscheln über den Jeans, am Handgelenk ein Bettelarmband von Louis Vuitton und am Finger einen Ring von Nissing, in den ein Einkaräter gespannt war.
»Schick siehst du aus!«, empfing Nicole sie an der Tür. »Berlin scheint dir gut zu tun.«
»Nun lass sie doch erst einmal hereinkommen«, rief Adeltraud, die gerade von der Küche her kam und Jasmin die Hand reichte. »Du liebe Güte, was für ein Aufgebot an Samt und Seide. Sie haben Nicole richtig in Stress versetzt, wissen Sie das, Jasmin. Eine Stunde im Kleiderschrank, und das für ein schlichtes Abendessen im Familienkreis. Womit sich wieder einmal bestätigt, dass Frauen sich nicht für Männer stylen, sondern allein für den neidvollen Blitz im Auge einer anderen Frau, wenn sie erkennt, dass eine Tasche, die aussieht wie am Strand von Marokko gekauft, von Bottega Veneta ist.«
Jasmin lachte. Ihre Tasche war aus dem KDW. Und sie machte sich nichts vor, Nicole hatte auch heute Abend wieder modisch die Nase vorn.
»Jetzt komm erst einmal herein«, sagte sie. »Wir sind alle schon ganz gespannt auf dich.«
Nun fühlte Jasmin ihre Knie doch weich werden. Aber sie gelangte in den Salon, ohne zu wackeln oder gar einzuknicken. Allerdings sah sie vom Mobiliar nichts. Nur das Licht sah sie,

das abendlich schräg durch die hohen Fenster zur Terrasse hereinfiel, weil es an der Hausbar die lange Gestalt Severins beleuchtete. Er war dabei, Aperitifs zu mischen. Die Sonne blitzte in einem Eiswürfel, den er soeben aus einer silbernen Zange in ein rotbraunes Getränk fallen ließ. Und dann sah sie nichts mehr, nur noch sein längliches und immer noch jugendlich glattes Gesicht unter einem dunkelblonden Schopf, sein etwas nachlässiges Lächeln, die grauen, von Lebensskepsis geprägten Augen, seine lässig langsame Art, sich zu bewegen. Sie spürte den sanften Griff seiner Hände, fühlte seine verhaltene Stimme durch ihr Gebein rieseln.

»Jasmin!«

Er drückte ihre Hände, und sie wäre bereit gewesen, sich ihm auf der Stelle hinzugeben.

»Wie schön, dich wiederzusehen, Jasmin. Gut siehst du aus. Fleißig und erfolgreich wie immer. Geht's dir gut? Ich höre, du lebst in Berlin?«

»Hallo, Severin«, sagte Jasmin und entzog ihm ihre Hände. Auch ihr Tunnelblick erweiterte sich wieder. »Tut mir Leid, dass ich so hereingeplatzt bin in ... in eure Hochzeitsvorbereitungen.«

»Ach, das macht doch nichts. Ganz im Gegenteil. Du bleibst doch bis zur Hochzeit? Und du musst uns bis dahin möglichst oft besuchen. Möchtest du was trinken?«

Bevor Jasmin die Lippen öffnen konnte, sprang Nicole ihr bei. »Martini, richtig? Weiß.«

Severin wandte sich mit einem Augenzwinkern wieder den Flaschen zu. Jasmin schaute sich um und versuchte zu verstehen, was sie sah. »Schön!«, sagte sie. »Ein schöner Raum, überhaupt ein schönes Haus.«

Adeltraud lachte und lief hinaus, um sich um das Abendessen zu kümmern. Jasmin empfing ein Glas Martini aus Severins feingliedrigen Fingern. Dann wandte er sich um und nahm sein eigenes Glas mit Whiskey vom Couchtisch.

»Auf dich, Jasmin«, sagte er zärtlich. »Auf unsere verlorene und nun hoffentlich zurückgekehrte Freundin.«

»Auf eure Hochzeit«, erwiderte Jasmin und hob das Glas. Sie nippte nur.

Nicole blickte auf die Uhr. »Dein Vater könnte langsam mal herunterkommen. Und Falk ist auch noch nicht da. Aber der kommt ja immer erst in der letzten Sekunde.« Sie lachte unmotiviert.

Jasmins Magen knurrte auf einmal zornig. Sie hatte Hunger, absolut unpassend in einem Moment, da sie der Liebe ihres Lebens wiederbegegnete. In einer derartig existenziellen Stresssituation empfand kein normaler Mensch Hunger. Vielmehr hätte sie innerlich im Sturmwind der Gefühle schwanken müssen, unfähig zu hören, was Severin sagte oder sie fragte. Verwundert betrachtete sie seine Gesichtszüge, die für sie einst der Inbegriff unzähliger gemeinsamer künftiger Jahre gewesen waren. Sie lauschte seiner biegsamen Stimme und sah, wie er Nicole den Arm um die Schultern legte, jenen Arm, an dessen knochige Begehrlichkeit sich ihr Körper noch gut erinnerte. Er küsste seine Braut. Sie erwiderte den Kuss rasch und lächelte Jasmin an. Es war doch nur ein Schauspiel. Die Sollbruchstelle klaffte meterbreit. Oder lag das am Tunnelblick der abgelegten Geliebten?

Als sie Severin zum letzten Mal gesehen hatte, war er nackt gewesen. Ebenso Nicole. Es war ein heißer Juniabend gewesen. Völlig ahnungslos hatte Jasmin an Nicoles Zimmertür geklopft und war gleich darauf eingetreten.

»Kannst du nicht warten, bis man ›Herein!‹ sagt?«, hatte Nicole geschrien.
»Du Schwein!«, hatte Jasmin geflüstert.
»Contenance!«, hatte Severin gemahnt. Sofort hatte Jasmin losgekreischt wie ein Fischweib, Schlachterweib und Pfandleiherweib in einem. Sie schämte sich bis heute.
Und das war er also nun, der Augenblick des Wiedersehens, ersehnt und gefürchtet so lange Jahre des in innerer Lähmung erstickten emotionalen Aufruhrs. Und nun stießen sie auf Severins Hochzeit mit Nicole an und sprachen leise und lächelnd miteinander übers Wetter, über Urlaub und die touristische Infrastruktur an der Ostseeküste.
»Und wie lange bist du schon hier?«, fragte Nicole.
»Erst seit ein paar Tagen«, log Jasmin, weil es seltsam erscheinen mochte, wenn sie bereits drei Stunden nach ihrer Ankunft nach einer ominösen Familie Niedergesäß im Haus Peerhagen gesucht haben wollte.
Fünf nach acht bat Adeltraud zu Tisch. Sie wechselten durch eine Schiebetür in den Raum nebenan, in dem ein ovaler Tisch mit mehreren Schichten von Porzellantellern, einer Batterie von Gläsern und einer beeindruckenden Reihe von Silberbesteck gedeckt war.
Jasmin spürte Severins Hand am Ellbogen und roch sein Aftershave. Es war ein anderes als früher. Severin trug seinen hellgrauen Anzug mit weißem Hemd und gestreifter Krawatte wie jemand, der täglich Anzüge trug. Man sah es an der Selbstverständlichkeit, mit der ein Mann in die Innentaschen eines Jacketts griff und an gewohnten Orten nach unverzichtbaren Gegenständen suchte – Brieftasche, Handy, Kugelschreiber, Taschentuch und Terminplaner. Severin hatte in der Viertel-

stunde, die sie Smalltalk machten, ein halbes Dutzend Mal in die Taschen gegriffen. Einmal, um sein Handy zu beruhigen, dreimal ohne ersichtlichen Grund, dann, um sich nach einer unvorsichtigen Bewegung mit dem Whiskeyglas die Hände an einem Taschentuch abzutrocknen, und dann noch einmal, ohne etwas zu Tage zu fördern. Er war nervös. Auch jetzt, als er sie zu Tisch führte.
Zur anderen Tür kam eine ältere Frau herein und stellte eine Suppenterrine auf den Tisch.
»Das ist unsere Sieglinde«, sagte Adeltraud. »Wenn Sie die Kochkünste der Hausfrau loben, dann loben Sie eigentlich Sieglinde.«
»Freut mich, Sieglinde«, sagte Jasmin und streckte der Haushälterin die Hand hin. »Mein Name ist Jasmin Kandel.«
Die Haushälterin blinzelte irritiert, doch Adeltraud lachte schallend.
»Aber das kommunistische Manifest werden Sie uns heute Abend nicht zitieren, nicht wahr, Jasmin?«
Nicole lachte laut heraus.
Es gelang Jasmin durch beharrliches Handausstrecken, einen Händedruck herbeizuführen, ehe Sieglinde wieder hinauseilte.
»Setzt euch«, sagte Adeltraud. »Günter muss gleich … ah, da kommt er schon.«
Doch zur Tür herein kam nicht »er«, sondern im Schlurfschritt das Geschöpf undefinierbaren Geschlechts von Hus Achtern Boom.
»Da ist ja unsere Ronja!«, rief Adeltraud warm und zog das Geschöpf an sich, das so viel Wärme nicht widerstehen konnte und, obgleich es sich vorgenommen haben musste, muffig zu erscheinen, lächelte.

»Wo Ronja ist, kann auch Falk nicht mehr weit sein«, bemerkte Nicole mit einem spöttischen Unterton.

»Hallo, Ronja«, sagte Severin. Er war dabei, seinen Platz am Tisch einzunehmen, und blickte das Kind gar nicht an.

»Hi, Ronja«, sagte Jasmin freundlich. »Wir kennen uns ja schon aus dem Hotel.«

»Ach!«, stieß Adeltraud hervor und zog die Brauen hoch. »Sie wohnen in Hus Achtern Boom? Was für ein seltsamer Zufall.«

»Wahrlich«, stimmte Jasmin zu.

Allerdings war damit schlagartig klar, wer die anonyme E-Mail an Gloria geschickt hatte. Lieselotte hatte gleich gefunden, dass sie von einem Kind stammen musste, während sie, Jasmin, behauptet hatte, zu dem geschraubten ersten Satz sei nur jemand fähig, der über vierzig war. Ein Irrtum. Damit stand auch fest, dass der Klient weder über Geld verfügte noch überhaupt geschäftsfähig war. Das bedeutete, dass der Auftrag zu Staub zerfiel, ehe Jasmin überhaupt richtig angefangen hatte. Eigentlich besser so. Damit konnte sie auf eigene Rechnung weitermachen.

»Und wo hast du deinen Vater gelassen?«, erkundigte sich Adeltraud unterdessen.

»Er muss noch das Taxi bezahlen und die Fische zu Sieglinde in die Küche bringen.«

»Richtig, Sieglinde wollte ja Steinbutt für morgen«, sagte Adeltraud.

»Hat Falk sich wieder mal als Fischer betätigt?«, murmelte Severin vor sich hin.

»Nein, Severin, ich habe sie gekauft«, ließ sich da eine lebhafte Stimme von der Tür her vernehmen, die Jasmin alarmierend bekannt vorkam. Sie drehte sich um.

Er hatte sich nicht einmal andere Jeans angezogen, wie man

unschwer an den Ölflecken am Rand der Hosentaschen und über dem Knie erkennen konnte. Das Leinensakko war so zerknittert, wie er es aus der Gepäckablage gezogen hatte. Nur die Farbe seines T-Shirts war eine andere, nämlich blau.

»Unser Jüngster, Falk«, stellte Adeltraud ihn vor. »Und das ist Jasmin Kandel. Sie ist heute Nachmittag zufällig hier hereingeschneit auf der Suche nach einer Familie Niedergesäß, doch dann stellte sich heraus, dass Severin und sie alte Studienfreunde sind. Und …«

»So schnell sieht man sich wieder«, unterbrach Falk seine Mutter und streckte Jasmin die Hand hin. »Freut mich, Jasmin. Ein schöner Name.«

»Guten A… ärx …« Jasmin verschluckte sich und röchelte. In fliegender Hast ordnete sie ihre inneren Bataillone und Datenbanken. Erstens war Ronja die Tochter, die er heute hatte abholen müssen, zweitens war Adeltraud die Mutter mit dem Ehevermittlungsinstitut, dem, drittens, Glorias Agentur erst letzte Woche eine Eheschließung vermasselt hatte, und viertens war dieser Bursche nicht nur ein neugieriger Müßiggänger, sondern auch liebender Sohn, der sich für die Geschäfte seiner Mutter einsetzte. Und als solcher hatte er sie letzten Freitag vor dem Roten Rathaus gesehen und wiedererkannt. Unter all den sorgsam inszenierten Zufällen ein echter und überdies brandgefährlicher.

»Was?«, rief Adeltraud ungläubig aus. »Auch ihr kennt euch schon? Jetzt hört es aber auf!«

Da Jasmin immer noch röchelte, antwortete Falk. »Der Regionalexpress Berlin-Rostock heute Vormittag. Wir saßen uns gegenüber und hatten eine interessante Unterhaltung über …«

»Heute?«, rief Nicole dazwischen. »Aber Jasmin, sagtest du nicht, du seist schon ein paar Tage hier?«

Jasmin hustete eifrig weiter und schüttelte den Kopf. Da Erklärungen so nicht möglich waren, bat Adeltraud nun energisch zu Tisch. »Die Suppe wird kalt. Jasmin, wenn Sie vielleicht dort Platz nehmen wollen, neben Severin?« Reihum ließ sie sich die Teller geben und schöpfte die Suppe aus der Terrine, während die Sitzenden ihre Servietten entfalteten, aber selbstverständlich wohlerzogen warteten, bis alle Suppe hatten, ehe sie auch nur nach den Löffeln griffen.
»Guten Appetit«, sagte Adeltraud endlich. »Wie geht es deinem Wagen, Falk? Ist es was Schlimmes?«
»Ist deine Pagode etwa schon wieder liegen geblieben?«, erkundigte sich Nicole sofort in einem familiären Ton, der Jasmin befremdete, obgleich Nicole in einer Woche offiziell seine Schwägerin sein würde.
Falk, der Jasmin gegenübersaß, senkte bedächtig den Löffel und blickte erst Nicole und dann seine Mutter an. »Die Mercedesleute von Neuruppin haben sich seiner angenommen. Es klingt nach Zylinderkopfdichtung. Ich schätze, vor Montag kriege ich ihn nicht wieder.«
»Du solltest dir endlich mal einen Neuwagen leisten«, meinte Nicole.
»Leisten ist das richtige Wort.«
»Sag bloß, du kannst dir kein Auto leisten?«
»Wahrscheinlich hat er wieder mal alles verspielt«, bemerkte Severin.
»Severin«, sagte Falk überraschend scharf, »wenn du das noch einmal in Gegenwart von Gästen behauptest, dann verklage ich dich wegen übler Nachrede.«
Jasmin hörte Severin an ihrer Seite schnauben. Im Augenwinkel sah sie ihn jedoch zugleich recht gelassen lächeln. Auch Adel-

traud schien den Umgangston normal zu finden. Also kühlte Jasmin ihren Stresspegel wieder herunter und löffelte weiter. Es war eine Spargelcremesuppe, wie sie jetzt erst bemerkte. Und wenn sie es richtig im Kopf hatte, dann gehörte der wegen seiner komischen Dachform Pagode genannte Zweisitzer von Mercedes zu den Oldtimern aus den sechziger Jahren, die heute für mehr Geld gehandelt wurden als ein Porsche. Falk konnte sich also durchaus einen Neuwagen leisten.

»Außerdem«, erklärte Nicole, »braucht man kein Geld, um ein Auto zu kaufen, sondern lediglich Kredit. Ich habe mir zum Beispiel meinen Porsche gleich nach dem Diplom gekauft, ohne Papas Hilfe und ohne einen Cent in der Tasche. Geht alles. Ich habe denen von der Bank einfach ein fertiges Konzept für eine Boutique in Berlin vorgelegt, mit Fotos vom Laden und Risikoabschätzung und allem. Und schwupp hatte ich das DtA-Startgeld für Existenzgründer mit zwei tilgungsfreien Jahren.«

»Allerdings …«, begann Falk.

»Was für ein Auto fährst du denn, Jasmin?«, fiel ihm Nicole ins Wort. Sie beugte sich über den Tisch, damit sie Jasmin, die auf Severins anderer Seite saß, besser sehen konnte.

»Einen Focus. Die Bahn bietet günstige Mietwagen an.«

Nicole lachte. »Nein, ich meine, in Berlin. Oder hast du kein Auto?«

»Ganz vorzüglich die Suppe, Mama«, unterbrach Falk Jasmins mögliche Antwort schon im Ansatz.

»Ich werde es Sieglinde ausrichten«, erwiderte Adeltraud.

Ein eingespieltes Team, Mutter und Muttersöhne, dachte Jasmin. Genau besehen ähnelten sie sich ungemein. Beide hatten diese seltenen bitterschokoladenbraunen Augen unter langen Wimpern und dichten schwarzen Brauen. Allerdings waren

Adeltrauds pechschwarze Haare mittlerweile gefärbt, denn Falks schimmerten um eine Nuance bräunlicher. Doch vor allem hatten sie die gleiche geschwätzige Art, hinter einem Vorhang von Worten das Gegenüber abzuchecken.
Während Severin eindeutig seinem Vater ähnelte, wie Jasmin feststellen konnte, als Günter Rosenstock eintrat – ein knochiger Mann, dessen mittelblondes Haupthaar weitgehend ergraut war. Die gleichen grauen Augen und feingliedrigen Hände wie der ältere Sohn. Der Patriarch betrat das Esszimmer zusammen mit dem Spargel, den Sieglinde brachte, entschuldigte sich mit der Bemerkung, er habe noch ein wichtiges geschäftliches Telefongespräch gehabt, woraus Jasmin schloss, dass er sein Büro im Haus hatte, küsste seine Frau, schüttelte Jasmin höflich desinteressiert die Hand und nahm am frei gebliebenen Gedeck neben Adeltraud Platz.
Die Suppe lehnte er ab, und während er die Serviette entfaltete, nickte er reihum Nicole, Severin und Ronja zu. Schließlich fiel sein Blick auf Falk.
»Ah, direkt vom Boot an den Tisch, wie ich sehe«, sagte er.
Noch bevor er den Tadel zu Ende gesprochen hatte, ruhten seine Augen bereits auf dem Teller und zählten skeptisch die Spargelstangen. Offenbar stammte der Patriarch aus einem kinderreichen Haus. Futterneid gehörte zu den untherapierbaren Kindheitsmustern.
»Bruchsaler Spargel«, betonte Adeltraud. »Der erste. Bruchsal, ist das nicht ganz in der Nähe von Karlsruhe, wo Sie herkommen?«
»Ja. Übrigens kommt auch Nicole aus Karlsruhe.« Jasmin beugte sich über ihren Teller, um an Severin vorbeizublicken, der eine Spargelstange mit dem Messer auf seine Gabel zwang und

anhob, um sie vom Schnittende her zur Spitze in den Mund zu schieben. »Wie geht es eigentlich deinem Vater, Nicole?«

»Meinem Vater?« Nicole lachte unmotiviert. »Gut.«

»Und wo«, mischte sich Falk erneut ein, »wo hat er doch noch mal gleich seine Gleisumbauzüge im Einsatz?«

Nicole zog die Brauen zusammen. »In Polen, glaube ich.«

»Erstaunlich«, bemerkte Falk und nahm eine der Spargelstangen, die mit den Köpfen nach links wiesen, mit den Fingern, »wo doch dort Arbeitskräfte viel billiger wären als die Leasinggebühren.« Daraufhin schob er sich den Spargel mit der Spitze zuerst in den Mund.

Günter Rosenstock warf Falk einen missbilligenden Blick zu, räusperte sich leise und wandte sich mit ausgesuchter Höflichkeit an Jasmin. »Erstaunlich, Frau Kandel, dass man Spargel sogar in einem Dreisternerestaurant mit den Fingern essen darf, wo es doch mit Messer und Gabel ebenso gut geht.«

Jasmin mühte sich artig ab, den Spargel mit dem Messer zu zerteilen, spießte das Endstück auf und bestrich es mit Sauce hollandaise.

»Und gerade Falk hält sich sonst so viel auf seine Geschicklichkeit mit Werkzeugen zugute«, sagte der Patriarch.

»In jedem Fall aber«, ließ sich Falk gelassen vernehmen, »isst man Spargel immer von der Spitze her.«

»Ach!«, rief Nicole mit ungebremstem Schrecken. »Das wusste ich ja gar nicht. Dann habe ich das immer falsch gemacht.«

Auch Jasmin war eben im Begriff, das Endstück ihrer Stange zum Mund zu führen. Aus irgendeinem Grund verlor sie den Kopf und strich das Stück beschämt von der Gabel. Zu allem Überfluss begegnete sie auch noch Falks amüsiertem Blick. Ärger stieg in ihr hoch. Dieser Mann verstand es, die Sollbruchstellen im Selbstbewusstsein zu finden, und in Jasmins Fall war dies die grundsätzliche und früh in ihren Kinderjahren verankerte Peinlichkeit ihrer Herkunft. Auch wenn sie inzwischen bei einem Gedeck die Reihenfolge der Gläser und des Bestecks im Schlaf beherrschte, eines würde sie auch durch langes Üben nie loswerden – die Furcht, sich vor dem Kellner zu blamieren.

»Aber«, fuhr Falk fort, »tun Sie sich keinen Zwang an, Jasmin. Wie Sie sehen, sammelt Severin die Spargelspitzen bis zum Schluss. Er ist ein unverbesserlicher Knauser. Nicht einmal sich selbst will er die Spitzen vorzeitig wegessen und dann auf den Kartoffeln sitzen bleiben. Und was Ronja anstellt, spottet ohnehin jeder Beschreibung.« Er warf seiner Tochter einen unverhohlen angewiderten Blick zu.

Das Kind hatte, wie Jasmin längst aus dem Augenwinkel beobachtet hatte, die Kartoffeln mit der Gabel zermatscht, den Schinken zerstückelt, alles mit Sauce hollandaise vermanscht und war nun dabei, den Brei mit um die Gabel geballter Faust in sich hineinzuschaufeln. Den Spargel selbst verschmähte sie.

»Tja, wenn sich der Vater auch die Jeans in der Kfz-Werkstatt kauft«, bemerkte Günter Rosenstock bedächtig. »Ist das jetzt der letzte Schrei in Berlin?«

Severin lachte freudig. Doch Falk antwortete nicht. Vielmehr senkte er die Lider und nahm den nächsten Spargel. Jasmin meinte eine winzige Verhärtung in seinen Mundwinkeln wahrzunehmen. Jetzt klumpten sich die Spannungen an diesem Tisch in ihrem eigenen Magen.

Sie saß unglücklich. Um wirklich mit Severin flirten zu können, hätte sie ihm gegenübersitzen müssen. Dritte Regel im Buch der Verführung: Setze dich nie neben den Mann, den du für dich gewinnen willst, denn sonst sieht er nichts.

»Und jetzt erzähl du doch mal, Jasmin«, sagte Nicole zwischen Hauptgang und Nachtisch. Erneut beugte sie sich dabei an Severin vorbei über ihr Gedeck. »Wie ist es dir denn in Berlin ergangen? Was machst du? Wie lange ist das her, dass wir uns zum letzten Mal gesehen haben?«

»Fünf Jahre«, antwortete Jasmin, sich die leichteste Frage aussuchend.

»Und was machst du jetzt so?«

Sie hatte bereits Falk gegenüber behauptet, sie sei Journalistin.

»Und bei welcher Zeitung?«, erkundigte sich Severin.

»Bei verschiedenen. Ich bin freie Journalistin.«

»Du verdienst nicht schlecht, wie man sieht«, bemerkte Nicole. »Aber Geld allein reicht nicht, man muss auch Geschmack haben. Du siehst ein bisschen wie eine adrette Sekretärin aus. Ich schätze, wir müssen dringend mal zusammen in Berlin shoppen gehen. Und sonst? Ich meine, privat?«

Jasmin schluckte und lächelte. »Ich habe einen Freund, falls du das meinst. Rolf heißt er. Wir sind seit dreieinhalb Jahren zusammen. Er ist ein Kollege.«

»Und wo steckt der jetzt?«, erkundigte sich Falk. »Oder machen Sie üblicherweise getrennt Urlaub?«

Jasmin öffnete die Lippen, aber ehe sie irgendetwas vom Elch erzählen konnte, fuhr Nicole dazwischen. »Ich finde, ihr solltet euch duzen. Jasmin ist meine urälteste Freundin. Sie gehört gewissermaßen zur Familie.«

Falk griff nach dem Weinglas und prostete Jasmin mit einem stummen Achselzucken zu.

»Und wo ist dein Rolf jetzt?«, hakte Nicole nach.

»Er muss noch eine Recherche zu Ende bringen. Sie ist schwieriger, als er erwartet hatte. Aber er wird sicher bald nachkommen.«

»Und was recherchiert er?«, erkundigte sich Günter Rosenholz unerwartet aufmerksam.

»So genau weiß ich das nicht.« Jasmin konnte nicht verhindern, dass sie Falk einen besorgten Blick zuwarf. Aber er schien seine Kenntnisse über ihr Interesse an Rosenstock-Küchen und Tiller-Gleisumbauzügen momentan nicht als Vermutung über Rolfs Recherchen gegen sie ausspielen zu wollen.

»Zur Hochzeit wird er doch hoffentlich kommen«, sagte Nicole. »Ich möchte ihn natürlich unbedingt kennen lernen. Er scheint dir sehr gut zu tun.«

»Und da sind wir nun alle sehr erleichtert«, bemerkte Adeltraud, »dass deine Freundin Jasmin einen Freund und all das hat, nicht wahr, Nicole?«

Falk lachte laut auf.

Dann nahm er seiner Tochter mit einem Anflug von schlecht beherrschter Ungeduld den Löffel aus der Hand, mit dem sich Ronja Sahne auf die Erdbeeren häufte. Das Kind sackte resigniert in sich zusammen und begann mit bockiger Gier den Berg Sahne mit Erdbeeren in sich hineinzuschaufeln.

6

Hinter den hohen Fenstern war es Nacht geworden, als sie ins Wohnzimmer umzogen. Adeltraud servierte den Kaffee, denn Sieglinde war heimgegangen, Severin kümmerte sich um Cognac und Brandy, Günter Rosenstock stutzte eine Zigarre und zündete sie an, und Nicole erläuterte Jasmin die Hochzeitsvorbereitungen.

Jasmin kannte sich mit Hochzeiten bestens aus, denn sie hatte viele Planungen zunichte gemacht, und gab unbeschwert Ratschläge. »Und kommt nicht auf die originelle Idee, die Paare beim Essen auseinander zu setzen. Nichts tötet die Stimmung so, wie beim Eintritt in den Festsaal erkennen zu müssen, dass man des einzig vertrauten Partners beraubt wird.«

Severin nickte zustimmend.

»Aber du fandst die Idee doch auch gut«, protestierte Nicole.

Jasmin fing seinen Blick auf und erwiderte ihn.

Ja, ich weiß, lächelte sie ihm stumm zu, du bist erstaunt, was aus mir geworden ist. Aber leider hast du dich für diese blonde Schnepfe entschieden, die dich jetzt mit Hochzeitsaufgeregtheiten voll quasselt und es super wichtig hat mit Entscheidungen und Überlegungen, die alle völlig unwichtig sind. Und nicht

einmal auf die Hochzeitsnacht kannst du dich freuen, denn du kennst deine Braut ja schon. Aber mich könntest du neu kennen lernen. Ich habe dazugelernt.
Severin blickte hastig in seinen Brandyschwenker.
In einem Sessel flegelte Ronja und stopfte Kekse in sich hinein. Neben ihr stand ein Schachtisch mit schönen Figuren aus Onyx und Marmor, allerdings nicht sonderlich alt oder wertvoll.
»Na«, sagte Jasmin, als Nicole sich gerade mit Severin über Tischkärtchen stritt, »kannst du Schach spielen?«
Ronja schüttelte den Kopf.
»Möchtest du es lernen?«
»Ich muss sicher gleich ins Bett.«
»Na gut, dann ein andermal. Ich zeige dir Schachmatt in drei Zügen, da gewinnst du sofort gegen deinen Papa.«
Das Mädchen deutete ein ungläubiges Lächeln an. Aber mehr war an kommunikativer Aktivität aus ihm nicht herauszuholen, und so erkundigte sich Jasmin bei Nicole nach der Toilette und flüchtete aus dem Salon. Natürlich folgte Severin ihr mit seinen Blicken.
Erfrischt durch ein paar Minuten mit sich allein, machte Jasmin sich von der Toilette den Gang entlang zur Küche auf, als Ausrede die Bitte um ein Glas Wasser auf den Lippen. Aber sie brauchte nichts zu sagen. Adeltraud empfing sie erfreut. »Na, haben Sie auch genug von dem Hochzeitsgedöns? Ich muss Günter wirklich fragen, ob ich damals auch von nichts anderem geredet habe, aber ich glaube nicht. Für eine berufstätige Frau ist die Hochzeit nicht ganz so wichtig. Man hat ja noch anderes zu tun.«
»Nicole arbeitet nicht?«, erkundigte sich Jasmin.
»Natürlich hat sie ständig zu tun, rennt von hier nach dort und

stöhnt mächtig, aber Arbeit? Nein, Arbeit würde ich es nicht nennen. Sie hat einen reichen Papa. Doch das wissen Sie ja.«
Adeltraud war dabei, die Spülmaschine einzuräumen. Die untere Lade war schon voll, ließ sich aber nicht hineinschieben.
»Oje.«
»Der Topfdeckel«, sagte Jasmin und griff schnell in die Lade.
»Nun geht's.«
Adeltraud füllte Pulver in die Klappe, schloss Deckel und Tür und begann auf einem Knopf nach dem Spülprogramm zu suchen. In einer Digitalanzeige sprangen Zahlen um. Bei jedem Knopfdruck piepste es leise: »Pit, pit pit«.
»Wieder zu weit!« Adeltraud begann resigniert von vorn die Programme durchzutasten. »Ich hab's immer zu eilig. Leider gibt es keine Rückstelltaste.«
»Digitaltechnik in der Küche ist Schwachsinn«, bemerkte Jasmin. »Da braucht es Schalter zum Drehen oder Kippen. Töpfe heben ist ja auch keine feinmotorische Tätigkeit.«
»Da haben Sie eigentlich Recht, wenn man das so betrachtet.«
»Manchmal frage ich mich wirklich«, fuhr Jasmin gut gelaunt fort, »was sich die Küchendesigner eigentlich denken. Zum Beispiel dieser Kaffeeautomat. Die meisten Menschen sind Rechtshänder. Aber die Kanne mit dem Wasser zum Nachfüllen muss man hier mit der Linken halten.«
»Allerdings«, ließ sich da Falks leise, etwas brüchige Stimme von der Küchentür her vernehmen, »haben sich die Macher auch überlegt, dass man die Kaffeebohnen lieber auf der rechten Seite mit der rechten Hand nachfüllt. Kaffeebohnen sind wie Flöhe, sie springen leichter weg als Wasser.«
»Und eigentlich«, sagte Jasmin, »steht die ganze Maschine falsch. Schauen Sie …«

»Wollten wir uns nicht duzen?«

»Schau her ...« Jasmin war entschlossen, sich nicht aus dem Tritt bringen zu lassen.

Sie ging zur Spüle und füllte den Messbecher mit Wasser. »Doch jetzt muss ich ihn um die Maschine herum tragen, tropf, tropf, tropf, und in die linke Hand wechseln, schwapp. Darum lieben Frauen kleine Küchen.« Sie war in Fahrt gekommen. »Sieh nur, diese Rennstrecke zwischen Spüle und Kochinsel. Unterm Wasserhahn das Gemüse waschen. Wohin mit dem tropfenden Zeug? Ah ja, Sieglinde hat den Messerblock neben die Kochstellen gestellt, also schneidet sie es dort neben den Töpfen. Also dorthin mit vollen Händen und tropfendem Gemüse. Eine Möhre entgleitet uns. Nun die Petersilie spülen. Kühlschrank auf, rüber zur Spüle, zurück zur Konsole. Dabei rutsche ich auf der Möhre aus. Beinbruch, Krankenhaus. Ich hoffe, Sieglinde ist versichert.«

Falk machte ein etwas verdutztes Gesicht.

Adeltraud lachte. »Hören Sie auf, Jasmin. Falk hat ein Jahr lang geplant und gebaut.«

»Es ist eine wunderschöne Küche, stimmt. Ein Traum von einer Küche. Wirklich. Edle Hölzer, schöne Flächen, ein ästhetisches Wunderwerk aus Marmor, Stahl, Holz und Glas. Aber leider ist die Spüle am falschen Platz. Warum schneidet Sieglinde das Gemüse auf der Kochinsel? Weil man rechts neben der Spüle keinen Platz hat. Ich muss auf die Fläche links neben der Spüle ausweichen. Aber ich habe in der rechten Hand das Messer, in der linken die Tomate, die ich abspülen will. Doch der Wasserhahn ist rechts, und so muss ich mit der Tomate über meinen rechten Arm zum Hahn. Und schon habe ich mir das Messer in den Unterarm gerammt.«

»Wie gut«, bemerkte Falk, »dass du hier nicht kochst. Wir hätten ständig den Notarzt da.«

»Die meisten tödlichen Unfälle passieren im Haushalt. Kein Wunder. Wer kümmert sich schon um eine Optimierung der Arbeitsabläufe für Hausfrauen? Wenn der Geschirrschrank nicht dort an der Wand stünde, müsste Sieglinde sich nicht Marathonschuhe anziehen, um das Geschirr ins Esszimmer getragen zu kriegen. Aber klar …« Sie sang leise: »Das bisschen Haushalt macht sich von allein, sagt mein Mann. Das bisschen Kochen ist doch halb so wild, sagt mein Mann …«

»Und was die Frau sagt«, wandelte Falk den Liedrefrain ab, »stimmt haargenau. Sie muss das wissen, sie ist ja eine Frau.«

Adeltraud lachte.

Falks Augen blitzten. »Und jetzt entschuldigt mich. Ich muss mich draußen um das Fallrohr kümmern, bevor der nächste Regen kommt.«

Er zog eine Schublade in einem Schrank an der Tür auf, entnahm ihr eine Rohrzange und größere Schraubenzieher und wandte sich zur Tür.

»Ach, Falk!«, rief Adeltraud ihm hinterher.

Er drehte sich artig um.

»Übernachtest du mit Ronja hier oder …«

»Ich denke, wir schlafen auf dem Boot. Ich will morgen früh raus. Und ein bisschen frische Luft und Bewegung tut Ronja bitter Not.« Und damit verschwand er endgültig.

Inzwischen wurde Jasmin klar, wie sehr sie sich eben hatte gehen lassen.

»Tut mir Leid«, sagte sie betreten, »ich hätte Ihre schöne Küche nicht so niedermachen dürfen.«

»Nun machen Sie sich mal keine Gedanken«, winkte Adeltraud

ab. »Ich bin in Haushaltsdingen so umständlich, dass mir die kleinen logistischen Fehler nie aufgefallen sind. Ich bin überhaupt technisch völlig unbegabt. Ich habe in meiner Agentur zwar inzwischen Computer angeschafft, aber ich selber arbeite an meinem Schreibtisch immer noch mit Papier und Kugelschreiber und mit echten Karteikästen. Bis vor kurzem konnte ich nicht einmal eine E-Mail verschicken. Und da das in der heutigen Zeit ein bisschen peinlich ist, habe ich Ronja gefragt, ob sie es mir nicht zeigen kann. Wir haben uns in Kühlungsborn an ihren Computer gesetzt, und sie hat mir mit Engelsgeduld alles erklärt. Sogar eine E-Mail-Adresse hat sie mir eingerichtet. Ich kann sie überall abrufen, sagt sie. Aber ich habe keine Ahnung, wie.«

»Das könnte ich Ihnen zeigen, wenn Sie wollen«, bot Jasmin sofort an.

»Danke, ich werde zu gegebener Zeit darauf zurückkommen«, erwiderte Adeltraud. »Was mir die Gelegenheit verschafft, Ihnen einen Vorschlag zu machen.«

Jasmins Herzschlag setzte eine Zehntelsekunde aus. Ihre Pläne gingen auf.

»Ich möchte nicht aufdringlich sein, aber ich würde Sie gerne einladen, in Peerhagen zu wohnen. Sie sind Nicoles Freundin, und ich müsste Sie dann nicht immer förmlich zum Abendessen oder Kaffee einladen, nur damit Sie und Nicole genügend Zeit zum Plaudern haben.«

»Das ist sehr nett von Ihnen, aber …«

»Kein Aber, bitte. Ich wüsste kein vernünftiges Argument, mit dem Sie ablehnen könnten. Wir haben Zimmer genug. Das Essen ist gut und … nun ja, Hus Achtern Boom ist doch zum Davonlaufen. Laura ist träge wie Kaugummi – kein Wunder, dass Ronja immer dicker wird –, das Essen grausig und der Zimmerservice erbärmlich.«

Jasmin lachte. »Also gut … gerne. Aber diese Nacht sollte ich schon noch dort verbringen.«

Adeltraud drückte ihr rasch und warm die Hand. »Ich freue mich.«

Am Ende war es doch nicht Ronja gewesen, die von Hus Achtern Boom die anonyme E-Mail an Glorias Agentur geschickt hatte. Und der Grund, warum Adeltraud das Mailen hatte lernen wollen, und zwar von Ronja und nicht von ihrem Mann oder ihren Angestellten, war die Absicht gewesen, genau diese Mail zu schicken. Damit hätte Gloria ihre zahlungskräftige Klientin. Aber passte das überhaupt? Die Chefin einer Heiratsagentur wandte sich an eine Entzweiungsagentur? Nun ja, so richtig – mit Absender und Auftrag – hatte Adeltraud sich ja noch nicht an Gloria gewandt.

Die Luft war kühl auf der Terrasse, am Himmel blinkten Sterne. Links die schwarzen Hügel der Kühlung. Dort, wo Jasmin Kühlungsborn vermutete, lag ein heller Schimmer. Und irgendwo im Nichts zwischen Himmel und Erde zog ein roter Punkt entlang, ein Schiff. Jasmin war, als dürfte sie sich glücklich fühlen. Niemals hatte sie für einen Menschen eine dermaßen gewaltige Sympathie empfunden wie für die kleine temperamentvolle Frau, die Severins Mutter war und die sie kaum kannte.

»Ah, hier bist du«, hörte sie Nicole plötzlich hinter sich sagen. »Du wirst dich noch erkälten.« Sie trat zu Jasmin an die Brüstung der Terrasse und holte tief Luft.

»Zufrieden?«, erkundigte sich Jasmin.

»Womit?«

Jasmin lächelte. »Gibt es so viel, womit du zufrieden bist, dass du überlegen musst, oder so viel Grund zur Unzufriedenheit, dass du auf nichts kommst?«

»Hör mal, ich heirate nächste Woche! Natürlich bin ich zufrieden.«

»Nicht glücklich?«

Nicole lachte. »Du hast dich nicht verändert, Jasmin, du mit deinen Haarspaltereien. Wann wollt ihr denn heiraten, Rolf und du?«

»Ich habe nicht die Absicht zu heiraten.«

»Und warum nicht?«

»Rolf ist kein Millionär«, erklärte Jasmin. »Du weißt doch, wir heiraten nur einen Millionär, haben wir uns geschworen.«

Nicole versuchte es mit einem Gelächter, das unbeschwert klingen sollte. »Irgendwann begreift man, dass es aufs Geld nicht ankommt. Wenn du Rolf liebst …«

Jasmin lachte aus vollem Halse. »Erzähl mir nichts von ›Geld macht auch nicht glücklich‹, Nicole.«

»Macht es auch nicht, glaub mir …«

»Aber es erleichtert das Unglücklichsein enorm.«

Nicole fröstelte in ihrem Seidenkrepp. »Aber dir geht es doch nicht schlecht. Du verdienst dein eigenes Geld. Glaub mir, es ist viel wert, sein eigenes Geld zu verdienen. Man bleibt immer unabhängig. Ich dagegen …«

»Och, du tust mir wirklich Leid, Nicole.«

Nicole schwieg einen Moment. Dann holte sie Luft. »Du, hör mal, Jasmin, ich würde es verstehen, wenn du immer noch sauer auf mich wärst. Glaub mir, ich habe mich nach der Geschichte auch nicht toll gefühlt.«

Im Gebüsch unterhalb der Terrasse raschelte irgendein Tier.

»Ich habe dich sehr vermisst, Jasmin. Wir haben so viel zusammen erlebt. Weißt du, manchmal, wenn ich im Auto sitze und von einer Feier oder irgendeinem Ereignis heimfahre, dann denke ich: Das muss ich Jasmin erzählen. Ich habe nämlich auf deine Meinung immer großen Wert gelegt. Du warst immer so unromantisch. Du hast immer alles so nüchtern und klar gesehen. Ich wünschte, wir könnten immer noch Freundinnen sein.« Sie streckte Jasmin ihre Hand hin. »Willst du?«
Jasmin lächelte und nahm die Hand. »Vergeben und vergessen.«
»Für dich findet sich auch noch ein Millionär«, plauderte Nicole munter drauflos. »Wie würde dir Falk gefallen?«
»Dieses ungezogene Muttersöhnchen?«
Nicole lachte befreit. »Wie habe ich deine scharfe Zunge vermisst. Aber sag das nie in Gegenwart von Adeltraud. Sie ist total vernarrt in ihren Jüngsten. Sonst hätte er auch keine zweite Chance bekommen.«
»Eine zweite Chance?«
»Hat Severin dir das nie erzählt? Falk war doch …« Sie unterbrach sich, denn von unterhalb der Balustrade ertönte ein schrilles Quietschen, dann ein metallisches Knirschen und schließlich ein inniges »Scheiße!«.
Nicole beugte sich über die Brüstung. »Falk! Was machst du denn da unten in tiefer Nacht?«
Aus dem Gebüsch an der Ecke der Terrasse löste sich Falks kräftige Gestalt. Ein verirrtes Licht funkelte auf der Zange in seiner Hand, als er sich der Freitreppe näherte. »Das Regenrohr. Es ist verstopft. Und nun ist es futsch. Aber so kann das Wasser wenigstens in den Rasen laufen, statt die Terrasse zu überschwemmen.«
Im Licht aus den Räumen hinter Jasmin und Nicole zeigte sich,

dass sich zu den Ölflecken auf seinen Jeans nun auch Sand- und Wasserflecken gesellt hatten.
»Hast du wieder mal alles kaputtgemacht«, bemerkte Nicole aufgeräumt. »Du musst nämlich wissen, Jasmin, Falk zerbricht alles, was er anfasst. Er hat einfach zu viel Kraft. Aber Adeltraud ist dennoch felsenfest überzeugt, dass er der beste Klempner für das Haus ist.«
Jasmin sah Falks linke Augenbraue zucken.
»Na«, sagte Nicole demonstrativ fröstelnd, »ich glaube, ich gehe mal wieder rein.«
Auch Falk setzte sich in Bewegung. Jasmin wandte sich ebenfalls dem Haus zu.
Doch kaum war Nicole im Wohnzimmer verschwunden, drehte er sich um. »Auf ein Wort, Jasmin.« Er blockierte die Tür, mit schwerer Zange und riesigem Schraubenzieher bewaffnet. Sein Gesicht lag vollständig im Schatten, während er auf ihrem vermutlich jeden Muskel zucken sah.
»Was ist denn?«
Er zögerte kurz. »Wie ich meine Mutter kenne, wird sie dich einladen, in Peerhagen zu wohnen. Ich möchte aber, dass du diese Einladung ablehnst.«
»Oh, und warum?«
Er schien zu seufzen. »Darauf würde ich gern mit der Gegenfrage antworten: Was willst du hier?«
In diesem Moment klingelte ein Handy. Es war nicht Jasmins. Falk griff in die Hosentasche und blickte auf das Display. Dann hob er das Handy ans Ohr. »Ja?«, sagte er und wandte sich ab. Jasmin ergriff die Gelegenheit, in den Salon zu treten.
Dort waren alle versammelt. Ronja war in ihrem Sessel schon halb eingeschlafen.

»Ich muss dann mal«, verkündete Jasmin.

»Schon?«, sagte Nicole mit allen Anzeichen gespielter Enttäuschung.

»Ich habe Jasmin eingeladen, bis zur Hochzeit hier zu wohnen«, erklärte Adeltraud. »Du siehst sie also gleich morgen wieder.«

»Gute Idee«, log Nicole. »Das wollte ich auch schon vorschlagen.«

Severin strich sich über die Haare und blickte zu Boden. Günter Rosenstock legte seine Zigarre auf den Ständer am Aschenbecher und erhob sich vom Sofa, bereit, Jasmin zu verabschieden.

»Sie fahren doch nach Kühlungsborn, Jasmin?«, erkundigte sich Adeltraud. »Könnten Sie da nicht Ronja und Falk mitnehmen. Ich glaube, die Kleine sollte ins Bett. Wo Falk nur wieder steckt … Ah, da bist du ja.«

Eben trat er zur Balkontür herein.

»Ich habe Jasmin gerade gefragt, ob sie dich und Ronja nach Kühlungsborn mitnimmt. Dann kannst du dir das Taxi sparen. Und wenn ihr morgen früh rausfahren wollt, dann solltet ihr beide wohl jetzt in die Kojen.«

»Ich bin aber noch nicht müde!«, protestierte Ronja schlaftrunken.

»Sie schläft heute doch hier, wenn es dir recht ist, Mama«, erwiderte Falk. »Da kommt morgen jemand, der …«

Er vollendete den Satz nicht, was vermutlich niemandem auffiel, denn Ronja sprang überraschend freudig aus ihrem Sessel und schmiegte sich an ihre Großmutter. »Und zum Frühstück gibt es Schokopops, ja!«

»Mal sehen. Und jetzt ab ins Bett«, sagte Adeltraud lächelnd.

Ronja schlurfte aus dem Salon. Man hörte sie eine Treppe hinauftrampeln.

»Das ist aber nicht der Sinn deiner Wochenenden mit Ronja, dass sie hier schläft und du dich auf dem Boot herumtreibst«, bemerkte Günter Rosenstock bedächtig.

Und wieder sah Jasmin in Falks Augen dieses Glimmen unterdrückten Widerspruchs. Doch auch diesmal sagte er nichts.

Einen Moment standen alle wortlos herum, Günter bereit, Jasmin zum Abschied die Hand zu geben, während seine Zigarre auf dem Zigarrenbänkchen qualmte, Severin verlegen, Nicole mit eingefrorenem Lächeln und Adeltraud zerstreut. Dann hob Falk in stummer Erklärung die Hand mit dem martialischen Werkzeug, mit dem er das Fallrohr am Fuß der Terrasse zerstört hatte, und eilte aus dem Salon.

»Ja dann«, sagte Jasmin hastig und reichte Günter Rosenstock die Hand. »Vielen Dank für die Einladung.«

»Da nicht für«, entgegnete er und setzte sich wieder, kaum hatten sich Nicole, Adeltraud und Severin zur Tür hinaus in den Flur gewandt. Wenn Jasmin gehofft hatte fortzukommen, bevor Falk abmarschbreit war, sah sie sich getäuscht. Er bog mit seinem hellen Sakko überm Arm um die Rosenhecke, als Jasmin sich gerade von Adeltraud verabschiedete, Nicole zuwinkte und die Fernbedienung für die Autotüren drückte.

»Gute Nacht, Mama«, sagte er mit einem raschen Kuss auf Adeltrauds Wange. Dann langte er nach dem Türgriff und saß in dem kleinen Focus, noch bevor Jasmin eingestiegen war.

Jasmin fuhr die Zufahrt entlang aufs Tor zu, das sich im Schein zweier Leuchten auf den beiden Torpfosten wie von Geisterhand öffnete. In die Tulpenrabatte rechts am Weg war eine kleine Ampel gepflanzt, die anzeigte, ob das Tor offen oder geschlossen war, und von Rot auf Grün sprang, als Jasmin daran vorbeirollte.

»Vielen Dank, dass du mich mitnimmst«, sagte Falk, als sie das Tor hinter sich ließen. »Das gibt mir Gelegenheit, meine Bitte zu wiederholen, auch wenn sie unhöflich klingt.«

»Leider kommt sie zu spät. Deine Mutter hat mich bereits eingeladen.«

Falk gab einen ärgerlichen Laut von sich. »Meine Mutter ist eine herzensgute Frau, und ich möchte nicht, dass sie enttäuscht wird.«

»Warum sollte ich sie enttäuschen?«

»Du hast dich mit Lügen eingeführt. Nicole erzählst du, du seist schon ein paar Tage hier, aber wir sind zusammen im Zug gekommen. Und im Zug hast du Prospekte von Rosenstock und Tiller studiert. Nicole ist eine alte Freundin von dir. Eine Familie Niedergesäß gibt es hier in der Gegend nicht, zumindest keine, die ein Haus wie Peerhagen bewohnt. Ich denke, wir waren von Anfang an dein Ziel.«

Jasmin schwieg.

»Pech, dass du dir meine Visitenkarte nicht angeschaut hast. Dann hättest du nämlich gewusst, dass dein Spiel nicht aufgeht.«

»Vielleicht wollte ich dich wiedersehen.«

Er lachte unfroh. »Das ungezogene Muttersöhnchen? Auch das ist eine Lüge. Auf meiner Visitenkarte steht Peerhagen nicht als Adresse. Um mich wiederzusehen, hättest du mich anrufen oder zum Jachthafen in Kühlungsborn kommen müssen. Du bist also definitiv nicht wegen mir hier … Halt, stopp!«

Jasmin stieg in die Eisen. Sie schlitterten quietschend durch den nachtschlafenden Ort auf die Kreuzung mit dem Stoppschild zu. Falk stemmte sich mit beiden Händen gegen das Armaturenbrett, obgleich er angeschnallt war, und atmete seufzend aus, als sie standen. »Hast du das Stoppschild nicht gesehen?«

»Doch, aber du hast Halt geschrien, als hätte ich eben die Dorfkatze überfahren.«

»So blind befolgst du Befehle? Gut zu wissen. Hier rechts.«

Jasmin schnaubte und bog auf die Straße ein, die alsbald in den tiefen, dunklen Laubwald des Hügelzugs der Kühlung tauchte. Eine Weile fuhren sie schweigend.

»Und wozu nun all diese Lügen?«, nahm Falk den Faden wieder auf.

»Du bist ja ein richtiger Wahrheitsfanatiker.«

»Muss ich mich dafür rechtfertigen?«

Ein Fuchs huschte über die Straße. Jasmin spürte den Mann neben sich zusammenzucken, aber er beherrschte sich. Der Wald wich, und vor ihnen leuchteten die Lichter von Kühlungsborn auf.

»Manchmal ist es besser, zu lügen, als brutale Wahrheiten auszusprechen, klüger ist es allemal«, behauptete Jasmin.

»Dann musst du ja ein Ausbund an Klugheit sein.«

Sie fuhren nach Kühlungsborn hinein und hoppelten über die Schienen der Schmalspurbahn Molli. »Wenn du die Wahrheit willst, weißt du, was mir auffällt?«, sagte Jasmin unvermittelt. »Du magst deine Tochter nicht.«

»Ich glaube nicht, dass du das beurteilen kannst.«

»Zufällig habe ich heute Nachmittag in Hus Achtern Boom mit angehört, wie Ronja sich beklagte, dass du sie aufs Boot schleppst. Ihre Mutter meinte daraufhin, sie solle sich nicht so anstellen, sonst heiße es wieder, sie hetze Ronja gegen dich auf, und dann bekomme sie kein Geld mehr.«

Falk schnaubte. »Das entbehrt jeder Grundlage.«
Er muss Laura mit siebzehn oder achtzehn geschwängert haben, wenn er der jüngere Bruder von Severin ist, dachte Jasmin. »Mir scheint, du bist ein ziemlich mieser Vater.«
»Immer geradeaus«, sagte er hastig. »Du kannst mich an der Seebrücke rauslassen.«
»Es ist nämlich nicht üblich«, fuhr sie beharrlich fort, »dass Töchter ihre Väter nicht mögen, vor allem dann nicht, wenn sie ein Boot besitzen. Mag ja sein, dass du dir ein hübsches Prinzesschen als Tochter wünschst, aber im Alter von elf, zwölf sind Töchter keine Prinzesschen, wenn sie unglücklich sind.«
»Sie ist elf.« Falk griff nach dem Türhebel, und Jasmin machte sich für eine Vollbremsung bereit, falls er versuchen wollte, aus dem fahrenden Auto zu stürzen.
»Mag ja sein, dass dir deine Tochter wie ein Monster vorkommt,« fuhr sie erbarmungslos fort, »das nur aus einem Verdauungstrakt und einem unendlichen Bedürfnis nach Süßigkeiten besteht. Aber Ronja kann nichts dafür.«
»Natürlich nicht.«
»Dennoch schaust du sie voller Abscheu an, wenn du sie überhaupt anschaust. Es ist richtig, dass sie nichts tut, um dir zu gefallen. Aber du bist ein erwachsener Mann, Falk, und sie ist ein Kind. Kinder haben nun einmal nichts, worauf sie in ihrem Leben bauen können als auf die bedingungslose Liebe und Achtung ihrer Eltern.«
Jasmin hörte ihn atmen, kurvte um den Kreisverkehr an der Seebrücke und hielt den Wagen in der Ostseestraße an. Er stieß die Tür auf, noch bevor sie richtig standen, und stieg aus. Doch dann beugte er sich noch einmal zu ihr.
»Danke fürs … fürs Mitnehmen. Und herzlichen Dank für die

Belehrung. Du hast Recht, die Wahrheit ist nicht immer wünschenswert. Denn das war die Wahrheit, die ich nicht unbedingt hören wollte. Doch eines weiß ich jetzt glücklicherweise auch, Jasmin. Du bist eine Frau, die zurückschlägt, bevor man ihr überhaupt übel will.«

7

Jasmin bezahlte die eine Nacht in Hus Achtern Boom und zog nach Peerhagen um, wo sie von Adeltraud ein schönes Zimmer im ersten Stock mit einem berauschenden Fernblick bis zum blauen Streifen des Meeres zugewiesen bekam. Der Wind trieb Wolkenberge mit dunkelgrauen Unterseiten über den riesigen Himmel und jagte minutenkurze Regenschauer übers Land. Unten im Salon lief der Fernseher mit der Übertragung der Hochzeit des spanischen Thronfolgers Felipe mit der Fernsehjournalistin Letizia. In Madrid goss es wie aus Kübeln. Ein schlechtes Omen. Raunend kommentierten Moderatoren das Defilee der adligen Prominenz auf dem roten Teppich, während Nicole auf dem Sofa saß und sich Fuß- und Fingernägel maniküre.

»Es ist alles genau im Protokoll festgelegt«, wiederholte sie, was sie in einschlägigen Zeitschriften gelesen hatte. »Nur Königin Sofia darf ein langes Kleid tragen. Die anderen Frauen nicht.«

Jasmin saß mit Ronja am Schachbrett und weihte sie in die Grundregeln ein. Dabei stellte sie fest, dass das Kind durchaus zwei Stunden lang nichts essen und dabei ziemlich gesprächig sein konnte. Das Quasseln musste sie über ihren Vater von ihrer

Großmutter geerbt haben. Jasmin erfuhr allerlei über Laura und deren Affäre mit einem Ayurveda-Lehrer und über Peerhagen und seine Bewohner. So war dem Opa seine Abendzigarre heilig. Severin sollte nach der Hochzeit Geschäftsführer der Holding werden. Adeltraud wollte Kreuzfahrten machen und suchte eine Nachfolgerin für ihren Laden in Berlin. Aber halbherzig, denn im Grunde sei ihr Peerhagen zu ruhig. Nur über ihren Vater Falk verlor Ronja kein Wort. Als Nicole einmal kurz den Raum verließ, beugte sie sich übers Schachbrett und flüsterte: »Und Nicole ist eine egoistische Schlampe und nur auf Onkel Severins Geld aus. Er wird niemals glücklich mit ihr.« Weil Nicole zurückkam, konnte Jasmin nicht nachfragen, aus welchem Mund das Kind wohl diesen Satz geklaut hatte. Aber es klang nach Schwiegermutter. Womöglich hatten sie die E-Mail an Gloria gemeinsam geschrieben.

Im Fernsehen wartete Prinz Felipe seitlich des Altars auf seine Braut, die, weil es in Strömen goss, nicht von ihrem Vater über den roten Teppich geführt werden konnte, sondern mit Kleid und Schleppe in einen Wagen gestopft werden musste.

»Armer Felipe!«, bebte Nicole. »Der denkt jetzt sicher sonst etwas, was seiner Braut zugestoßen sein könnte.«

»Das glaube ich nicht«, widersprach Jasmin. »In Spanien ist es üblich, dass die Braut den Bräutigam ein wenig warten lässt. Zwanzig Minuten mindestens.«

Endlich fuhr die Braut dann doch in einem geschlossenen Wagen vor, dem alten Rolls-Royce von Franco.

»Gott, ist die dürr!«, rief Nicole. »Sag mal, findest du die schön? Ist sie nicht viel zu dünn und spitz? Und schau, sie lächelt gar nicht und …« Nicole richtete sich auf. »Schau, wie die ihre Brautjungfern ankeift.«

Letizias Schleppe hatte sich irgendwo am Kircheneingang verfangen. Die Brautjungfern, die sie tragen sollten, stolperten, die Blumenkinder drehten sich um, die ganze Reihe geriet ins Trudeln.

»Ist das ihr Vater?«, rief Nicole. »Der ist übrigens geschieden. Das soll ein großes Problem gewesen sein. Geschiedene Eltern neben Königs in der katholischen Kirche. Und ist er nicht außerdem Kommunist? Aber ›Die oder keine!‹ soll Felipe gesagt haben. Entweder er darf sie heiraten, oder er verzichtet auf die Thronfolge.«

»Schach!«, schrie Ronja plötzlich.

Jasmin hatte nicht aufgepasst und konstatierte verblüfft: »Und matt. Du hast gewonnen.«

Ronja jubelte, ohne zu ahnen, dass sie eine Gegnerin geschlagen hatte, die zuweilen gegen einen Fritz Schachcomputer mit einer Spielstärke von über 2000 Elo gewann.

»Schau, Jasmin«, drängte Nicole. »Wie verliebt Felipe in diese magersüchtige Schnepfe ist. Er soll ja darum gebeten haben, dass man ihm die Fernsehmoderatorin vorstellt. Stell dir vor, du gehst nichts ahnend auf eine Party, und dir wird ein Kronprinz vorgestellt. Und dann bittet er dich um deine Hand. Würdest du da Nein sagen? Wann küssen die sich eigentlich endlich? Ich würde mich ja nicht öffentlich auf einem Balkon von meinem Mann abknutschen lassen.«

Während Nicole und Jasmin noch lange auf einen Kuss warteten, den Letizia tatsächlich nicht herausrückte, zahlte Falk Heiko aus, der ihm geholfen hatte, die *Santa Lucia* auf Hochglanz zu bringen, und empfing einen Mann Anfang vierzig, der mit Bootsschuhen, Leinenhosen, einem gebleichten Poloshirt, das sieben Jahre auf See vorspiegelte, und einem Navigationschronometer am Handgelenk die Gangway heraufkam.

»Die gute alte Ketsch-Takelung«, kommentierte der Mann mit vorgetäuschter Kennermiene. »Schön, dass Sie so kurzfristig Zeit für mich haben. Ich hatte gerade in Rostock zu tun und dachte, ich ruf Sie einfach mal an, um schon einmal einen Blick aufs Boot zu werfen. Ein ziemlicher alter Kahn, hm?«

»Die *Santa Lucia*«, sagte Falk im Maklerton, »wurde vor acht Jahren komplett revitalisiert, Baujahr 1928, ausgestattet mit modernster Technik. Der klassische Jachtrumpf und die Langkielform machen diesen Oldtimer zu einem komfortablen Segler mit hervorragenden Segeleigenschaften.«

Der Interessent kam aus Hamburg, Medienbranche. Sein Haupthaar war büroklammerkurz geschoren, auf seinem Kiefer lag der Eintagebartschimmer erfolgreicher Skrupellosigkeit und aalglatten Erfolgs.

»Gebaut aus genietetem Stahl. Länge über Deck 16,2 Meter, Länge über alles 19,2 Meter. Breite 4,20, Tiefgang 2 Meter. Gewicht 43 Tonnen, Hauptmast 19 Meter und Rollbesan, Rollgenua mit 60 Quadratmetern Fläche, Rollgroßsegel mit 40 Quadratmetern, Sechszylinder Perkins Motor mit einer Leistung von 136 PS. Der Tank fasst tausend Liter. Navigation mit Autopilot, GPS und Vorausecholot.«

Barfuß übers Deck tappend, führte Falk den Interessenten zur Achterkajüte und hinab ins Schiff. »Wie Sie sehen, gibt es sechs Kojen in drei getrennten Kajüten, zwei Toiletten, eine Dusche und eine Kochecke mit Gefrierschrank, Ofen und Kaffeeautomat.«

Durch die Bullaugen war, vielfach in Regentropfen gebrochen, das Verdeck des nebenan liegenden Seglers zu erkennen. Falk

öffnete die nächste Tür. »Außerdem steht zum Plaudern und Entspannen ein Salon mit DVD-Player und umfangreicher Sammlung zur Verfügung.«
»Und der Papagei, gehört der auch zum Schiff?«, erkundigte sich der Hamburger in der Meinung, einen Witz zu machen.
Falk lächelte. »Das ist noch nicht raus. Er ist mir vor ein paar Jahren zugeflogen und geblieben, obgleich er das Boot verlassen kann, wenn er will.«
»So!«, sagte der Graupapagei mit der Stimme einer alten Frau. Er trat auf einer Stange an der Wand neben dem Bullauge von einem Krallenfuß auf den anderen und knispelte Sonnenblumenkerne, deren Spelzen sich über Schränkchen und Tisch verteilten.
Falk ließ die Tür offen und setzte die Bootsführung fort. Der Interessent schnitt verschiedene Gesichter, die Falk von etlichen Jachtbesichtigungen kannte. Es war allerdings nie sein eigenes Schiff gewesen, das ein Mensch Kinn reibend, nickend, brummend, alles anfassend begutachtete. Als sie an Deck zurückkehrten, war gerade ein Regenschauer durch. Alles glitzerte, dampfte und funkelte in der Sonne.
»Ganz hübsch«, bemerkte der Interessent. »Und gut in Schuss.«
Falk kratzte sich mit dem Zehennagel den Knöchel des anderen Fußes und hielt sich fest. Er hatte es sich angewöhnt, sich auch dann immer irgendwo festzuhalten, wenn das Boot still im Hafen lag, denn er war damit mutterseelenallein über die Meere gesegelt, und wenn er über Bord gegangen wäre, hätte niemand einen Notstopp eingeleitet.
»Und wie viel wollen Sie nun dafür haben?«
»Dreihunderttausend.«
»Verhandlungsbasis?«

»Tut mir Leid, ich verhandle nicht.«
Der Interessent zog das Nun-dann-eben-nicht-Schlaumeier-Gesicht.
»Wissen Sie«, erklärte Falk, »wenn man ein Boot nicht verkaufen will, aber muss, dann verhandelt man nicht. Wenn Sie es nicht kaufen, wäre es mir im Grunde ganz recht, auch wenn ich es dann nur noch für meine letzte Fahrt verwenden könnte.«
Der Hamburger blinzelte. Dann meinte er es kapiert zu haben.
»Spielschulden, Ehrenschulden, hm?« Er lachte.
»Sollten Sie das gegenüber Dritten wiederholen«, sagte Falk ruhig, »und ich bekomme davon Wind, dann verklage ich Sie wegen übler Nachrede. Verstanden?«
»Schon gut. Es geht mich ja nichts an. Und wann könnte ich mit meinen Freunden wiederkommen und eine Probefahrt machen?«
»Wann immer Sie wollen.«
»Nächsten Freitag. Dann hätten wir ein ganzes Wochenende?«
Falk lächelte schief. »Das wäre allerdings etwas ungünstig. Mein Bruder heiratet. Aber ab Samstagfrüh stehe ich Ihnen zur Verfügung.«
»Gut. Ich rufe Sie an. Und ab August könnte ich es dann haben, sagten Sie?«
Falk nickte.
»Abgemacht.« Der Interessent streckte die Hand aus, und Falk schlug ein. Mit Totenstille im Herzen blickte er dem Käufer nach, der nicht sonderlich geübt die Gangway hinabbalancierte. Fünf Jahre lang war die *Santa Lucia* sein Zuhause gewesen, die Rettung, Fluchtpunkt und Fluchtvehikel in einem. Sechs Jahre hatte er zuvor um sie gedient. Genauer, er hatte geackert wie ein Tier, um sie sich leisten zu können. Sechs Jahre auf Kos.

Geschlafen hatte er am Strand, in verfallenen Häusern zwischen Olivenbäumen, zuletzt bei einer Witwe in einem Zimmer neben dem Eselstall. Zeitweise hatte er nicht mehr besessen als ein Paar Shorts und eine Uhr. Und an so manchem Tag hätte er nichts zu essen gehabt, wenn ihm die Touristen, denen er das Segeln beibrachte, nicht einen Bauernsalat und ein paar Spieße Suvlaki spendiert hätten.
Von Kos hatte er kaum mehr gesehen als die Bucht von Mastichari, in der er zufällig als Neunzehnjähriger gestrandet war. Als Segellehrer verdiente er sich in der Segelschule ein paar Drachmen, wenn der Wind wehte. Wehte er nicht oder zu stark, bekam er nichts. Sommer für Sommer. Im Winter half er im Jachtclub, schliff und strich die Jachten anderer. Mit der Zeit lernte man ihn schätzen, den verrückten Jermanós. Und wenn dann die Touristen und selbsterklärten Könner kamen und einen Zweimaster mieten wollten, nicht eines von den kleinen Booten, dann machte man immer schon mal das Motorboot startklar und rief vorsorglich nach dem Deutschen, denn das glatte Wasser in der Bucht täuschte. Hatte man erst einmal den Schutz der Insel verlassen und wurde das Boot vom Südwestwind erfasst und aufs offene Meer hinausgerissen, war es schwer umzukehren. Dann brachte man den Jermanós mit dem Motorboot hinaus, damit er den Segler gegen den Wind zurückkreuzte.
Jede Drachme, die er verdiente, steckte er in die *Santa Lucia*. Er hatte sie im Garten eines verfallenen Hauses in einem Seegrundstück entdeckt und sich sofort in sie verliebt. Sie lag auf der Seite mit geknickten Masten. Ihr Herr war ein Athener, der lieber Haus und Grundstück verkauft hätte, dann aber merkte, dass der Deutsche bereit war, für das Boot sein Leben zu verpfänden, und noch mehr verlangte als für sein Haus.

Vermutlich erzählte man sich heute noch im Ort von dem verrückten Jermanós, der nicht einmal ein Hemd besaß, um in die Kirche zu gehen, weil er sich in ein Boot verliebt hatte, das mehr Opfer verlangte als eine putzsüchtige junge Frau. Man lachte nicht über ihn, das nicht, aber man lächelte. Die Witwe, die ihm schließlich das Zimmer neben dem Stall überließ, wurde nicht müde, heilige Sprüche zu murmeln und ihn zu berühren. Im letzten Jahr schienen manche es als Ehre zu betrachten, wenn sie ihm ein Essen hinstellen durften. Er trank nicht, er faulenzte nicht, er war keiner dieser Hippies, die sich unter kostenloser Sonne von Einheimischen durchfüttern ließen. Er lebte für ein Boot.

Als er die *Santa Lucia* endlich unter reger Anteilnahme der Einwohner von Mastichari zu Wasser lassen konnte und an Bord ging, besaß er nicht mehr als dieses Schiff, ein Paar abgeschnittene Jeans und Wasser und Lebensmittel für dreißig Tage.

Es war September, als er die sonnendurchglühte Insel des Dodekanes verließ und über Athen, Sizilien, Sardinien und Mallorca Kurs auf den Atlantik nahm. Vor Gibraltar fischte er fünf halb tote Marokkaner aus dem Wasser, darunter drei Kinder, deren Mutter auf der *Santa Lucia* an Entkräftung starb. Als er mit den Flüchtlingen im Hafen von Tarifa einlief, verhaftete man ihn sofort als Schlepper und konfiszierte sein Schiff. Einen Monat saß er im Gefängnis, bis man mithilfe deutscher Behörden herausgefunden hatte, dass er kein verwahrloster Aussteiger war, sondern der Sohn eines schwerreichen Industriellen. Als er Mitte Oktober das Gefängnis verließ und seine Zweimast-Ketsch zurückbekam, befand er sich immerhin im Besitz von einem Paar langen Hosen, einem Unterhemd und einem Hemd, die ihm mitleidige Gefängniswärter geschenkt hatten.

In Porto arbeitete er einen Monat im Frachthafen, um sich Mantel, Schuhe und Verpflegung kaufen zu können. Der Atlantik war stürmisch. Es herrschten drei Grad über Null, als er Ende Januar im Jachthafen von Norderney anlegte. Erst in Deutschland war seine Reise ohne Geld richtig schwierig geworden.

Falk stieg hinunter und ließ sich einen Becher Kaffee aus dem Automaten in der kleinen Kombüse. Er nahm einen Schluck und begab sich in die Kajüte, um sich Socken und Schuhe anzuziehen. Sachte strich er mit der Hand über das glatte edle Holz der Koje.

Dieses Boot hatte seine schlimmsten Stunden miterlebt, seine Angst, seine Verzweiflung, seine Trauer, seine Hoffnungen. In dieser Koje hatte er gelegen und um eine zweite Chance gebetet. Hierher war er nach demütigenden Gesprächen mit seinem Vater zurückgekehrt. Die Hände am Steuerrad, hatte er sich zu beruhigen versucht. Unter Segeln hart am Wind waren seine Probleme zu Banalitäten geschrumpft.

Er leerte den Kaffeebecher in einem Zug, nahm die Jacke, stieg an Deck, verschloss die Achterkajüte und verließ sein Schiff leichtfüßig über die Gangway. Der Regen hatte die Kurgäste von den Straßen in die Restaurants vertrieben. Am Strand waren ein paar Kinder in Regenjacken und Gummistiefeln zu Gange. Von einem Taxi ließ Falk sich nach Peerhagen bringen. Auf der Fahrt sickerte erst so richtig die Erkenntnis in sein Bewusstsein, dass er soeben sein Boot verkauft hatte. Per Handschlag und unwiderruflich. »Verdammter Stolz«, murmelte er vor sich hin. »Der bringt dich eines Tages noch um.«

»Bitte?«, fragte der Taxifahrer.

Sieglinde war in der Küche dabei, den Steinbutt auszunehmen, zu salzen, zu säuern und in Mehl zu wenden. Verwundert nahm Falk zur Kenntnis, dass seine Tochter nicht in der Küche war. Er fand sie im Arbeitszimmer ihres Großvaters am Computer, damit beschäftigt, Schachprogramme zu sichten.

»Ich habe gewonnen!«, teilte sie ihm mit. Ihre dunklen Augen konnten auch wach und vergnügt blicken. »Ich habe Jasmin im Schach geschlagen.«

»Toll!« Falk trat ans Fenster.

Unten auf der Wiese hinterm Haus saßen Jasmin und Severin am Gartentisch, in munterem Gespräch begriffen. Jasmin trug Jeans und saß auf einem wunderhübschen runden Hintern, das musste Falk ihr einfach lassen.

»Das ist wirklich toll!«, stellte Ronja energisch klar. »Denn Jasmin hat irgendein Epo oder Euro …«

Falk drehte sich zu ihr um. »Du meinst wahrscheinlich Elo. Das Rating unter Schachspielern?«

»Ja, Elo. Das meine ich. Was ist Elo?«

»Das ist ein Rechenverfahren für eine Rangliste, das nach einem Herrn Elo benannt ist, soviel ich weiß. Vielleicht kann Jasmin dir das genauer erklären. Was machst du hier eigentlich?«

»Jasmin hat gesagt, dass es im Internet Schachcomputer gibt. Ich muss noch viel üben. Kann ich einen Schachcomputer haben, Papa?«

Falk verkniff sich die Frage, ob Ronja von ihrem Opa die Erlaubnis habe, an seinen Computer zu gehen, und sagte: »Ich bin sicher, dass dein Wunsch berücksichtigt werden wird, wenn du ihn auf deine Geburtstagswunschliste schreibst.«

»Aber ich habe doch erst im November Geburtstag!«

»Und ich habe im Oktober Geburtstag.«

»Aber du kannst dir kaufen, was du willst.«
»Ich arbeite ja auch dafür.«
»Was arbeitest du denn? Du arbeitest doch gar nichts. Du gehst auf Partys und schipperst in der Weltgeschichte herum.«
Falk hörte Laura sprechen, und sein Blutdruck stieg.
»Und wenn du wieder alles Geld verspielt hast, dann steckt dir Oma was zu. Aber für mich ist nie was übrig.«
»So nicht, Ronja!«, sagte Falk heiser. »So sprichst du nicht mit mir. Verstanden! Und deiner Mutter kannst du ausrichten: Wenn sie noch einmal behauptet, dass ich …« Er unterbrach sich.
Ronja war schneeweiß geworden und blickte ihn mit großen Augen an, mit Lauras Kulleraugen. »Ich hasse dich!«, schrie sie plötzlich. »Du bist so gemein!« Sie rutschte vom Stuhl und rannte hinaus.
Falk fuhr sich mit beiden Händen durch die Haare. Was hatte er nur wieder angerichtet? Da interessierte sich Ronja erstmals, seit er sie kannte, für irgendetwas anderes als Eiscreme und Kekse, und er vermasselte es.
Jasmin hatte Recht, er war ein schlechter Vater. Als er mit neunzehn Deutschland verließ, war Ronja gerade mal ein halbes Jahr alt gewesen. Kennen gelernt hatte er sie erst, als sie fast sieben war. In der ersten Zeit hatte sie sich vor ihm versteckt, wenn er sie bei Laura im Hotel abholte. Laura hatte sich alle Mühe gegeben, ihm den Umgang zu verbieten, denn sie fand, das Kind sei jedes Mal aggressiv, wenn er es zurückbrachte. Nicht er, sondern sein Vater hatte Laura daraufhin mit einer Klage vor dem Jugendrichter gedroht, aber nicht weil ihm etwas an seiner Enkelin lag, sondern weil er fand, sein Sohn dürfe sich nicht aus seiner Verantwortung als Vater stehlen.

Falk seufzte und setzte sich an den Computer, eigentlich um ihn auszuschalten, doch dann klickte er sich noch schnell in seinen E-Mail-Server. Während der Rechner ratterte, fiel sein Blick erneut aus dem Fenster auf die Wiese hinter dem Haus.

Dort saßen immer noch in trauter Zweisamkeit Jasmin und Severin. Sie gestikulierte lebhaft. Auf Severins Gesicht lag ein vages, beinahe schwachsinniges Lächeln. Wäre Falk als Mann in Kleiderfragen nicht mit nahezu fahrlässiger Blindheit geschlagen gewesen, hätte er erkannt, dass sie zu ihren Jeans eine berechnend auf Taille geschnittene braune Strickjacke trug, die ihre Figur ungemein reizvoll betonte. Aber er hätte, als er sich jetzt dem Bildschirm zuwandte, nicht einmal sagen können, welche Farben Jasmins Textilien hatten. In seinem Hirn ballte sich nur ein diffuses Bild zusammen, das da lautete: Die geht aber ran.

Ohnehin trübte der Schmerz um die *Santa Lucia* momentan seinen Blick für weibliche Reize. Er sichtete seine elektronische Post, beantwortete ein paar Briefe und gab dann Befehl, alle Programme zu schließen. Wieder schaute er aus dem Fenster und sah, wie Jasmin die Hand auf den Tisch schob und dass Severin die seine auf ihre legte. Beide verhielten einen Moment, dann blickte Severin rasch zum Haus herüber und zog seine Hand weg.

Trottel!, dachte Falk, ohne sich Rechenschaft darüber abzulegen, was er damit eigentlich meinte, denn es nahte auch schon der nächste Ärger. Der Bildschirm leuchtete noch, als sich die Tür des Arbeitszimmers öffnete und sein Vater eintrat.

»Ah, hier bist du.«

Falk verbiss sich all die Erklärungen, die ihm auf der Zunge lagen.

»Natürlich kannst du meinen Computer benutzen«, sagte Günter Rosenstock, in der Tür stehen bleibend, die Hand auf die Klinke gelegt. »Aber es wäre schön, wenn du mich vorher fragen würdest.«
Falk erhob sich langsam aus dem ergonomischen Schreibtischsessel seines Vaters. Wenn er ihn hinauslassen wollte, musste er die Hand von der Türklinke nehmen und in den Raum treten, aber danach sah er nicht aus. Der Patriarch hatte noch etwas zu sagen.
»Wenn du ein eigenes Büro brauchst, solltest du dir vielleicht endlich eine eigene Wohnung suchen.«
Darauf gab es nichts zu erwidern, was nicht hundertmal gesagt worden war. Falk machte einen Schritt auf die Tür zu. Unwillkürlich spannte sich sein Körper wie der eines Kämpfers. Sein Vater zog, unbewusst eingeschüchtert, die Hand von der Klinke. Die Blockade war gelöst, noch ein Schritt, und der Alte würde die Tür freigeben. Falk schluckte die Scham darüber hinunter, dass er, der junge Mann, seine Körperkraft als Drohung gegen seinen Vater einsetzte, wenn auch nur symbolisch. Aber warum konnte der Patriarch ihn nicht einfach in Ruhe lassen?
»Meinst du nicht«, fuhr der hagere Alte in seiner leisen, aber bestimmten Art fort, »es täte auch Ronja gut, wenn sie wüsste, wo sie hingehört. Natürlich haben wir sie gern hier, aber das ist ja nicht der Sinn der Wochenenden beim Vater, dass man das Kind bei den Großeltern abliefert und seinen Geschäften nachgeht. Deine Tochter braucht dich. Ob es dir nun passt oder nicht, du bist eine Verpflichtung eingegangen.«
Falk machte den entscheidenden Schritt auf die Tür zu. Sein Vater trat in den Raum. Falk eroberte den Ausgang.
»Antworte mir gefälligst, wenn ich mit dir rede, Falk. Wir sind

eine Familie. Wir sprechen miteinander, falls du das immer noch nicht begriffen hast.«

»Ja, Vater«, sagte Falk, blickte ihm kurz in die Augen und wandte sich dann ab. Leise zog er die Tür hinter sich zu.

Günter Rosenstock nahm an seinem Schreibtisch Platz, stellte den eben heruntergefahrenen Computer wieder an und versuchte den schalen Geschmack loszuwerden.

Er fand einfach keinen Zugang zu Falk. Je älter sein Jüngster wurde, desto schwieriger war es. Verschlossen und unlenkbar war er immer schon gewesen. Aber als kleiner Junge war er wenigstens noch niedlich anzusehen gewesen mit seinem schwarzen Schopf und den wachen Kohleaugen in dem ausdrucksstarken Gesichtchen. Doch eigentlich war er immer ein Rabauke gewesen. Keine Prügelei hatte er ausgelassen, keine Schramme, die er sich nicht zugezogen hätte, kein Schabernack, an dem er nicht beteiligt gewesen wäre. Auch Severin hatte zu leiden gehabt. Zu vornehm, um den drei Jahre jüngeren Bruder zu verpetzen, hatte er sich gegen Falks zerstörerische Gier, alles zu haben, was er besaß, nur mühsam zur Wehr setzen können. Am Esstisch stritt der Kleine um jeden Bissen mit einem Futterneid, der Günter Rosenstock auch deshalb so unangenehm berührte, weil er selbst mit vier Geschwistern aufgewachsen war und es nach dem Krieg wirklich wenig gegeben hatte. Aber am Tisch, den Adeltraud deckte, hatte es nie an etwas gefehlt. Falk machte einfach Probleme, wo er konnte, aus Prinzip und aus einer tief sitzenden Angst heraus, zu kurz zu kommen, oder aus einem anderen Grund, den er nicht erkennen konnte.

Die Lehrer beschwerten sich. Falks schulische Leistungen waren katastrophal. Er erinnerte sich noch gut, wie der Dreizehnjährige vor ihm gestanden hatte, etwas zu klein für sein Alter, aber kräftig und mit glühend aufmüpfigen Augen, damals noch in der Villa in der Lüneburger Heide. »Wie stellst du dir eigentlich deine Zukunft vor?«, hatte er ihn gefragt. Schon damals hatte Falk es vorgezogen, keine Antworten zu geben. Der Umzug nach Peerhagen hatte ihm zunächst gut getan. Er engagierte sich im Seenotrettungsdienst und machte einen Segelschein nach dem anderen. Fast hatte man geglaubt, aufatmen zu können, doch dann stürzte Falk regelrecht hab. Die Kombination von Ratlosigkeit in Sachen Zukunft, Abneigung gegen das väterliche Geschäft, Geld und zu viel Freizeit hatte ihm nicht gut getan. Günter Rosenstock war grau geworden in dieser Zeit. Adeltraud befand sich im Daueralarmzustand. Bei jedem Telefonklingeln drohten neue Schrecken – ein Autounfall, betrunken ins Hafenbecken gefallen, zwischen den dänischen Schären verschollen. Die Polizei im Haus wegen einer Strandparty, bei der beinahe jemand an Drogen gestorben wäre. Und dann, kaum achtzehn, hatte er die Laura von Hus Achtern Boom geschwängert. Und wie viel Geld Falk in diesen Jahren im Kasino von Baden-Baden verzockt hatte, war nie herauszubringen gewesen. Eines Tages – Adeltraud und er waren gerade von einem sehr erholsamen Trip nach New York zurückgekommen – bat Severin sie um ein Gespräch und gestand, dass er in der Rostocker Buchhaltung Kundenschecks in Höhe von mehreren hunderttausend Mark gestohlen und auf sein Konto hatte einzahlen lassen, um damit Falks Spielschulden zu begleichen. Günter Rosenstock hatte vor allem Falks Feigheit ergrimmt. Hätte er die Frechheit besessen, seines Vaters Unterschrift auf einem Scheck zu fälschen oder etwas dieser Art zu tun, hätte er es ihm vermutlich weniger übel genommen. Aber dass er den älteren Bruder anstiftete! Unter Tränen hatte Severin ihn gebeten, Falk keine Szene zu machen, er, Severin, sei bereit, sich die Summe vom eigenen Erbe abziehen zu lassen. Er habe seinem Bruder nun einmal helfen müssen.

Auch Adeltraud hatte ihn angefleht, Falk nicht aus dem Haus zu werfen. Er war immer ihr Liebling gewesen. Glücklicherweise, falls man in diesem Zusammenhang überhaupt von Glück reden mochte, hatte Falk so viel Takt besessen – oder ihm hatte einfach die Zivilcourage gefehlt –, sich unverzüglich aus dem Staub zu machen. Er war einfach verschwunden. Sechs Jahre lang Funkstille. Offenbar kein Gedanke, dass sich Adeltraud zu Tode sorgte. Aber in diesem Punkt musste er ihm nachträglich Abbitte tun. Adeltraud hatte ihm erst vor ein paar Jahren gestanden, dass Falk ihr damals jedes halbe Jahr von Kos eine Postkarte geschickt hatte. So viel Anstand hatte er also doch besessen, wenigstens seine Mutter zu beruhigen.

Aber seine Tochter hatte er im Stich gelassen. Als sie von Laura erfuhren, dass das Jugendamt für ihn einsprang, hatte Günter Rosenstock die Alimente übernommen. Und Geschenke für die Kleine, Sonderausgaben für Reisen und Schulausflüge.

Und eines Tages – er wusste es noch wie heute –, an einem nasskalten Januartag, hatte Falk plötzlich wieder vor ihrer Tür gestanden, abgerissen wie ein Bettler und mit einem Blick wie ein hungriges Raubtier, aber im Besitz einer blitzblank renovierten Oldtimerjacht, die im Hafen von Warnemünde lag. Der Jachthafen von Kühlungsborn war damals noch nicht gebaut. Und er brauchte einen Vorschuss für die Liegegebühren.

Kein Wort der Entschuldigung. Keine Erklärungen. Auch keine Ausflüchte. Nur eine schlichte Frage hatte Falk gestellt, nachdem Adeltraud ihn genügend an sich gedrückt und vor Glück etliche Tränen vergossen hatte und ihn endlich losließ.

»Gibst du mir eine zweite Chance?«, hatte er gefragt und dabei seine undurchsichtigen dunklen Augen auf ihn, Günter Rosenstock, gerichtet.
Irgendetwas war an der Szene gewesen, was ihm heute noch einen Schauer den Rücken hinunterjagte. Adeltraud hatte ihrem Sohn in dem Augenblick verziehen, da er vor ihr stand, das war klar und nur zu natürlich, und Günter Rosenstock verstand es auch. Aber etwas war an Falk gewesen, was Vergebung nahezu herausforderte. Und seitdem ärgerte er sich fast mehr über dieses schwer zu fassende unverschämte Selbstbewusstsein, mit dem der Bursche auftrat. Er hatte nie erfahren, was Falk in diesen sechs Jahren genau gemacht hatte. Aber er war gereift. Er war ruhiger, beherrschter und bestimmter. Natürlich konnte man niemandem eine zweite Chance verweigern, der darum bat. Aber Falk hatte gebeten wie einer, der es für sein gutes Recht hielt. Und das ärgerte seinen Vater bis heute.
Klaglos hatte Falk beglichen, was Günter Rosenstock von ihm an Geld für die Unterhaltszahlungen an Ronja in Rechung stellte. Auch die sechshunderttausend Mark, die Severin für ihn entwendet hatte, zahlte er bereits nach drei Jahren zurück. Offensichtlich verdiente er nicht schlecht als Makler von Jachten in gehobenen Kreisen. Adeltraud gegenüber war er ein artiger Sohn, das musste man ihm lassen, hilfsbereit im Haus, fürsorglich und liebevoll. Natürlich war es ein Gewinn, dass der Junge seine Dauerrevolten aufgegeben hatte und nicht mehr keinen Streit mied. Aber im Grunde war das Schweigen zermürbender, mit dem Falk auf seine Forderungen nach Erklärungen reagierte, auf die er als Vater eigentlich ein Anrecht gehabt hätte. Es steckte so viel Verachtung darin.

Das Mittagessen verlief vergleichsweise still. Der Steinbutt war köstlich. Günter Rosenstock schwieg, Nicole plauderte über Nichtigkeiten, Severin war in sich gekehrt, Falk redete nur, wenn er gefragt wurde, und Adeltraud war müde. Erstaunlich aber war Ronjas Verhalten. Erstens aß sie mit Anstand, und zweitens versuchte sie eifrig bei Jasmin alles anzubringen, was sie über Schach und Schachcomputer in Erfahrung gebracht hatte. Jasmin hatte Gelegenheit, für alle, die sie mehr oder weniger interessiert, eifersüchtig oder misstrauisch beobachteten, klarzustellen, dass sie sich kein Elo-Ranking zumessen durfte, weil sie zum Turnierspielen keine Zeit hatte, aber gelegentlich auf höchstem Level gegen Fritz gewann, wozu man einen Elo-Standard von über 2000 erreicht haben musste. Zum Vergleich, Großmeister kamen auf 2500. Da am Tisch aber offensichtlich niemand Jasmins Begeisterung für die Wahrscheinlichkeitsrechnung und die Gauß'sche Glockenkurve teilte, die hinter der Ermittlung dieser Zahl steckte, sparte sie sich weitere Ausführungen.

Nach dem Essen half Jasmin Adeltraud in der Küche. Sie erfuhr, dass Sieglinde jeden Tag für rund acht Stunden aus Kröpelin kam, am Samstag nur halb und am Sonntag gar nicht. Dann kochte Falk, oder man ging essen.

»Und jetzt muss ich mich mal für ein Stündchen zurückziehen«, sagte Adeltraud schließlich.

»Geht es Ihnen nicht gut?«

Adeltraud lächelte. »Ich hatte eine anstrengende Woche in Berlin. Eine Hochzeit ist uns praktisch vor dem Traualtar geplatzt. Und nun will der Klient nicht zahlen.«

»Und bei einer Scheidung, würde der Klient dann auch sein Geld zurückfordern?«

Adeltraud lachte. »Es ist halt etwas heikel in diesen Kreisen. Da geht es um den guten Ruf, und alle haben sie gute Anwälte. Eigentlich sollte ich den Laden langsam aufgeben. Na, mal sehen. Wenn Günter die Firma an Severin übergeben hat, dann übergebe ich die Geschäfte ganz an meine Büroleiterin, und Günter und ich gehen auf Reisen.«

»So richtig glücklich scheint Sie diese Aussicht aber nicht zu machen.«

»Wie feinfühlig Sie sind.« Adeltraud ergriff Jasmins Hand. »Wollen wir nicht du zueinander sagen? Ich wollte immer eine Tochter. Aber es hat nicht sollen sein.« Adeltraud wartete Jasmins Antwort gar nicht ab. »Du hast Recht. Ich habe mein ganzes Leben lang gearbeitet, obgleich ich nicht hätte müssen. Aber zu Hause sitzen war nie mein Ding. Ich muss unter Menschen sein. Doch Günter ist jetzt dreiundsechzig. Er hat Rückenprobleme, und sein Blutdruck ist zu hoch. Er ackert seit vierzig Jahren, und nun hat er einfach genug. Die Kreuzfahrt auf der *Queen Mary 2* ist bereits gebucht. Ich werde mich schon ans Nichtstun gewöhnen. Und zur Übung lege ich mich jetzt einmal für ein Stündchen hin.«

Jasmin blieb allein in der Küche zurück. Aufgeräumt und blitzblank geputzt wirkte der Raum fast feierlich. Die Sonne zeichnete das Gardinenmuster auf den Holztisch am Fenster. Würde Severin nach der Hochzeit, die sie ihm vermasseln würde, weiterhin hier wohnen? Dann war diese Küche bereits jetzt so gut wie Jasmins Besitz. Küchen, fand sie, waren das Herz einer Wohnung. Hier führten Frauen ihre Küchengespräche über Männer und missratene Kinder, hier begann der Flirt mit einem Gast, der zum Ehebruch führte, hier kulminierte das Familiendrama.

Sie stellte die Espressomaschine an. Ein grüner Knopf begann zu blinken. Sie vermutete, dass man warten musste, bis er aufhörte, setzte sich unterdessen an den Tisch am Fenster – ein richtiger Fußmarsch um die Kochinsel herum – und zog das Handy aus der Tasche, um eine SMS zu schreiben. Auf halbem Wege durch den Buchstabensalat bemerkte sie, dass das grüne Lämpchen am Kaffeeautomaten beständig leuchtete. Mit dem Handy in der Hand stand sie auf.

In diesem Moment öffnete sich die Tür. Jasmin vernichtete sofort die angefangene SMS und steckte das Telefon in die Jeans.

Es war Falk.

Sie ging zur Kaffeemaschine und studierte die Knöpfe mit ihren Piktogrammen für Tassen, Wasserstand und Reinigungsbedarf des Automaten. Aus dem Geschirrschrank holte sie einen Kaffeebecher, stellte ihn unter die Düse und hob den Finger, um auf den Knopf zu drücken, unter dem das Piktogramm zweier Tassen gezeichnet war.

Da krachte es schräg hinter ihr.

Falk hatte im Vorbeigehen den Messerblock von der Kochinsel gefegt. Riesige Dolche, kleine Stilette und krumme Messerchen schossen über die Bodenkacheln. Falk sammelte sie rasch ein, stellte den Messerblock wieder auf der Marmorfläche ab und marschierte weiter zum Geschirr- und Besteckschrank.

Da er offensichtlich keine Lust hatte, etwas zu sagen, wandte sich auch Jasmin schweigend wieder dem Apparat zu und drückte auf den Knopf. Die Maschine begann zu raspeln und zu röhren, zu knacken und zu fauchen, und dann rülpste sich allmählich eine lichtbraune Brühe aus dem Paar Druckwasserdüsen in den Kaffeebecher, in dem sofort der erwünschte Schaum entstand. Währenddessen schaute Jasmin sich um.

Falk stand regungslos vor einer offenen Schublade. In der Hand hielt er ein Metallteil, dessen Sinn Jasmin nicht erkennen konnte. Auch er schien nicht zu wissen, was er damit anfangen sollte.

»Was ist denn?«, erkundigte sie sich und durchquerte die Küche.

»Das ist ein Knethaken für ein Handrührgerät.«

Er schrak zusammen und zwang sich zu einem verzweifelten Lächeln. »Gott, was mache ich hier eigentlich?« Er warf das Teil zurück in die Schublade. Vielmehr er wollte, und eigentlich hätte es, so dicht, wie er davorstand, auch klappen müssen, aber der Knethaken prallte am Schubladenrand ab und klirrte über die Steinfliesen unter den Küchentisch.

Jasmin wollte sich schon bücken. Es war ein Reflex.

Aber er hielt sie zurück.

»Nein, Jasmin! Du bist doch sonst eine absolut kontrollierte junge Frau. Und da lässt du dich von einem glitzernden Knethaken verführen, unter einen Tisch zu kriechen, obgleich ein gut erzogener Mann anwesend ist?«

Jasmin traf der Tadel tiefer, als er vermuten mochte. Sie war eben keine gut erzogene Frau. Und an ihren Reflexen würde man es immer merken.

Allerdings machte auch Falk keine Anstalten, den Knethaken aufzuheben.

Er wirkte eigentlich reichlich geistesabwesend.

»Was ist denn los?«, fragte sie noch einmal.

Er riss sich zusammen. »Nichts. Ich … ich habe nur heute mein Boot verkauft.«

Jasmin ahnte, dass es ihn schmerzte, ohne auch nur im Entferntesten eine Vorstellung zu haben, was ihm sein Boot bedeutete.

»Warum denn?«, erkundigte sie sich.

»Warum wohl? Ich brauche Geld«, antwortete Falk. »Aber bitte, du darfst es niemandem sagen. Ich möchte nicht, dass … Versprichst du mir das?«
Jasmin nickte. »Aber warum …?«
Er schüttelte den Kopf und wandte sich wieder der offenen Schublade zu. »Eigentlich suche ich die Geflügelschere oder irgendetwas, womit man diesen verdammten Flansch am Regenwasserrohr durchschneiden kann.«
Jasmin zog die Brauen hoch. »Wäre da nicht eine Zange zum Schneiden das angemessene Werkzeug?«
»Wenn man eine hätte. Auf dem Boot habe ich eine, aber hier im Haus ist keine.«
»Wenn du ein Auto brauchst, nimm meins.«
Falk blickte sie an. »Gute Idee. Sehr gute Idee. Hätte ich eigentlich auch selber draufkommen können.«
Jasmin schmunzelte. »Vorausgesetzt, du würdest zu der Sorte Mann gehören, die um Hilfe bittet.«
Er wurde schlagartig ernst. »Ich versichere dir, wenn es nötig ist, dann …«
Da begann Jasmins Handy seine Melodie zu summen. Sie zog es aus der Tasche und überreichte dabei Falk den Schlüssel ihres Mietwagens, die Augen auf das Display gerichtet, auf dem der Schriftzug Esel leuchtete.
»Danke«, sagte Falk, nahm den Schlüssel und wandte sich der Tür zu.
»Hallo, Rolf«, sagte Jasmin laut und verliebt.
»Kannst du reden?«, war Rolfs erste Frage.
»Gleich«, erwiderte sie. »Weißt du inzwischen, wann du nachkommst?«
Rolf antwortete nicht. Er kannte dieses Spiel mit seltsamen

Konversationsteilen, bis man einen Ort gefunden hatte, an dem man frei sprechen konnte.

Dafür drehte sich Falk an der Tür um und sagte: »Und noch eine Lüge, Jasmin. Laura hat mir erzählt, dass du in Hus Achtern Boom ein Einzelzimmer hattest. Es war nie vorgesehen, dass Rolf nachkommt.« Ohne ihre Reaktion abzuwarten, verließ er die Küche.

Jasmin vergewisserte sich, dass die Tür auch wirklich ins Schloss gefallen war. »So, jetzt, Rolf. Was ist? Schieß los.«

»Wer war das eben?«

»Ein Idiot. Warum rufst du an?«

»Gloria und ich, wir sitzen hier Unter den Linden und …«

»Habt ihr was miteinander?«

Rolf lachte so entrüstet los, dass Jasmin nur hoffen konnte, dass Gloria auch nicht den leisesten Wortfetzen ihrer Frage erlauscht hatte. Bei Rolf konnte man nie wissen. Er war für Jasmins Begriffe halb taub und hatte seinen Handylautsprecher auf Maximum gestellt. Glorias Gehör war wiederum sehr fein.

»Sie will dich sprechen. Moment, ich gebe dich weiter.«

Gloria meldete sich so laut, dass Jasmin sich beeilte, ihren Lautstärkeregler auf Minimum zu stellen.

»Das Wetter ist herrlich, der Kaffee köstlich. Und wir sitzen hier wie die Touristen und halten Kriegsrat.«

»Gibt's was?«

»Ja, Jasmin. Wir wissen jetzt, wann Severin Rosenstock und Nicole Tiller heiraten werden. Und zwar schon nächsten Freitag in Heiligendamm. Lieselotte hat die Sternerestaurants an der Küste durchtelefoniert, um sich Termine für eine eigene feierliche Hochzeit geben zu lassen, die natürlich nicht stattfinden wird. Und Heiligendamm hat am Freitag eine riesige Gesellschaft. Das ist verdammt knapp, Jasmin. Wie weit bist du denn mit deinen Recherchen vor Ort?«

Jasmin zog die volle Tasse aus dem Kaffeeautomaten und begab sich zum Tisch. »Ich war gerade dabei, das Ganze im Telegrammstil in eine SMS zu pressen.«

»Und?«

»In Hus Achtern Boom lebt Severins elfjährige Nichte«, erklärte Jasmin. »Sie ist die uneheliche Tochter seines Bruders.«

Das war nicht gelogen, aber auch nicht die volle Wahrheit, was die mögliche Herkunft der anonymen E-Mail betraf. Doch Jasmin wollte Glorias und Rolfs Interesse an dem Fall klein halten.

»Hm. Da ist dann ja wohl wirklich nichts zu holen«, meinte Gloria.

»Ich fürchte, nein«, bestätigte Jasmin. »Natürlich haben rein theoretisch auch Severins Bruder, Falk Rosenstock, und seine Mutter Zugang zu diesem Computer. Und falls sich herausstellt, dass es doch einer von den beiden war, was ich nicht glaube, und doch noch ein regulärer Auftrag daraus wird, was ich mir eigentlich auch nicht vorstellen kann, dann hätte ich eine Frage an Rolf. Kann er mithören?«

»Ja, jetzt.«

Jasmin stellte sich vor, wie der junge Mann und die deutlich ältere Frau am Tisch eines Cafés Unter den Linden mit zusammengesteckten Köpfen in ein Handy horchten.

»Nicole Tiller hat bei einer Gesellschaft, bei der ich zufällig auch anwesend war, erzählt, wie sie sich eine Existenzgründerhilfe für den Kauf eines Porsches erschlichen hat. Und zwar mithilfe eines Konzepts für einen Laden. Ein Autokauf auf Raten wäre vermutlich billiger gewesen, aber ihr kam es wahrscheinlich auf die zwei Jahre Tilgungsfreiheit an. Nach der Hochzeit kann es ihr ja egal sein, wie viel sie zahlt.«

»Vorausgesetzt, es kommt niemand darauf, dass der Laden, für den sie den Kredit kassiert hat, gar nicht existiert«, bemerkte Rolf. »Dann käme sie wegen Betrugs vor Gericht.«

»Wer sollte darauf kommen, wenn sie den Kredit zurückzahlt? Aber um Nicole geht es nicht. Ich frage mich allerdings: Woher hatte sie diese Idee? Etwa von ihrem Vater?«

»Ah!«, entfuhr es Rolf, ungewöhnlich anerkennend. »Du meinst, der hat sich Kredite für Gleisumbauzüge besorgt, dann aber etwas ganz anderes dafür gekauft – seine Villa, seine Jacht, die Kunstwerke, Juwelen für seine Frau, kurz, alles, was er besitzt.«

»Und jetzt figurieren einige Dutzend Gleisumbauzüge in seinen Firmenbüchern, die in der Realität gar nicht existieren«, ergänzte Jasmin. »Wer fragt schon in Polen nach, ob die Dinger dort im Einsatz sind, solange die Bücher stimmig sind?«

Rolf pfiff durch die Zähne. »Wenn das stimmt …«

»Nur beweisen müsste man es halt. Und ich habe keine Ahnung, wie.«

»Aber ich«, sagte Rolf großkotzig.

Jasmin schmunzelte. Hätte sie Rolf direkt gebeten zu recherchieren, hätte er vermutlich tausend Argumente gefunden, es nicht zu tun.

Gloria war weniger leicht zu manipulieren. »Und wozu?«, ergriff sie wieder das Wort. »Wie es aussieht, werden wir diesen Fall nicht übernehmen.«

Eigentlich war jetzt der Augenblick gekommen, da Jasmin Gloria die Wahrheit über ihr Verhältnis zu Braut und Bräutigam hätte erzählen können und müssen.

Doch da ging die Küchentür auf, und Ronja schlurfte herein.

»Mohren an der Küste«, murmelte Jasmin ins Telefon. Das war die wörtliche Übersetzung des spanischen Ausdrucks dafür, dass es Lauscher gab, und gängig unter Glorias Agenten, wenn ein Gespräch nicht nur unterbrochen, sondern ganz abgebrochen werden musste.
Ronja, deren Blick nach Essbarem gesucht hatte, hüpfte zu Jasmin. »Wo?«, fragte sie. »Hier an der Küste sind keine Mohren.«
Das Kind hatte verteufelt scharfe Ohren. Jasmin blickte Ronja an und sagte ins Telefon: »Und tschüss, Omi. Und grüß mir Onkel Totenkopf und Tante Geisterhaus schön.«
Sie drückte die Aus-Taste und feixte. »Natürlich sollte man die Verwandtschaft nicht Mohren nennen, aber die fällt immer bei meiner Oma ein wie einst die Mohren oder Mauren in Spanien. Und mein Onkel sieht einfach aus wie ein Totenkopf, und meine Tante redet immer ganz leise ...«, Jasmin senkte die Stimme und begann zu flüstern, » ... und erzählt von Stimmen und Gespenstern. Darum nenne ich sie Geisterhaus.«
Ronja lachte. Sie sah richtig hübsch aus, wenn sie lachte, abgesehen von den viel zu großen Zähnen.

8

Ohne es zunächst zu merken, rutschte Jasmin in die Rolle des Aupairmädchens hinein.
Nicole schickte sie nach Eiswürfeln in die Küche. Für Adeltraud trug sie den Kaffee in den Salon. Ronja verlangte, dass sie mit ihr am Schachtisch Platz nahm, ohne dass jemand dagegen protestierte, dass Jasmin dann kaum an der Unterhaltung teilnehmen konnte.
Jasmin fragte sich, ob Adeltraud die Tochter eines Geschäftspartners mit Jurastudium im Rücken und einer Karriere als Anwältin vor sich ebenso selbstverständlich als Kindermädchen und Küchenhilfe in Anspruch genommen hätte. Und für Nicole war sie im Grunde immer die Kleine gewesen, die man um Handreichungen bat und die still und leise das Alltägliche erledigte. Sie neigte zur Unterwerfung, stellte Jasmin fest, sie ließ sich klein machen. Sie war das Aschenputtel. Im Märchen erfuhr ein Aschenputtel irgendwann Gerechtigkeit. Im richtigen Leben würde Jasmin, sobald Rolf den Beweis gefunden hatte, Nicole vernichten, Nicole und ihren Vater und womöglich auch die Rosenstocks, falls die Firma tatsächlich etwas mit Tillers betrügerischen Geschäften zu tun gehabt hatte. Sie

hielt eine ungeheure Macht in Händen. Und um sie richtig auszuspielen, hatte sie fünf Jahre lang im Auftrag Glorias geübt, Schicksal zu spielen. Dazu also war ihr Leben in Berlin gut gewesen.

»Wie ich höre, Falk«, sagte Günter Rosenstock plötzlich, »hast du dein Boot verkauft.«

Jasmin fuhr am Schachtisch hoch und fing einen äußerst irritierten Blick von Falk auf. Sie schüttelte den Kopf. Sie hatte nichts verraten.

»Ja«, erwiderte er.

Günter Rosenstock lächelte das erste Mal, seit Jasmin ihn kannte. »Da hat nämlich vorhin jemand angerufen. Anscheinend ist dein Handy außer Betrieb. Ich soll dir ausrichten, dass er Samstag nächster Woche zur Probefahrt kommt.«

»Du willst dein geliebtes Boot verkaufen?«, rief Nicole. »Warum denn das?«

»Es wird Zeit«, antwortete Falk knapp.

»Dann müssen wir aber unbedingt noch einmal eine Ausfahrt machen«, meinte Nicole. »Aber wann? Lass mich überlegen. Es geht eigentlich nur morgen.«

»Hm«, sagte Falk.

»Ja, das machen wir«, redete Nicole sich in Begeisterung. »Was sagt der Wetterbericht? Es soll besser werden, soviel ich weiß. Und dieses Jahr waren wir noch gar nicht auf dem Wasser. Was meinst du, Severin? Ein letztes Mal auf Falks altem Boot. Die Abschiedsfahrt. Und du kommst natürlich auch mit, Jasmin. Dich frage ich gar nicht erst, Adeltraud …«

Adeltraud winkte lachend ab. »Du weißt, mir sind kleine Schiffe unheimlich. Außerdem muss ich wirklich dringend die Rosen beschneiden.«

»Also abgemacht. Morgen um neun auf deinem Boot, Falk. Wo fahren wir hin, nach Hiddensee?«
Jasmin schwor sich, dass sie sich nicht automatisch für den Imbiss zuständig fühlen werde, auch wenn sie sicherlich von allen am besten planen und organisieren konnte.

Nachts gegen eins hörte sie im stillen Haus eine Tür gehen. Wenn ihre Intuition sie nicht trog, war das ihre Gelegenheit. Jasmin zog sich den Morgenmantel über, steckte das Handy in die Tasche und huschte barfüßig die Treppe hinunter, tappte zur Küche, stieß die Tür auf und mimte Erschrecken. »Oh! Severin.«
Er stand vor dem offenen Kühlschrank und trank in großen Zügen ein Glas Milch, in der anderen Hand die Milchtüte, um nachzuschenken.
Jasmin lachte. »Trinkst du immer noch Milch, wenn du nicht schlafen kannst? Gewisse Dinge ändern sich nie.«
Severin wischte sich die Lippen ab und grinste. »Willst du auch?«
»Du weißt doch, ich mag keine Milch.«
»Ah, stimmt. Hatte ich vergessen.«
Leichter Unmut beschlich Jasmin.
Wie oft hatten sie diesen Dialog früher geführt? Nicht nur dass er nie verstanden hatte, dass sie wirklich keine Milch mochte – außer versteckt im Kaffee –, er hatte es sich offenbar auch nicht gemerkt. Doch lächelnd ging sie auf nackten Fußsohlen zum Tisch hinüber. »Hier muss es doch irgendwo sein? Ich habe mein Handy hier liegen lassen. Ah, da ist es ja.«
Sie tat so, als würde sie das Handy hinter einem Blumentopf auf dem Fensterbrett hervorholen, und drehte sich zu Severin

um. »Sonst verschlafe ich morgen früh. Ich habe nämlich keinen Wecker dabei.«

Für einen wie Severin war das Erklärung genug. Er fragte sich nicht, warum ihr um ein Uhr nachts einfiel, sich den Timer auf dem Handy zu stellen. Nur perfekt ausgearbeitete Lügen erregten wirklich Verdacht.

Severin tat die Milchtüte in den Kühlschrank zurück und lehnte sich gegen die Arbeitsfläche neben der Spüle, das halb volle Glas Milch in der Hand. »Tja, diese Bootsfahrt morgen«, seufzte er. »Aber das wird ja nun wohl das letzte Mal sein, dass wir Falks Seefahrerkünste bewundern müssen.« Er leerte das Glas. »Dass er sein heiß geliebtes Boot verkauft, hätte ich nicht erwartet. Aber im Grunde weiß keiner, was in meinem Bruder vor sich geht.«

Jasmin wollte nicht über Falk reden, Severin sicherlich auch nicht. So entschlossen, wie er das Glas auf der Spüle abstellte, wollte er eigentlich ins Bett. Aber es war typisch für ihn, dass er es nicht ausdrücklich sagte. Und das war ihre Chance.

»Komisch, du hast mir früher nie erzählt, dass du einen Bruder hast.«

»Wirklich nicht? Vielleicht weil ich in Heidelberg war, als er zurückkam. Er war sechs Jahre lang so gut wie verschollen.«

»Wie?« Jasmin bemühte sich, ihr Ziel nicht aus dem Auge zu verlieren. Aber ihre Neugierde siegte. »Wieso verschollen?«

»Er ist abgehauen. Auf Kos hat er die *Santa Lucia* entdeckt und restauriert. Und als er damit fertig war, kam er wieder.«

»Und wieso ist er abgehauen?«

Severin seufzte. »Darüber spricht man bei uns in der Familie eigentlich nicht. Aber meinetwegen ... Du musst mir nur versprechen, dass du es beim Familiengespräch nicht erwähnst.«

Jasmin nickte hastig.
»Falk ist spielsüchtig oder war es zumindest. Unsere Eltern haben nur immer die Augen davor verschlossen. Jetzt hat er es wahrscheinlich besser im Griff, aber damals brauchte er Unmengen Geld. Nun gehören wir ja nicht zu den Armen, und Falks Taschengeld dürfte das Gleiche gewesen sein wie meines. Außerdem hat ihm Mutter regelmäßig das Konto gefüllt. Doch eines schönen Tages kam er zu mir und gestand mir, dass er Spielschulden habe und nicht wisse, wie er sie bezahlen solle. Und wenn er sie nicht bezahlen könne, müsse er sich umbringen. Da habe ich … Nun ja, da habe ich für ihn im Stammwerk in Rostock Geld geklaut.«
»Geklaut? Wie geht das denn?«
»Man nimmt Geld, das einem nicht gehört, und …«
Jasmin lachte. »Nein, das meine ich nicht. Aber in so einer Firma liegt das Geld doch nicht offen herum.«
Severin lächelte schief. »Das nicht. Ich bin in die Buchhaltung gegangen und habe Kundenschecks entwendet. Wir dachten, wir könnten es zurückzahlen, bevor die Buchhaltung die Außenstände bemerkt und die Firmen noch einmal zur Zahlung auffordert. Falk war so verzweifelt. Na ja, er tat mir Leid.«
»Nobel.«
»Idiotisch war das und naiv. Spielsucht ist wie Alkoholsucht. Um an den Stoff heranzukommen, ist dem Süchtigen jedes Mittel recht. Es gibt keinen heiligen Schwur, den er nicht leistet und bricht. Das Erste, was Falk mit dem Geld tat, war, nach Baden-Baden zu fahren und alles zu verspielen. Ich reiste ihm sofort hinterher und las ihn buchstäblich von der Straße auf, ohne einen Pfennig in der Tasche. Dann habe ich ihn nach Hamburg gefahren und auf das nächstbeste Containerschiff verfrach-

tet, das am folgenden Tag Richtung Indonesien in See stechen sollte.«

»Warum …?«

»Man schaut doch nicht zu, wenn sich der kleine Bruder in eine ausweglose Lage bringt. Allerdings musste ich es schließlich doch meinem Vater gestehen. Natürlich war er stocksauer. Aber letztlich war er froh, dass Falk weg war, weit weg. Auch Mutter ist förmlich aufgeblüht. Endlich konnte man wieder über etwas anderes reden als über die Eskapaden des Jüngsten.«

»Das ist ja fürchterlich«, entfuhr es Jasmin.

»Ja, man glaubt es gar nicht, wenn man Falk heute sieht, nett und höflich bis zur Abgeklärtheit und so charmant, wenn er will. Inzwischen zahlt er Unterhalt und kümmert sich sogar um Ronja. Wir haben alle so gehofft, dass er sich stabilisiert hat. Aber nun verkauft er sein Boot. Und das ist eher ein schlechtes Zeichen, fürchte ich. Er braucht Geld.«

»Doch dein Vater scheint sehr glücklich darüber zu sein.«

Severin seufzte noch einmal. »Ich glaube, Vater täuscht sich, wenn er meint, Falk habe sich entschieden, ein bürgerliches Leben zu führen.«

»Das ist ja wirklich schrecklich, Severin«, sagte Jasmin ehrlich bestürzt. »Gibt es denn keine Möglichkeit, sich Gewissheit zu verschaffen? Soll ich mal mit Falk reden. Ich als Außenstehende könnte ihn ganz dumm fragen, warum er das Boot verkauft.«

Severin lächelte. »Das ist lieb von dir, Jasmin. Du bist immer sehr hilfsbereit gewesen, bis zur Selbstaufopferung. Aber es hat keinen Sinn. Falk würde dich sicher belügen. Er weiß genauso gut wie du, dass die Wahrscheinlichkeit minimal ist, den großen Treffer zu landen. Doch die Hoffnung ist stärker als alle Vernunft, diese unselige Hoffnung, endlich den Hauptgewinn an Land zu ziehen. Gegen Eifersucht hilft keine Vernunft und gegen Spielsucht keine Wahrscheinlichkeitsrechnung. Sie sind stärker als man selbst und … und stärker selbst als die Liebe.«

Severin hatte sich von der Arbeitsfläche abgestoßen und stand direkt vor Jasmin. Aus ihren bloßen Füßen auf den Fliesen der Küche zitterte unsägliche Erregung in ihren Leib herauf. Sie konnte sich nicht aus Severins traurigem Blick lösen. Ihre Finger verflochten sich ohne ihr Zutun mit den seinen. Seine Hand verirrte sich in ihr Haar. Auf seinen Lippen spielte ein nostalgisches Lächeln. Er fasste sie am Kinn, beugte sich hinab und küsste sie sachte. Und es war wie früher. Jasmins Mädchenseele flog ihm zu.

Am andern Morgen stellte sich Adeltraud so ungeschickt an, dass es Jasmin übernahm, die Kühltasche zu packen. Falk befand sich mit Ronja bereits seit dem Vorabend auf dem Boot, und Nicole war überall, nur nicht in der Küche. Um kurz vor neun brachen sie in Severins Mercedes Geländewagen nach Kühlungsborn auf. Es war ziemlich windig. Dicke Wolken stiegen vom Horizont den enormen Himmel herauf und schoben sich von Nordwesten übers Festland.

Severin stellte den Wagen auf dem Parkplatz am Jachthafen ab. Nicole sprang aus dem Auto, und Jasmin belud sich mit der Kühltasche, die Severin auf halbem Weg ihr abnehmen zu müssen sich erinnerte.

Der Bootshafen war erst ein paar Jahre alt. Neu waren auch die Wohn- und Hotelanlagen, die an ihn heranrückten. Ein Hafen-

gebäude mit Kiosk stand schon, doch die Hafenmeisterei und die sanitären Anlagen für die Skipper waren noch in grauen Containern untergebracht.
Ronja saß auf dem Heck eines überraschend langen Zweimasters, baumelte mit den Beinen und winkte ihnen zu. Falk kam vom Bug herbei. Er war barfuß und hatte die Jeans bis über die Knöchel hochgekrempelt.
Nach Severins nächtlichem Bericht hatte Jasmin mehr Respekt vor ihm denn je, fast Furcht. Vielleicht aber fürchtete sie sich eigentlich vor dem schmalen Brett, das man hochtrabend Gangway nannte. Das Schiff begann zu schwanken, nachdem Severin und Nicole an Bord gegangen waren, das Wasser klatschte an den Bootsbauch und gegen den Schwimmsteg. Ein Brett, das auf zwei sich gegeneinander bewegenden Unterlagen hing, schien Jasmin unüberwindbar.
»Du hast doch nicht etwa Angst, Jasmin?«, rief Nicole lachend. »Eine Schwimmerin wie du?«
Jasmin ermahnte sich. Wirklich absurd. Sie würde, wenn sie fiel, nicht zwischen Boot und Steg zerquetscht werden.
»Gib mir deine Hand!«, rief Ronja.
Doch ehe Jasmin abgewogen hatte, wie viel symbolische Hilfe die Hand einer Elfjährigen darstellte, hatte Falk Ronja beiseite geschoben, war halb die Gangway herabgekommen, nahm sie bei der Hand und holte sie aufs Boot. Ronja sah etwas gekränkt aus, behauptete aber tapfer: »Man gewöhnt sich daran. Soll ich dir das Boot zeigen?«
Ihre Backen waren rosig, ihre Augen leuchteten, und sie war so zapplig, wie ein Kind in ihrem Alter sein durfte, wenn man zu einem kleinen Abenteuer aufbrach. Keine Spur von Abneigung gegen das Boot ihres Vaters.

»Komm«, sagte auch Severin. »Du musst dir das Boot anschauen. Falls du nichts dagegen hast, Falk.«
Falk machte eine einladende Geste, während Ronja sich erneut beiseite geschoben sah.
Jasmin winkte sie wieder herbei und ließ sie zuerst den Niedergang hinabsteigen, der in den Schiffsbauch führte. Unten stritten sich Severin und seine Nichte förmlich um die Türen, die zu öffnen waren, und die Kajüten und Kojen, die man zeigen konnte. Als Severin jedoch die Tür zum Salon öffnete, versteckte sich Ronja hinter Jasmin.
»Juhu!«, rief eine Stimme, die Jasmin erst einen Augenblick später dem grauen Federvieh mit rotem Schwanz zuordnete, das auf einer Stange über einem umlaufenden Wandschrank saß. »Krääääák!«, schrie der Vogel gleich darauf. Ronja gab einen ängstlichen Laut von sich.
»Das ist Kiko«, sagte Severin. »Allerdings hört er nicht auf seinen Namen. Und er beißt alle außer Falk.«
»So!«, sagte Kiko mit der Stimme einer alten Frau.
»Er ist Papa zugeflogen«, wagte es Ronja hinter Jasmin hervor zu erklären.
»Kräääák!«, kreischte Kiko grimmig.
Das war dann doch zu viel Feindseligkeit für das Kind. Ronja drehte auf dem Absatz um und rannte an Deck.
»Wir legen sicher gleich ab«, sagte Severin. »Ich glaube, wir sollten wieder hinaufgehen.« Aber wie er das sagte! Mit diesem verheißungsvollen Beben der Begierde in der Stimme und einem Glitzern in den Augen.
Nacheinander, Jasmin vor Severin, stiegen sie an Deck zurück, wo Falk und Nicole dabei waren, die Leinen zu lösen. Auch auf anderen Booten herrschte Betrieb. Auf dem Meer jenseits der

aus Steinblöcken aufgeworfenen Hafenmole waren bereits einige Boote unter Segeln zu sehen.
»Darf ich?«, bettelte Ronja, als Falk sich ans Steuerrad stellte und den Motor anwarf.
»Wenn wir draußen sind.«
»Das ist doch langweilig!« Ronja wollte sich bereits schmollend verziehen, aber Jasmin bekam sie zu fassen und schob sie erneut zu ihrem Vater.
»Na, dann komm«, meinte Falk. »Aber du musst tun, was ich sage.«
Ronja begriff es mit zwei Sekunden Verzögerung, doch dann sprang sie ans Steuerrad und gehorchte widerspruchslos den Anweisungen ihres Vaters. Jasmin vermutete, dass sie kaum den Kajütaufbau zu überblicken vermochte, aber es war ihr ohnehin rätselhaft, wie man ein so langes Boot manövrieren konnte. Langsam glitten sie zwischen den anderen Booten hindurch, schwenkten in die Hafenausfahrt ein und hielten auf die offene See zu. Ronja musste mächtig an dem großen Rad kurbeln, aber sie machte es offenbar nicht schlecht, denn Falk griff kein einziges Mal korrigierend ein.
Kaum hatten sie den Schutz der Molen verlassen, erfasste eine heftige Dünung den Segler.
Falk drosselte den Motor, verließ Ronja und das Steuerruder und machte sich daran, Segel zu setzen. Nicole half ihm. Auch sie bewegte sich sicher wie ein Affe zwischen den Masten und der Takelage, jachterfahren, wie sie war, während Jasmin sich, an die Reling geklammert, lieber auf die seitliche Heckbank setzte. Hinter ihr rauschte das graue Wasser der Ostsee den Rumpf entlang, die Kielspur schäumte weißer, je mehr sie an Fahrt gewannen.

Severin hatte auf der anderen Seite des Hecks Platz genommen. Er blickte leicht missmutig über achtern auf den Hafen, die Seebrücke und die Häuser von Kühlungsborn zurück, die sie hinter sich ließen. Weiter östlich strahlten die Bauten von Heiligendamm weiß aus dem Wald heraus.
Mittschiffs, jenseits der Kajüte, sah Jasmin, wie Nicole am Hauptmast, von einer Welle aus dem Gleichgewicht gebracht, gegen Falk fiel, der wiederum seine Hand länger auf ihrem Arm ruhen ließ, als eigentlich nötig gewesen wäre. Sie schauten sich an, sie ließen sich los. Eine sekundenkurze Vereinbarung. Das ist es!, dachte Jasmin. Sie passten auch gar zu gut zusammen, die beiden – rastlos, unersättlich und ehrgeizig. Beide Grenzgänger, die sich nicht immer an die Regeln hielten, beide auf das große Glück aus, auf den finalen Geldwertvorteil.
Zumindest Falk war in Nicole verliebt, so wie er sie anschaute. Dass ihr das nicht schon eher aufgefallen war. Eigentlich war es doch gar nicht zu übersehen. Armer Severin! Aber nein, glücklicher Severin! So würde es ihm leichter fallen, Nicole zu verlassen, wenn es so weit war zu erkennen, wen er eigentlich liebte. Jasmin musste die Zähne zusammenbeißen, um nicht glücklich und übermütig herauszulachen.
So einfach war das. Falk und Nicole und sie und Severin. Sie würde ihm verzeihen, dass er sich von Nicole hatte verhexen lassen. Fünf Jahre lang hatte ihm der Vergleich gefehlt, doch nun war sie, Jasmin, wieder da, und er begann sich zu erinnern, voller Wehmut und Sehnsucht. »Du bist immer hilfsbereit gewesen, bis zur Selbstaufopferung«, hatte er ihr gestern in der Küche zugeflüstert, bevor er sie küsste. Ein Bruderkuss hatte es werden sollen, war es aber nicht geworden.
»Das gefällt dir, was?«, rief Nicole und ließ sich mit dem Schubs

einer Welle auf die Bank neben Jasmin fallen. Jasmin ahnte, dass sie beseligt vor sich hin gelächelt hatte, und konnte nicht anders, als glücklich zu nicken. Der Wind riss ihr den Atem von den Lippen. Die Takelage klirrte, die Wellen schlugen unter dem Rumpf entlang, das Kielwasser rauschte unter dem Heck hervor. Das waren Naturgewalten, aber man konnte sie sich zunutze machen. Es war ganz leicht.

Inzwischen war Falk unter Deck verschwunden und kam mit Schwimmwesten auf dem Arm wieder.

»O ne!«, schrie Nicole.

»Doch«, sagte er. »Sonst drehe ich um.«

Murrend streifte Nicole die gelbe Weste über, und Falk reichte Jasmin eine weitere. »Sie bläst sich im Wasser auf. Und sollte sie das nicht tun, dann reißt du hier an dieser Strippe. Ein Mundstück gibt es zur Not auch noch. Solltest du über Bord gehen, was ich natürlich nicht hoffe, dann machen wir eine Notwende und warten, und du schwimmst auf uns zu. Klar?«

Jasmin nickte beklommen.

»Sie kennt sich aus«, behauptete Nicole. »Sie war schon auf Papas Jacht.«

»Ah, die berüchtigten Segeltörns von Karlheinz Tiller.« Falk warf Jasmin einen abschätzenden Blick zu. »Dann kann dich ja nichts mehr schrecken.« Damit wandte er sich ab, reichte Severin eine Weste und zuletzt Ronja, die immer noch am Steuerrad stand.

»Und du?«, begehrte Ronja auf.

»Ich habe nur diese vier.«

»Dann will ich auch keine. Sie scheuert. Außerdem stört sie mich am Steuerrad.«

»Dann kannst du eben nicht mehr steuern. … Nein, Ronja!«

In stummer Aufsässigkeit hatte das Kind unverzüglich das Steuer fahren lassen. Das Schiff machte einen seitlichen Satz, die Segel knatterten. Falk brachte die *Santa Lucia* mit einem schnellen Griff ins Ruder wieder auf Kurs. Fast gleichzeitig packte er Ronja am Arm.

»Neiiiiiiin!«, kreischte Ronja aus Leibeskräften. »Ich wiiiiiill nicht.«

»Das ist mir egal«, sagte Falk. »Entweder du ziehst die Weste an, oder du verbringst die Fahrt unter Deck. Du hast die Wahl.«

Jasmin sprang auf, wurde von einer Welle auf Nicole geworfen und fiel dann gegen Falk, der dabei Ronja loslassen musste.

»Meine Herren«, stöhnte sie. »Dass die Ostsee solche Wellen schlägt, hätte ich nicht gedacht. Ich kann ja weiß Gott gut schwimmen – ich war sogar Landesmeisterin im Freistil –, aber in diesen Hexenkessel möchte ich nicht fallen.«

Ronja blickte auf und ließ die Hände von ihrer Weste sinken.

»Wie schnell fahren wir denn?«, plauderte Jasmin weiter. »Es kommt mir unheimlich schnell vor.«

Falk konsultierte die Armaturen. »Sechzehn Knoten.«

»Ist das schwierig mit dem Steuern?«

»Nein, es ist kinderleicht«, antwortete Ronja. »Na ja, wenn man es kann. Ich zeige es dir, wenn du willst.«

Jasmin bekam nicht mit, wohin Falk verschwand. Kaum hatte sie das hölzerne Steuerruder der *Santa Lucia* in den Händen, vergaß sie alles Weltliche über dem Zwiegespräch mit Wind und Wellen. Allein am Steuer war man nicht allein. Man hatte zwei Begleiter, die sich unablässig mit einem unterhielten, den Wind und den Seegang, zwei ungemein lebendige Elemente, die sich eifrig bemühten, einen voranzubringen. Doch waren sie einem nur so lange emsig zu Diensten, wie man nicht übermütig wurde und sie nicht herausforderte. Jasmin war, als würde sie auf dieser Welt keine anderen Freunde mehr brauchen, so angefüllt war sie von Glück. Ihre eigenen Ziele und Wünsche schrumpften zu Banalitäten.

Das Ruder teilte ihr über das Steuerrad direkt mit, wie das Schiff am Wind lag. Ein Strich in den Wind, und das Schiff beschleunigte, war es zu viel, antworteten die Segel mit einem leichten Flattern. Hinzu kamen die Wellen und ihr rhythmisches Zerren am Ruder. Am wenigsten konzentrieren musste sie sich im Spiel der Kräfte, wenn sie nicht allzu knapp am Wind fuhr. Dann konnte sie den Blick schweifen lassen.

Auf Steuerbord schwankte allmählich die bewaldete Steilküste von Fischland heran, der Halbinsel, die mit dem Darß und Zingst bis nach Rügen und Hiddensee hinüberreichte.

Falk wies sie auf einen neuen Kurs, parallel zur Küste. Er war vermutlich der Einzige an Bord, der Jasmins Glück sofort verstanden hätte, aber er war nicht der, mit dem sie es teilen wollte.

»Soll ich dich ablösen«, fragte Nicole nach anderthalb Stunden. Inzwischen hatten sie Fischland passiert und den Darß mit seinem Urwald und dem alten Leuchtturm hinter sich gelassen und segelten fast auf Vorwindkurs ins offene Meer hinaus.

Jasmin schüttelte den Kopf.

Nicole lachte. »Ich sehe schon, dich hat es erwischt, das Segelvirus. Schade, dass Falk die *Santa Lucia* verkauft. Wir hatten so viel Spaß mit ihr.«

»Warum verkauft er sie denn eigentlich?«

»Was weiß ich. Vielleicht hat er sich in eine größere Jacht verguckt. Falk ist so einer, der verliebt sich in Schiffe, nicht in Frauen.« Sie lachte, blickte sich nach Severin um, der auf dem Heck saß und sich langweilte, während Falk am anderen Ende herumturnte, und fuhr fort: »Da komm nicht mal ich gegen an. Obgleich wir … aber nicht weitersagen … obgleich wir hier unten in der Koje … na ja, du weißt schon. Er ist ja ein prächtiger Bursche, nicht? Aber leider ist er absolut beziehungsunfähig. Ein Egoist, wie er im Buche steht, sagt nie, was er vorhat, wo er hingeht und wann er wiederkommt. Soll ich dich nicht doch ablösen?«

»Nicht nötig.«

Nicole lachte. »Aber du stehst jetzt schon fast zwei Stunden am Ruder.«

Nur ungern überließ Jasmin ihren Platz Nicole. Sie hielt sich am Ruderhaus fest und blickte sich um. Ronja saß in sich versunken auf Steuerbord genau unter der Rah des Großsegels. Auf der anderen Seite, der Luvseite, stand eben Severin auf und griff nach seinem Pullover. Um ihn überzuziehen, musste er die Schwimmweste ausziehen.

Das war just der Moment, da Nicole etwas nach Steuerbord drehte und sich um ein paar Striche vertat. Die *Santa Lucia* fiel vom Wind ab.

Severin verlor das Gleichgewicht und ging über Bord, gerade als er den Pullover über den Kopf streifte.

Jasmin sah ihn im Augenwinkel über die Reling verschwinden und sprang ohne zu überlegen hinterher. Er fiel kopfüber, sie bekam ihn am Hosenbein zu fassen und platschte ins Wasser. Es war so eisig kalt, dass es ihr den Atem verschlug. Das Boot schoss weiter und war sofort weg. Sie war allein zwischen Wellenbergen.

Falk schrie: »Ree!«, sprang in den Ruderstand, stieß Nicole weg und brachte das Boot mit dem Bug in den Wind.

Bestimmt hundert Meter hatte es sich inzwischen von der Stelle entfernt, wo Severin und Jasmin es verlassen hatten. Von Südwest rollten die Wellen heran. Die *Santa Lucia* klatschte in jedes Tal und fing sich Gischt ein. Keine Chance, in dem grenzenlosen Auf und Ab die Köpfe zweier Schwimmer zu entdecken. Falk wusste nach der Wende nicht einmal genau, in welcher Richtung er suchen musste. Ihm wurde schlagartig eiskalt vor Angst.

»Jasmin ist eine sehr gute Schwimmerin«, sagte Nicole vorschnell beruhigend. »Sie hat sogar Pokale gewonnen.«

»Aber Severin nicht«, erwiderte Falk. »Und er hat keine Schwimmweste an.«

»Aber Jasmin ist bei ihm! Sie macht das schon. Du hast ihr ja erklärt, dass sie zu uns kommen muss. Sie wird schon … Da drüben! Ich sehe sie! Nein, doch nicht. Scheiße!«

Während Nicole schlagartig der Ernst der Lage aufging, hielt Ronja weiter Ausschau.

Falk reffte die Segel. Vor seinem inneren Auge spulte sich alles, was folgen würde, wie ein Film im Schnelldurchlauf ab: Alarm der Küstenrettung, Suche bis zum Einbruch der Dunkelheit, wie er die Todesnachricht seinen Eltern überbrachte, wie man Jasmins Eltern ausfindig machte, Mutters Tränen, Vaters endgültige Erstarrung. Das würde er ihm nie verzeihen. Polizeiliche Ermittlungen, das Begräbnis, falls man die Leichen fand …

»Da sind sie!«, schrie Ronja.

»Wo?«, kreischte Nicole hysterisch. »Wo? Du hast dich geirrt, Ronja. Mach uns doch nicht verrückt! Das halte ich nicht aus.«

»Da, da!«, rief Ronja und deutete mit dem Arm Backbord voraus.

Falk warf den Dieselmotor an, lenkte den Bug der *Santa Lucia* genau unter Ronjas ausgestreckte Hand und ließ den Motor auf niedrigstem Level tuckern. Endlich sah er sie auch, zwei oder drei Wellenberge und Täler entfernt. Er beorderte Ronja zum Ruder. »Und wenn ich stopp sage, stoppst du den Motor.«
Dann nahm er den Rettungsring und lief zum Bug. Nicole schien inzwischen, offenen Auges und an den Hauptmast geklammert, die Besinnung verloren zu haben. Auf ihre Hilfe konnte er nicht zählen.
Langsam kamen das Boot und die beiden Köpfe im Wasser einander näher. Falk erkannte bald, dass Jasmin aus Leibeskräften schwamm, den offenbar bewusstlosen Severin in Rückenlage hinter sich herziehend. Sie hatte es irgendwie geschafft, ihm ihre Schwimmweste anzulegen.
Falk holte aus und schleuderte den Rettungsring ins Wasser. Nach drei Zügen konnte Jasmin ihn ergreifen. Falk schrie »Stopp!« in Richtung Ronja und begann die Leine einzuholen. Gleich beim ersten Zug entglitt Jasmin der Rettungsring. Als sie ihn erneut zu fassen bekam, schlang sie den Arm ins Seil.
»Nicole!«, rief Falk. »Komm, hilf mir!«
Er musste die beiden übers Heck hochholen. Aber Nicole reagierte nicht. Wenigstens die *Santa Lucia* half ihm, denn sie glitt langsam an den Köpfen vorbei. Falk ging zum Heck, stieg über die Reling in die Leiter und packte Severin an der Schwimmweste.
Einen Ohnmächtigen gab das Wasser nicht gern her, vor allem wenn er Kleider anhatte, das wusste Falk, aber die Not verlieh ihm übermenschliche Kräfte.
Als Severin wie ein Tunfisch über Deck glitschte, war immerhin Nicole zugegen, um ihn in Empfang zu nehmen. Falk, zutiefst

erschrocken über Severins leichenblasses Gesicht, durfte sich jedoch noch nicht um seinen Bruder kümmern. Er musste sich noch einmal übers Heck beugen und Jasmin packen. Ihre wasserblauen Augen waren grau geworden und lagen tief in geröteten Höhlen, ihre Lippen schimmerten bläulich. Sie hatte kaum die Kraft, seine Hand zu ergreifen und festzuhalten und den Fuß auf die Leiter zu stellen, die zum Wasser hinabreichte. Keuchend und hustend sank sie schließlich auf die Heckbank. Um sie konnte er sich jetzt nicht kümmern. Sie lebte ja.
Aber Severin?
Nicole versetzte ihm Klapse auf die Backe und rief: »Severin, hörst du mich?«
Falk tastete an Handgelenk und Hals seines Bruders nach einem Puls, fand aber keinen.
»Er ist nicht tot!«, rief Nicole heulend und schüttelte ihren Bräutigam. »Er ist nur bewusstlos. Tu doch was, Falk!«
»Das ganze Programm?«, hörte er eine dünne Stimme neben sich fragen. Es war Jasmin. »Beatmung und Herzmassage?«
Falk nickte, wusste aber, es hatte keinen Sinn, wenn Severins Herz beim Eintauchen ins eiskalte Wasser stehen geblieben war. Doch ein Lebensretter gab nicht auf, nicht bevor er nicht zwanzig Minuten lang Wiederbelebungsversuche gemacht hatte. Offenkundig beherrschte auch Jasmin die Grundzüge erster Hilfe und begann mit Mund-zu-Mund-Beatmung. Falk maß von Severins Brustbein aus die Stelle für eine Herzmassage aus. Sie mühten sich abwechselnd, aber Severin nahm sein Leben nicht wieder auf.
Nicole stöhnte und jammerte. »Ich habe ihn umgebracht! Ich habe meinen künftigen Mann umgebracht!«
Der Eingebung der Verzweiflung folgend, ballte Falk die Faust

und ließ sie mit gebremster Wucht auf Severins Brustkorb fallen, genau dort, wo das Herz zu schlagen gehabt hätte.
»Nein!«, kreischte Ronja auf einmal. »Du darfst ihn nicht schlagen! Er kann sich nicht wehren! Du bist gemein!«
Jasmin fing Ronja ab und hielt sie fest.
Im selben Moment sagte Falk: »Er ist wieder da.«
Eindeutig – Severins Augenlider flatterten.

9

Falk konnte sich an nicht viele Tage in seinem Leben erinnern, die ihm grauenvoller vorgekommen waren, obgleich er eine stattliche Anzahl an Tagen in seiner Erinnerung zusammentragen konnte, an denen er sich sterbenselend gefühlt hatte. Er saß allein mit seinem Papagei am Tisch im Salon der *Santa Lucia*, das Logbuch vor sich. Es war dunkel geworden. Ronja war längst wieder bei ihrer Mutter im Hotel. Severin, Nicole und Jasmin hatten das Schiff auch schon lange verlassen, obgleich Jasmins Handtasche nirgendwo auffindbar gewesen war. Kiko knispelte Sonnenblumenkerne und flötete vor sich hin. Ab und zu stieß er ein leidenschaftsloses »Döskopp« aus. Wenigstens der Vogel war zufrieden.

Falk schlug das Logbuch auf, um eine der schlimmsten Pannen zu dokumentieren, die einem Skipper passieren konnten – Mann über Bord, als er selbst nicht am Steuer gewesen war. Erneut begann ihm die Hand zu zittern. Nicht auszudenken, wenn er heute hier hätte eintragen müssen: Suche ergebnislos abgebrochen.

Alles hatte er falsch gemacht, angefangen damit, dass er dem improvisierten Segeltörn zugestimmt hatte. Und dann die Kämpfe

mit Ronja. Er hätte sie gleich ans Ruder lassen müssen, dann hätte er sich den stummen Tadel von Jasmin erspart. Und das Gefecht um die Schwimmweste hatte er zu hart geführt, auch wenn er im Recht gewesen war. Allerdings war es sein Fehler gewesen, dass er nicht genügend Schwimmwesten an Bord gehabt hatte. Und erneut hatte Jasmin schlichtend eingegriffen. Warum nur focht er mit Ronja wie mit einer Erwachsenen? Jasmin hatte Recht, er war ein schlechter Vater. Für Ronjas Geistesgegenwart und scharfe Augen bei der Rettung von Severin und Jasmin hatte er keine lobenden Worte gefunden, obgleich Ronja für eine Elfjährige Großes geleistet hatte. Sie war – ganz im Gegensatz zu Nicole – nervenstark und umsichtig gewesen. Ohne sie hätten sie Severin nicht so schnell an Bord ziehen können und keine Chance gehabt, ihn ins Leben zurückzuholen. Zum ersten Mal empfand Falk Stolz auf Ronja. Aber gezeigt hatte er es ihr nicht. Und auch dafür hatte Jasmin ihn noch getadelt.
Severin hatte sie als Erste erblickt, als er die Augen aufschlug. »Du hast mir das Leben gerettet«, behauptete er, als er begriff, was geschehen war. Er wollte Jasmins Hand gar nicht mehr loslassen. Nicole hatte ihn schließlich fast ruppig auf die Füße gestellt und unter Deck gebracht. Severin war – gerade eben noch tot – erstaunlich munter gewesen, beinahe aufgekratzt. Er hatte Falks Vorschlag weit von sich gewiesen, die Küstenrettung zu rufen und ihn schnellstmöglich in ein Krankenhaus zu bringen. Falk war innerlich zu schwach gewesen zu insistieren, zu erleichtert, unfähig, sich um irgendetwas zu kümmern. Sein Hirn war förmlich leer gefegt gewesen. Es war Jasmin, die sich um Ronja gekümmert hatte, die nach überstandener Rettung aufgebracht schluchzte.

»Ich dachte wirklich, Severin ist tot. Und dann schlägt Papa ihn auch noch.«
»Er war tot, Ronja«, hatte Jasmin dem Kind erklärt. »Wenn das Herz nicht mehr schlägt, dann ist man tot. Mit dem Faustschlag hat dein Vater versucht, Severins Herz wieder anzustoßen. Manchmal hat man Glück damit. Dann erschrickt das Herz gewissermaßen und beginnt wieder zu schlagen. Dein Vater hat Severin das Leben gerettet.«
Nein, hatte Falk gedacht, Jasmin hat meinem Bruder das Leben gerettet. Wäre sie nicht sogleich hinterhergesprungen, dann hätten sie ihn nie mehr gefunden. Und Ronja hatte ihm geholfen, ihn zu finden. Aber er konnte es nicht sagen.
»Man darf nicht ins kalte Wasser springen«, wiederholte das Kind einen Satz, den es oft gehört hatte. »Da kann man sterben. Aber warum bist du nicht gestorben, Jasmin?«
»Weil ich nicht kopfüber ins Wasser gefallen bin. Severin hat einen Schock bekommen. Durch den Hals läuft ein Nerv, der zum Herzen führt, der Vagusnerv. Wenn der sich ganz plötzlich verkühlt, dann erschrickt er so, dass er das Herz anhält.«
»Aber warum …«
»Jetzt ist aber gut«, hatte Falk ungewollt ruppig eingegriffen. »Wenn Jasmin nicht gleich aus den nassen Kleidern kommt, dann ist sie übermorgen tot.«
Ronja hatte ihn erschrocken angeblickt.
»Er meint vermutlich, ich bekäme dann eine Lungenentzündung«, erklärte Jasmin und nahm Ronja bei der Hand. »Zeigst du mir, wo ich was zum Anziehen finde?«
Das Nächste, woran Falk sich erinnerte, war, dass er die *Santa Lucia* wieder in Fahrt brachte. Die Leinen konnte er vom Ruderstand aus bedienen. Um den Autopiloten in Betrieb zu

nehmen, hätte er den Computer im Cockpit unter Deck anwerfen müssen. Die satellitengestützte Selbststeueranlage war zwar mit Kollisionswarnsystemen ausgestattet, aber sie enthob den Skipper nicht der Wachsamkeit, zumal an einem Sonntag wie diesem, an dem viele kleine Motorjachten und Segler unterwegs waren. Doch weitere Überraschungen und Notmanöver mussten heute nicht sein. Darum steuerte er selbst. Auch beruhigte ihn das glatte Holz des Steuerrads unter den Händen. Die See zischte unter dem Rumpf der *Santa Lucia* hinweg. Bis Kühlungsborn waren es mehr als zwei Stunden hart am Wind.

Relativ bald kam Nicole herauf, um ihn in Kenntnis zu setzen, dass man übereingekommen war, den Eltern nichts von dem Unfall zu erzählen.

»Severin geht es gut«, behauptete sie. »Und du solltest dir vielleicht auch mal was Trockenes anziehen. Ich übernehme solange das Ruder. Ist ja niemand sonst hier, der über Bord gehen könnte.«

Erst da bemerkte Falk, dass er zitterte. Jeder Windstoß trieb ihm Gänsehaut über die bloßen Arme. Es war mehr als die Kälte in feuchten Kleidern. Er fror bis ins Mark.

In seiner Kajüte stieß er auf Jasmin und Ronja. Teile des Inhalts seines Kajütenschranks lagen über den Boden verstreut. Ronja kicherte unbändig über Jasmins Kampf mit den viel zu langen Ärmeln und Hosenbeinen eines grünen Trainingsanzugs, den sie irgendwo in den hinteren Fächern gefunden haben musste. Und wieder hatte er alles andere als gelassen reagiert. Vielmehr hatte er über das Chaos in seiner Kajüte die Stirn gerunzelt, und vielleicht hatte er sogar etwas gesagt wie: Und wer räumt das wieder auf? Jedenfalls war Ronja augenblicklich bockig geworden und mit versteinerter Miene hinausgelaufen.

»Trottel!«, hatte Jasmin hervorgestoßen und ihn ungläubig angeblickt. »Eigentlich wollte Ronja sich bei dir entschuldigen.«
»Warum das denn?«
»Weil sie einen Moment lang wirklich geglaubt hat, dass du Severin umbringen willst. Und das tut ihr jetzt Leid.«
Falk hatte sogar Mühe, sich zu erinnern, wie Ronja auf seinen Schlag reagiert hatte. »Sie war halt erschrocken. Das verstehe ich doch. Sie ist doch noch ein Kind.«
»Ja«, hatte Jasmin reichlich aufgebracht erwidert, »sie ist ein Kind, wie du ganz richtig bemerkt hast. Trotzdem oder gerade darum hättest du ihr so viel Respekt erweisen können, ihre Entschuldigung entgegenzunehmen und sie zu trösten.«
Statt seine eigene Verwirrung einzuräumen oder wenigstens still zu sein, hatte er geantwortet: »Glaubst du wirklich, Jasmin, du könntest in drei Tagen Ronjas verkorkstes Verhältnis zu mir in Ordnung bringen?«
»Aber dein verkorkstes Verhältnis zu deiner Tochter«, hatte sie entgegnet, »das könntest du durchaus in drei Minuten in Ordnung bringen. Ein ›Danke, Ronja‹ würde genügen. Und wenn du nicht so vernarrt in dein Boot wärst, dann hättest du längst gemerkt, dass Ronja einfach nur Angst vor dem Papagei hat.«
»Danke, Jasmin«, hatte er äußerst steif erwidert, »für den guten Rat aus reinem Herzen.«
Daraufhin hatte sie seinen für ihre Figur viel zu großen Trainingsanzug zusammengerafft und war so energisch auf ihn zugesteuert, dass er sich kaum schnell genug an die Wand hatte drücken können, um sie aus seiner Kajüte zu lassen. Ein Hauch feuchter Haare und Energie streifte ihn.
Wenige Minuten später hatte er Jasmin und Severin im Salon beim Händchenhalten aufgestöbert. Jasmins Hände wollten

sich aus Severins zurückziehen – er bemerkte sehr wohl, dass sie zuckten –, aber Severin hielt sie fest und lächelte ihn, den jüngeren Bruder, herausfordernd an. »Immerhin verdanke ich Jasmin mein Leben. Auch wenn sie es bestreitet, bescheiden, wie sie ist. Du hast mich zwar reanimiert, Falk, aber das ist ja deine Aufgabe als ausgebildeter Lebensretter, nicht?«

Und urplötzlich war Falk klar geworden, worum es hier ging.

Fetzen der Unterhaltung, die Nicole und Jasmin auf der Terrasse am ersten Abend geführt hatten und bei der er unabsichtlich Zeuge war, klangen ihm wieder in den Ohren – Nicoles Bitte um Freundschaft, das Geplänkel der beiden, sie würden nur Millionäre heiraten, Jasmins abfällige Bemerkung über ihn, das ungezogene Muttersöhnchen.

Es gab nur einen Grund, warum Jasmin bis heute sauer auf Nicole sein konnte.

Er hatte es ihr auf den Kopf zugesagt, als sie wieder im Bootshafen von Kühlungsborn lagen und Jasmins Handtasche suchten. »Du und Severin, ihr hattet mal etwas miteinander, stimmt's?«, hatte er gesagt, als sie einen Augenblick allein unter Deck waren. »Und Nicole hat ihn dir weggeschnappt.«

Jasmin hatte ziemlich herausfordernd das Kinn gehoben. »Und wenn es so wäre?«

»Da brauche ich doch bloß Severin zu fragen. Du bist hier, um ihn Nicole wieder wegzunehmen, nicht wahr?«

»Hältst du das für unmöglich?«, hatte sie fast übermütig zurückgefragt. »Glaubst du, Severin ließe sich nicht verführen? Ich fürchte, da muss ich dich enttäuschen. Es ist immer möglich, einen Mann zu verführen. Darum ist es für eine Frau auch völlig aussichtslos, ihn halten zu wollen, wenn eine Verführerin kommt. Vor fünf Jahren war Nicole im Vorteil.«

»Aber sie heiraten in fünf Tagen!«
»Das glaube ich kaum. Und ich denke, es gibt in deiner Familie einige, denen das ganz recht wäre.«
»Mein Vater mag Nicole. Er wünscht die Verbindung.«
»Aber deine Mutter wünscht sie nicht.«
»Oder ich.«
Jasmin hatte die feinen goldroten Brauen hochgezogen. »Was hast du denn gegen Nicole?«
»Nichts.« Er hatte den Übermut des Verzweifelten in sich hochsteigen gespürt. »Gar nichts, Jasmin. Im Gegenteil. Nicole ist schön, hat Verstand und Temperament und ein gewandtes Auftreten. Und sie hat Geld! Das habe ich nämlich nicht.«
Jasmin hatte regelrecht betroffen ausgesehen.
Oder war sie ihm nur so verletzlich vorgekommen, wie sie in seinem viel zu großen Trainingsanzug steckte, mit den vom Salzwasser verklebten Haaren und dem erschöpften blassen Gesicht ohne Make-up? Sie hatte auf ihn nicht mehr so bezwingend attraktiv gewirkt, dafür aber authentischer. Die Kostüme und Kombinationen, die sie trug, gaben ihr etwas von einer fleißigen Hostess, die sich nach besten Kräften bemühte, die Brillanten seiner Mutter, die kubanischen Zigarren seines Vaters und Nicoles Porsche für etwas Alltägliches zu halten. Doch in diesem Augenblick hatte sie auf ihn gewirkt wie Sonntag früh allein zu Hause, vor dem ersten Schluck Kaffee, noch ehe die Träume der Nacht verflogen waren und lange bevor sie sich für den Tag mit Farbe, Textilien und Lügen aufrüstete.
»Dann kann es dir ja nur recht sein, wenn Nicole frei wird«, hatte sie, schnell wieder kühl und undurchsichtig, entgegnet.
»Und wenn ich Nicole verrate, was du vorhast?«
Jasmin hatte aufgelacht. »Das brauchst du ihr nicht zu sagen,

Falk, das weiß sie. Wir sind alte Freundinnen, sprich Konkurrentinnen. Und abgesehen davon, was würdest du dabei gewinnen?«

»Muss man immer etwas gewinnen?«

»Das sagst du, ein Spieler?«

Es hatte ihn geschmerzt und schmerzte immer noch. Wer hatte Jasmin die alten Familiengeschichten erzählt? Severin oder Nicole? Und in welcher Variante? Nicole hatte wenigstens immer eine gewisse Bewunderung für seine heroischen Niederlagen empfunden, eine gewisse Zeit lang sogar gespickt mit reichlich Sympathie. Aber so wie Jasmin ihm heute ausgewichen war – nicht nur mit ihrem Blick, mit ihrem ganzen Wesen –, musste der Geschichte, die sie gehört hatte, die heroische und erotische Farbe gefehlt haben.

Er hatte nichts zu erwidern gewusst, jedenfalls nicht schnell genug, bevor Nicole zu ihnen stieß. Und die drei hatten zusammen mit Ronja sein Schiff verlassen, ohne Jasmins Handtasche gefunden zu haben. Er hatte versprochen, sie nach Peerhagen zu bringen, sobald sie ihm unterkam, und kaum zehn Minuten später war sie ihm beim Aufräumen zwischen seiner Unterwäsche im Kajütenschrank in die Hände gefallen. Vermutlich hatte Ronja das Täschchen übersehen, als sie irgendetwas in seinen Schrank zurückstopfte, bevor sie etwas anderes herausriss.

Falk schob das Logbuch beiseite und griff nach der kleinen Handtasche mit der Prägung »Caballo«.

Als Mann hatte er weder Augen noch Sinn für Handtaschen. Er konnte nicht beurteilen, ob Jasmins Ledertäschchen teuer oder besonders modisch war. Und noch nie in seinem ganzen Leben hatte er eine dieser zivilen Überlebensboxen für alle weiblichen Lebenslagen besichtigt. Doch an diesem Abend fühlte Falk sich so sehr jenseits aller bürgerlichen Regeln, so ausgestoßen aus der Gesellschaft der Menschen, die es sich leisten konnten, Lügen und Barrieren zu akzeptieren, dass er den Reißverschluss von Jasmins Tasche öffnete. Nacheinander holte er einen Geldbeutel mit Personalausweis, Kreditkarte und EC-Karte, einen Lippenstift, ein Puderdöschen mit Spiegel, ein Handy, ein Briefchen Kaugummis, einen kleinen Behälter mit Tampons, ein Notizbuch, eine Büroklammer, einen Bleistiftstummel und eine verblasste und verknitterte Supermarktrechnung heraus und breitete alles auf dem Tisch aus.

Die Notizen im Notizbuch bestanden aus Abkürzungen von Wochentagen und Daten und Uhrzeiten, ohne jegliche Namen. Der Personalausweis entsprach der Identität, die Jasmin angegeben hatte. Bei der Kreditkarte handelte es sich um eine goldene, was sich nur Leute leisteten, die entweder eitel und ein bisschen bescheuert waren oder die viel reisten und beispielsweise gerne Mietwagen nahmen.

Das Handy war nicht ausgestellt. Sein Display leuchtete auf, sobald Falk auf die Menütaste für Namen drückte. Interessanterweise tauchten dort, wo andere Leute Namen oder Spitznamen eintrugen, nur Tiere auf wie Esel, Hund, Pferd, Kakadu oder Zebra. Falk musste schmunzeln. Eine zwar nicht sonderlich raffinierte, aber wirkungsvolle Methode, die Intimität eines Handys zu schützen. Freilich hätte er die Identitäten der Personen herausbekommen, wenn er sie angerufen hätte. Doch wozu?

Er tippte sich im Menü weiter zum Protokoll der zuletzt gewählten Nummern. Es waren viele. Er ließ die Liste an seinem Auge vorbeigleiten, ohne zu wissen, wonach er suchte und ob er überhaupt etwas suchte. Doch er wurde fündig.

Vom unteren Displayrand kroch eine Nummer herauf, die ihm

bekannt vorkam. Es war die Handynummer, die ihm die arme betrogene Xandra von ihrem davongelaufenen Liebhaber aufgeschrieben hatte. Er stand auf, holte seine Brieftasche aus seiner Kajüte und schaute nach. Ja, es war dieselbe Nummer.

Einen Moment lang saß er da, völlig blank im Hirn.

Was bedeutete das?

Jasmin hatte es zwar nicht zugegeben, aber er hatte sie an jenem Freitag vor einer Woche am Roten Rathaus gesehen. Sie war es gewesen, da war er sich fast zu hundert Prozent sicher. Und offenkundig kannte sie diesen Georg, der Xandra im letzten Moment von Achims Seite geholt hatte und dann spurlos verschwunden war.

Das hieß, sie konnte ihm helfen, den untreuen Burschen zu finden. Nein, halt! Falk stoppte seine Gedanken und startete sie neu.

10

Stilles Glück breitete sich in Jasmin aus.
Es würde nicht leicht werden, so kurz vor der Hochzeit. Es wollte reiflich überlegt sein, bevor man die Gäste wieder auslud, und doch musste es binnen Tagen überlegt sein, eigentlich innerhalb von Stunden. Und im Grunde war es in den wenigen Sekunden entschieden worden, da Severin sie fragte, wie er ihr danken könne.
Fünf Tage hatten sie noch Zeit, die Entscheidung in Realität umzusetzen. Dass es so wenige Tage waren, war sogar ein Vorteil, denn ließ man ihnen Zeit, brauchten Männer für die Entscheidung zwischen zwei Frauen Monate oder Jahre. Sogar Jahrzehnte konnten sie eine Geliebte hinhalten, um sich letztendlich doch für Frau und Familie zu entscheiden. Aber gab man ihnen diese Jahre nicht, dann konnten sie sich gar nicht entscheiden. Dann erlagen sie dem Rausch ihrer Sinne und verfielen dem Reiz des Neuen. Es war ein grundlegender Fehler aller Geliebten eines verheirateten Mannes, dass sie ihm Zeit ließen. Sie mussten ihn nach der ersten Nacht vor die Alternative stellen – sie oder ich. So funktionierten alle Einsätze der Julias der Entzweiungsagentur. Ein Mann verlor den Verstand, wenn er keine Zeit

hatte. Also durfte man ihm keine lassen. Darum hatte Jasmin im Grunde bereits gewonnen.
»Kein Wort zu Severins Eltern«, hatte Nicole ihr auf der kurzen Fahrt vom Jachthafen nach Peerhagen eingeschärft. »Wir haben uns ein bisschen nass gespritzt. Es war alles ein Riesenspaß.«
Jede Familie hatte ihre Regeln, und wenn es darauf ankam, dass die alten Rosenstocks sich nicht aufregten, war Jasmin die Letzte, die das nicht akzeptiert hätte. Aber in Nicoles Haltung lag eine größere Anspannung, als die Beichte eines Unglücks mit glücklichem Ausgang eigentlich erfordert hätte. Als ob gleich alles auf dem Spiel stünde, als ob sie und Severin nicht heiraten dürften, wenn die Alten von dem Unfall erfuhren.
Allerdings war es verständlich, dass Nicole nicht darauf erpicht war, dass ihr Fehler am Ruder, der Severin fast das Leben gekostet hatte, zum Abendbrotgespräch wurde. Dann würde es aber auch Jasmins und Falks Heldentaten nicht. Sie musste schmunzeln. Zwar gehörte es sich nicht, dass man es bedauerte, darauf verzichten zu müssen, das eigene Verdienst herauszustreichen, aber Falks Ansehen hätte es wahrscheinlich nicht geschadet, wenn der Patriarch ihm für das Leben des ältesten Sohnes hätte danken müssen. Konnte es sein, dass Nicole und Severin genau das ihrem Schwager und Bruder nicht gönnten?
Doch was ging es sie an? Sie war glücklich. Noch ein Geheimnis mehr, das sie mit Severin teilte. Es festigte nur das Band zwischen ihnen, das sich heute neu geknüpft hatte. Sie hatten noch nicht viele Gelegenheiten gehabt, einander anzuschauen, doch jedes Mal, wenn sich ihre Blicke begegnet waren, dann war es eine Frage und eine Antwort gewesen, eine erst zaghafte und dann immer robustere Verschwörung, ein leidenschaftliches Versprechen. Zwei Liebende waren sie, die den Moment herbei-

sehnten, da sie endlich allein sein würden und einander erklären konnten, was sie nunmehr verband. Und das war unauflöslich. Severin hatte, als er dem Tod von der Schippe sprang, zuerst sie, Jasmin, erblickt, seine Lebensretterin. Welche Ironie des Schicksals! Nicole selbst hatte, als sie das Ruder verriss und Falks Boot von Steuerbord nach Backbord kippte und Severin stürzte, die Wende herbeigeführt.

Sie hatte verloren. Es nützte nichts, dass sie den ganzen Abend das gemeinsame Ziel beschwor und Severin zwang, sich mit den Fragen es Polterabends am Mittwoch und der getrennten Herren- und Damenausflüge am Donnerstag in einschlägige Lokale mit Menstrip für die Damen und Mädchen aus der Torte für die Herren zu befassen.

»Hast du endlich die Tische im Refleur bestellt, Severin?«, fuhr sie ihn an, während er Jasmin über den Rand seines Whiskeyglases hinweg anblickte, offenbar in der irrigen Meinung, es heimlich zu tun. »Ich kann doch in diesem Bums nicht gut anrufen und für meinen künftigen Mann die Unterhaltung bestellen.«

Der Patriarch hüstelte.

»Du bist so still, Jasmin«, sagte Adeltraud, die neben ihr saß. »Müde?«

Jasmin nickte. »Todmüde.« In Wahrheit konnte sie sich kaum noch bewegen. Nach der wahnsinnigen Schwimmerei tat ihr jeder Muskel weh, insbesondere in den Beinen. Sobald sie auch nur die Zehenspitzen bewegte, fühlte es sich an, als würden ihr die Beine abfallen. Sie war geschwommen wie nie in ihrem Leben, auch zu Wettkampfzeiten nicht. Vor allem nicht mit dieser Angst. Hätte sie Severin nicht im Fallen noch am Hosenbein erwischt, wäre er wahrscheinlich unauffindbar in den Wellen versunken. Er hatte wirklich unverschämtes Glück gehabt, und sie mit ihm. Und es sah so aus, als begriffe er das mehr und mehr, je zorniger Nicole mit ihm die Hochzeitsplanung durchging.

Es war in der Tat besser, wenn sie sich jetzt zurückzog. Aber aufstehen war gar nicht so leicht, wenn man verbergen musste, dass man jemandem unter übermenschlicher Anstrengung das Leben gerettet hatte.

»Warte«, sagte Adeltraud und stand mit ihr auf. »Ich wollte dir doch noch … du weißt schon … ich habe doch …« Derartig sinnlose Halbsätze vor sich hin redend, schob sie Jasmin förmlich zum Salon hinaus. »Und nun bitte, Jasmin. Was um Himmels willen ist heute auf dem Boot passiert? Zum Plantschen in Kleidern ist die Ostsee nun wirklich noch ein bisschen zu kalt.«

In keinem Moment ihres Lebens hatte Jasmin gezögert, wenn sie sich von einer Lüge mehr versprach als von der Wahrheit. Und da sie nicht zur Familie gehörte, hatte Adeltraud keinen Grund, ihr nicht zu glauben, was auch immer sie erzählte. Aber sollte sie zugunsten Nicoles lügen?

»Severin ist über Bord gegangen«, sagte sie daher. »Und zwar, weil Nicole ein unsinniges Manöver gemacht hat, als er gerade die Schwimmweste ausgezogen hatte, um sich einen Pullover überzuziehen.«

»Um Himmels willen, Jasmin!« Adeltraud packte sie am Arm. »Das musst du mir genauer erzählen. Gehen wir … nein, nicht in die Küche. Gehen wir zu mir rauf. Wenn du nicht zu müde bist.«

Jasmin lächelte und schüttelte den Kopf. Die Treppe musste sie ja ohnehin hinauf. Bei jedem Schritt hatte sie das schmerzhafte Gefühl, die Beine wögen Tonnen und würden aus dem Rumpf gerissen und auf den Stufen zurückbleiben.

Adeltraud führte sie in ein kleines gemütlich eingerichtetes Zimmer. Nachdem Jasmin erst einmal in einem der drei zierlichen Ledersessel Platz genommen hatte, ließen die Schmerzen auch schnell nach. An der Wand stand ein Sekretär, auf dem sich Briefe, Zeitschriften und Zeitungen häuften. Auf dem niedrigen runden Tisch blühte ein Strauß roter Rosen aus dem Garten, der den Raum mit einem kaum wahrnehmbaren feierlichen Duft erfüllte.

»So«, sagte Adeltraud, »und nun erzähl mal.«

»Das ist schnell erzählt. Severin ist ins Wasser gefallen, ich bin hinterhergesprungen. Ich war früher mal Wettkampfschwimmerin. Es war ein Reflex. Falk hat das Boot gewendet, uns wieder aufgesammelt und Severin reanimiert.«

»Reanimiert? Mein Gott, Jasmin!«

»Er hat sehr schnell und umsichtig gehandelt. Severin stand Minuten später schon wieder senkrecht.«

»Verschweigst du mir auch nichts?«

Jasmin runzelte die Stirn.

»Du musst schon entschuldigen, mein Kind, aber unsere Söhne neigen dazu, uns Alten immer nur die halbe Wahrheit zu erzählen, und ich fürchte, Nicole ist auch schon so weit. Warum ist Falk nicht mit euch nach Peerhagen gekommen?«

»Er wollte auf dem Boot bleiben.«

»Und er … er war nicht schuld?«

»Nein.« Jasmin lächelte. »Definitiv nicht.«

Adeltraud seufzte tief. »Danke, Jasmin. Danke, dass du mir die Wahrheit erzählt hast. Mein Gott, was haben Falk und Severin uns schon für schlaflose Nächte beschert. Sie meinen immer, wir ahnen nichts. Und dann wollen sie uns nicht beunruhigen. Und natürlich wollen sie sich dem Verhör ihres Vaters nicht aussetzen. Günter hat eine zuweilen nicht sonderlich geschickte Art nachzuhaken.«

Jasmin nickte.

»Das hast du auch schon bemerkt?« Adeltraud schmunzelte. »Aber man muss das verstehen. Severin und Falk haben immer zusammengehalten wie Pech und Schwefel, so grundverschieden sie auch sind. Obgleich Severin mein Sohn ist, muss ich leider sagen, dass es ihm an innerer Stabilität fehlt. Falk ist da ganz anders. Er hört auf niemanden und verfolgt seinen Weg, manchmal stur bis zur Uneinsichtigkeit. Falks größte Schwäche ist sein Stolz. Severin dagegen ist der klassische Mitläufer. Sämtliche Dummheiten, die die beiden als Jugendliche begangen haben, gingen auf Falks Kreativität zurück. Doch Severin hat immer mitgemacht. Falk hat die Verantwortung übernommen, wenn er musste, aber wirklich regelrecht verpfiffen hat Severin ihn nie.«

Es klang, als wäre das eine besondere Leistung.

»Vor zwölf oder dreizehn Jahren«, fuhr Adeltraud fort, »tauchte die Polizei bei uns auf. Auf einer Technoparty am Strand war ein Junge umgekippt und wäre fast gestorben. Es waren offensichtlich jede Menge Drogen im Spiel gewesen. Ecstasy. Glücklicherweise hat man bei unseren Söhnen nichts gefunden. Aber mein Mann wollte sich damit nicht zufrieden geben. Er hat Severin zu sich bestellt und behauptet, Falk habe zugegeben, dass sie beide auf dieser Party gewesen seien. Severin fiel darauf herein, schwor aber Stein und Bein, dass sie nichts genommen hätten. Daraufhin rief Günter Falk zu sich und behauptete, Severin habe eingeräumt, dass sie Ecstasy konsumiert hätten.

Heute glaube ich, das war der schwerste Fehler, den mein Mann begehen konnte. Seitdem hat Falk nicht mehr wirklich mit ihm gesprochen. ›Du lügst mich an, Vater‹, hat er gesagt. Dann ist er aufgestanden und ohne ein weiteres Wort hinausgegangen. Aber mit einem Blick …«, Adeltraud schüttelte sich, »… voller Verachtung.«

»Und dann?«

»Danach hat Falk keine Machtprobe mehr ausgelassen. Hatte er mit meinem Mann vorher noch über Politik und soziale Verantwortung der Industrie gestritten, so ging der Kampf nun weitgehend stumm vonstatten. Und durchaus kindisch, kann ich dir sagen, auf der Ebene von Tischmanieren und Kleiderfragen. Weißt du, meine Ehe mit Günter stand niemals auf der Kippe, aber glaub mir, manchmal vergaßen wir über dem Drama, das Falk veranstaltete, was uns verband. Letztlich war Falk nicht ganz so stark, wie er scheinen wollte. Er spielte. Falk ist ein Mensch, der alles, was er macht, mit ganzer Kraft und bis zur bitteren Neige tut. Er hat wohl erhebliche Schulden gemacht, denn eines Tages eröffnete uns unser Sohn Severin, dass er Kundenschecks entwendet habe, um Falks Spielschulden zu begleichen. Severin machte damals ein Praktikum im Rostocker Werk.

Günter hat sich fürchterlich darüber aufgeregt, dass Falk seinen älteren Bruder zur Untreue und zum Diebstahl angestiftet hat. Ich glaube, meinem Mann wäre es lieber gewesen, Falk hätte eine Bank ausgeraubt. Damit hätte er wenigstens Mut bewiesen.«

Adeltraud blickte sie so nachdenklich an, dass es Jasmin regelrecht unbehaglich in ihrem Sessel wurde.

»Sehr nobel von Severin, nicht wahr, Jasmin? Das denkst du doch? Du hast ein Faible für ihn, nicht? Stiehlt für seinen kleinen Bruder. Aber warum erzählt er es dann meinem Mann?«

»Weil die Buchhaltung entdeckt hätte, dass Kundenschecks fehlen«, sagte Jasmin rasch.

»Severin war damals die Buchhaltung. Er hätte das Geld stillschweigend zurückzahlen können. Zur Not hätte er eines seiner Mietshäuser in Berlin verkaufen können, die er von Günters Mutter geerbt hat. Sie hatte auch ein Faible für Severin. Und selbst wenn Severin das Geld nicht zurückgezahlt hätte und der Buchhaltung aufgefallen wäre, dass Schecks fehlen, hätte man ihn dann wohl so einfach verdächtigt? Wohl kaum als Sohn des Firmenchefs. Beweisen hätte man es ihm nicht können, und vermutlich hätte man ihn nicht einmal offen beschuldigt.«

»Und Falk?«, erkundigte sich Jasmin, sich schnell auf ihre Rolle als Unwissende besinnend. »Was ist mit ihm geschehen?«

»Er hat sich für sechs Jahre auf eine griechische Insel abgesetzt. Es hat ihm gut getan, uns aber auch. Die Beziehung zwischen Günter und Falk bleibt jedoch verkorkst. Und darum ist es tatsächlich besser, wenn mein Mann nicht erfährt, was heute auf dem Boot passiert ist. Er ist imstande und ärgert Falk damit, dass er als Skipper seiner Verantwortung nicht gerecht geworden sei. Und am Ende neckt er ihn noch damit, dass er Severin um die hübsche Nicole beneide und einen Nebenbuhler habe beseitigen wollen. Falk würde das überhaupt nicht komisch finden. Es hat nämlich soviel ich weiß tatsächlich eine kurze Affäre zwischen den beiden gegeben.«

Jasmin versuchte ein neutrales Gesicht zu machen. Aber Adeltraud lächelte leise. »Und jetzt, Jasmin, will ich dich nicht länger von deinem Schönheitsschlaf abhalten. Du siehst schon ganz grün aus vor Müdigkeit. Und sei versichert, ich werde dir nie vergessen, was du heute für Severin getan hast.«

In Jasmin schwirrten eine Unzahl von Gedanken und Gefühlen durcheinander. Adeltraud hatte eindeutig ein Faible für ihren Jüngsten. Und sie selbst mit ihrer lügenhaften Existenz war wirklich nicht berufen, Falk für die Irrtümer seiner Jugend zu tadeln. Außerdem war sie in der Tat sterbensmüde. Sie hatte kaum noch die Kraft, sich auszuziehen und unter die Bettdecke zu kriechen.

Was für ein Tag!

Doch kaum hatte sie sich im Bett ausgestreckt, klopfte es an ihrer Tür. Jasmin aktivierte hektisch ihre Lebensgeister. Aber nein, es war nicht Severin, der die erste Chance ergriff, sie alleine anzutreffen. Es war Nicole.

»Oh, schläfst du schon?«, fragte sie.

»Tief und fest«, antwortete Jasmin und richtete sich im Bett auf.

»Komm, rück mal.« Nicole schubste Jasmins Füße beiseite und setzte sich mit gekreuzten Beinen aufs Bett. Wie oft hatten sie zu Internatszeiten so gesessen. »Geht's dir gut?«

»Ich fühle mich wie gerädert und gevierteilt.«

Nicoles Lächeln verflog. »Ich bin noch gar nicht dazu gekommen, mich bei dir zu bedanken. Ich dachte, mir bleibt das Herz stehen, als ich Severin über die Reling gehen sah. Und durch meine Schuld.«

»Es war doch keine Absicht. Severin hat sich auch selten doof angestellt.«

»Danke, Jasmin. Aber es war mein Fehler, nicht auf Falks Kommando zur Wende gewartet zu haben. Ein Kardinalfehler.«

»Es ist ja alles gut gegangen.«

Nicole seufzte. »Ich war wie gelähmt. Ich konnte nur noch eines denken: Du hast deinen zukünftigen Mann umgebracht. Das ist bestimmt ein Zeichen.«

»Für was denn?«
Nicole lachte. »Das sagt man halt so. Vielleicht ist es nicht recht, dass ich … dass ich Severin heirate.«
Jasmin schwieg.
Nicole kuschelte sich bequemer in die Bettlandschaft zu Jasmins Füßen und besichtigte ihre Fingernägel. »Du, Jasmin …«
»Hm.«
»Ich muss dir etwas sagen.«
»Hm?«
»Damals, da habe ich dir Severin wegnehmen wollen, absichtlich, verstehst du. Ich hatte beschlossen: Den kriegst du nicht, der gehört mir.«
Ihre Blicke trafen sich.
Nicole lächelte schief. »Ich weiß, wir waren Freundinnen. Du warst meine beste Freundin. Und gerade darum habe ich es getan. Ich weiß nicht, ob du das verstehen kannst. Aber du warst doch alles, was du warst, nur durch mich. Das gehörte sich nicht, dass du zuerst unseren Millionär kriegst. Der stand mir zu.«
»Ich habe nicht an Millionen gedacht«, sagte Jasmin. »Ich habe Severin geliebt.«
»Ach tu doch nicht so, Jasmin. Dir hat es doch gefallen, dass du mich überrunden konntest, die Schülerin besser als die Meisterin, von Vaters Pfandleihe direkt ans Erbe eines Großkonzerns. Und dann erklärst du mir die Welt. Nein, Jasmin, das konnte ich nicht ertragen. Ich hatte dir alles gezeigt, ich habe dich mit zu mir nach Hause genommen, damit du staunst. Ich habe das gebraucht, verstehst du. Ich bin nicht sonderlich selbstbewusst. Ich brauche das alles – die Klamotten, den Porsche, die Feste, das Geld –, um mich überlegen zu fühlen. Wenn ich in eine

Boutique gehe, dann sehen die Verkäuferinnen mir an, dass ich, wenn ich wollte, ihre ganze verdammte Klitsche leer kaufen könnte. Ich weiß, die Höflichkeit und Zuvorkommenheit, mit der sie mich behandeln, sind falsch, aber sie tun mir trotzdem gut. Kannst du das verstehen? Wenigstens ein kleines bisschen?«
Jasmin nickte.
»Mit sechzehn, siebzehn habe ich gedacht, so läuft das Leben. Ich bin oben, und du bist unten. Und ich fühlte mich gut, dass ich dir etwas von meinem schönen Leben abgeben konnte. Ich fand, du müsstest mir ewig dankbar dafür sein.«
»Du wirst lachen, Nicole, das bin ich sogar.«
Nicole lachte nicht. »Doch eines Tages ging mir auf, dass es noch eine andere Art von Überlegenheit gibt. Und die, tja, die hattest du. Ich sah die Erfolge meiner Bemühungen, dir ein attraktives Aussehen zu verschaffen und aus dem Karlsruher Vorstadtbub eine Prinzessin zu machen. Ich hätte stolz sein können. Ich wollte auch stolz darauf sein. Aber irgendetwas hat mich daran gestört. Vielleicht die Art, wie du dich zurückgehalten hast …«
»Wie? Ich habe mich zurückgehalten? Wie meinst du das?«
»Ich hatte den Eindruck, dass du absichtlich die zweite Geige spielst, wenn wir im Gespann aufgetreten sind. Du hast mir den Vortritt gelassen, weil du genau wusstest, dass ich das brauche. Du hast amüsiert zugeschaut, wie ich mich auftakle, Fähnchen, Wimpel, Lichterketten, während du einfach nur Segel setztest und hinter mir herkamst.«
Jasmin musste ehrlich lachen.
»Ich dachte manchmal, dass du, wenn du nur wolltest, an mir vorbeiziehen könntest. Dann habe ich mich von deinem guten Willen und deiner Nachsicht abhängig gefühlt. Verstehst du?«

»Ich glaube schon. Allerdings habe ich das nie so gesehen.«

»Ich sage ja, es war mein subjektiver Eindruck. Bei mir daheim kam es immer darauf an, dass man der Beste ist und das Beste hat, dass man schlauer ist als alle anderen und sich nie übers Ohr hauen lässt. Mein Vater ist ein elender Schlaumeier. Du kennst ihn ja. Ihm hätte nichts Schlimmeres passieren können, als dass ihn jemand übervorteilt. Meine Eltern wurden schon nervös, wenn jemand einen teureren Luxuswagen fuhr, eine größere Jacht besaß oder ein besseres Geschäft abgeschlossen hatte. Für mich war es einfach existenziell wichtig, dass du niemals aus meinem Schatten heraustratst. Es ging einfach nicht, dass du vor mir heiratest, und dann auch noch den Rosenstock-Erben. Das musste ich unter allen Umständen verhindern. Es war verkehrt, es war gemein und mies, aber ich hatte keine andere Wahl. Ich wünschte, ich hätte es nicht getan und wir könnten wirklich wieder Freundinnen sein wie früher. Wir hatten immer so viel Spaß zusammen. Wir kennen uns so gut wie Schwestern. Ich weiß zum Beispiel jetzt genau, was du denkst.«

»Was denke ich denn?«

»Du kannst mir nicht wirklich böse sein. Im Grunde bist du ein großherziger Mensch. Dir kommt es nicht darauf an, mir den Rang abzulaufen. Für dich sind andere Dinge wichtig.«

»Ah! Zum Beispiel?«

Nicole lachte. »Jetzt lass mich doch nicht so hängen. Ich rede mich noch um Kopf und Kragen.«

»Weil du mich gar nicht kennst«, sagte Jasmin, ohne Nicoles leichten Ton aufzunehmen. »Du hast keine Ahnung, was mir wirklich wichtig ist.«

»Dann sag es mir.«

Jasmin musste selbst einen Augenblick überlegen.

»Treue«, erklärte sie dann, »Zuverlässigkeit. Hätte damals jemand behauptet, du würdest mir den Mann wegschnappen, den ich liebe, ich hätte ihn ausgelacht. Ich war naiv, ich weiß. Im Grunde darf ich dir gar nicht böse sein. Solche Dinge passieren eben.«

»Na ja«, feixte Nicole erleichtert und blickte verstohlen auf die Uhr. »Und einer, der sich von der Freundin der Freundin verführen lässt, ist ja auch nicht gerade ein Ausbund an Treue, nicht?«

Jasmin deutete ein Lächeln an.

»So, und jetzt lasse ich dich endlich schlafen.« Nicole schwang ihre langen Beine vom Bett.

»Moment, ich muss dir auch noch etwas sagen, Nicole.«

»Was denn?«

»Es ist mir etwas peinlich ... Also, Severin und ich ... Kurzum, wir haben gestern miteinander geschlafen.«

»Was?«

»Gestern Nacht, unten in der Küche. Er trinkt gern ein Glas Milch, wenn er nicht schlafen kann. Und ich suchte mein Handy. Und da ist es dann passiert.«

»Du lügst!« Nicole sprang vom Bett.

»Umso besser, wenn du mir nicht glaubst. Ich möchte auf keinen Fall, dass so kurz vor der Hochzeit noch was dazwischenkommt.«

»Das könnte dir so passen!«

Jasmin lächelte. »Severin wird dich sicherlich heiraten, Nicole. Wahrscheinlich braucht er dein Geld oder vielmehr das deines Vaters.«

»Das ist überhaupt nicht wahr!«, keifte Nicole.

»Umso besser. Ich hatte mir schon Sorgen gemacht, was er wohl sagt, wenn sich herausstellt, dass dein Vater pleite ist wie eine leere Reisschale in Indien.«

Eigentlich wollte sie nur bluffen, aber in Nicoles Augen erschien ein Angstglitzern. »Wer behauptet denn so was?«

»Mein Vater sagt das schon lange. Eines Tages, sagt er, fliegt der ganze Schwindel auf, und dann ist Schluss mit Jacht und Juwelen. Und jetzt habe ich mal ein bisschen nachgeforscht.«

»Du Biest!«

Jasmin faltete ihre Hände auf der Bettdecke. »Ich bin Journalistin, Nicole. Und mein Bruder ist Staatsanwalt. Wir sind die vom Schrotthof, die den Großkopferten nichts gönnen.«

Nicole war blass um die Nasenspitze herum geworden. »Was soll das heißen, Jasmin? Was hast du vor?«

Jasmin zuckte mit den Schultern.

»Willst du Geld, Jasmin? Wie viel? Sag einfach, wie viel du willst. Fünfhunderttausend?«

Jasmin lachte. »So viel hast du doch gar nicht. Ist doch alles auf Pump. Und nach der Hochzeit die Insolvenz. Falls es nicht vorher rauskommt.«

»Eine Million?«, sagte Nicole kalt. »Übermorgen bar auf die Hand.«

11

Wo sollte sie eine Million hernehmen, fragte Nicole sich, als sie die Tür zuzog und über den Gang zu ihrem und Severins Schlafzimmer eilte. Aber irgendetwas würde ihr schon einfallen. Ein Scheck, ein Konto, das, wenn Jasmin den Scheck nach der Hochzeit einlöste, nicht mehr gedeckt war. So würde es gehen.

Immerhin hatte Jasmin endlich ihre Karten aufgedeckt. Sie wollte ein Stück vom Kuchen abhaben. Durchaus verständlich. Im Grunde hätte man viel früher auf die Idee kommen können, Jasmin Geld anzubieten. Jeder Mensch war bestechlich. Und seit Jasmin durch ihre Schule gegangen war, gierte sie nach dem großen Leben. Es war alles ganz einfach. Nichts was nicht mit Geld zu regeln gewesen wäre. Nicole war beruhigt.

Doch als sie ins Schlafzimmer trat, fiel ihr das andere wieder ein, was sie eigentlich beunruhigte. Jasmin und Severin? Wenn das wahr war! Sie weckte Severin und machte ihm eine Szene. Er bestritt alles windelweich, wie es seine Art war.

»Dieses verliebte Geturtel auf dem Boot heute, glaubst du, ich hätte keine Augen im Kopf?«, schrie Nicole.

Aber er blieb dabei.

»Na gut«, meinte sie nach einer Weile, »dann muss ich dir wohl glauben. Aber eines sage ich dir hier und jetzt ganz klar: Sollte ich herausfinden, dass du mit Jasmin ein Verhältnis hast, dann werde ich deine Eskapaden nicht mehr decken. Dann gehe ich zu deinem Vater und sage, was Sache ist. Verstanden?«

»Spinnst du, Jasmin?«, fuhr Severin sie am nächsten Morgen an. »Wie konntest du behaupten, wir hätten miteinander geschlafen?«

Jasmin blickte vom Herd auf. »Ich soll behauptet haben, wir hätten miteinander geschlafen? Ich meine, es stimmt natürlich, aber es ist fünf Jahre her.«

Es war gerade sieben Uhr durch. Draußen zwitscherten die Vögel, und die Sonne stieg. Es war der blanke Hunger, der Jasmin aus dem Bett getrieben hatte. Sie hatte geschlafen wie ein Baby und jetzt Hunger wie ein Wolf. Ihr war intensiv nach Rühreiern gewesen, und so hatte sie rasch geduscht, war in Jeans und ein T-Shirt geschlüpft und hatte sich hinunter in die Küche begeben.

Sie hatte gerade noch Adeltraud getroffen, die auf dem Weg nach Berlin war. Für zwei Tage nach dem Geschäft schauen, obgleich es nicht nötig war, wie Jasmin wusste. Aber vermutlich wollte sie einfach Berliner Luft schnuppern und Leute sehen, Alltagstratsch austauschen und sich den leichteren Aufgaben des Lebens widmen, nämlich der Schreibtischarbeit, bevor der Hochzeitstrubel mit der gesamten buckligen Verwandtschaft und dutzenden von Leuten losging, die man nicht kannte.

Dann war Severin in die Küche gestürzt, im Schlafanzug mit nicht einmal richtig zugebundenem Bademantel.

»Nicole hat mir gestern Nacht eine Szene gemacht«, warf er ihr vor. »Sie sagt, du hättest ihr gestanden, dass wir vorgestern miteinander geschlafen hätten, und zwar hier in der Küche.«
Jasmin lachte. »Das darfst du nicht so tragisch nehmen, Severin. Nicole ist eben nervös vor der Hochzeit. Wegen ihr hast du mich einst verlassen, und nun tauche ich wieder auf. Da ist wohl die Fantasie mit ihr durchgegangen, und sie hat einen Testballon steigen lassen.«
»Einen Bluff?«, staunte Severin. »So wenig Vertrauen hat sie in mich?«
Jasmin zog die Pfanne vom Herd, denn die Rühreier waren fertig, und ging zum Geschirrschrank hinüber. »Möchtest du auch was?«
»Nee, ich kann morgens nichts essen, das weißt du doch.«
Jasmin lächelte vor sich hin, nahm einen Teller aus dem Schrank, kehrte zum Herd zurück, ließ die Rühreier aus der Pfanne auf den Teller gleiten und brachte die Pfanne zur Spüle. Sie zischte auf der nassen Ablage. Dann begab sie sich wieder zur Kochinsel, nahm den Teller und ging am Geschirrschrank vorbei, weil sie noch eine Gabel brauchte. Endlich langte sie am Tisch an, an dem sich Severin inzwischen niedergelassen hatte.
»Jasmin, darf ich dich mal etwas fragen?«
»Nur zu.«
»Hast du mich sehr geliebt?«
Sie schwieg, die Augen auf ihre Rühreier gesenkt.
»Liebst du mich immer noch?«
Jasmin hielt die Gabel still und blickte ihn an. »Das darfst du mich nicht fragen, Severin. Für mich ist Liebe nicht ein Strohfeuer, das verlischt, sobald der Mann, den ich liebe, einen Fehler macht. Natürlich hat Liebe auch einen egoistischen Teil. Ich

wollte mit dir glücklich werden, aber du hast dich anders entschieden. Trotzdem wünsche ich dir alles Glück der Welt. Und ich hoffe aus tiefstem Herzen, dass du mit Nicole glücklich wirst.«

Severin ergriff wie unabsichtlich Jasmins Hand, die neben dem Teller lag, und streichelte sie mit dem Daumen. Erst nach einer Weile schien er sich seines Tuns bewusst zu werden und blickte sie an. Er lächelte. »Jasmin, Jasmin.«

Sie streichelte ihm kurz die Finger und entzog ihm ihre Hand. »Severin, du heiratest in vier Tagen. Es ist entschieden.«

Er nickte vor sich hin. »Du hast Recht. Es ist entschieden. Aber wenn es nach mir ginge ...« Er unterbrach sich fast erschrocken und zwang sich zu einem Lächeln. »Komm, Jasmin, lass uns heute irgendwohin fahren. Nur wir beide.«

»Das wird aber nicht gerade geeignet sein, Nicoles Eifersucht zu beschwichtigen.«

Er lachte. »Ich werde doch wohl noch ein paar Stunden mit einer alten Freundin verbringen dürfen. Vorausgesetzt, du hast Lust.«

Jasmin stimmte zu. Sie hatte ohnehin heute in irgendeinem Mediamarkt einen Schachcomputer für Ronja kaufen wollen. Allerdings fehlte ihre Handtasche immer noch. Deshalb hatte sie weder Geld noch Kreditkarten.

»Ausgezeichnet!«, fand Severin. »Dann ist es sozusagen eine moralische Verpflichtung, dass ich dich begleite.«

Als Falk mit Jasmins Handtasche kam, waren die beiden längst auf dem Weg nach Rostock. Er legte das Täschchen auf den Küchentisch und stieg im stillen Haus die Treppe hinauf.

Das Arbeitszimmer seines Vaters war verwaist. Er war wohl im

Werk in Rostock. Seine Mutter war längst nach Berlin aufgebrochen. Auch ihr Zimmer, das man Arbeitszimmer nannte, obgleich sie dort wohl nur Briefe schrieb und mit ihren Schwestern und Freundinnen telefonierte, war leer. Falk holte sein Handy hervor und rief das Eheschließungsinstitut in Berlin an. Man teilte ihm mit, dass sie noch nicht da sei. Ob man etwas ausrichten solle?

Weil er sein Handy gerade in der Hand hatte, tippte Falk die Nummer der Autowerkstatt in Neuruppin ein, die sich am Freitag seines defekten Wagens angenommen hatte, und erfuhr, dass sein Auto fertig sei und im Laufe des Vormittags nach Kühlungsborn gebracht werde. Während er sich nach den Details erkundigte, fiel sein Blick auf den offenen Sekretär seiner Mutter. Auf der Arbeitsfläche lagen Fragebogen, die seine Mutter Partnersuchenden vorzulegen pflegte, neben einem Stapel von Frauenzeitschriften, Magazinen und Zeitungen. Falks Hand spielte mit den Blättern. Sein Blick blieb immer an Buchstaben hängen. Er las alles, was ihm unter die Augen kam. Nie suchte er etwas Bestimmtes, aber meist fand er etwas Interessantes, was er seinem Hirn einverleiben konnte. Die unterste Zeitung war eine Wochenzeitung, aufgeschlagen auf einer Seite mit einem Artikel über die »Versinglelung der Gesellschaft«, der von Partnerschaftsvermittlungen handelte. Quickdate nannte man eine Versammlung von dreißig Männern und Frauen für einen Abend, bei dem es wie bei der Reise nach Jerusalem zuging. Fünf Minuten hatte ein Paar, um sich gegenseitig zu befragen und einen Fragebogen auszufüllen. »Gut aussehend, verständnisvoll, intelligent, etc.« Dann saßen beide für fünf Minuten anderen Partnern gegenüber und danach wieder anderen und so weiter. Anschließend wertete der Veranstalter die Fragebogen aus.

Stimmten viele Punkte überein, schätzte also ein Mann sich als mitfühlend ein, und gab es eine Frau, die dies auch so sah, dann brachte man die beiden zusammen.
»Charaktertest im Schnelldurchlauf« lautete einer der Zwischentitel. Nur natürlich, dass meine Mutter das interessiert hat, dachte Falk, während seine Augen bereits wieder abirrten und auf eine Anzeige im unteren Viertel der Zeitungsseite fiel.

»Ihre Tochter wirft sich an den falschen Mann weg.
Ihr Sohn will eine Frau heiraten,
die es auf Ihr Familienvermögen abgesehen hat.
Wir kümmern uns darum.
Professionell und diskret. E-Mail … «

Sicher ein gutes Geschäft. Mit der Zeitung in der Hand wechselte er wieder in seines Vaters Büro und warf dort den Computer an. Nachdem er seine E-Mails gesichtet und beantwortet hatte, fiel sein Blick erneut auf diese Anzeige. Einen Moment starrte er auf die leere Fläche auf dem Bildschirm, dann tippte er: »Ich brauche Ihre Dienste. Bitte rufen Sie mich an.« Er schrieb seine Handynummer dazu und schickte die E-Mail ab.
Bereits auf dem Weg hinab in die Küche klingelte sein Handy.
»Ja«, meldete er sich.
»Entzweiungsagentur, Göran«, sagte eine weibliche Person gestandenen Alters am anderen Ende.
»Oh, hallo. Ich … äh …« Er trat in die Küche. Auf einen derartig schnellen Rückruf war er nicht gefasst gewesen. »Äh … ich habe Ihre Anzeige in der Zeitung gelesen, und da dachte ich, ich frage Sie mal, ob Sie mir helfen können.«
»Worum geht es denn?«

»Um eine Hochzeit. Aber wie könnten Sie die jetzt noch verhindern?« Er ging zur Kaffeemaschine und drückte den Ein-Knopf.
»Erzählen Sie mir ein bisschen mehr«, bat ihn die Stimme am anderen Ende.
»Nun ja, ich hätte gerne gewusst, welche Maßnahmen Sie anwenden.«
Es gab eine kleine Pause, in der Falk die Frau förmlich lächeln hörte. »Herr … äh, ich verstehe Ihre Skepsis. Aber Sie werden sicher auch verstehen, dass wir nicht über ein Geschäft reden können, das noch gar nicht existiert.«
»Na gut. Was müssen Sie wissen, damit wir reden können?«
»Zunächst einmal, wie ist Ihr werter Name?«
»Mein Name ist Falk Rosenstock.«
»Rosenstock?«
»Der von den Küchen«, sagte er und stellte einen Kaffeebecher unter die Doppeldüse des Automaten, nachdem das grüne Blinken sich in ein stetiges grünes Leuchten verwandelt hatte. »Und es geht um meinen Bruder. Er heiratet in vier Tagen. Das möchte ich verhindern.«
Die Pause am anderen Ende war arg lang.
»Sind Sie noch dran?«, erkundigte sich Falk und drückte den Knopf für zwei Kaffeetassen. Da die Maschine augenblicklich lautstark zu mahlen anfing, flüchtete er in die andere Ecke der Küche zum Tisch.
»Ja, Herr Rosenstock«, meldete sich Frau Göran wieder. »Sagen Sie, waren Sie das, der uns kürzlich diese E-Mail geschickt hat?«
»Ja, sicher. Das war ich«, antwortete Falk etwas befremdet. Schließlich war er genau wegen seiner E-Mail eben angerufen worden. Aber vielleicht gehörte das zu der affigen Geheimnistuerei dieser Frau Göran.

»Darf ich trotzdem noch einmal rückfragen? Wie heißt die Braut?«
Falks Befremden hielt an. »Nicole Tiller.«
»Und warum soll Ihr Bruder sie nicht heiraten?«
»Ich … äh … es ist mir ein bisschen peinlich. Aber ich möchte die Braut selbst heiraten.«
»Kein Problem.«
»Schön.«
»Dann kann ich Ihnen, Herr Rosenstock, jetzt mitteilen, dass wir bereits tätig geworden sind. Eine unserer Agentinnen ist schon vor Ort, um zu sehen, was zu tun ist. Leider konnte sie bislang keinen konkreten Auftraggeber ausfindig machen. Aber nun haben Sie sich ja gemeldet.«
Inzwischen war das Wasser lautstark durch die Düsen in die Tasse gelaufen, und Falk ging seinen Kaffee holen. »Und wer ist die Person hier vor Ort?«, fragte er.
»Das werden Sie erfahren, sobald wir einen Vertrag aufgesetzt haben. Von wo rufen Sie an, aus Rostock?«
»So ungefähr.«
»Könnten Sie heute oder morgen nach Berlin kommen?«
»Äh, ja. Ich erwarte meinen Wagen am späten Vormittag aus der Werkstatt. Dann könnte ich mich sofort auf den Weg machen.«
»Gut. Dann sehen wir uns heute Nachmittag.« Sie nannte ihm die Adresse, verabschiedete sich höflich und legte auf.
Falk nahm einen großen Schluck Kaffee und verbrühte sich den Rachen. Mit schmerzverzerrtem Gesicht sank er auf einen Stuhl. War das wahr? Jasmin die Agentin dieser Entzweiungsagentur? Nach einer kurzen Erholungspause und drei weiteren vorsichtigeren Schlucken öffnete er noch einmal Jasmins Handtäschchen

und zog ihr Handy heraus. Er verglich die Listen ihrer Anruferprotokolle mit der Telefonnummer, die sein eigenes Handy als letzten Anruf auswies, und fand eine, die ihr, ausgenommen die letzten beiden Ziffern, glich.

Der Beweis war eindeutig und unwiderlegbar.

Er starrte aus dem Fenster auf die von Tulpen und Narzissen gesäumte Auffahrt. Die Zedern standen ernst und grün in der Wiese.

Aber wieso, fragte er sich plötzlich, war Jasmin schon hier? Wer hatte sie beauftragt? Diese Frau Göran hatte sich nach einer E-Mail erkundigt. Damit musste sie eine frühere gemeint haben, die anonym war.

Falk stand auf, stellte die Tasse in die Spüle und wollte gerade die Küche verlassen, als Jasmins Handy einen kurzen Piepser von sich gab. Es lag offen neben ihrer Handtasche. Er hatte ganz vergessen, es zurückzustecken. Das wäre ein schwerer Fehler gewesen. Falk eilte zum Tisch. Das Display zeigte die Ankunft einer SMS an.

Falk zögerte zwar, konnte aber nicht widerstehen. Er drückte auf »Anzeigen« und las: »Klient ausfindig gemacht.«

Noch mehr Beweise brauchte er wirklich nicht.

Er schloss die Nachricht. Damit verschwand leider auch der Hinweis vom Display. Noch ein Fehler, aber das ließ sich nun nicht mehr ändern. Kurz entschlossen drückte er so lange auf den roten Knopf, bis das Handy sich ganz ausstellte. Dann steckte er es in Jasmins Handtäschchen zurück, das er auf dem Tisch liegen ließ.

Im Flur lief ihm Nicole in offenem Negligé über den Weg. Darunter trug sie gar nichts. »Wo sind die denn alle?«, beschwerte sie sich reichlich verschlafen.

»In Berlin, in Rostock, über den Erdball verstreut.« Falk hielt ihr die Küchentür auf. »Die Kaffeemaschine ist an.«
»Und du? Gehst du auch schon wieder?«
»Mein Auto kommt.«
»Ach ja, deine alte Pagode. Warum willst du eigentlich dein Boot verkaufen?« Inzwischen war Nicole so wach, dass sie ihr Negligé zuband.
»Das ist jetzt etwas kompliziert zu erklären«, sagte Falk. »Unter anderem braucht Ronja eine Wohnung, in der sie ihren Vater besuchen kann.«
»Aber deshalb musst du doch nicht gleich dein Boot verkaufen.«
Falk lächelte. »Nicole, ich bin kein Millionär. Mir hat Papas Mutter keine Häuserblocks in Berlin vermacht. Und ich kann nur das ausgeben, was ich auch habe.«
Nicole zog einen Flunsch. »Als Rosenstock hast du doch Kredit. Aber wenn du es mir nicht sagen willst, dann eben nicht. Geht mich ja auch nichts an.« Damit verschwand sie in der Küche.
Falk eilte die Auffahrt hinauf. Am Tor wartete das Taxi schon. Auf der *Santa Lucia* wechselte er sein Räuberzivil gegen eine dunkle Hose, ein violettes Seiden-T-Shirt und ein beigefarbenes Sakko. Dazu die Schuhe aus dem London House in Zürich. Gegen elf kam sein dunkelblauer Mercedes 280 SL. Er schnurrte freundlich und frisch geölt durch die Alleen Richtung Rostock und auf die Autobahn. Zwei Stunden ungestörtes Nachdenken lagen vor ihm.

»Ah, da ist sie ja!«, rief Jasmin erfreut, als sie in die Küche trat und ihre Handtasche auf dem Tisch sah. »Hat Falk sie also doch noch gefunden.«
»Na bitte«, sagte Severin.

Jasmin legte die Schachtel mit dem Schachcomputer ab und zog das Handy aus ihrer Tasche. Es war aus. Erleichtert nahm sie es wieder in Betrieb und sagte: »Dann kann ich dir ja gleich das Geld zurückgeben.«

»Ach, lass doch.«

»Severin, es muss sein. Schließlich ist der Schachcomputer ein Geschenk von mir an Ronja. Das muss ich schon selbst bezahlen.«

Severin gab reichlich schnell nach. Jasmin händigte ihm einen Fünfzig-Euro-Schein aus, den er einsteckte, ohne an das Rückgeld zu denken, auch wenn es sich nur um zwei Cent handelte.

»Da seid ihr ja endlich«, tönte es von der Tür her, während sie beide noch mit den Geldbörsen in den Händen dastanden. Es war Nicole. »Na, war es schön in Rostock? Wart ihr wenigstens im Refleur, um für den Herrenabend vorzubestellen?«

Severins Miene verfinsterte sich. »Nun reg dich nicht gleich wieder auf, Nicole. Noch bin ich nicht mit dir verheiratet. Und selbst wenn, müsste ich dir nicht über jeden meiner Schritte Rechenschaft ablegen.«

»Ich rege mich aber auf! Mein zukünftiger Mann treibt sich vier Tage vor der Hochzeit mit einem … einem dahergelaufenen Flittchen herum …«

»Nicole!«, warnte Jasmin. »Pass auf, was du sagst, sonst könnte es sein, dass ich Dinge sage, die dir nicht passen.«

Nicole presste die Lippen zusammen, und ihre Augen wurden zu Schlitzen. Wortlos ließ sie sich auf einen Stuhl fallen. Severin blickte verwundert von einer zur anderen.

»Schau mal, was wir gekauft haben«, plauderte Jasmin im nächsten Augenblick munter. »Das ist für Ronja. Das ist ein Mephisto Reiseschachcomputer mit Lernprogramm und über sechzig

Schwierigkeitsgraden. Severin war so freundlich, mir seine Begleitung anzubieten, weil ich doch gestern auf dem Schiff meine Handtasche mit Geld und allem verloren habe.«

»Hier ist deine Handtasche doch«, sagte Nicole.

»Falk hat sie offenbar inzwischen gefunden und gebracht.«

Der Harmlosigkeit dieser Erklärung konnte Nicole sich nicht verschließen. Sie blickte aus dem Fenster, während Jasmin sich verabschiedete, um nach Kühlungsborn zu fahren und Ronja den Computer zu bringen.

Sie musste nachdenken. Der Vormittag mit Severin in Rostock hatte auf vertrackte Weise ihren Erwartungen widersprochen. Sie hatten das gotische Rathaus besichtigt, das mit seiner barocken Fassade verloren am Neumarkt stand, und waren durch die Einkaufsstraße geschlendert wie tausend andere Pfingsttouristen auch, hatten hanseatische Giebelhäuser bestaunt und die gewaltige Marienkirche besucht, in der Putz und Steine von der Decke rieselten. Eine Stadt, die sich auf großer Fläche zwischen Grünzonen zum Überseehafen Warnemünde erstreckte, geprägt vom Stadthafen mit alten Windjammern, Speichern aus rotem Klinker, blauen Straßenbahnen und Kopfsteinpflaster in den Nebenstraßen.

Die ganze Zeit hatte Severin sich benommen wie ein alter Schulfreund, der inzwischen verheiratet war – zärtlich, aufmerksam, ein wenig melancholisch, sogar verliebt, aber irgendwie … erloschen. Mehrmals hatte sie ihn wie unabsichtlich berührt, schließlich offenkundig absichtlich, aber es hatte nicht gefunkt, jedenfalls nicht bei ihm. Da war nichts in Gang gekommen. Auch nicht als sie sich an einer Straßenecke umdrehte, sodass er gegen sie prallte und sie in seinen Armen landete und ihn küssen konnte. Den Kuss hatte er erwidert, das schon, aber so uninspiriert, wie ein Mann sich nach zehn Jahren Ehe auf dem Weg zur Arbeit von seiner Frau verabschiedet.

Gestern war er doch bereits der ihre gewesen, und nun hatte sie ihn schon wieder verloren? Was hatte Nicole mit ihm in der Nacht angestellt? Womit hatte sie ihm gedroht? Was war es, was aus Severin einen zahmen Haustrottel gemacht hatte, der sich abends mit viel zu vielen Drinks zudröhnte?

In der Kühlung vergaß man für ein paar Minuten, dass man sich an der Ostseeküste befand, und glaubte sich in ein frühlingsfeuchtes hellgrünes Mittelgebirge versetzt. Aber schon bald blitzte mit mediterranem Schimmer das Meer.

Mit ihrer Schachtel unterm Arm betrat Jasmin Hus Achtern Boom und fragte einen Angestellten hinter der Rezeption nach Ronja. Der Mann schien des Redens nicht mächtig, denn er deutete auf eine Tür, an der »Privat« stand.

Jasmin klopfte, meinte, ein einladendes Geräusch zu vernehmen, und trat ein. Es war ein unaufgeräumtes Wohnzimmer, voll gemöbelt mit Sesseln, Eichentisch, Wäscheschränken und einem riesenhaften Fernseher. Auf den Sesseln standen überquellende Wäschekörbe. Am Tisch saß Laura mit übereinander geschlagenen Beinen und drehte eine Haarsträhne um den Finger. Vor ihr standen eine Teekanne auf einem Stövchen und ein Teebecher.

»Moin«, sagte Jasmin. »Entschuldigen Sie, aber ich suche Ronja.«

Laura zog mit schneckengleicher Langsamkeit den Finger aus dem Haar, das seine Ringelform beibehielt. Fasziniert fragte Jasmin sich, wie die junge Frau es hinbekam, sogar etwas so Schnelles wie einen Blick in Zeitlupe zu verwandeln. »Was wollen Sie denn von ihr?«

»Ich habe ein Geschenk für sie. Einen Schachcomputer.«

»Wie?«
»Ronja ist für ihr Alter gut im Schach.«
Laura blickte weiterhin unverwandt zu Jasmin auf, die Hand, mit der sie eben noch ihre Haarlocke gedreht hatte, in der Luft.
»Und Sie wollen ihr einen Schachcomputer schenken?«
»Ja.«
»Warum? Ich meine …«, ihre Hand landete langsam wie ein Segelflugzeug auf dem Tisch, »… warum Sie?«
»Ich habe am Wochenende mit ihr Schach gespielt – ich bin mit der Familie Rosenstock bekannt – und habe dabei festgestellt, dass Ronja ziemlich hell im Köpfchen ist. Und damit sie alleine üben kann, dachte ich …« Jasmin hatte das Gefühl, als prallten all ihre Erklärungen an dem sich allmählich in Lauras Gesicht einnistenden misstrauischen Unbegreifen ab.
»Wer sind Sie denn?«
»Ich heiße Jasmin Kandel und habe in der Nacht von Freitag auf Samstag hier im Hotel gewohnt. Erinnern Sie sich?«
»Na sicher, ich bin ja nicht blöd.«
Jasmin seufzte innerlich. »Natürlich hätte ich Sie als Mutter vorher fragen sollen. Das habe ich nicht bedacht.«
»Warum sollten Sie mich fragen müssen?«
»Weil … weil Sie ja etwas dagegen haben könnten, wenn Fremde Ihrer Tochter Geschenke machen.«
»Sie wollen doch nichts von ihr dafür, oder?«
»Nein, natürlich nicht. Ich wollte Ronja nur eine kleine Freude machen.«
»Meinen Sie, sie hat sonst keine Freude im Leben?«
Jasmin schluckte. »Das kann ich nicht beurteilen. Ich habe mir eigentlich gar keine Gedanken darüber gemacht. Ich habe nur heute in Rostock im Schaufenster diesen Schachcomputer

gesehen und dabei gedacht: Ah, das könnte Ronja gefallen. Mehr nicht. Und nun wollte ich ihn ihr schnell bringen.«

»Was haben Sie mit den Rosenstocks zu tun?«

»Severins künftige Frau Nicole ist eine alte Schulfreundin von mir.«

»Und was halten Sie von Falk?«

»Was für eine Frage!«

»Ist doch eine ganz klare Frage. Was halten Sie von Falk? Sind Sie in ihn verliebt?«

Jasmin lachte ratlos. »Hören Sie, Frau … äh.«

»Ich heiße Laura Eppen. Hat man Ihnen das nicht gesagt? Hat man nicht über mich gesprochen?«

»Ehrlich gesagt, nein.«

Laura richtete sich etwas auf und wandte sich in dem Sessel um einen Grad Jasmin zu. »Wirklich nicht? Hat man nicht über die Schlampe gesprochen, die immer neue Geldforderungen an den Vater stellt?«

»Um Himmels willen, nein!«

»Finden Sie, dass Falk ein guter Vater ist?«

»Das kann ich nicht beurteilen.«

»Sie schwindeln. Sie können das sehr wohl beurteilen, wenn Sie das Wochenende bei den Rosenstocks verbracht haben. Sie sind nämlich ein schlaues Mädchen. Das sieht man Ihnen sofort an.«

Hups, dachte Jasmin. In was für ein Spiel war sie denn hier geraten? »Danke für die Blumen«, erwiderte sie so freundlich, doch distanziert wie möglich, »aber Sie überfordern mich jetzt trotzdem gerade ein bisschen. Ich wollte eigentlich nur schnell Ronja den Computer geben.«

»Ich verstehe schon. Sie wollen nicht sagen, was Sie wirklich denken. Warum nur sagen die Menschen nie, was sie wirklich denken? Das Leben wäre so viel einfacher.« Laura hob langsam wie ein Faultier die Hand und nahm das Lockendrehen wieder auf. Ihr vorübergehend wacher Blick verlosch allmählich. »Ronja ist wohl oben auf ihrem Zimmer, zweiter Stock, Gang ganz durch«, sagte sie und wandte sich wieder dem Tisch mit der Teekanne auf dem Stövchen zu.

»Danke.«

Im Foyer kamen ihr Gäste entgegen, die zu einem Spaziergang aufbrachen. Obgleich in einigen Bundesländern bereits die Pfingstferien begonnen hatten, war das Hotel nicht gerade voll. Während Jasmin die Treppen hinaufstieg, dachte sie darüber nach, warum Hus Achtern Boom auf sie derartig trostlos wirkte. Natürlich hätten die Teppiche in den Gängen neuer sein können, die Möbel weniger scharfkantig und furniert, die Lampen etwas heller, die Gardinen am Fenster am Ende des Gangs ein wenig moderner, aber es musste ja nicht alles nagelneu sein, um anheimelnd zu wirken, im Gegenteil. Aber die sozialistische Kombinatsware war eben nie anheimelnd gewesen, und dieses graue Hotel an der buckligen Kopfsteinpflasterstraße hinterm Stadtwald suchten vermutlich nur noch DDR-Nostalgiker auf. Das zweite Geschoss war bereits der Dachstock. Jasmin klopfte an der Tür zum letzten Zimmer im Gang. »Ja?«, rief Ronja. Und als Jasmin sich zeigte, flackerte schlichte Freude auf ihrem Gesicht auf.

»Wie geht's?«, fragte Jasmin. »Hast du das Drama auf der *Santa Lucia* gut verdaut?«

Ronja lachte. »Ja.«

»Schau mal, was ich für dich habe.«

»Oh!« Ronja sprang von dem Kinderschreibtisch auf, an dem sie saß und Hausaufgaben machte, und riss mit zunächst ungläubiger und dann beseligter Miene die Verpackung auf. »Voll fett! Danke, Jasmin.« Unvermittelt fiel sie Jasmin um den Hals, drückte sie kurz an sich und wandte sich dann wieder dem Gerät zu.

Jasmin zeigte ihr, wie man das kleine Ding bediente. »Du kannst über sechzig verschiedene Levels einstellen. Außerdem bringt er dir erst einmal das Spielen bei, mit allen Tricks von Anfang an. Wenn du einen unüberlegten Zug machst, dann meldet er sich und schlägt dir geschicktere Züge vor.«

Ronja nickte ernst. »War das nicht sehr teuer?«

»Nein, Ronja. Außerdem fragt man bei Geschenken nicht, was sie gekostet haben.«

»Darf ich gleich mal spielen?«

Während Ronja die Figuren einsteckte und die Tasten ausprobierte, ließ Jasmin den Blick durchs Zimmer schweifen. Es war winzig unter die Dachschräge gequetscht. Für das Fenster gab es nicht einmal eine Dachgaube. Es war ein schräges Dachfenster. Ein Bett stand darunter, ein Schrank nahm die eine gerade Wand ein, der Schreibtisch stand an der anderen. In der Ecke war ein ziemlich zerfranster Schulranzen. Ordentlich war es nicht, es lagen eine Jacke, ein paar Hosen und ein Pullover herum. Schachteln mit Spielsachen quollen aus einem kleinen Fächerregal. Aber alles in allem wirkte es … ärmlich. Ja, es sah nach Kinderarmut aus. Dabei hatte Jasmin bei Lieselottes Freundinnen schon Kinderzimmer von Sozialhilfeempfängern gesehen, die besser ausschauten, netter, verspielter, spielsachenreicher.

Nachdem Ronja ihr erstes Spiel gegen den Computer verloren hatte, was ihr jedoch nicht das Leuchten aus den Augen vertrieb, sondern im Gegenteil einen Zug bissiger Entschlossenheit in ihr rundes Gesicht zauberte, fiel Jasmin auf, dass die Kleine ganz zapplig war, und sie schlug vor, rauszugehen und irgendwo ein Eis zu essen. Sie kamen an dem Spielplatz im Stadtwald vorbei, fuhren eine Runde Karussell, schaukelten um die Wette und schlenderten dann weiter Richtung Ostseestraße, die ein Baumstreifen vom Strand trennte. Völlig versunken in den Ton ihrer Sneakers, platschte Ronja den sandigen Weg entlang.

»Ich möchte dich mal etwas fragen«, sagte Jasmin, als sie auf einer Bank unter den Bäumen am Zugang zur Seebrücke saßen und Ronja ihr Eis mit zwei Kugeln – Schoko und Vanille – leckte. »Deine Oma hat mir erzählt, dass du ihr kürzlich gezeigt hast, wie man eine E-Mail schreibt und verschickt.«

Ronja nickte. »Sie hat sich geschämt, dass sie das noch nicht weiß. Und als sie beim Einkaufen mal bei uns im Hotel vorbeikam und Mama nicht da war, da habe ich es ihr an unserem Computer im Büro gezeigt. Ist ja kinderleicht.«

»Aber schwer für Omas.«

»Sie hat es dann doch kapiert. Ich habe mit ihr geübt. Sie wollte eine E-Mail schreiben, aber sie hat nicht gewusst, an wen. Und da war eine Zeitung, da war eine Anzeige drin von einer Agentur, die sich darum kümmert, wenn jemand den falschen Mann oder die falsche Frau heiraten will. Da haben wir hingeschrieben. Oma hat den ersten Satz geschrieben, ich den zweiten. Dann wollten wir eigentlich noch mit Räubertochter unterschreiben, doch Oma hat aus Versehen auf die Senden-Taste gedrückt. Aber das ist nicht schlimm, die können damit sowieso nichts anfangen.«

»Hast du denn Freundinnen, mit denen du E-Mails austauschst?«

Ronja schüttelte Eis leckend den Kopf. »Ich weiß trotzdem, wie das geht, denn Mama lässt mich immer die Antwort schreiben, wenn Leute anfragen, ob wir Zimmer haben. Mama mag dieses Technikzeugs nicht so. Sie steht mehr auf Ayurveda.«
Und so plauderten sie weiter. Ronja erzählte von der Schule. Den detaillierten Berichten über Lehrer und Mitschüler entnahm Jasmin, dass Ronja oft als verträumt getadelt wurde, aber auch nicht still sitzen konnte. Rechnen war ihr Lieblingsfach, oder wäre es gewesen, wenn sie sich nicht immer verrechnet hätte. Während sie das erzählte, baumelte Ronja heftig mit den Beinen. Das Kind schien nur zwei Seinszustände zu kennen – Trägheit oder Nervosität. Beides war für Erwachsene schwer zu ertragen.
»Es ist wegen Kiko, dass du nicht gern auf Papas Boot bist, nicht wahr?«, erkundigte sich Jasmin, als sich die Gelegenheit ergab.
»Ja. Er kreischt, wenn er mich sieht. Das tut mir in den Ohren weh. Einmal ist er mir auch auf den Kopf geflogen. Und dann hat er mich gebissen, als ich ihn runternehmen wollte. Aber das darf Papa nicht wissen.«
»Warum nicht?«
»Weil …« Ronja schienen die Zappelbeine beinahe abzufliegen. »Weil Kiko doch das Einzige ist, was er hat.«
Der Satz hörte sich an wie die Beute aus einem Dialog unter Erwachsenen.
»Aber er hat doch dich«, widersprach Jasmin.
Es blieb still neben ihr. Ronja war damit beschäftigt, die Waffel abzuknabbern. Das Thema interessierte sie offensichtlich nicht sonderlich. Vielleicht gab es tatsächlich keinen Gesprächsbedarf. Jasmin begann zu ahnen, dass das Problem der kleinen Ronja ganz woanders lag.

Gegen drei Uhr klingelte ihr Handy. Das Display zeigte Glorias Büronummer. Jasmin meldete sich.
»Warum rufst du denn nicht an«, polterte Gloria los. »Hast du meine SMS nicht gekriegt?«
»Welche SMS?«
»Wir haben den Auftraggeber. Den, der die anonyme E-Mail geschrieben hat.«
»Was?«
»Ja, stell dir vor, er hat sich heute früh bei uns gemeldet. Rat mal, wer es ist.«
Selbst wenn sie eine Antwort gewusst hätte, durfte Jasmin keinen Namen nennen, den Ronja kannte. Aber sie wollte Gloria auch nicht mit Mohren an der Küste unterbrechen.
»Falk Rosenstock ist es«, löste Gloria das Rätsel vergnügt auf.
»Oh!«
»In diesen Minuten erwarte ich ihn hier, damit er mit uns einen Vertrag unterschreibt. Da staunst du, was?«
In der Tat. Jasmins Herz schlug heftig und immer heftiger in dem Maß, wie ihr klar wurde, was Glorias Nachricht in letzter Konsequenz bedeutete. Falk unterwegs nach Berlin! Gloria würde erfahren, dass Nicole eine alte Schulfreundin war, die ihr einst Severin abspenstig gemacht hatte. Während sie mit Ronja die Schuh- und Andenkenläden, Drogerien und Restaurants der Strandstraße entlangschlenderte, entrollte sich in Jasmins Kopf eine Katastrophe nach der anderen. Sie lieferte Ronja im Hotel ab, setzte sich in ihr Auto, zog das Handy aus der Handtasche und suchte nach der SMS, von der Gloria gesprochen hatte. Sie fand sie, mit der Uhrzeit 10:37 Uhr versehen, in der Ablage. Zu dieser Zeit war ihr Handy ausgestellt gewesen. Oder doch nicht? Wenn die SMS in der Ablage war, musste sie jemand angeschaut

haben. Und dieser Jemand konnte nur Falk gewesen sein. Dann hatte er ihr Handy ausgestellt, damit sie nicht gleich Verdacht schöpfte und beispielsweise Gloria warnte. Das hieß, Falk wusste alles. Er wusste nicht nur, dass sie aus persönlichen Gründen Nicole und Severin um ihre Hochzeit bringen wollte, sondern dass sie eine professionelle Hochzeitsstörerin war. Damit war für ihn zudem das Rätsel gelöst, warum in letzter Zeit einige Hochzeiten, die das Eheinstitut seiner Mutter arrangiert hatte, im letzten Moment geplatzt waren.

Auf dem Fußweg ging eine junge Frau mit einem großen schwarzen Hund vorbei. Wie gut es Hunde doch haben, dachte Jasmin, während sie Glorias Büronummer ins Telefon eintippte.

Petra nahm ab. Jasmin verlangte Gloria.

»Das geht jetzt nicht«, sagte Petra im Ton eines Vorzimmerdrachens. »Sie hat einen Klienten.«

»Ich weiß«, erklärte Jasmin. »Deswegen rufe ich an. Dies ist ein Notfall. Du musst mich durchstellen.«

Petra murrte pro forma, sagte »Moment« und stellte die Verbindung her.

»Ja?«, meldete sich Gloria ungehalten.

»Hallo, Gloria. Ich bin's, Jasmin. Ich weiß, du hast einen Klienten und kannst jetzt nicht frei reden. Ist es Falk Rosenstock?«

»Hm.«

»Vor dem muss ich dich warnen. Er ist definitiv nicht der Absender der anonymen E-Mail von vor gut einer Woche. Das waren Ronja und ihre Großmutter Adeltraud. Und die Mail war nicht ganz ernst gemeint.«

»Verstehe.«

»Gut. Es ist zu vermuten, dass Falk Rosenstock dir den Klienten nur vorspielt. Seine Mutter, Adeltraud Rosenstock, leitet die Eheschließungsagentur Goldene Rose, und wir haben ihr unabsichtlich wohl einige Eheschließungen versalzen.«

»Ah. Vielen Dank. Dann erwarte ich die Lieferung also morgen um elf Uhr. Auf Wiedersehen«, sagte Gloria und legte auf.

12

Entschuldigen Sie«, sagte Gloria und lächelte den jungen Mann an, der ihr gegenübersaß. »Normalerweise werden während eines Gesprächs keine Anrufe zu mir durchgestellt, aber meine Sekretärin weiß, dass ich seit fünf Tagen auf einen neuen Esstisch warte und morgen Gäste habe. Und nie ist der Schreiner erreichbar.«

»Es ist doch immer wieder erstaunlich«, entgegnete Falk, »wie uns Handwerker hinhalten, wenn sie einmal den Auftrag bekommen haben, und das in Zeiten, wo man glauben sollte, dass es darauf ankommt, schnell und pünktlich zu arbeiten, weil die Wirtschaft lahmt.«

»Wie Recht Sie haben.«

Sie maßen sich mit durchaus wohlwollenden Blicken.

Der junge Rosenstock neigte offensichtlich zur wohlerzogenen Geschwätzigkeit. Er war vor zehn Minuten gekommen, hatte artig fünf Minuten in der Sitzecke neben den Grünpflanzen unter Petras Vorzimmerdrachenaugen gewartet und sich dann empfangen lassen. Er war leger, aber teuer gekleidet, die Uhr an seinem Handgelenk hatte ein Vermögen gekostet, die Schuhe zeugten von handgenähtem Understatement. So sahen Leute aus, für die der Sinn des Lebens nicht mehr darin bestand, Geld zu scheffeln, weil sie es schon hatten.

Gloria gehörte leider nicht zu diesen Glücklichen. Man musste sie keineswegs zu den Armen zählen, das nicht. Sie hatte nicht nur eine geniale Geschäftsidee gehabt, sondern auch die Energie und die Fähigkeit, sie zu verwirklichen und damit Erfolg zu haben. Aber es war eben ihr ganzes bisheriges Leben ausschließlich darum gegangen, so viel Geld zu verdienen, dass sie sich beispielsweise eine Handtasche aus indonesischer Echse von Jil Sander oder eine Wohnung am Wannsee kaufen und einen Schreiner beauftragen konnte, ihr einen Esszimmertisch aus Rosenholz zu zimmern. Auf diesen Tisch wartete sie übrigens in der Tat.

»Aber zurück zu Ihrem Anliegen«, sagte sie nun.

Falk Rosenstock hörte auf, in seiner Kaffeetasse zu rühren und den Schaum des Cappuccinos zu zerstören, und hob die Tasse an die Lippen. »Tja«, sagte er, »ein bisschen peinlich ist mir das Ganze schon. Ich meine, wenn die Verwandtschaft etwas gegen eine Eheschließung hat, dann sollte sie eigentlich selbst imstande sein, sie zu verhindern, nicht?«

Gloria war solche Überlegungen gewohnt. Aber Jasmins Warnung ließ ihr die Einleitung des ungemein attraktiven jungen Mannes in anderem Licht erscheinen. Sie antwortete dennoch im üblichen Schema: »Ich verstehe gut, dass Ihnen unser Ansatz auf den ersten Blick etwas unsittlich vorkommt. Aber wissen Sie, wir finden eigentlich nur die Sollbruchstelle in einer Beziehung, die früher oder später zerbrechen würde. Dass Eltern damit so wenig Erfolg haben, liegt in der Dynamik des Familienlebens. Die Kinder protestieren gegen die Eltern, indem sie sich eine Liebe suchen, die den Eltern Angst macht. Dann werden die Argumente, ob er zu ihr passt oder nicht, zu einem Machtkampf. Das hat mit der eigentlichen Frage – nämlich: Ist die Beziehung zukunftsfest? – nichts zu tun. Gegen wahre Liebe, das sage ich Ihnen aus Erfahrung, kann niemand irgendetwas ausrichten. Sie hält.«

»Aber wenn ich mich in meine künftige Schwägerin verliebe, sollte ich eigentlich Manns genug sein, sie selbst zu erobern«, wandte er im Plauderton ein. »Und wenn mir das nicht gelingt, dann sollte ich Leine ziehen.«

»Manchmal braucht die Braut einen kleinen Wink von außen, um ihr wahres Glück zu erkennen. Und den können Sie als Bruder des Bräutigams nicht geben.«

»Was für einen Wink muss ich mir da so vorstellen?«

Wie viele Menschen, die es nicht gewohnt waren, ein falsches Spiel zu spielen, versteckte der junge Rosenstock bei dieser Frage sein halbes Gesicht hinter der Kaffeetasse, um einen Schluck zu nehmen.

Gloria kannte alle Gesten der Lüge, und alle waren sie dem Irrglauben unterworfen, man müsse so tun, als wäre die angesprochene Frage eine gleichgültige Nebensache.

»Bevor Sie mich über unsere Verfahren aushorchen«, erwiderte Gloria mütterlich gewinnend, »würde ich Sie gern ein bisschen über Ihr ganz konkretes Problem ausfragen.«

Er stellte die Kaffeetasse ab und zog die dunklen Brauen zusammen. »Na gut.«

»Haben Sie etwas dagegen, wenn ich mir Notizen mache? So kann ich mir hinterher alles besser vor Augen führen.«

Gloria stand auf und nahm das Klemmbrett mit ihrem Fragebogen vom gläsernen Schreibtisch. Dann setzte sie sich wieder dem Gast schräg gegenüber in den Sessel der Sitzgruppe.

»So, und nun legen Sie mal los. Wer will wen heiraten?«
Sie machte sich Notizen, während der junge Mann, im Sessel zurückgelehnt und den Blick fast immer auf die Zimmerlinde und das Fenster gerichtet, in seiner raschen, wortreichen Art ein relativ verwickeltes Bild seiner Familie entrollte.
»Und dann«, erzählte er, »brachte Severin eines Tages diese Nicole mit nach Hause. Ein Superweib, lange Beine, blonde Mähne, lebhaft und nicht auf den Kopf gefallen. Aber sie war natürlich tabu für mich. Zwei Jahre haben wir uns weiträumig umkreist, Nicole und ich. Aber bei einem Segeltörn ist es dann passiert. Sie hat es darauf angelegt. Das sagt sie sogar selbst. Sie hat mir erklärt, ich gefalle ihr, aber sie werde trotzdem Severin heiraten. Das sei eine Entscheidung zwischen Kopf und Bauch. Bei Severin wisse sie genau, woran sie sei. Ich hatte mich damit abgefunden, dass Nicole sich für meinen Bruder entschieden hatte. Heiraten ist ohnehin nicht mein Ding. Aber seit ein paar Tagen hat sich die Situation geändert.«
»Inwiefern?«
Falk Rosenstock blickte sie offen an. »Da ist eine junge Frau aufgetaucht. Jasmin Kandel heißt sie.«
»Hm.«
»Sie ist eine alte Schulfreundin von Nicole …«
Gloria zuckte unwillkürlich.
»… und sie war Severins Freundin, bis Nicole kam und ihn ihr wegschnappte.«
Gloria schluckte. Und nicht einmal das reichte. Sie musste aufstehen und ihren Bleistift spitzen, ehe sie sich wieder hinsetzen und mit freundlichem Interesse nachfragen konnte: »Und inwiefern hat sich dadurch die Lage verändert?«
»Sie liebt Severin noch, und so, wie sie rangeht, schafft sie es am

Ende sogar noch, die Hochzeit platzen zu lassen. Ich fürchte, Severin ist sehr verführbar.«
»Sie fürchten?«
»Das ist so eine Redensart, ich fürchte es nicht, ich hoffe es.«
Gloria ließ Bleistift und Klemmbrett sinken. »Dann ist ja gewissermaßen alles auf einem guten Weg. Was sollen wir da noch für Sie tun?«
»Stimmt.« Falk Rosenstock lächelte entwaffnend charmant. »Da haben Sie eigentlich Recht, Frau Göran. Ich fürchte, ich bin kein besonders guter Lügner. Ich weiß nämlich bereits, dass Jasmin Kandel in Ihrem Auftrag in Peerhagen ist. Das werden Sie jetzt sicherlich nicht mehr bestreiten wollen.«
Gloria lächelte und legte das Klemmbrett auf den gläsernen Couchtisch. »Wenn Sie zu mir gekommen sind, um von mir dafür eine Bestätigung zu erhalten, dann ist es wohl in der Tat zwecklos, wenn ich leugne.«
Der sympathische junge Mann lächelte. Gloria musste Nicole insgeheim Recht geben, das war ein Mann für den Bauch.
»Und außerdem«, fuhr der junge Rosenstock fort, »haben Sie eine E-Mail erwähnt, die nicht von mir gewesen sein kann, für Sie aber Anlass genug war, jemanden zu uns zu schicken, ebenjene Jasmin Kandel. Von wem war die?«
»Betriebsgeheimnis.«
»So kommen Sie nicht davon, Frau Göran.« Falk Rosenstock saß vorgebeugt, die Ellbogen auf seine Knie gestützt, die Hände locker gefaltet. Ein offener Krieg lag ihm deutlich mehr als das Lügen.
»Kommen wir zur Sache, Herr Rosenstock«, sagte Gloria gelassen. »Ich weiß, dass Ihre verehrte Frau Mutter ein Eheanbahnungsinstitut führt, die Goldene Rose, gut bekannt hier in

Berlin. Mir ist zu Ohren gekommen, dass es in letzter Zeit einige Pannen auf dem Standesamt gegeben hat.«

»Ah, dann war das vorhin am Telefon vielleicht gar nicht Ihr Schreiner, sondern … lassen Sie mich raten: Jasmin Kandel.«

»Und nun suchen Sie einen Schuldigen«, fuhr Gloria fort, ohne auf seine Bemerkung einzugehen. »Und da sind Sie zufällig auf uns gestoßen. Und nun glauben Sie, wir …«

»Ich habe mehr Beweise, als Sie wünschen können«, unterbrach er sie fast freundlich.

»Tatsächlich?«, fragte Gloria liebenswürdig. »Welche?«

Der junge Mann lächelte. »Das wiederum bliebt mein Geheimnis. Aber diese Störmanöver müssen aufhören.«

»Doch in Ihrem Fall möchten Sie durchaus, dass wir erfolgreich sind.«

»Unsinn! Ihnen sollte inzwischen klar sein, dass ich mit einem vorgeschobenen Auftrag zu Ihnen gekommen bin. Ich hatte gehofft, auf diese Weise etwas über Ihre Methoden zu erfahren, um gerichtlich gegen Sie vorgehen zu können. Aber Sie wurden gewarnt. Nichtsdestoweniger versichere ich Ihnen, dass ich genug eindeutige Indizien zusammenhabe, um Ihnen Ärger zu machen.«

»So, so«, sagte Gloria.

»Es sei denn, Sie fänden sich zu einer Art Wiedergutmachung oder Schadensersatz bereit.«

Gloria zog die Brauen hoch. »Wofür das denn?«

»Die um ihre Hochzeit geprellten Kunden meiner Mutter, insgesamt zwei im letzten halben Jahr und ein weiterer aus dem vergangenen Jahr, wollen nicht zahlen. Wir müssten gegen jeden einen Prozess anstrengen. Wissen Sie, wenn eine Beziehung, die wir angebahnt haben, nicht richtig funktioniert und beide sich nach einiger Zeit wieder trennen, dann sehen die Kunden ein, dass wir unseren Vertrag erfüllt haben. Aber wenn die Braut auf dem Standesamt davonläuft oder kurz vor der Hochzeit abspringt, dann fühlen unsere Kunden sich betrogen. Wir sind zwar im Recht, aber auch Richter sind nicht immer berechenbar. Manche verwechseln Eheanbahnungsinstitute immer noch mit Callgirlringen und meinen, Sittenwidrigkeiten in Verträgen entdecken zu müssen, die an sich durchaus fair sind. Und da meine Mutter diese Art von Publicity nicht wünscht, wird sie das Geld abschreiben müssen.«

»Sie identifizieren sich ja ziemlich mit dem Geschäft Ihrer Mutter.«

»Ich bin ein Muttersöhnchen. Das macht mich gefährlich für Sie. Wissen Sie, ich raste einfach aus, wenn es um meine Mutter geht.«

Gloria musste unwillkürlich lachen. Sie konnte sich nicht helfen, der hübsche Finsterling gefiel ihr.

»Justiziabel sind Ihre Untaten vermutlich nicht«, fuhr Falk fort, »aber ich könnte mir vorstellen, dass eine Agentur wie die Ihre ebenfalls ein bisschen empfindlich auf öffentliches Interesse reagiert. Die intrigante Arbeit einer Entzweiungsagentur wäre ein schönes Thema für die Sonntagsbeilage einer Zeitung. Und Sie wissen ja, wie das ist. Wenn so etwas erst einmal in der Zeitung steht, dann rufen die Redaktionen der Rundfunkanstalten bei Ihnen an, das Fernsehen kommt und will drehen, Sie werden zu Talkshows gebeten, die Boulevardpresse titelt: ›Liebesdiebin schlägt wieder zu‹, und irgendein Politiker muss zurücktreten, weil er einst Ihre Dienste in Anspruch genommen hat.«

»Um was für eine Summe würde es sich denn handeln?«, erkundigte sich Gloria friedlich. Und es freute sie ungemein, den auf Kampf gepolten Burschen damit verblüffen zu können.

»Sie wollen zahlen?«

»Eigentlich nicht. Wer will schon zahlen, wenn er eigentlich nicht müsste. Man öffnet ja der Erpressung Tür und Tor. Aber Sie sehen mir nicht aus wie ein gemeiner Erpresser. Was Sie von mir holen könnten, sind für Sie nur Peanuts.«

»Ihr Vertrauen ehrt mich«, erwiderte Falk.

»Allerdings«, sagte Gloria ruhig, »würde ich Ihnen lieber einen Handel vorschlagen. Wir besitzen nämlich zufällig ein paar Informationen über die Braut Ihres Bruders, die für Sie und Ihre Familie von großer Bedeutung sein könnten.«

Falk runzelte die Stirn. »Was für Informationen?«

»Im Gegenzug erheben Sie keinerlei Ansprüche gegen uns und gehen auch nicht an die Presse?«

Er nickte. »Sie können sich auf mein Wort verlassen.«

»Gut. Dann kann ich Ihnen mitteilen, dass Nicoles Vater, Karlheinz Tiller, pleite ist. Und nicht nur das. Nach unseren Recherchen tätigt er bereits seit Jahren Geschäfte mit Baumaschinen, die es überhaupt nicht gibt. Er betrügt die Banken um Kredite, deklariert beim Finanzamt Investitionen, die er nicht tätigt, und verschleppt eine Insolvenz, die seit Jahren fällig ist, und was weiß ich, gegen welche Gesetze er noch verstoßen hat. Im Moment liegen diese Informationen nur uns vor. Aber es ist sicherlich nur eine Frage der Zeit, bis alles auffliegt und Tiller im Gefängnis landet.«

Alles an dem jungen Rodenstock straffte sich – ein Mann, der keinerlei Gefühle verbergen konnte, wie Gloria mit Wohlgefallen feststellte. Auf seinem Gesicht spiegelte sich jede Regung seines unzweifelhaft temperamentvollen und leidenschaftlichen

Verstandes. Und im Moment war er verblüfft, dann irritiert und dann bereit, erbarmungslose Konsequenzen zu ziehen. »Haben Sie Beweise?«, fragte er knapp.

»Im polnischen Verkehrsministerium weiß man nichts von irgendwelchen Baugleis … Gleisbau …«

»Gleisumbauzügen«, half Falk aus.

»… Gleisumbauzügen, die das polnische Schienennetz aufpolieren sollen. Den Namen Tiller hat man dort nie gehört. Auch im Bundesamt für Außenwirtschaft nicht. Nach Auskunft der DB ProjektBau ist Tiller nicht einmal Geschäftspartner der Deutschen Bahn. Die Reparaturen am deutschen Schienennetz machen andere Firmen. Tiller kann nach menschlichem Ermessen nirgendwo irgendeinen Gleisumbauzug im Einsatz haben. Das herauszufinden hat uns nur ein paar Anrufe gekostet. Ein Wunder, dass Tiller damit so viele Jahre durchgekommen ist. Seine komplette Buchhaltung ist Fiktion. Seine Schulden dürften im dreistelligen Millionenbereich liegen.«

»Weiß Frau Kandel das?«

Gloria lächelte geduldig. »Sie werden verstehen …«

Falk winkte ab. »Kann ich die Dokumentation einsehen?«

»Es ist nicht üblich …«

Falk griff sich ins Jackett und zog seine Brieftasche hervor und entnahm ihr einen Euroscheck. In der anderen Innentasche fand er einen Kugelschreiber. Dann beugte er sich vor, legte den Scheck auf den Glastisch und begann ihn auszufüllen. Erst schrieb er Datum und Ort, dann malte er eine fünf links in das Fach für die Ziffer. Ihr ließ er zwei Nullen folgen und dann noch eine.

Gloria blieb regungslos.

Er schrieb noch eine Null hin. Gloria konnte nicht umhin, tief

Atem zu holen. Während er nun einen Strich zum rechten Rand machte, fragte sie sich, ob er wohl noch eine Null angefügt und aus den fünfzigtausend Euro fünfhunderttausend gemacht hätte, wenn sie ihren Atem besser im Griff gehabt hätte.

Er hob den Scheck und blickte sie an. »Es gibt zwei Möglichkeiten, Frau Göran. Entweder Sie rufen den Mitarbeiter, der das recherchiert hat, und er übergibt mir hier alle Unterlagen, Namen, Daten und Telefonatsprotokolle, die er über Tiller gesammelt hat, und Sie bekommen dafür diesen Scheck, oder ...«, er wedelte mit dem blauen Papier, »... oder ich passe Ihre Mitarbeiter ab, wenn sie heute Abend herauskommen. Irgendeiner wird mir schon zu dem Material verhelfen, wenn er den Scheck sieht. Und sagen Sie nicht, Ihre Mitarbeiter seien nicht bestechlich. Ich kann jederzeit den Nullen noch eine hinzufügen. Sie können also davon ausgehen, dass Ihr Mitarbeiter nicht widersteht.«

Gloria lachte und stand auf. »Meinetwegen, reden Sie mit Rolf und nehmen Sie alles mit, was er zusammengetragen hat. Den Scheck können Sie ihm gleich selber geben. Aber tun Sie es diskret, bitte.«

Falk erhob sich ebenfalls rasch.

»Ein ziemlich teurer Besuch für Sie«, bemerkte Gloria, während sie zur Bürotür ging und sie öffnete.

Falk fand das durchaus nicht. Zumal der Scheck nicht gedeckt war.

Es tat ihm nicht einmal Leid, nachdem er diesen Rolf gesehen hatte. Ein von sich eingenommener Bursche mit Dreitagebart anstelle von Haaren, einem Grinsen statt einem Lächeln und Geldgier anstelle von Charakter. Hielt sich für super cool und fiel auf einen Scheck herein. Wer bezahlte heute noch mit

Schecks? Rolf hätte darauf bestehen müssen, dass er, Falk, die Überweisung gleich in seinem Büro online ausstellte.

Und dieser Schlauberger, das war also Jasmins Freund, falls es stimmte, was sie am Abendbrottisch erzählt hatte, freilich noch unter der Vorgabe, sie seien beide Journalisten. Und wenn Rolf wirklich ihr Bettgefährte war, dann war sie doch nicht aus privaten Gründen auf Nicoles Bräutigam aus, sondern nur aus beruflichen, auch wenn er, Falk, hätte schwören können, dass sie in Severin verknallt war bis zu den Pumps. Was für eine ausgefuchste Frau!

Falk eilte durchs Nikolaiviertel und Wolken von Touristen zu seinem Wagen, der auf dem Parkplatz am Roten Rathaus stand. In der Rushhour ließ er sich auf den Berliner Ring und aus der Stadt hinausschieben. Auf der Autobahn konnte er endlich Gas geben und nachdenken.

Nicole würde nichts mehr besitzen, wenn ihr Vater verhaftet wurde. Wusste sie das? Auch stellte sich die Frage, ob der Patriarch einer Hochzeit zustimmte, wenn er erfuhr, was für ein Skandal seiner Schwiegertochter und damit auch den Rosenstocks bevorstand. Eines war sicher, Severin war nicht der Mann, der gegen den Willen seines Vaters und auf Gefahr der Enterbung eine bettelarme Frau heiratete.

Warum aber war Jasmin mit dieser Information nicht längst zu seinem, Falks, Vater gegangen? Besser hätte sie sich doch kaum an ihrer treulosen Freundin Nicole und an Severin rächen können. Oder wartete sie damit noch? Aber auf was? Wollte sie am Ende doch einfach nur Severin verführen und ihn heiraten? Ein Leben mit Severin wäre die verdiente Strafe für ihr Lügenspiel. Das würde sie irgendwann selbst begreifen. Glücklicherweise wurde ein Bund nicht mehr fürs Leben geschlossen,

sondern bis zum Moment der Erkenntnis, welchen Irrtum man begangen hatte.
Eigentlich hätte er Gloria Göran beauftragen müssen, die Ehe zwischen Jasmin und Severin zu verhindern, dachte er zwischen den Windrädern von Wittstock und der Mecklenburgischen Schweiz. Die Sollbruchstelle aufzeigen, an der sie ohnehin in die Brüche gehen würde.
Aber vielleicht legte es Jasmin ja genau darauf an. Bei einer Scheidung würde sie kassieren.

Außer Sieglinde schien niemand im Haus zu sein, als Jasmin nach Peerhagen zurückkam. Sieglinde werkelte in der Küche. Jasmin sagte ihr Guten Tag, nahm sich ein Glas Orangensaft und begab sich auf die Terrasse, auf der ein Tisch und Stühle standen. Sie setzte sich und legte die Füße auf dem gegenüberstehenden Stuhl hoch.
Am weiten Himmel hingen ein paar Quellwölkchen. Ein Flug Gänse zog in Dreiecksformation quakend ins Hinterland. Von unten lugten Adeltrauds Rosen über die Balustrade. Bienen summten. Das Stück Blau blitzte in der Ferne hinter dem Grün des Küstenstreifens. Hier wohnen dürfen!
Beim ersten Schluck Orangensaft klingelte das Handy. Es war Glorias Büronummer. Jasmin straffte sich innerlich und nahm ab.
»Kannst du reden?«
Jasmin blickte sich nach der offenen Terrassentür um und stand auf. »Ja.«
Sie stieg die Freitreppe hinunter und ging hinaus auf die Wiese. Hier lauschten nur die Rosen.
»Du hast mich ja wirklich von vorn bis hinten belogen, Schätz-

chen«, begann Gloria ohne Umschweife. Wenn sie Schätzchen sagte, war sie wütend.

»Inwiefern?«, erkundigte sich Jasmin. Niemals erging man sich in Erklärungen und Entschuldigungen, bevor man genau wusste, welche Lügen der andere entlarvt hatte.

»Nicole ist eine alte Schulfreundin von dir. Und du hattest mal etwas mit Severin. Du bist aus rein persönlichen Gründen nach Peerhagen gefahren. Von der ersten Sekunde an hast du mir etwas vorgemacht.«

»Von Anfang an«, widersprach Jasmin, »wollte ich Urlaub haben, um meine privaten Angelegenheiten zur regeln. Du hast einen Auftrag für mich daraus gemacht.«

»Mit keinem Wort hast du erwähnt, dass du deine privaten Angelegenheiten regeln möchtest.«

»Muss ich sagen, was ich im Urlaub mache?«

Es gab ein kurzes Schweigen im Äther. »Nein, Schätzchen, du musst nicht sagen, was du im Urlaub machst. Aber wenn sich deine privaten Interessen mit denen der Firma decken, wenn du also auf Kosten der Firma in privater Angelegenheit tätig wirst, dann musst du das sagen.«

»Allerdings«, entgegnete Jasmin, »habe ich dir noch keinerlei Spesen in Rechnung gestellt.«

»Aber du hast Rolfs Recherche und die Logistik meines Unternehmens genutzt, um Informationen zu erhalten, die dein privates Projekt befördern.«

»Nur«, gab Jasmin zu bedenken, »habe ich diese Informationen noch gar nicht bekommen. Wisst ihr denn was über Tiller?«

»Das erfährst du, sobald du dich hier in Berlin wieder zur Arbeit meldest.«

Jasmin schluckte. »Du ziehst mich ab?«
»Nachdem Falk Rosenstock uns – das heißt dich – entlarvt hat, was bleibt uns da anderes übrig, Schätzchen?«
»Was hat er dir denn erzählt?«
»Er wusste bereits, dass du für uns in Peerhagen sondierst.«
Ihr Fehler, sie hätte ihr Handy besser hüten müssen, das sah Jasmin ein. Und sie konnte nicht einmal Gloria als Fehler vorhalten, dass sie irrigerweise angenommen hatte, Falk sei der Absender der anonymen E-Mail gewesen, denn die verräterische SMS, der Klient sei identifiziert, hätte Falk niemals zu Gesicht bekommen dürfen.
»Aber«, argumentierte Jasmin auf verlorenem Posten, »so wie ich die Lage sehe, dürfte es Falk Rosenstock ganz recht sein, dass jemand Severin von Nicole loseist. Er ist nämlich ganz schön verknallt in sie. Auch wenn er mein Tun unstatthaft finden sollte, profitiert er doch davon. Und der Typ, der zur Presse rennt und petzt, ist er auch nicht.«
»Das können wir in Ruhe diskutieren, wenn du wieder in Berlin bist.«
»Aber …«
»Kein Aber, Schätzchen. Morgen bist du wieder in Berlin.«
»Es geht wirklich nicht, Gloria. Ich muss das hier zu Ende bringen. Außerdem habe ich noch fast zwei Wochen Urlaub.«
»Nein, Jasmin. Ich darf dich aus dem Urlaub zurückrufen, wenn außerordentlicher Bedarf besteht. Und wir brauchen dich dringend. Du erinnerst dich an den Ehemann in Hamburg, der zum Ehebruch verführt werden sollte, damit die Ehefrau einen Grund hat, einen Skandal loszutreten, der zur Scheidung führt? Leider haben weder Rolf noch Vanessa gemerkt, dass der Herr schwul ist. Als unsere Julia anrückte, hat er sofort

kapiert, worauf das hinausläuft, und seiner Frau auf den Kopf zugesagt, sie wolle ihn verführen lassen, um tränenreich die betrogene Ehefrau spielen zu können. Nun ist unsere Klientin stocksauer. Und wir können es uns nicht leisten, dass Klienten sauer sind.«

»Aber man muss doch nur familienintern beweisen, dass der Mann schwul ist«, sagte Jasmin. »Notfalls mit unserem schwulen Romeo. Dann hat die Klientin ihren Scheidungsgrund, den sie ebenso tränenreich ausschlachten kann, um bei den Scheidungsverhandlungen möglichst viel Geld zu kriegen.«

»Genau darum brauchen wir dich, Jasmin. Vanessa hat es versiebt. Du musst nach Hamburg und mit der Dame reden.«

»Aber ich kann jetzt nicht, Gloria. Beim besten Willen nicht. Bitte versteh doch! Das ist die Chance meines Lebens. Ich habe Severin immer geliebt. Willst du mein Glück zerstören?«

Gloria lachte hart. »Ach Kind! Wir beide wissen doch ganz genau, was von der großen Liebe zu halten ist. Schon übermorgen lockt das Glück woanders, und die große Liebe des Lebens erweist sich als Irrtum. Mein Gott, Jasmin, das ist doch unser tägliches Geschäft.«

»Wenn Severin der Irrtum meines Lebens ist«, erwiderte Jasmin verstockt, »dann muss ich das selbst herausfinden. Ich kann nicht anders.«

»Auch wenn du alles aufs Spiel setzt? Deinen Job, deine Freunde?«

»Musst du mich denn vor solche Alternativen stellen, Gloria? Geht es nicht ein bisschen weniger dramatisch?«

»Du sollst zwar mal meinen Laden übernehmen, Schätzchen, aber noch bin ich deine Chefin. Und du hast einen schweren Vertrauensbruch begangen. Gerade bei dir hätte ich so viel

Torheit nicht erwartet. Die große Liebe, dass ich nicht lache! Ich dachte, darüber seist du hinaus. Aber bitte. Dann musst du eben die Konsequenzen tragen. Du hast die Wahl: Entweder du erscheinst hier morgen, oder du kannst dich als entlassen betrachten.«

13

Keine drei Sekunden später klingelte das Handy erneut. Es war Laura.

»Ich würde Ihnen gern etwas erzählen«, sagte sie, ohne sich mit einer Begrüßung aufzuhalten.

»Was denn?«

»Nicht am Telefon. Da weiß man nie, wer mithört.«

Du meine Güte, dachte Jasmin seufzend. »Also gut, ich komme.«

Im Grunde war sie gar nicht undankbar, dass sie etwas tun durfte, statt darüber zu grübeln, ob sie nun Glorias Ruf oder dem Ruf ihres Herzens folgen musste.

Zum dritten Mal an diesem Tag knallten die Reifen ihres Mietwagens auf dem buckligen Kopfsteinpflaster der Neuen Reihe mit dem Bäcker Papenhagen an der Ecke, und wieder betrat sie die triste Rezeption von Hus Achtern Boom. Laura empfing sie in dem Wohnzimmer hinter der Tür mit der Aufschrift »Privat«. Die Wäschekörbe waren inzwischen verschwunden und die Zeitschriften so aufeinander gestapelt, dass man den guten Willen einer ordnenden Hand erkennen konnte.

»Kaffee oder Tee?«, erkundigte sich Laura. Sie hatte auch ihrer

Person einige Sorgfalt angedeihen lassen, in die dunklen langen Haare mehrere Zöpfchen geflochten und über die geblümte hellgrüne Bluse mit Gummizug am Ausschnitt und an den Bündchen eine Samtweste gezogen. Dazu trug sie einen knöchellangen schwarzen Rock aus mehrfach mithilfe von Samtbändern gerafften Falten.

»Tee«, antwortete Jasmin mit Blick auf die Teekanne, die auf dem Stövchen stand.

»Das ist aber Pu-Erh-Tee«, warnte Laura mit einem abschätzenden Blick.

»Gut.«

Gut auch, dass die Tasse schon auf dem Tisch stand, denn ob die Lebenslast in den Gliedern es Laura erlaubt hätte, aufzustehen und ein weiteres Gedeck zu holen, schien Jasmin fraglich, zumindest aber mit Zeitaufwand verbunden. Da eine Aufforderung, Platz zu nehmen, nicht kam, setzte sie sich ohne Aufforderung in einen der schaumweichen moosgrün gemusterten Sessel mit Eichenholzlehnen.

»Sie sind Journalistin, hat Ronja erzählt«, begann Laura unvermittelt. »Sie hat mir auch Ihre Handynummer gegeben.«

»Hm.« Jasmin goss sich selber Tee ein.

»Ich möchte, dass Sie das, was ich Ihnen jetzt erzähle, in Ihrer Zeitung schreiben. Aber Sie dürfen meinen Namen nicht erwähnen.«

»Es gibt so etwas wie Informantenschutz«, sagte Jasmin. »Aber warum so geheimnisvoll?«

»Weil die Öffentlichkeit endlich die Wahrheit über die Rosenstocks erfahren muss. Falk hat versucht, seinen Bruder Severin zu ermorden. Ich bin Zeugin. Natürlich hat man alles vertuscht. Den Rosenstocks geht ja niemand ans Leder, denn es könnte dem Wirtschaftsstandort Mecklenburg-Vorpommern schaden.«

Die Geschichte, die Laura in ihrer apathischen Art vortrug, hatte Jasmin in anderer Färbung bereits von Adeltraud gehört. Sie spielte Anfang der neunziger Jahre. Die Rosenstocks hatten soeben Haus Peerhagen bezogen, und die Söhne eroberten den Osten mit Sportwagen und Partys. »Und Stoff hatten sie auch. Das war ja damals im Osten was Neues.«

Man veranstaltete Technopartys, und zu jedem anständigen Rave gehörte Ecstasy. Am Wochenende kam Achim aus Hamburg, und dann waren sie zu viert, vier junge Leute, die in Severins Golf GTI passten – Laura, Severin, Achim und Falk, wobei Falk der Jüngste war, ein Gymnasiast, noch nicht einmal volljährig.

»Aber wir mussten ihn mitnehmen«, erklärte Laura, »sonst hätte er Severin bei den Eltern verpfiffen. Er war irrsinnig verknallt in mich. Und er war wahnsinnig eifersüchtig auf Severin, obgleich wir nichts miteinander hatten, Severin und ich.« Laura hob kurz ihren Blick, als wollte sie sich vergewissern, dass Jasmin das verstanden hatte, und heftete ihn dann erneut ins Nichts zwischen Zeitschriftenstapel und Teekanne. »Falk musste immer alles haben, was Severin gehörte. Dabei war wirklich nichts zwischen Severin und mir. Als Severin im Wintersemester in Heidelberg war, ist es dann passiert. Falk hat mich betrunken gemacht, und was weiß ich, was er mir noch alles in die Cola gemischt hat. Sonst hätte ich nie mit ihm geschlafen.«

Na ja, dachte Jasmin.

»Ich war dann auch gleich schwanger. Falk wollte natürlich nichts davon wissen. Also bin ich zu Severin gegangen.«

»Zu Severin?«

Lauras Knopfaugen fuhren zu Jasmin herüber. »Irgendjemand musste doch aufkommen. Falk machte gerade Abitur, der hatte nichts, und seinem Vater wollte er natürlich nichts sagen. Sie wollten es vertuschen, beide, Severin und Falk. Sie wollten, dass ich abtreibe.«

Jasmin verstand so viel, dass Laura angefangen hatte zu kassieren. Schweigegeld.

»Dann hat Falk versucht, seinen Bruder umzubringen.«

»Ach? Warum denn?«

»Weil Severin dem Alten erzählen wollte, dass Falk mir ein Kind gemacht hat und es jetzt wegmachen lassen wollte.«

»Tatsächlich?«

»Sie glauben mir nicht? Sie wollen mir nicht glauben. So ist das immer. Die reichen Leute aus dem Westen haben wohl immer Kredit.«

Lauras leise und etwas bockig vorgetragene Geschichte lautete folgendermaßen: Eines Samstagnachts im Mai sollte am Strand zwischen Kühlungsborn und Heiligendamm eine Party steigen. Lagerfeuer, Musik, jede Menge Wein, Bier und Schnaps und so viel Ecstasy, dass man eine ganze Loveparade damit hätte versorgen können.

»Ich weiß nicht, wer das Zeug immer besorgt hat. Vielleicht hat Achim es aus Hamburg mitgebracht. Keine Ahnung. Ich habe auch wegen des Babys nichts genommen. Aber ich habe genau gesehen, wie Falk aus seiner Hosentasche ein Tütchen mit kleinen orangefarbenen Pillen zog und sie Severin reichte. Der wollte nur eine nehmen, aber Falk hat ihn zu einer zweiten überredet. Und eine Stunde später ist Severin umgekippt.«

Panik brach aus. Jasmin konnte sich die Situation gut vorstellen. Die jungen Leute wussten nicht, was tun, alle voll gepumpt mit Amphetaminderivaten – hoher Puls, unendliche Leistungsfähigkeit und kein Gefühl mehr für Hunger, Müdigkeit oder Durst. Die Körpertemperatur eines Ecstasy-Konsumenten konnte binnen kurzem über vierzig Grad steigen. Und da lag nun einer im Sand, glühend wie eine Herdplatte und mit verhuschtem Puls auf zweihundert. Der Weg nach Kühlungsborn war weit. Es hätte gedauert, bis ein Arzt da war. Handys waren damals noch nicht üblich.

»Wir haben ihn ins Meer geschleift, um ihn abzukühlen«, berichtete Laura weiter. »Zum Glück hat er das Bewusstsein wiedererlangt, sodass wir ihm Wasser einflößen konnten. Aber Severin hat seitdem einen Herzschaden. Und Falk, den hat nur interessiert, wie man die Spuren verwischt. Er hat uns dazu angetrieben, alles aufzuräumen und keinerlei persönliche Gegenstände zurückzulassen, keine Flasche, kein Taschentuch, gar nichts. Und niemandem sollten wir davon erzählen. Aber irgendwer muss doch was erzählt haben, denn die Polizei hat eine Weile herumgefragt. Doch die Rosenstock-Brüder haben dichtgehalten, und die anderen hatten zu viel Angst vor ihnen, um was zu sagen.«

Laura schwieg so unvermittelt, wie sie angefangen hatte zu reden, starrte knapp neben ihre Teetasse und wickelte sich eine Haarlocke um den Zeigefinger.

Jasmin blickte verstohlen auf die Uhr. Das Erscheinen der Polizei in Peerhagen war der Beweis, dass die Brüder immer zusammengehalten hatten – keiner verpfiff den anderen –, und darum konnte Lauras Geschichte nicht stimmen, jedenfalls nicht ganz.

»Und was möchten Sie, dass ich nun schreibe?«, fragte Jasmin.

Laura wandte mit schildkrötenhafter Eleganz den Kopf und

blickte Jasmin an. »Die Wahrheit. Falk war immer krankhaft eifersüchtig auf Severin. Also macht er mir ein Kind. Und dann versucht er seinen Bruder aus dem Weg zu schaffen. Und das wird alles vertuscht. Schreiben Sie das.«

»In Journalistenkreisen ist es üblich«, gab Jasmin zu bedenken, »dass Geschichten gegenrecherchiert werden, so glaubwürdig sie auch erscheinen mögen.«

Laura sah sie fragend an.

»Ich müsste Severin und Falk dazu befragen.«

»Auf keinen Fall! Dann wüssten die doch sofort, dass ich Ihnen das erzählt habe. Glauben Sie, dass ich dann noch einen Cent für Ronja kriege?«

Jasmin zog die Brauen hoch. »Da wird das Jugendamt schon für sorgen, wenn Falk der Vater ist. Das ist ja das Schöne an unserem Staat. Uneheliche Kinder sind nicht mehr von der Willkür der Väter abhängig.«

»Aber Falk würde sich an mir rächen, das weiß ich. Irgendwie würde er sich rächen. Er würde mir das Hotel wegnehmen, das weiß ich.«

Jasmin lehnte sich im Sessel zurück. Wozu argumentierte sie überhaupt? »Frau Eppen«, sagte sie, »ich werde mich um den Fall kümmern. Das sieht in der Tat nach einem Riesenskandal aus. Aber da ich die Brüder Rosenstock nicht direkt befragen kann, muss ich verdeckt recherchieren, und das kann eine Weile dauern.«

Laura musterte sie mit den gleichen bohrenden Knopfaugen, die auch Ronja hatte. »Sie glauben mir nicht. Sie denken, ich sei nicht ganz dicht. Dabei hatte ich Sie für intelligenter gehalten. Aber Sie sind auch nur so eine, die sich vom Geld blenden lässt. Sie wollen gar nicht wissen, was Falk für einer ist. Aber sagen Sie

nicht, ich hätte Sie nicht gewarnt. Er wird Sie genauso sitzen lassen wie mich.«
Jasmin musste sich ein Lachen verbeißen. Es gelang ihr, ihre Tasse mit Pu-Erh-Tee in einem Zug zu leeren und sich rasch zu verabschieden. Kopfschüttelnd ging sie zu ihrem Auto. Im Grunde war jeder Mensch ein Liebesdieb, wenn er Gelegenheit dazu bekam. Laura war schlichtweg eifersüchtig. Allerdings auf den Falschen.

Währenddessen verbrachte Nicole ihren Nachmittag auf der Bank. Wenn man viel Geld brauchte, ging man auf eine Kleinstadtbank. Bad Doberan mit seinem Kopfsteinpflaster, Backsteingotikmünster, Severin-Pavillon im Stadtpark und den Schienen der Schmalspurbahn Molli, die mit Dampflok und rotgelben Wägelchen mitten durch die Gassen des Orts schnaufte, puffte und bimmelte, war da genau richtig. Goldrichtig.
Die Bank, die sich Nicole ausgesucht hatte, war in einem klassizistischen Gebäude untergebracht. Ganz Dame, verlangte sie sogleich den Filialleiter zu sprechen.
Der war nach einem raschen Blick auf Nicoles Goldarmbänder, Diamantring und Brillantohrstecker ausgesucht höflich und verständnisvoll.
»Sehen Sie«, erklärte sie ihm, »ich habe hier einen Scheck über zwei Millionen Euro von meinem Vater Karlheinz Tiller. Sie können ihn gern anrufen und sich vergewissern, dass er ihn ausgestellt hat.«
Der Filialleiter winkte ab. »Sie sind für uns doch durchaus keine Unbekannte, Frau Rosenstock.«
Nicole lachte. »Rosenstock erst ab kommendem Freitag.« Aber

das sei auch gerade ihr Problem. Sie wolle ihrem Künftigen nämlich eine Jacht schenken, sei aber momentan nicht flüssig. Die Jacht liege in Warnemünde und sei eine einmalige Gelegenheit. Der Besitzer müsse eilig verkaufen. Sie habe hier zwar einen Scheck ihres Vaters, aber der habe sie gebeten, ihn erst in zwei Wochen einzulösen, nachdem er kurzfristig einen Batzen Steuern habe nachzahlen müssen …

Hier grinste der Filialleiter verständnisinnig.

… und einige Außenstände aus Staatsaufträgen noch nicht eingetroffen seien. Der Staat sei ja stets der säumigste Zahler.

Nicole fand es immer wieder verblüffend, wie gern Menschen Geschichten glaubten, wenn sie nur verwickelt genug waren.

»Kein Problem«, befand der Filialleiter. Dann werde man Frau Tiller, bald schon Rosenstock, eben kurzfristig mit einem Kredit aushelfen. Wie viel es denn sein dürfe? Zwei Millionen? Überhaupt kein Problem. Wenn sie morgen mit dem Besitzer der Jacht wiederkomme, werde sie ein gedecktes Konto vorweisen können, auf das sie einen Scheck von einer Million Euro werde ausstellen können.

Zum Abendessen gab es Pasta mit Oliven und Schafskäse als Vorspeise, dann gebratenes Kalbfleisch mit jungen Brechbohnen. Zum Nachtisch servierte Sieglinde Apfelkuchen. Da Adeltraud fehlte, kam keine Unterhaltung zustande.

Nicole versuchte eine Weile, die Aufmerksamkeit auf sich und die Arbeit zu richten, die sie mit den Hochzeitsvorbereitungen hatte – Besprechung des Drehbuchs mit der Hochzeitsagentur, Anprobe des Hochzeitskleids morgen, Tischkarten in der Druckerei abholen und überprüfen –, gab es dann aber auf.

Severin sprach wenig, Günter Rosenstock fast gar nichts. Jasmin

ertappte sich dabei, dass sie nicht über ihr Problem mit Severins Zurückhaltung grübelte, sondern vielmehr ununterbrochen über die widersprüchlichen Geschichten, die sie über Falk gehört hatte, den lieben, aufrechten Jungen in den Augen seiner Mutter, den Lügner in Geldnöten nach den Worten seines Bruders und den finsteren Wüstling nach Lauras Darstellung.
Falk selbst war an diesem Abend auffällig zivil angezogen. Wieder war er erst im letzten Moment erschienen, als man schon Platz nahm, und offenbar kam er direkt aus Berlin. Mit keinem Blick und keinem Wort hatte er bislang ihr gegenüber angedeutet, dass er sie vollständig entlarvt hatte und sie mithin gänzlich seiner Gnade ausgeliefert war. Wann immer er wollte, konnte er sie vor Nicole, seinem Vater, seinem Bruder und seiner Mutter auffliegen lasse.
Doch seltsamerweise machte ihr das keine Angst. Nicole wusste ohnehin, dass sie etwas vorhatte, und seinen Vater würde er nicht ins Vertrauen ziehen. Das war der gemeinsame Nenner aller Geschichten, die sie über ihn gehört hatte. So wie sie ihn einschätzte, würde er zunächst das Gespräch mit ihr suchen, bevor er seine Informationen dem Familienrat unterbreitete. Vermutlich war Falk wütend, wahrscheinlich würde er sie erneut auffordern, das Haus zu verlassen. Aber auch davor fürchtete Jasmin sich nicht. Sie würde Gelegenheit bekommen, die Dimensionen seines wahren Charakters auszuloten. Severin galt es nur zu verführen – eine reine Routineangelegenheit –, aber Falk galt es zu entschlüsseln.
Ihr wurde eigenartig warm, als ihre Gedanken so weit gediehen waren. Eigentlich passte es ihr gar nicht in den Kram, dass Nicole plötzlich auf einem Weiberabend bestand und Falk, Severin und deren Vater mit dem Ausruf »Dann machen wir zwei

beide uns einen gemütlichen Abend, was Jasmin?« dazu brachte, dass sie sich mit der Behauptung, sie hätten noch zu tun, in ihre Räume zurückzogen.

»Wir Frauen müssen doch zusammenhalten«, erklärte Nicole, als sie nach dem Essen im Salon alleine waren. »Ich habe mir Folgendes überlegt. Du hast ja Recht, es war nicht fair, was ich dir angetan habe. Dir steht gewissermaßen eine Entschädigung zu. Das ist ganz normal. Ich habe gestern behauptet, du seist nichts ohne mich, aber umgekehrt ist es auch so. Ich habe dich gebraucht.«

»Nicole …«, hub Jasmin an.

»Nein, warte. Du sollst deine Million haben.«

Jasmin schluckte.

»Obgleich es nicht stimmt, was du behauptest, nämlich dass mein Vater …«, sie blickte sich zu den Türen um und senkte die Stimme, »… pleite sei. Im Gegenteil, er ist voll im Geschäft, wie du schon daraus ersehen kannst, dass er mir heute diesen Scheck hier geschickt hat.«

Jasmin zählte verwirrt die Nullen.

»Diesen Scheck werde ich morgen auf mein Konto auf der Bank in Bad Doberan einzahlen, und du wirst Zeugin sein. Drei Tage dauert es, bis mir die Summe gutgeschrieben wird. Deinen Scheck werde ich gleich nachher ausfüllen. Freitagnachmittag, spätestens Montagfrüh kannst du ihn dann einlösen.«

»Nicole! Du hast die Unterschrift deines Vaters gefälscht. Er kann dir den Scheck nicht so schnell geschickt haben.«

Nicole lachte. »Schau dir das Datum an. Papa hat ihn mir schon vor ein paar Tagen geschickt, für die Hochzeit und all das. Ab Freitag, spätestens ab Montag bist du reich, Jasmin. Ich werde doch meine beste Freundin nicht im Regen stehen lassen.«

Lachend legte Nicole den Arm um sie und drückte sie kurz an sich.
Jasmin war beinahe gerührt.

Als Severin zwei Stunden später herunterkam, fand er auf dem Sofa zwei glänzend gelaunte und bei jedem Anlass loskichernde junge Frauen vor. Das beruhigte ihn, beunruhigte ihn aber auch zugleich. Er schätzte den Frieden und fürchtete sich vor stutenbissigen Weibern. Andererseits begriff er nicht ganz, wie sich zwei Frauen verbrüdern konnten, zwischen denen er sich entscheiden musste. Wobei ihm Nicoles langgliedrige Gestalt plötzlich langweilig vertraut vorkam und Jasmins Figur reizvoll und ungemein attraktiv.
Für die begehrliche Richtung seiner Sinne suchte er rationale Begründungen. Schon als Studentin war Jasmin fleißig und gewissenhaft gewesen. Anders als Nicole würde sie in der Firma mitarbeiten wollen, und vielleicht konnte er ihr die langweilige Hauptlast der Geschäfte übertragen. Mit Jasmin hätte er den besseren Griff getan. Das würde auch dem Patriarchen schnell einleuchten. Dass Adeltraud Jasmin sympathischer fand als Nicole, hatte Severin noch nicht mitgekriegt, denn er war kein guter Beobachter. Allerdings wusste er, dass sie Nicole nicht sonderlich mochte.
Nur würde Nicole ihn nicht so ohne weiteres gehen lassen. Und er war kein Kämpfer. Gar nicht. Sie würde ihre Drohung wahr machen und dem Patriarchen ein paar Details aus seinem, Severins, Leben stecken, die sein Vater gar nicht gutheißen würde. Das musste er Jasmin unbedingt erklären. Sie würde ihn verstehen. Vielleicht wusste sie sogar, was man tun konnte, um Nicole zum Schweigen zu bringen. Doch während er hoffte,

dass Nicole ihn mit Jasmin alleine lassen würde, war es Jasmin, die sich plötzlich erhob und sich ins Bett verabschiedete.
Er kippte seinen Whiskey hinunter und behauptete, ebenfalls müde zu sein. Nicole stand auf und schmiegte sich an ihn, was er mit, wie er meinte, ausreichender Zärtlichkeit beantwortete. Doch sie trat einen halben Schritt von ihm zurück und musterte ihn.
»Du würdest wohl jetzt doch gern alles absagen, hm, Severin?«
Leider war er zu betrunken, um sich auf die Grundzüge diplomatischer Ausflüchte zu besinnen, darum sagte er lieber gar nichts.
»Jasmin ist ein raffiniertes kleines Ding. Sie ist bei mir in die Schule gegangen. Sie hat sich wirklich gemacht, das muss ich zugeben. Und irgendetwas hat sie für dich schon damals gehabt, als sie noch eine mollige ungepflegte Studentin war. Darum mache ich dir jetzt einen Vorschlag, Severin. Tu, was du nicht lassen kannst. Schlaf mit ihr, wenn es sein muss. Sonst wirst du immer das Gefühl haben, du hättest etwas verpasst. Aber tu mir den Gefallen und mach es diskret. Und am Freitag sind wir wieder zwei vernünftige Menschen mit vielen Gemeinsamkeiten und keinerlei Geheimnissen voreinander und heiraten.«
Ein Schwall von Sympathie brodelte in Severins wenig differenziertem Innenleben hoch. Er zog seine künftige Frau begeistert an sich.
Warum sollte er sie nicht beide haben? Ja, warum eigentlich nicht?

Währenddessen stieg Jasmin erschöpft vom vielen falschen Gelächter die Treppe hinauf. Stufe für Stufe legten sich in ihrem Hirn die Schalter um. Was machte sie hier? Wozu wollte sie

Severin eigentlich zurückhaben? Wo war ihre große Liebe geblieben? Verbissen hatte sie ihr Glück heute Nachmittag gegen Gloria verteidigt. Aber wie so oft, wenn man endlich aussprach, was Jahre über im Gefrierfach der Seele gelegen hatte, dann war es auch gut damit. Dann war es erledigt. Vorbei, gegessen, verdaut und ausgeschieden. Was genau hatte sie an Severin jemals geliebt? Seine Unentschlossenheit, seinen Mangel an Sensibilität, seine Verführbarkeit? Und ihn verführen, nur um zu beweisen, dass sie es konnte, war das noch nötig? Nicole hatte ihre Niederlage im Grunde bereits eingeräumt. Eine Million betrug das Lösegeld, mit dem sie sich Severin erkaufte. Und mit einer runden Million im Rückreisegepäck konnte ihr, Jasmin, überdies Glorias Kündigung egal sein. Und genau darum konnte sie sogar morgen nach Berlin zurückkehren, ganz wie Gloria es wünschte, und wurde nicht entlassen.

Jasmin schwindelte etwas. Es ging zu schnell. Das Gerüst von fünf Jahren brach mit Karacho zusammen. Doch erst nachdem der Staub verflogen war, würde sichtbar werden, ob sich dahinter überhaupt ein tragfähiges Gebäude befand.

Gedämpfte Stimmen ließen sie auf dem Flur im ersten Stock innehalten. Sie kamen aus einem Zimmer, dessen Tür nur angelehnt war. Jasmin hielt die Luft an und lauschte.

»Und das fällt dir jetzt ein?«, hörte Jasmin Günter Rosenstock sagen. »Drei Tage vor der Hochzeit?«

»Es sind neue Fakten aufgetaucht«, antwortete Falk.

»Und nun möchtest du, dass ich Severins Hochzeit mit Nicole verbiete? Bist wohl selber scharf auf Nicole.«

»Vater, bitte! Die Sache ist ernster. Rosenstock hatte Geschäftsverbindungen mit Tiller. Severin hat …«

Jasmin hörte den Alten lachen. »Du verzeihst es mir wohl nie, dass ich Severin zu meinem Nachfolger bestimmt habe und nicht dich.«

Die gequälte Stille, die jetzt aus dem Türspalt quoll, bewog Jasmin, sich eilig aus dem Staub zu machen. Doch zu spät. Sie hörte, wie jemand hinter ihr eine Tür unsanft zuzog, und dann den leisen Ruf: »Jasmin!« Im nächsten Augenblick packte Falk sie am Arm. »Gut, dass ich dich treffe. Wir müssen unbedingt miteinander reden.«

Sie machte sich los. »Eigentlich wollte ich ins Bett. Ich …«

»Zwei Minuten wirst du schon für mich erübrigen müssen.«

Er öffnete am Ende des Flurs eine Tür. Das Licht erhellte einen relativ nüchternen Raum mit zwei Zeichentischen und großen grauen Containerschränken.

»Du hast eben gelauscht?«, war seine erste Frage, nachdem er die Tür zugemacht hatte.

»Es ließ sich kaum vermeiden«, erwiderte sie etwas zerstreut. Sie hätte gern herausbekommen, was in diesem Zeichenzimmer vor sich ging, aber Falks Figur verstellte den Blick auf das Zeichenbrett, in dem eine Skizze aus farbigen Linien klemmte.

»Jasmin, ich war heute in Berlin bei deiner Chefin. Ich weiß, wer du bist und was du tust. Du trennst Liebespaare, du zerstörst Lebensglück, du verhinderst Hochzeiten, sobald irgendein Verwandter das wünscht, ohne dich zu fragen, warum er das wünscht und ob zu Recht.«

»Wir finden nur die Sollbruchstelle, an der eine Beziehung früher oder später zerbrechen würde.«

»Dass ich nicht lache! Und Severin? Verführst du den auf eigene Rechnung? Dann, fürchte ich, habe ich deiner Chefin heute ein paar Lichter aufgesteckt.«

»Stimmt.« Jasmin lächelte, als wäre dies alles nur ein hübsches Spiel. »Sie hat auch schon wutschnaubend angerufen.«
»Und?«
»Zu spät. Wenn die Dinge einmal ins Rollen gekommen sind, kann man sie nicht mehr aufhalten.«
»Und wenn ich Severin sage, wer du bist und was du vorhast?«
Jasmin schüttelte lächelnd den Kopf. »Das hilft euch nichts. Männer lieben professionelle Verführerinnen. Beim übermütigen Versuch zu testen, ob sie widerstehen können, verstricken sie sich unweigerlich ins Netz.«
»Verstehe. Wir armen Tröpfe haben gar keine Chance, wenn eine Frau wirklich will. Seltsam nur, dass es so viele unglücklich liebende einsame Frauen gibt. Ganz so einfach ist es wohl doch nicht.«
»Doch, es ist ganz einfach. Die sechste Regel im Buch der Verführung, das ich eines Tages schreiben werde, lautet: Zeige einem Mann niemals, dass du ihn zu deinem Glück brauchst. Dann braucht er dich.«
Falk schüttelte verblüfft lachend den Kopf. »Aber eines verstehe ich noch nicht.«
Jasmin blickte ihn aufmerksam an.
»Ist es Eitelkeit, dass du allein auf deine weiblichen Verführungskünste setzt? Oder warum hast du dir nicht längst meinen Vater als Verbündeten gesucht? Du weißt, wie es um Tiller bestellt ist. Dir würde mein Vater sogar glauben.«
Jasmin stutzte. »Bislang fehlen mir die Beweise.«
Falk lachte auf. »Es fällt mir schwer, dir das abzunehmen. Dein Kollege und … und Freund Rolf hat doch jede Menge überzeugende Indizien zusammengetragen.«
Offenbar hatte Gloria Falk die Informationen zukommen las-

sen, die sie ihr heute Nachmittag noch verweigert hatte. Aber warum?

»Oder wolltest du auch uns vernichten, Jasmin?«, fragte er.

Sie erschrak. »Nein ... äh. Wie könnte ich denn?«

»Das verrate ich dir lieber nicht. Aber aus den Unterlagen, die du im Zug studiert hast, geht soweit ich mich erinnere hervor, dass wir zeitweilig eine Geschäftsverbindung mit Tiller hatten. Glücklicherweise ist sie seit drei Jahren gelöst. Damals hatte sich Severin mit Nicole verkracht.«

»Na, dann kann euch ja nichts passieren. Aber wenn du meinst, dass es hilft, dann gehe ich jetzt sofort zu deinem Vater und erkläre ihm, dass Karlheinz Tiller vor einem riesigen Betrugsskandal steht«, bot Jasmin an. Das würde sie allerdings die Million kosten, die Nicole ihr als Schweigegeld angeboten hatte.

Doch auf Falks Stolz war Verlass. »Nein, danke«, sagte er. »Wenn der Patriarch auf mich nicht hören will, muss er eben fühlen.«

»Würde er Severins Hochzeit mit Nicole denn wirklich verbieten?«

»Ja. Aber eigentlich will er nicht, dass noch etwas dazwischenkommt. Darum weigert er sich heute, mir zu glauben. Wir alle wollen, dass Severin Nicole heiratet. Das wirst auch du nicht mehr verhindern mit deiner Raffinesse, deinen unschuldigen Sommersprossen und deinen naiven blauen Augen. Nicole ist scharf auf sein Geld, das schon, aber Geld war schon immer ein Anreiz, Anstrengungen in Kauf zu nehmen. Sie weiß, worauf es bei Severin ankommt. Sie hat ihn gut im Griff.« Er seufzte und trat ans dunkle Fenster. »Und ich kann endlich mein eigenes Leben leben.«

»Was meinst du damit?«

Falk antwortete nicht. Er starrte aus dem Fenster. Jasmins Blick wanderte von seinem Rücken zum Zeichenbrett, das er endlich freigegeben hatte.

»Oh!«, rief sie. »Du entwirfst Küchen! Und ich dachte ...«

Er drehte sich zu ihr um. »Nein, ich bin nicht der reiche Nichtsnutz, für den du mich hältst. Ich bin Industriedesigner. Eigentlich will ich Boote entwerfen, aber in diesem Segment konnte ich bisher nicht Fuß fassen. Doch letztes Jahr gelang es Severin, meinen Vater zu überreden, sich von mir die ultimative Küche für Miniwohnungen und Kochnischen entwerfen zu lassen. Ein Baukastensystem aus Recyclingplastik im Topdesign zum Selbstmontieren. Nie mehr die aus Erbstücken und Vormieterresten zusammengestückelte Fettansammlungsstelle unterm Schrägdach mit Schimmel hinter der Spüle.« Falk trat an den Bürotisch und schlug eine von mehreren großformatigen Mappen auf. »Die Küchenlinie Clarissa, erschwinglich für die Studentin mit erster eigener Wohnung oder für den Hausstand junger Eheleute mit kleinem Einkommen und hohen ästhetischen Ansprüchen. Die Händler sind sehr interessiert. Aber die Vorbestellungen würden noch besser laufen, wenn Vater ein größeres Werbebudget dafür lockermachen würde. Leider haben Vater und Severin einen Hang zum Luxuriösen. Rosenstock, der Porsche unter den Küchen. Ich halte das für einen Irrtum. Die Leute wechseln ihre Luxusküchen nicht so oft wie ihre Luxuslimousinen. Eine Küche hat man zwanzig Jahre, einen Porsche vielleicht acht.«

»Sehr schön«, bemerkte Jasmin versonnen, »aber sollte man dann nicht auf dieses Trumm von Herd verzichten. Wenn man alleine lebt, braucht man selten eine große Backröhre. Dafür aber eine Mikrowelle. Und die steht dann immer extra herum.

Und zwei Kochplatten reichen vielen auch. Andere wiederum hätten lieber einen Grill für die fettarme Zubereitung von Fisch und Fleisch. Warum nicht eine Kochstelle, die man sich aus den Elementen zusammenbaut, die man wirklich braucht?«

Sie blickte Falk an, aber der starrte auf seine Skizze.

»Und außerdem könnte man Köcher für Kochlöffel, Kellen und solches Gerät an der Kochstelle platzieren. Dann fällt das Herumkramen in Schubladen weg. Und für die Topflappen sollte es Haken direkt am Herd geben, dort, wo sie gebraucht werden. Warum nicht sogar an der Front. Dann ist das eine Bewegung, wenn das Essen fertig ist – Herdplatte ausstellen, Hand rüber und Topflappen greifen, hoch damit, Topf von der Kochstelle nehmen. So etwa.«

Jasmin vollendete die imaginäre Schwerstarbeit am Herd, indem sie einen unsichtbaren Topf auf dem Tisch abstellte, und blickte Falk triumphierend an. Seine Augen funkelten schwarz, seine Lippen waren halb geöffnet.

»Aber ich will natürlich nicht an deinen Entwürfen herummäkeln«, sagte sie lächelnd. »Du müsstest nur hier …«

Urplötzlich hatte er ihre Hand eingefangen, hielt sie fest, zog Jasmin an sich und küsste sie – heiß, weich, leidenschaftlich, rau und beschämt. Und nur widerstrebend ließ er wieder locker. »O Gott, Jasmin. Verzeih mir, aber das … das musste einfach sein.« Er ließ sie nicht los. »Das wollte ich schon vor ein paar Tagen tun, als du mein ausgeklügeltes Arrangement von Mamas Küche zerlegtest. Ich glaube, das war der Augenblick, da ich mich in dich verliebt habe. Oder war es schon im Zug nach Rostock? Und eigentlich habe ich mich in dich verguckt – allerdings mehr in deinen hübschen Hintern –, als wir uns zum ersten Mal am Roten Rathaus begegneten.«

Jasmin schwindelte. Gut, dass er sie festhielt.

»Sag jetzt lieber nichts dazu«, flüsterte er und strich ihr sachte eine Strähne aus dem Gesicht. »Sag lieber nichts, denn ich fürchte, du hast in meiner Gegenwart noch nie die Wahrheit gesagt, und solltest du mir jetzt erklären wollen, auch du hättest dich in mich verliebt, so dürfte ich dir das auf keinen Fall glauben.«

»Aber wenn ich sagen würde, ich liebe Seve…«

»Scht!« Er legte ihr den Finger auf die Lippen. Als er sicher war, dass sie still blieben, küsste er sie noch einmal, diesmal langsam und besonnen und ein wenig traurig.

»… dann brauchtest du mir auch das nicht zu glauben«, vollendete Jasmin den Satz, nachdem sie wieder atmen konnte.

Übermut sprudelte in ihr hoch. In drei Sekunden hatte sich ihr Leben geändert.

Ihr Körper fühlte sich angekommen in Falks Armen. Die Härchen stellten sich auf, ihre Seele schnurrte. Es bedurfte nur einer kleinen Anfrage seinerseits – ein Zucken seiner Hand in Richtung ihres Schlüsselbeins – und einer knappen Antwort ihrerseits – ein kurzer Strich mit dem Handrücken seinen Bauch abwärts –, um sie beide um den Verstand zu bringen. Falk hob Jasmin hoch und sang leise:

»Da behielt ich meinen Kopf nicht oben
Und ich blieb nicht allgemein.
Ach, es schien der Mond die ganze Nacht
Und es ward das Boot am Ufer festgemacht
Und es konnte gar nicht anders sein!
Ja, da muß man sich doch einfach hinlegen
Ja, da kann man doch nicht kalt und herzlos sein.

Ach, da mußte so viel geschehen
Ja, da gab's überhaupt kein Nein.«

Während er die letzte Strophe des Barbara-Songs aus Brechts *Dreigroschenoper* zu Ende brachte, trug er sie nach nebenan in ein Schlafzimmer und legte Jasmin, die unter seinen Tönen schauderte, auf seinem Bett ab. Alles, was sie einzuwenden und zu bedenken gehabt hätte, verschob sie auf später, viel später.

Unterdessen klopfte Severin an Jasmins Zimmertür, erhielt keine Antwort, legte die Hand auf die Klinke, zog sie jedoch wieder zurück und begab sich stirnrunzelnd ins gemeinsame Schlafzimmer zu Nicole.

»Was tun wir hier eigentlich?«, fragte Jasmin endlich mitten in der Nacht.
»Ich lausche deinem Atem«, antwortete Falk. Sie spürte seine Stirn und Nase an ihrem Oberarm. Seine Hand schlich sich unter der Bettdecke auf ihren Bauch. Ein Mondschnitz war im Fensterviereck erschienen.
»Ich muss aber darüber reden«, sagte sie. »Wir Frauen müssen immer darüber reden. Falk, du musst wissen, dass ich ...«
»Ich weiß, Jasmin, du liebst Severin. Keine Sorge, ich bin auch nicht der Mann zum Heiraten.«
»Warum eigentlich nicht?«
»Ich habe kein Geld.«
Jasmin lachte tief aus dem Bauch heraus in seine Hand hinein, die auf ihrem Nabel lag. »Geld? Ich brauche kein Geld. Das verdiene ich selber.«
Falk strich über ihren Nabel. »Gut.«

»Nicht viel natürlich, gerade mal das Fleißkärtchenbudget. Ein Auto kann ich mir davon kaufen, allerdings nicht auch noch so eine Uhr dazu, wie du sie trägst. Aber wer weiß, vielleicht geht das eines Tages auch.«

»Die Uhr habe ich mir nicht gekauft, die hat meine Mutter mir letztes Jahr zum Dreißigsten geschenkt. Ich bin ein teuer herausgeputzter armer Mann. Wirklich.«

Jasmin drehte sich zu ihm hin und legte den Arm über seine Brust. Sie war für ihren Geschmack eigentlich viel zu behaart, kam ihr aber im Moment köstlich kraus vor. Falk stieß ein glucksendes Gelächter aus und schlang erneut seine Arme um sie.

14

Die ersten Sonnenstrahlen leckten am Fensterrahmen, als Falk erwachte. Jasmin schlief noch. Vorsichtig verließ er das Bett, um seine Zukunft in Angriff zu nehmen, sammelte seine auf dem Boden verstreuten Kleider ein und zog sich draußen im Arbeitszimmer an. Dann musste er aber doch noch einmal zurück, um seine Uhr vom Nachttisch zu holen.

Die noch tief stehende Sonne hatte inzwischen die südöstliche Hausecke so weit umrundet, dass sie das Zimmer fluten konnte. Und Jasmin war wach. Aus den Laken strahlten ihn ihre aquamarinblauen Augen an. Ein wunderbares Lächeln erhellte ihr Gesicht.

Falk sank auf die Bettkante, legte sich die Uhr an und umschloss dann Jasmins Hand, die in seine kroch.

»Ich muss für ein paar Tage nach Berlin«, sagte er und strich ihr die Haare aus dem Gesicht.

»Aber …«

»Es geht um meine Zukunft.«

Hektische Überlegungen flatterten über Jasmins Gesicht. »Falk, könntest du … könntest du mich nicht mitnehmen?« Sie richtete sich halb auf. »Ich muss ebenfalls nach Berlin. Gloria hat

mich zurückbeordert. In einer halben Stunde wäre ich startklar. Allerdings müsste ich noch meinen Mietwagen am Rostocker Bahnhof abliefern. Aber das wäre für dich kaum ein Umweg.«
Ein Schatten verdunkelte ihre Miene. »Ach nein, das geht ja nicht. Nicole will ihr Hochzeitskleid anprobieren, und ich habe versprochen, sie zu begleiten. Doch vielleicht könnte ich das absagen.« Sie strahlte wieder.
Falks Seele schwankte wie Röhricht im Sturm am Boddenufer. Denn schon huschte erneut ein Schatten über Jasmins Gesicht.
»Ach nein, das geht auch nicht. Wir wollten doch Ronja nach Rostock mitnehmen. Sie braucht dringend etwas Anzuziehen für die Hochzeit.«
»Jasmin«, sagte er, sich zur Ruhe zwingend, »ich weiß deinen Versuch sehr zu schätzen, mich irgendwie in deine Pläne zu integrieren. Aber wir sollten uns nichts vormachen. Ich bin für dich doch nur die zweite Wahl. Du musst tun, was du nicht lassen kannst. Ich stelle mich dir nicht länger in den Weg. Und ich … ich wünsche dir dafür alles Glück der Welt.«
Damit riss er sich los und flüchtete aus seinen Räumen.
Zwanzig Minuten später holperten die Reifen seines Wagens in Bad Doberan über die Gleise der Schmalspurbahn Molli, und ihm fiel ein, dass er die entscheidenden Unterlagen in Peerhagen vergessen hatte. Er fluchte und kehrte um. Man konnte nicht leise die Auffahrt zu Haus Peerhagen hinunterfahren, aber er konnte leise das Haus betreten und die Treppe hinauf ins Zeichenbüro huschen. Die Tür zum Schlafzimmer stand offen, das Bett war leer. Falk nahm zwei der großformatigen Mappen mit den Abbildungen seiner Küchenentwürfe vom Tisch und wollte sich eben in aller Stille wieder davonmachen, als er von der Terrasse herauf Stimmen vernahm.

Er trat ans gekippte Fenster und blickte hinab. Jasmin und Nicole frühstückten am Terrassentisch.
Falk sah, wie Nicole gerade mit einem schmalen Blatt Papier wedelte, offenbar einem Scheck, und es Jasmin über den Tisch hinweg neben den Teller schob, und er hörte, wie sie sagte: »Und nun können Severin und ich in Ruhe heiraten, gell?«
Er fuhr vom Fenster zurück. Jasmin ließ sich bezahlen? Daher ihre vage Andeutung heute Nacht, dass sie bald mehr Geld haben werde. Falk wollte gar nicht wissen, wie viel ihr der Verzicht auf ihre große Liebe wert war. Wenn ihre Liebe nicht mehr wert war als Geld, brauchte er nicht mehr über Jasmin zu wissen. Es genügte, um in ihm alles zu zertrümmern, was er für sie empfunden hatte, jegliche Sympathie, seine Trauer, alles.

Das Kleid war ein Traum, und es stand Nicole vorzüglich.
»Findest du nicht, dass es ein bisschen zu lang ist?« Nicole versuchte unter dem an ihr hinabgleitenden goldfarbenen Wildseidentaft ihre Füße zu entdecken.
»Nein«, antwortete Jasmin. »Wenn du dich gerade hinstellst und dieselben Schuhe anhast, dann endet der Saum genau zweieinhalb Zentimeter über dem Boden. Es ist perfekt.«
»Und die Falten hier am Bauch? Ich bin zu fett.«
»Du spinnst.«
Jasmin saß in einem kleinen Sessel in der privaten Schneiderei in einem der roten Klinkerblocks von Rostock-Reutershagen und quälte sich entsetzlich.
Nicoles Nabelschau schien kein Ende nehmen zu wollen. Ronja hatte schon zweimal die Schale mit Keksen leer gefressen, die von einer Assistentin wieder aufgefüllt worden war, während die Schneiderin mithilfe etlicher Stecknadeln letzte Hand an

Nicoles Traum aus golden schimmernder Seide mit Rüschenbesatz am Dekolleté legte.
Wieder einmal nahm Jasmin sich vor, niemals auf diese Weise zu heiraten, nicht mit diesem sinnentleerten Pomp. Was Altes, was Neues, was Geliehenes und was Blaues solle man, hatte Tante Hortensie – die Gattin des Dorfmetzgers – immer gesagt, tragen, wenn man vor den Altar trete. »Something old, something new, something borrowed, something blue and a silver sixpence in your shoe«, lautete das viktorianische Original. Das Alte für die Familie, das Neue für die Zukunft, Blau als Zeichen der Treue, das Geliehene als Symbol der Freundschaft, der Silberling zur Beschwörung des Wohlstands. Nur für Letzteres hätte Nicole Sinn gehabt.
Warum nur, fragte Jasmin sich zum wiederholten Mal und mit wachsender Sorge, war sie heute früh nicht mit Falk nach Berlin gefahren? Das hätte auch Gloria zufrieden gestellt. Warum hatte sie sich, als sie in Falks Laken erwachte, von seinen markigen Sprüchen ins Bockshorn jagen lassen, er sei für sie ja doch nur zweite Wahl und verzichte? Nun ja, er hatte sie nicht zu Wort kommen lassen. Hätte sie ihm splitternackt durchs Haus hinterherrennen sollen? Und nachdem sie sich angekleidet hatte, war er schon verschwunden gewesen.
Was war ihr anderes übrig geblieben, als mit Nicole zu frühstücken? Dann hatten sie Severins Mercedes ML bestiegen, Ronja von der Schule abgeholt und waren nach Rostock aufgebrochen. In Bad Doberan hatte Nicole Halt gemacht, Ronja befohlen, im Auto zu bleiben, und sie, Jasmin, in eine Bank geführt, damit sie zusah, wie der Filialleiter Vater Tillers Scheck auf einem Konto verrechnete, dessen Nummer mit der auf dem Verrechnungsscheck identisch war, den sie beim Frühstück bekommen hatte.

Alles falsch. Es war alles falsch gelaufen.
Aber aus dem Versprechen Ronja gegenüber war sie einfach nicht mit Anstand herausgekommen. Kinder versetzte man nicht, nur weil man sich verliebt hatte. Gerade Kinder nicht, die immer das Nachsehen hatten, wenn Erwachsene sich selbst verwirklichten. Vermutlich hätte es Ronja sogar verstanden, wenn sie ihr erklärt hätte, dass sie sofort nach Berlin müsse, weil ihre Chefin sauer sei und sie andernfalls entlassen werde. Aber das war ihr auf einmal selbst wie eine Lüge vorgekommen, wie eine faule Ausrede, denn nicht wegen Gloria wäre sie mit Falk nach Berlin gefahren, sondern um mit ihm drei Stunden im Auto zu sitzen und seine verwirrende Nähe auszukosten. Und um mit ihm zu reden und all seine Zweifel an ihr und all seine Irritationen auszuräumen.
Und dafür ein Kind enttäuschen?
Nach zwei Stunden gelang es Jasmin, Nicole von ihrem Hochzeitskleid zu trennen, und sie fuhren endlich ins Zentrum, parkten den Wagen im Parkhaus am Kröpeliner Tor und begaben sich ins von Touristen durchsetzte Einkaufsgewühl zwischen Neuem und Altem Markt. Auch wenn Nicole ursprünglich keine Lust gehabt hatte, für Ronja ein Outfit zu suchen, fing sie bald Feuer. Es war wie früher, als Jasmin und sie durch die Kaufhäuser und Boutiquen zogen.
»Ein hellblaues Kleidchen geht auf keinen Fall«, stellte Nicole zwischen Kleiderständern im Rostocker Hof rasch fest. »Für dich brauchen wir etwas Aggressives.«
Nicole war kompromisslos und gab sich nicht so schnell zufrieden. Und für eine übergewichtige Elfjährige etwas zu finden, was sie herausputzte, statt sie lächerlich zu machen, war eine echte Herausforderung. Doch nachdem Nicole erst einmal ein

Bild von der künftigen Ronja im Kopf hatte, fand sie mit dem Instinkt einer versierten Boutiquenhopperin die passenden Läden. Als drei Stunden herum waren, hatten sie für Ronja eine violette Jeans mit militärisch anmutenden Tarnflecken in Richtung Rosa, eine stoffreiche schwarze Bluse, einen superbreiten Nietengürtel und eine glänzende schwarze Weste. Fürs Handgelenk gab es Lederarmbänder mit und ohne Silberkugeln und Nieten, und für die Füße eine Mischung aus Sportschuh und Pumps, in der sich Ronja überraschend wohl fühlte.

»Und jetzt«, erklärte Jasmin, »musst du zum Friseur.«

Ronja hatte ohnehin leuchtende Augen bekommen, nachdem es drei Stunden lang ausschließlich um sie und ihren Auftritt bei der Hochzeit gegangen war. Da schreckte sie auch der Gedanke an einen Friseur nicht mehr. Sie fanden einen, der bereit war, Ronjas mittelblonde Fransen zu schneiden und zu färben – schwarz mit einer breiten roten Strähne.

Der Nachmittag klang im Grand Café Wagner am Universitätsplatz bei Eis und Eiskaffee aus. Zwischen den Fontänen des Springbrunnens rannten Kinder umher. Ronja plapperte so beseligt vor sich hin, dass sich ihr Eis verflüssigte, bevor sie es vertilgt hatte. Nicole kommentierte das Aussehen der Passanten. Es war nicht erforderlich, dass Jasmin mehr von sich gab als undifferenzierte Laute des Verstehens.

Und wieder, wie in jeder gedankenverlorenen Minute des Tages, wandte sich ihr gesamtes Denken und Fühlen dem zärtlichen Spuk der Nacht zu. Konnte Falk nach so einer Nacht wirklich annehmen, er bedeute ihr gar nichts? Glaubte er so wenig an sich, dass er nicht kämpfen mochte? Oder irrte sie sich völlig in ihm? Immerhin hatte nicht nur Laura, sondern auch Nicole sie vor ihm gewarnt. Ein guter Mann für eine Nacht, ein schlechter für Zukunftspläne. Und in der Tat war er ja auch sofort davongelaufen.

Sie musste unbedingt mit ihm reden.

»Hörst du mir überhaupt zu?«, rief Nicole.

»Äh …« Jasmin lächelte. »Ehrlich gesagt, nein.«

»Ich habe dich gerade gefragt, ob wir nicht zahlen und heimfahren sollten.«

»Von mir aus.«

»Was ist denn, Jasmin? Du bist schon die ganze Zeit abwesend.«

Jasmin blickte ihre einstige Freundin an. Wie fremd Nicole ihr auf einmal war. Als hätten sie sich nie wirklich gekannt. Es war etwas abhanden gekommen, was sie immer verbunden hatte. Es fehlte etwas. Und das war durchaus angenehm. Diese Kaskade von Gefühlen, die Nicoles Gegenwart stets in ihr ausgelöst hatte, die Hoffnungen, Enttäuschungen, der Ärger, die Verzweiflung und wieder Hoffnungen waren verschwunden. Nicoles Leben hatte plötzlich aufgehört, Berührungspunkte mit dem ihren zu haben. Jasmin öffnete ihre Handtasche, holte ihr Portemonnaie heraus und zog den zusammengefalteten Scheck hervor.

»O nein!«, rief Nicole. »Du wirst doch nicht!«

»Nicole, was wir hier machen, ist das alberne Spiel spätpubertärer Zicken.«

»Was ist das?«, fragte Ronja.

»Das sind Schnipsel«, antwortete Jasmin und zerriss das Papier in viele kleine Stücke, die der Wind fortwehte und übers Pflaster verstreute.

»Spinnst du?«, stammelte Nicole. »Hast du eigentlich eine Ahnung, wie schwierig es war, die Unterschrift meines Vater zu …« Sie schlug sich die Hand vor den Mund.

Jasmin lächelte und gab der Kellnerin fünfzehn Euro. »Alles zusammen.«
Schweigend traten sie die Heimfahrt an. Ronja versuchte immer wieder, ihre flammend rot-schwarzen Haare im Rückspiegel zu besichtigen, und lächelte zufrieden auf der Rückbank vor sich hin, die Ohrstöpsel eines Walkmans in den Ohren. Jasmins Gedanken wanderten nach Berlin. Was hatte Falk dort eigentlich für Geschäfte? Und wo wohnte er?
»Übrigens«, sagte sie, »ich fahre noch heute Abend nach Berlin zurück«
»Warum das denn?«
»Meine Chefin hat mir gestern mit Kündigung gedroht.«
»Was? Wieso denn?«
»Ein Missverständnis. Aber ich muss nach Berlin und das klären.«
»Jetzt? Aber ich heirate in drei Tagen!«
»Zur Hochzeit bin ich wieder da.«
Die weißen Fassaden von Bad Doberan leuchteten im Abendlicht. »Was ich gern noch wissen würde«, unterbrach Jasmin in den schattigen Alleen die Stille. »Wer hat mir eigentlich die Einladung zu deiner Hochzeit geschickt.«
»Du hast eine Einladung bekommen? Also von mir nicht. Allerdings …« Nicole grübelte. »Wie du weißt, macht solche Sachen die Hochzeitsagentur. Die hat von mir die Adressenliste auf CD bekommen. Vielleicht bist du da mit reingerutscht.«
»Und woher kennst du meine Berliner Adresse?«
»Von Lieselotte. Du bist ja vor fünf Jahren ziemlich plötzlich aus Heidelberg verschwunden. Zu Mama und Papa nach Karlsruhe, wie ich wusste. Eines Tages kam ein Brief von Lieselotte. Dir hat sie damals ja wohl auch geschrieben. Ich habe erwähnt, dass du

nach Karlsruhe gegangen seist. Daraufhin antwortete sie, du seist inzwischen bei ihr in Berlin und würdest ihr mit den Kindern helfen. Und als du dir dann in Berlin eine eigene Wohnung genommen hattest, hat sie mir deine Adresse mitgeteilt. Du siehst, ich habe dich nie aus den Augen verloren.«

Kaum waren sie nach Peerhagen zurückgekehrt, stöberte Severin Jasmin in der Küche auf, wo sie sich am Tisch ein Brot mit Käse belegte, während Sieglinde mit einem riesigen Messer Frühlingszwiebeln in Ringe zerhackte.

Eine Weile stand Severin verlegen herum, dann setzte er sich zu ihr an den Tisch. »Jasmin«, raunte er und ließ seine Finger zu den ihren hinüberspielen. »Ich muss etwas mit dir besprechen. Etwas Wichtiges.«

»Gern, Severin«, erwiderte Jasmin, »aber jetzt geht es schlecht. Ich bin auf dem Sprung nach Berlin. Eigentlich sollte ich schon weg sein.«

»Es wäre aber wirklich wichtig. Es geht …«

Er beugte sich vor und senkte mit einem Seitenblick auf Sieglinde, die an der Herdkonsole hackte, die Stimme. »Es geht um uns.«

Jasmin lächelte. »Hat das nicht Zeit bis … bis nach der Hochzeit? Ich muss wirklich …«

Severin war sensibel genug, sofort zu begreifen. Er lehnte sich auf seinem Stuhl zurück. »Da habe ich wohl etwas gründlich missverstanden.«

Jasmin biss in ihr Käsebrot. »Habe ich etwas falsch gemacht? Das täte mir Leid.«

Severin lächelte böse. »Du hast dich benommen wie eine läufige Hündin.«

»Ach!« Jasmin zog die Brauen hoch. »Immer noch auf der Balz, Severin? Es wird Zeit, dass du erwachsen wirst.«
Er gab einen undefinierbaren Ton von sich und stand hastig auf.

Zwei Stunden später befand sich Jasmin im Zug von Rostock nach Berlin. Viertel nach elf nachts ließ sie sich vom Taxi in die Karl-Marx-Straße bringen, halb zwölf goss sie ihre Blumen auf dem Balkon, und anderntags um neun machte sie sich auf den Weg ins Nikolaiviertel.
Ein Tief über England fegte Wind und Regen durch die Straßen der Stadt. Der Himmel hatte sich irgendwohin verzogen, wo er nicht sichtbar war. Mit reichlich bangem Herzklopfen stieg Jasmin die Treppen zur Agentur Göran hinauf, und während sie sich noch überlegte, mit welchen wohlgewählten und demütigen Worten sie ihre Rede an Gloria beginnen würde, lief sie ihr im Empfang praktisch in die Arme. Gloria stand bei Petra am Tisch, um ihr irgendeinen Brief zu erläutern. »Oh!«, sagte sie. »Da schau an. Ich schätze, du willst zu mir. Na dann komm mal mit.«
»Da bin ich«, verkündete Jasmin, kaum hatte Gloria ihre Bürotür zugemacht. »Ganz wie du wolltest.«
»Solltest du nicht gestern schon kommen?«
»Ich musste noch mit Ronja Klamotten für die Hochzeit kaufen. Ich hatte es ihr versprochen.«
»So, so.« Gloria setzte sich hinter ihren gläsernen Schreibtisch. Jasmin blieb nur der Platz auf dem Stuhl davor übrig. »Und nun glaubst du, ich nehme dich mit offenen Armen wieder auf. Die verlorene Tochter ist zurück und geruht wieder für uns zu arbeiten. Alles vergeben und vergessen?«
Jasmin schwieg.

»Weißt du überhaupt, in was für eine peinliche Lage du mich gebracht hast? Ich muss mir … Ah, Lieselotte, was ist denn?«
Es hatte geklopft, und Lieselotte war forsch ins Zimmer getreten. »Hallo, Jasmin«, rief sie. »Ich dachte, du hast Urlaub.« Und an Gloria gewandt: »Petra hat mir nicht gesagt, dass du nicht gestört werden darfst. Ich habe da ein kleines Problem mit dieser Freundin von dem Jüngelchen, von der die Eltern glauben, sie nähme Drogen. Das stimmt aber nicht. Sie ist so was von clean, dass es schon langweilig ist. Singt im Kirchenchor, hilft in der Altenarbeit aus, geht dreimal die Woche in einen Bibelkreis. Wenn die von irgendwas high wird, dann von Jesus. Das glaubt der nicht einmal die Polizei, wenn sie die mit Gras oder Koks im Rucksack erwischen.«
»Lass uns nachher darüber reden, Lieselotte. Sei so lieb«, entgegnete Gloria.
»Ich wollte ja nicht stören«, sagte Lieselotte schnippisch, zwinkerte Jasmin zu und ging.
»Also gut, Jasmin«, nahm Gloria den Faden wieder auf. »Fakt ist, ich habe hier deine Kündigung auf dem Tisch. Fix und fertig getippt. Ich muss nur noch unterschreiben. Aber man soll nicht im Zorn handeln. Du hast noch gut anderthalb Wochen Urlaub. Ich schlage vor, den nimmst du jetzt. Und danach reden wir noch mal. Mehr kann ich dir im Moment nicht sagen.«
»Okay.« Jasmin erhob sich. »Aber ich darf vorher noch schnell in mein Büro?«
»Natürlich.«
Jasmin begab sich in ihr Büro, rief von dort aus Rolf in seinem Zimmer an und bat ihn, mal schnell zufällig zu ihr herüberzukommen. Nach zwei Minuten erschien er.
»Mach die Tür zu.«

Rolf schloss widerstrebend die Tür.
»Und nun erzähl mal. Falk Rosenstock war vorgestern hier. Was wollte er?«
»Wozu willst du das wissen?«
»Tu nicht so geheimniskrämerisch, Rolf. Ich will Schaden von der Agentur abwenden. Falk ist ein ganz gerissener Bursche. Ich schätze, er hat viel mehr über uns herausgekriegt, als ihr ahnt. Ein paar Stunden allein mit meinem Handy haben ihm gereicht, die richtigen Schlüsse zu ziehen.«
»Du hast ihm dein Handy überlassen?«
»Es gab einen Unfall auf seinem Boot. Dabei ist mir meine Handtasche abhanden gekommen. Selbstverständlich hab ich keine Nummer mit Klarnamen gespeichert. Aber leider habt ihr mich angerufen. Und da hat er die richtigen Schlüsse daraus gezogen.«
»Darum löscht man auch das Protokoll immer gleich.«
»Klar. Machst du auch jeden Abend vor dem Schlafengehen, nicht wahr?«
Rolf grinste.
»Zudem hat sich Gloria verplappert und mit ihm über die anonyme E-Mail gesprochen. Es war also nicht allein meine Schuld. Sie war so erpicht darauf, endlich einen Klienten mit Geld zu haben, dass sie alle Vorsicht außer Acht gelassen hat. Allerdings ist sie, was das Geld betrifft, bei Falk an den Falschen geraten. Er kratzt derzeit seine letzten Cents zusammen und muss sogar sein heiß geliebtes Boot verkaufen.«
»Na, hoffentlich ist sein Scheck gedeckt«, entfuhr es Rolf.
»Du hast einen Scheck von ihm?«
Rolf erzählte, wie es dazu gekommen war. »Gloria wollte, dass ich ihm mein Material zu Tiller überlasse.«

»Warum eigentlich?«

Rolf zuckte mit den Schultern. »Es war ein Deal, glaube ich. Dafür macht er uns für die geplatzten Hochzeiten seiner Mutter nicht regresspflichtig.«

Eine schlüssige Begründung.

»Wie gut sind die Bilanzen von Rosenstock eigentlich wirklich?«, fragte sich Jasmin laut.

»Da Rosenstock nicht an der Börse ist, müssen sie nicht alle Vierteljahr eine Bilanz veröffentlichen. Natürlich haben sie auch Federn lassen müssen. Aber pleite ... nee. Obgleich Rosenstock-Küchen auch nicht mehr den Namen haben wie früher. Etwas verstaubt inzwischen. Denen fehlt eine neue Idee. Du hast Recht, Jasmin, manchmal sind gerade die Traditionsfirmen schneller weg vom Fenster, als man denkt.«

»Rosenstock hatte eine Geschäftsverbindung zu Tiller. Die Baugerätefirma, du erinnerst dich?«

Rolf nickte.

»Und ihr füttert Falk Rosenstock mit allem, was ihr über Tiller und seine Machenschaften wisst. Und er gibt es brühwarm an seinen Vater weiter. Wenn die Rosenstocks selber mit drinstecken, was glaubst du, was die jetzt machen?«

»Spuren verwischen«, antwortete Rolf grinsend. »Die Bücher frisieren.«

»Und sie warnen Tiller.«

»Ich schätze, das wird Tiller nicht mehr retten. So schnell zaubert er die Gleisumbauzüge nicht herbei, die er angeblich verleiht. Er könnte sich höchstens ins Ausland absetzen. Aber glaub mir, die meisten Unternehmer von Tillers Sorte fühlen sich gar nicht wohl bei dem Gedanken, den Rest ihres Lebens in Uruguay zu verbringen. Tiller lebt für die Partys, für das Ansehen in seiner Stadt, für den Fußballclub, für seine Mittelmeertörns und all das. Und letztlich …«

In diesem Moment platzte Gloria ins Zimmer.

Rolf blickte drein wie ertappt.

»Herzlichen Glückwunsch, Rolf«, sagte Jasmin, ehe Gloria ihr Missfallen über die konspirative Sitzung äußern konnte. »Du hast den vermutlich größten Betrugsskandal der Geschichte der Bundesrepublik aufgedeckt. Bislang hat deine Abteilung für üble Nachrede nur vage Verdachtsmomente konstruiert, die das Vertrauen eines Heiratswilligen in seinen Partner auf die Probe stellen sollten. Aber das hier ist keine üble Nachrede, das ist ein echtes Verbrechen. Wenn du schnell handelst, kannst du die Patriarchen zweier Familien in den Knast bringen.«

Rolf fuhr sich über die Haarstoppeln. »Stimmt eigentlich.«

»Moment«, hakte Gloria ein.

»Als Journalist würde Rolf sich unsterblichen Ruhm einhandeln«, lockte Jasmin weiter. »Aber vielleicht ist sein Kontakt bei der Presse ja so nett und erwähnt seinen Namen. Dann wäre Rolf ein gemachter Detektiv. Er müsste nur schnell handeln, bevor die Rosenstocks alles vertuschen können, nachdem sie ja von dir, Gloria, gewarnt wurden.«

»Was die Rosenstocks und Tillers machen, kann uns im Grunde genommen völlig gleichgültig sein«, sagte Gloria.

»Klar, man könnte die Rosenstocks auch erpressen. Die Tillers sowieso. Das wäre sicherlich lukrativer«, schlug Jasmin vor.

»Nun ist es aber gut, Schätzchen. Wir gehen weder an die Presse, noch werden wir irgendwen erpressen. Zumal wir dann sofort ins Visier der Ermittler geraten, falls Tiller auffliegt.«

»Das geraten wir ohnehin«, entgegnete Jasmin. »Man wird sein gesamtes Umfeld durchschnüffeln, und vielleicht sagt Falk

Rosenstock in einem Nebensatz, dass er Informationen über Tiller von dir hatte, und dann fragt uns jemand, warum wir eigentlich nicht zur Polizei gegangen sind, nachdem wir Kenntnis von einer Straftat dieses Ausmaßes hatten. Und all das wird aufmerksam von der Presse beobachtet.«

»Worauf willst du hinaus, Jasmin?«, fragte Gloria leicht ungehalten.

»Wir müssen handeln, Gloria. Wenigstens eine anonyme Anzeige bei der zuständigen Steuerbehörde. Und ich habe einen Bruder, der ist passenderweise Staatsanwalt in Karlsruhe. Dem könnte ich einen Tipp geben.«

»Untersteh dich!«

»Sie hat Recht«, sagte Rolf überraschend. »Rosenstock hat uns Informationen abgeluchst. Damit kann er Tiller warnen und seine eigene Familie aus der Affäre ziehen. Und wenn die Staatsanwaltschaft erst einmal ermittelt, dann stecken wir mit drin als Informanten eines mutmaßlichen Mittäters. Gut, dass ich Falk Rosenstocks Scheck noch nicht eingelöst habe. Das sähe doch sehr nach Bestechung aus.«

Den Abend verbrachte Jasmin bei Lieselotte. Sie kochten Spaghetti, schlugen sich die Bäuche voll, brachten die Kinder ins Bett und zogen sich dann mit Schokoladeneis auf die Couch vor den Fernseher zurück und schauten *Pretty Woman* auf DVD.

»Ist dir aufgefallen, dass die Frau Jeans trägt, sobald sie beschlossen hat, Studentin zu sein und nicht mehr Callgirl oder Geliebte?«, bemerkte Lieselotte, als der Film zu Ende war.

»Hm.« Jasmin dachte eher an das Telefongespräch mit ihrem Bruder. Wolfram hatte sich durchaus interessiert gezeigt.

»He, wo bist du mit deinen Gedanken?«

»Entschuldige, ich dachte gerade nach. Weißt du, mein Bruder meinte, mein Vater sei völlig von den Socken gewesen, weil ich ihn angerufen habe und etwas von ihm wissen wollte.«

»Dein Vater kann sich vermutlich nicht an den Gedanken gewöhnen, dass sein Töchterchen nicht heiratet und Kinder kriegt«, konstatierte Lieselotte. »Er versteht dich nicht. Du machst ihm Angst.«

»Er versteht mich nicht, seitdem er erkennen musste, dass ich nicht auf seinem Autohof in Motoren herumschrauben kann, ohne für einen Jungen gehalten zu werden. Meine Mädchenwerdung hat ihn gänzlich ratlos gemacht. Das ist das ganze Geheimnis. Mit Mädchen kann er nicht. Mit denen kann man halt nicht Skat kloppen, Bier trinken und über Fußballclubs reden. Und deshalb ist er verstummt.«

Lieselotte lachte. »Du musst aber auch irgendwann einmal aufhören, ihm zu grollen. Du bist eine der besten Intrigantinnen, die ich kenne. Du wirst doch noch ein Gesprächsthema für dich und deinen Vater finden. Hör mal, er ist ein einfacher solider Pfandleiher, und du schwebst zu Weihnachten in einer Wolke von Parfum aus Berlin ein. Der hat einfach nur Schiss vor dir.«

Jasmin schmollte. »Und vor meinem Bruder nicht? Der ist immerhin Staatsanwalt.«

»Mit dem kann er immer noch über Fußballclubs reden und im Garten ein Großfeuer machen und stundenlang schweigen. Was sagt Wolfram denn nun zum Fall Tiller?«

»Er sagt, das seien so Fälle, da holt man sich als Staatsanwalt so und so eine blutige Nase. Wenn es stimmt, fragen alle, warum man nicht schon eher ermittelt hat, und wenn es nicht stimmt, dann hat man sich mit den gesamten Stadthonoratioren angelegt.«

»Und wenn Tiller sich ins Ausland absetzt?«

»Dann ist Land unter. Und darum wird er wohl etwas unternehmen.«

Lieselotte nahm die Fernbedienung und zappte durchs Programm. »Ist dir eigentlich schon einmal aufgefallen, dass sie am Schluss von Liebesfilmen immer im Auto zum Flughafen rasen, als könnte man nicht auch den nächsten Flieger nehmen, als wäre der Geliebte, sobald er abhebt, unauffindbar vom Erdball verschwunden. Es gibt nur einen Film, in dem die Raserei zur Geliebten so ausgeht, wie sie normalerweise ausgehen müsste. Und das ist die *Reifeprüfung* mit Dustin Hoffman. Er kommt nämlich zu spät. Die Braut ist schon verheiratet. Trotzdem entführt er sie. Du erinnerst dich an die Szene, wo er die Kirchentür mit einem Kreuz verrammelt? Und dann sitzen sie im Bus. Denn im richtigen Leben kann man sich ja wieder scheiden lassen. Aber das wollen die Filmemacher nie wahrhaben. Da überschlägt sich einer, um rechtzeitig zur Kirche zu kommen und zwischen Pfarrer und Brautleute zu fahren, ehe sie Ja sagen. Als ob das noch irgendetwas helfen würde, denn wenn bei uns ein Brautpaar vor dem Altar steht, hat es in Wirklichkeit längst standesamtlich geheiratet.«

»Du hast wie immer völlig Recht«, sagte Jasmin. »Aber Filme sind nicht das wahre Leben, sondern Märchen mit schönen Bildern.«

15

Jasmin war Spezialistin darin, Hochzeitstage zu einem unvergesslichen Erlebnis zu machen, und sie hatte in ihren jungen Jahren bereits viele unvergessliche Hochzeitstage erlebt. Aber was an dem Tag geschah, an dem Nicole heiraten sollte, übertraf alles, was Jasmin jemals arrangiert hatte.

Sie war erst am späten Donnerstagabend nach Kühlungsborn zurückgekehrt und hatte sich im Hus Achtern Boom einquartiert, zum einen, weil sie wusste, dass die Damen in irgendeiner Bar einem Menstrip zukreischten und die Herren im Refleur in Rostock ihre Standhaftigkeit prüfen ließen, zum andern, weil sie Falk zwar unbedingt sehen, ihm aber nicht zwischen Tür und Angel über den Weg laufen wollte, ohne Gelegenheit zu haben, ihm ausführlich zu erklären, dass sie ihn liebe.

Am Freitag stand sie früh auf, zog sich an, verließ das Hotel und fuhr zum Jachthafen, doch Falks Boot schaukelte verlassen am Schwimmsteg zwischen den anderen. Jasmin schlenderte über den Kai mit dem Kran und fand sich ein paar Schritte weiter am Sandstrand wieder, der, begleitet vom Meer und einem Waldstreifen, in den Sonnenaufgang führte. Sie zog die Schuhe aus. Der Sand fühlte sich kühl zwischen den nackten Zehen an. Die

Ostsee glitzerte silbern im Gegenlicht. Der Schaum kleiner Wellen knisterte zwischen Muschelresten und Seegras, wenn das Wasser einer zurückflutenden Welle im Sand versickerte.
Jasmin hielt inne. Es war keine Menschenseele am Strand. Im Nu hatte sie ihre Kleider abgelegt und rannte ins Wasser. Es war noch immer so kalt, dass es ihr den Atem verschlug. Sie schwamm, bis sie ihren Rhythmus gefunden hatte.
Ein paar Reiter mit Pferden kamen aus dem Waldstreifen vom nahe gelegenen Gestüt an den Strand herab, bogen nach Osten ein und ließen die Pferde galoppieren. Als sie weg waren, ging Jasmin aus dem Wasser. Die Luft wirkte warm wie ein Fön, verglichen mit der eisigen See. Die steigende Sonne strahlte gerade noch so lange unter der Kante heranrückender Wolkenbänke hindurch, dass sie Jasmin ein wenig wärmen und trocknen konnte.
Wieder zurück im Hotel, weckte sie Ronja, machte sich selbst für die Hochzeit fein, half dem Kind, sich zu stylen, und sorgte für Pfiff in der Frisur und für ein angemessenes Make-up. Ronja sah eigensinnig und klug aus in ihrem violett-schwarzen Fallschirmspringerdress, und sie war hypernervös. Laura hatte sich vollständig in ihre Hippieromantik vom Flohmarkt eingesponnen. Eine Indianerkette, ein Bananenrock, Batikbluse, Blumen im Haar und um die Augen so viel Farbe und Kajalstift, wie Jasmin das nur von Lieselottes Kultfilmabenden aus *Klimbim*-Folgen mit Ingrid Steeger kannte.
Kurz nach halb elf hatte sie Laura und Ronja endlich in ihrem Mietwagen sitzen und fuhr nach Heiligendamm. Noch eine Woche zuvor hatte Jasmin das weiße Kurstädtchen vornehm leer gesehen, nun war es bevölkert. Limousinen parkten auf dem öffentlichen Parkplatz am Waldrand und vor dem Hotel,

Damen und Herren in Roben und dunklen Anzügen mit Orchideen und Rosen im Knopfloch zogen zum Kurhaus hin. Herren in schwarzen Anzügen mit Sonnenbrillen filterten an den eisernen Toren zum Grand Hotel die Hochzeitsgäste aus den Schaulustigen heraus, und nette junge Damen von der Hochzeitsagentur winkten sie weiter zum Kurhaus.

Auf dem Rasen vor der Kurhausterrasse spielte eine Kapelle ein Potpourri aus Hochzeitsmärschen und Walzern.

»Was steht da?«, fragte Ronja.

»Wo?«

»Da oben.« Ronja deutete zum Giebel, der auf Säulen ruhte, und begann dann an den Nägeln zu kauen.

Jasmin drückte sanft die Hand des Kindes nieder. »Da steht: ›Heic te laetitia invitat post balnea sanum.‹ Das ist lateinisch und heißt: ›Hier lädt dich Freude ein nach gesundem Bade.‹ Laetitia heißt Freude.«

»Krass! Wie die spanische Prinzessin, die kürzlich geheiratet hat. Und was heißt Ronja?«

»Ronja ist die russische Kurzform von Veronika.«

»Cool.«

Die Angestellten der Hochzeitsagentur scheuchten mit geduldigem Lächeln die Leute, die über die Wege bis hin zur Seebrücke schwärmten, in Richtung Kurhaus zurück. Der Himmel hatte sich inzwischen dicht mit Wolken bezogen, deren lebhaftes Grau sich um einen Ton dunkler in der Ostsee spiegelte. Eine Sinfonie in Weiß, Grau und Grün. Besser hätte es kein Maler hingekriegt.

Braut und Bräutigam waren nirgendwo zu sehen. Auf der Wiese im Hufeisen von Grand Hotel, Kurhaus und Haus Mecklenburg kickte ein Dutzend Männer um die dreißig in Cuts mit einer Coladose. Severins Freunde, so vermutete Jasmin. Die älteren Damen und Herren wandelten in lockerem und immer wieder stockendem Zug über die Terrasse ins Gebäude. Jasmin stellte sich mit Laura und Ronja hinten an. Falk hatte sie bislang noch nicht entdecken können. Das ersparte ihr einerseits eine Menge innere Unruhe, beruhigte sie aber auch nicht.

Vor der Säule am Eingang zum Kurhausrestaurant standen Adeltraud und Günter und begrüßten jeden einzeln, der an ihnen vorbeikam. Günter Rosenstock trug einen hellgrauen Anzug und eine rote Rose im Revers. Adeltraud steckte in einem langen schwarzen Kleid mit rot-grünem Blumendruck. Ihre schwarzen Augen funkelten fast mehr als die Diamanten an ihren Ohren, um ihren Hals und an ihren Händen und Armen.

»Da seid ihr ja«, sagte sie, zwinkerte Jasmin zu und strich Ronja über den rot-schwarzen Schopf. »Für euch sind ganz vorn Plätze reserviert.«

Eine Hochzeitsagenturgehilfin wies sie durchs Kurhausrestaurant, dessen Tische feierlich gedeckt waren, in den Ballsaal. Jasmin in ihrem tadellosen hellvioletten Kostüm blieb nichts anderes übrig, als mit Ronja in ihrem Piratenoutfit und Laura in ihrer Hippieromantik durch den Mittelgang des schon fast voll besetzten Saals ganz nach vorn durchzugehen. Ein Murmeln folgte ihnen. Am Ende des Saals, vor der Wand mit ihren hellgrünen Kassetten und schneeweißen Wandvorlagen mit Kapitellen, stand ein mit weißem Damast bedeckter Tisch mit Blumengebinde und dreiarmigem Leuchter, der dem Standesbeamten für seinen Verwaltungsakt dienen würde. Die erste Reihe war noch unbesetzt. Jasmin scheuchte Ronja nach außen. Laura folgte.

Als das Stühlerücken abnahm und sich erwartungsvolle Stille

einstellte, kamen auch Adeltraud und Günter in Begleitung von Frau Tiller, die Jasmin wortlos zunickte, und zwei älteren Damen nach vorn, die nach Ronjas Angaben die beiden Schwestern von Adeltraud waren, und nahmen in der ersten Reihe Platz. Und endlich beförderte die Hochzeitsregie auch Severin herein. Er kam von rechts durch eine Seitentür, in hellgrauem Anzug und anthrazitfarbener Weste überm blitzweißen Hemd, grau-silbern gestreifter Krawatte und einem Blumengebinde aus aprikosenfarbenen Rosen im Knopfloch.

Falk ging an seiner Seite. Er trug einen dunkelblauen Anzug, dessen Stoff wie Burgundertrauben von einem weißen Schimmer überhaucht war, dazu ein silbergraues Hemd, eine silbrig gepunktete Krawatte, eine schlichte rote Rose am Revers und sah zum Umfallen gut aus. Sogar beim Friseur war er gewesen, wie Jasmin um Atem und Haltung ringend feststellte. Sein Haar glänzte wie Rabenfedern im Licht der Kronleuchter. Er brachte seinen Bruder bis vor den Trauungstisch, gab ihm einen aufmunternden Klaps auf die Schulter, hob in seiner herausfordernden Art das Kinn, lächelte in den Saal und wandte sich dann, ohne Jasmin anzusehen, dem freien Platz neben seiner Mutter zu. Das war ganz am anderen Ende der Stuhlreihe.

Nicole war offenbar entschlossen, ihren Bräutigam nach spanischem Vorbild ein wenig warten zu lassen. Jasmin hoffte, dass es keine halbe Stunde würde, denn Severin sah nicht so aus, als könnte er lange stehen. Auf seiner Oberlippe glitzerten Schweißperlen, und er riss am Kragen. Vermutlich hatten sie allesamt, zumindest aber die jungen Leute, heute Nacht keine Stunde geschlafen und würden heiraten wie in Trance.

Da endlich entstand Unruhe am hinteren Ende des Saals.

Raschelnd und murmelnd drehte man sich auf den Stühlen in Seidenkleidern und Anzügen herum.
Die Hochzeitsregie ließ vom Band den Hochzeitsmarsch von Wagner auf sie herabprasseln. »Rum bam-ba-baaaa, rum bi-ba-baaaa ...« Am Arm ihres Vaters schritt die Braut den Mittelgang heran. Karlheinz Tiller hatte seinen Bauch in einen schwarzen Cut gehüllt. Eine Uhrkette blitzte an seiner Weste. Seine Halbglatze spiegelte wie poliert. Anerkennendes Gemurmel begleitete Vater und Tochter auf dem Weg nach vorn. Nicole war einen Kopf größer als ihr Vater und sah hinreißend aus. Ihr blondes Haar war zu einem goldenen Kunstwerk gesteckt, in dem sich ein mit Perlen besetzter Schleier andeutete. In den Händen trug sie einen Strauß aprikosenfarbener Rosen. Ihr Lächeln schwankte zwischen Beseligung, Stolz und Verlegenheit.
Jasmin befragte kurz ihr Herz. Was an Zorn und Rachsucht in ihm gewütet hatte, war verloschen. Ihre alte Freundin Nicole schritt in goldener Wildseide auf rotem Teppich dem Ziel ihrer Jugendträume entgegen – dem Geld.
Nur wenige Meter fehlten noch, bis sie Severin erreicht hatte. Mit triumphierendem Lächeln hob Nicole den Kopf. Severin machte sich bereit, seine Braut aus den Händen ihres Vaters zu empfangen. Er streckte die Rechte aus, machte einen tastenden Schritt nach vorn und strauchelte.
Ein Aufschrei ging durch die Menge. Severin taumelte und fiel in sich zusammen wie eine Marionette, der man die Fäden durchgeschnitten hatte.
Mit einem Schreckensschrei wich Nicole zurück. Falk sprang auf. Im nächsten Moment kniete er neben seinem Bruder auf dem Parkett und tastete an dessen Hals nach dem Puls.
»Ein Notarzt, schnell!«, rief er aufschauend.

Obgleich sein angstvoller Blick mit Jasmins zusammenstieß, schien er sie nicht zu sehen. Sie wiederum sah, was sie niemals alles gleichzeitig hätte sehen können – wie Adeltraud die Hände vor den Mund schlug, wie Günter den Arm um sie legte, wie die Leute murmelten, wie Nicole zornig mit dem Fuß aufstampfte und sich nach ihrem Vater umschaute, wie Ronja unvermittelt die Tränen in die Augen traten, wie Laura aufstand und an der Saalwand entlang nach draußen flüchtete und wie sich ein schlanker grauhaariger Herr nach vorne boxte, um als Arzt seine Hilfe anzubieten.

Die Hochzeitsregie würgte den Hochzeitsmarsch ab. Auf einmal waren an die hundert Leute allein mit einer Wendung, auf die niemand vorbereitet war. Sie reckten sich auf den Stühlen, standen auf, kamen vor und gafften wie jedermann. Jasmin sah durch die Menschen hindurch den dünnen Arzt den Kopf schütteln. Falk zog sein Jackett aus.

Es war an der Zeit, dass sie mit Ronja den Saal verließ. Die Hand der Kleinen zuckte kalt in der ihren. Als sie sich nach wenigen Metern noch einmal umblickte, sah sie, wie Falk seine Jacke über das Gesicht des Toten legte.

»Wer zuerst an der Seebrücke ist«, sagte sie zu Ronja und rannte los bis zum Törchen, das den Hotelbereich vom Strand trennte. Da sie das Törchen auch wieder zumachen musste, hatte Ronja alle Chancen, zuerst auf die gebleichten Planken der Seebrücke zu springen. »Erster, Erster.«

Langsam schritten sie ein Stück die Seebrücke hinaus.

»Wird Severin wieder gesund?«, fragte Ronja leise.

»Ich fürchte, es sieht nicht so gut aus«, antwortete Jasmin.

Ronja nickte vor sich hin. »Wird er sterben?«

Jasmin legte die Arme um Ronja und zog sie an sich.

»Warum?«, fragte Ronja.
Jasmin merkte, dass sie innerlich zitterte. Das Zittern stieg förmlich aus den Eingeweiden in ihren Körper hinauf und breitete sich über ihre Arme und Beine aus. »Ich weiß es nicht, Ronja. Niemand kann sagen, warum ein Mensch sterben muss. Das weiß nur der liebe Gott. Und der sagt es einem nicht.«
»Das ist nicht fair.«
»Aber denk doch mal, Severin ist im schönsten Moment seines Lebens gestorben. Manche Menschen werden sehr alt, und so haben sie viel Zeit, unglücklich zu werden. Aber Severin war glücklich. Er kommt bestimmt in den Himmel.«
»Den Himmel gibt es nicht. Es gibt auch keinen Osterhasen und kein Christkind, das die Geschenke bringt.«
Jasmin zog Ronja mit sich auf eine der Bänke. Unter ihnen gluckerte leise das Wasser gegen die Pfeiler der Brücke.
»Pass mal auf, Ronja«, sagte sie. »Es gibt Hilfslügen, mit denen Erwachsene versuchen, Kindern die schönen und die hässlichen Dinge zu erklären. Du hast Recht, der Osterhase bringt keine Ostereier und das Christkind nicht die Geschenke. Das übernehmen die Eltern in ihrem Auftrag. Aber das mit dem Himmel ist eine ganz andere Sache. Es weiß niemand, wo man hinkommt, wenn man tot ist. Der Körper bleibt auf jeden Fall hier und wird begraben. Aber die Seele, die muss ja irgendwohin. Stell dir mal vor, du wärst tot.«
»Das wäre, wie wenn ich schlafen und nicht mehr aufwachen würde. Aber dass man geschlafen hat, weiß man erst, wenn man wieder aufwacht. Und wie würde ich wissen, dass ich tot bin, wenn ich nicht mehr aufwache.«
»Eben drum glauben wir, dass es danach noch was gibt, wo wir wissen, dass wir tot sind. Und das heißt Himmel.«

»Logisch.«
Sie saßen noch recht lange auf der Bank auf der Seebrücke von Heiligendamm und dachten sich aus, wie das wäre, tot zu sein.
»Nie wieder Zimmer aufräumen.«
Jasmin sah jenseits der Wiese am Kurhaus einen Notarztwagen ankommen und wieder abfahren. Dann erschien ein Leichenwagen. Nach und nach bevölkerten die Gäste der Hochzeitsgesellschaft die Wege am Strand entlang und die Terrassen der Gebäude rund um die Wiese. Der Leichenwagen fuhr wieder ab. Als schließlich die Hostessen der Hochzeitsagentur ausschwärmten, um die Leute ins Kurhausrestaurant zu bitten, fand es Jasmin an der Zeit, auch mit Ronja zurückzukehren.
Zwischen Grand Hotel und Kurhaus standen Adeltraud, Günter und Falk beisammen. Zwei Meter weiter klammerte sich Nicole an den Arm ihrer Mutter und an ein Taschentuch. Karlheinz Tiller blickte gedankenverloren zu Laura, die wiederum niemanden sah. Neben ihr stand ein junger Mann, den Jasmin erst auf den zweiten Blick erkannte. Es war Achim Hansen, der Bräutigam aus dem Roten Rathaus, Falks und Severins alter Freund aus den Tagen der Technopartys. Zum engen Kreis derer, die dort beisammenstanden, gehörten auch die beiden Schwestern von Adeltraud.
»Papa!«, rief Ronja und löste sich von Jasmin. Falk konnte zwar nicht lächeln, drückte seine Tochter aber an sich.
Günter Rosenstock war leichenblass, doch seine Haltung ließ nichts zu wünschen übrig. Adeltraud hatte gerötete Augen und ein Taschentuch in der Hand. Sie drückte Jasmin die Hand. Mit einem Blick hatte sie erkannt, dass man Ronja nichts mehr erklären musste.
»Herzkammerflimmern, meint der Arzt«, erklärte Adeltraud

Jasmin. »Vermutlich eine Disposition. Da konnte man nichts mehr machen.«

Jasmin sprach dem Vater formell ihr Beileid aus. Seine Hand war eiskalt und knochig. Er dankte mit einem Nicken, und Jasmin wandte sich Falk zu. Doch der straffte sich mit allen Anzeichen der Abwehr. Jasmin erschrak. »Es tut mir Leid«, sagte sie.

Sein Händedruck war flüchtig, und er wich ihrem Blick aus.

Jasmin trat zurück, hinaus aus dem engen Familienkreis. Aber zu Nicole und ihren Eltern oder zu Laura und den Tanten gehörte sie auch nicht. Gab es irgendeinen Grund, noch zu bleiben?

Die große Liebe ihres Lebens war tot. Wegen ihm war die Zerstörung von Hochzeiten zu ihrer Mission geworden. Dass auch Nicole ihn nicht bekommen hatte, hätte sie mit Genugtuung erfüllen müssen, dass er tot war, mit Untröstlichkeit. Und doch herrschte völlige Stille in ihr. Verstummt waren Bitterkeit, Groll, Eifersucht und Neid. Wenn dies das Gefühl der Freiheit war, dann fühlte Freiheit sich gut an, unspektakulär, aber gut. Jasmin fühlte sich zwischen den weißen Fassaden unter grauem Himmel mit dem Meer im Rücken wie jemand, der Gefängnismauern hinter sich gelassen hatte und nun in einer unbekannten Gegend stand, ohne zu wissen, wohin er sich wenden sollte, aber glücklich in dem Bewusstsein, dass er die Richtung völlig frei wählen konnte.

Aus dem Hochzeitsessen wurde ein regelrechter Leichenschmaus, den Falk kaum hinunterbrachte. Immerhin hatte eine gute Seele dafür gesorgt, dass der lange Tisch am Kopfende des Saals für das Hochzeitspaar und deren Eltern abgebaut und stattdessen ein runder Tisch gedeckt worden war, der die Familie nicht mehr hervorhob. Als er, seine Eltern, Nicole, deren Eltern, Achim, Laura, Ronja, die beiden Tanten und Jasmin den voll besetzten Speisesaal betraten, hatte man die Gäste bereits mit Getränken versorgt und trug die Vorspeise auf – Gelatine vom Stubenküken mit Aprikosenchutney und Chicoréesalat. Die Stimmung war natürlich gedämpft, denn alle hatten Severin gekannt. Andererseits ging das Leben unaufhaltsam weiter, und der Mensch war nur begrenzt fähig, in Erwartung eines vorzüglichen Essens und guter Weine trübsinnig zu bleiben.

Zwischen der Cremesuppe von Radieschen mit Lachsnocken und den galizischen Flusskrebsen auf Confit von Strauchtomaten mit Zuckerschoten und Krustentiernage besaß der Patriarch die Nerven, eine kurze Ansprache zu halten. Aus dem fröhlichen Anlass, dem schönsten, den er sich als Vater habe denken können, sei ein trauriger geworden, sagte er, ohne mit der Stimme zu wanken. Den Anwesenden wolle er für ihren Beistand danken. Er sei froh, dass alle beisammen seien, so könne man sich nun gemeinsam von Severin verabschieden. Dann würdigte er seinen ältesten Sohn als Hoffnung seines Lebens, verbeugte sich kurz vor Nicole und behauptete, sie habe einen schweren Verlust erlitten, solle aber weiterhin als Mitglied der Familie angesehen werden. Woraufhin Nicole erstmals wirklich in Tränen ausbrach.

Falk kam das alles völlig verkehrt vor.

Die Kellner servierten im Ganzen gebratenen Barsch aus der Müritz mit mediterranem Gemüse und Kartoffeln an einer Oliven-Thymian-Emulsion und Rücken vom jungen Sattelschwein in Schwarzbiersauce mit Rahmkohlrabi und Hefekartoffeln. Falk meinte es keine Sekunde länger aushalten zu können, aber er saß fest zwischen Adeltraud und Nicole, hantierte wohlerzogen mit Messer und Gabel und vermied es, Jasmin anzublicken. Hätte Severin nicht sterben müssen, fragte er sich ununterbrochen, wenn er gestern Abend da gewesen und ihn zum Junggesellenabschied ins Refleur begleitet hätte?

»Im Grunde war es ein langweiliger Abend«, erzählte ihm Achim, der vor dem Nachtisch zum Rauchen auf die Terrasse gegangen war und die Asche über den gläsernen Windschutz stippte. »Wir sind ja keine Pennäler mehr, dass uns ein paar Nutten außer Rand und Band bringen. Überhaupt eine unzeitgemäße Sitte. Wer hatte nur diese Idee?«

»Nicole. Sie wollte eben ihren Damenabend mit Menstrip.«

»Wir haben auch tapfer alles versucht, Severin zu verführen«, fuhr Achim fort. »Oder vielmehr die Dame aus der Torte hat es versucht, aber da lief nichts. Severin war überhaupt nicht gut drauf, muss ich schon sagen. Irgendwann später hat er sich dann berappelt und ordentlich mitgesoffen.«

Falk griff in seine Jackentasche und zog ein kleines Tütchen heraus, in dem sich drei orangerote Tabletten befanden, in die WY gestanzt war. »Vielleicht hat er was genommen. Das hier habe ich in seiner Tasche gefunden.«

»Oh«, sagte Achim, »Thai-Pillen.«

»Wie konnte Severin so etwas nehmen? Er wusste doch, dass sein Herz nicht in Ordnung war, seitdem er damals bei der Strandparty umgekippt ist.«

»Gott, das werde ich nie vergessen«, sagte Achim. »Plötzlich liegt er da wie … wie heute. Wenn du damals nicht so schnell reagiert hättest, dann wäre er wohl damals schon …«

Falk winkte ab. »Oder auch nicht. Manchmal kommt es mir so vor, als hätte Severin eine unheimliche Sehnsucht nach dem

Tod gehabt. Und heute hat er es geschafft. Ich fürchte, ich muss meinen Eltern endlich die Wahrheit sagen.«
»Warum jetzt noch?« Achim legte kurz die Hand auf Falks Arm. »Jetzt ist doch alles vorbei.«
Während im Restaurant die gebrannte Creme von Holunderblüte mit sommerlichem Rumtopf und Sauerrahmeis zum Nachtisch aufgetragen wurde, fing die Chefin der Hochzeitsagentur Falk an der Tür ab, um Instruktionen zu erbitten, wie die Maschinerie der Festivitäten zu stoppen sei. Nicole Tiller habe sie an ihn, Falk, verwiesen. Für den Abend war ein Ball geplant, sollte man der Combo absagen? Sollte man den Gästen, die heute nicht mehr nach Hause fuhren, eine alternative Unterhaltung anbieten? Falk fiel erst jetzt auf, was für einen ungeheuren Aufwand sie betrieben hatten.
»Fragen Sie … fragen Sie Jasmin Kandel«, beschied er die gestresste junge Frau. »Sie wissen, wer das ist?«
Sie nickte. »Sie hat sich vorhin schon um die neue Tischordnung gekümmert.«
Ah, Jasmin, dachte er, löschte aber sofort jeden Funken etwaiger aufkommender Sympathie. Die Zerschlagung von Hochzeiten, das war ja Jasmins Profession.

»Tja«, seufzte Tante Adele, als es dunkel wurde und sie im Salon in Peerhagen saßen, »den Abend haben wir uns auch anders vorgestellt.«
Severin fehlte an der Hausbar. Er hatte sonst immer die Drinks gemischt und dabei mindestens das Doppelte von dem konsumiert, was er austeilte. Die gute Erziehung hätte Falk dazu verpflichtet, den Damen die Drinks zu servieren, aber er sah sich außerstande. Also hatte Tante Adele das übernommen. Und

nun saßen sie wie gelähmt auf den Sofas und in den Sesseln. Nicole hatte sich des Hochzeitskleids entledigt und Jeans angezogen, ihre Mutter allerdings deklassierte ihre von Schönheitschirurgen modellierte schlanke Figur niemals mit legerer Kleidung, Karlheinz Tiller hatte nur den Cut ausgezogen. Falks Mutter trug ein bequemes Hauskleid und Günter Rosenstock einen Pullover. Nur die Tanten und Jasmin hatten keine Gelegenheit gehabt, sich ihrer festlichen Kleidung zu entledigen. Und Falk hatte keinen Gedanken an das verschwendet, was er anhatte. Die rote Rose hatte Achim ihm aus dem Knopfloch gezogen und ins Gebüsch geworfen.

»Bei einem plötzlichen Todesfall wird immer die Polizei eingeschaltet«, erklärte Adele. »Als der Mann der Schwester meines anderen Schwagers plötzlich tot umfiel, haben sie ein richtiges Ermittlungsverfahren angestrengt. Man kam sich schon richtig schuldig vor.« Die alte Dame stürzte sich in eine umständliche Erzählung, die Frau Tiller die Höflichkeit besaß anzuhören.

Währenddessen wandte sich Falk an seine Mutter und seinen Vater. »Ich weiß nicht«, sagte er, »was der Gerichtsmediziner letztlich feststellen wird, aber ich glaube, ihr solltet ein paar Dinge wissen.«

Nicole fuhr aus ihrer Lethargie hoch. »Nein, Falk.«

Er zog ungerührt das Tütchen aus der Tasche und schüttete die drei rötlichen Pillen auf den Handteller. »Das hier habe ich in Severins Jackentasche gefunden. Man nennt sie Thai-Pillen. Während das so genannte Speed aus synthetischen Amphetaminen besteht, enthalten die hier Methamphetamine und sind fünfmal wirkungsvoller. Geradezu Speedbomben. Ich fürchte, Severin hat gestern Nacht so eine genommen und heute früh womöglich noch eine. Das hat sein Herz dann nicht mehr ausgehalten.«

Günter Rosenstock paffte seine Zigarre, während Adeltraud erschrocken die Hände vor den Mund schlug.

»Früher«, fuhr Falk fort, »haben wir alle auf unseren Partys Ecstasy und Speed eingeworfen. Aber Severin konnte offenbar bis heute nicht davon lassen. Man wird zwar nicht körperlich abhängig davon, aber psychisch schon. Es steigert das Selbstvertrauen.«

»Und warum«, meldete sich Günter Rosenstock da zu Wort, »warum sollten wir dir das glauben, Falk?«

»Was?«

»Severin kann nicht mehr richtig stellen, was du hier behauptest. Oder hast du ihm dieses Thai-Zeugs besorgt? Da kann man viel Geld mit verdienen, nicht?«

Wie in seiner Kindheit und Jugend fühlte Falk wieder dieses Messer in sich stecken. Ein langer Dolch, der sich inwendig von seiner Kehle bis ins Eingeweide bohrte. Nur wenn er ganz still hielt, dann tat es nicht weh.

»Was?«, rief Tante Adele und unterbrach ihre Geschichte über den Mann der Schwester ihres anderen Schwagers. »Wovon redet ihr?«

Falk beugte sich langsam vor, damit es nicht so schmerzte, und sagte: »Vater, ich hätte mir gewünscht, ich müsste nicht beweisen, dass ich nicht schuld an Severins Tod bin. Aber falls die Polizei Severins Räume durchsucht, wird sie wahrscheinlich Hinweise finden, dass er sich Speed hat liefern lassen.«

Günter Rosenstock paffte zwei Züge und meinte dann: »Was regst du dich denn gleich wieder auf, Falk? Ich habe nicht gesagt, dass du etwas getan hast, sondern nur, dass es auch andere

Erklärungen dafür gibt, warum Severin im Besitz dieser Drogen war. Man könnte sie ihm ja auch zugesteckt haben.«
Falk seufzte tief.
»Jasmin!«, rief Nicole plötzlich. »Es war Jasmin!«
Alle blickten zuerst Nicole und dann Jasmin mit aufgerissenen Augen an.
Nicole richtete sich kerzengerade in ihrem Sessel auf. Ihre blauen Augen leuchteten. Sie hatte ihren Schock überwunden, sie war wieder präsent. »Jasmin«, sagte sie laut und klar, »wollte von Anfang an meine Hochzeit mit Severin verhindern. Ja, Adeltraud, das hättest du nicht gedacht, was? Jasmin hat mir nie verziehen, dass Severin sie damals vor fünf Jahren verlassen hat, weil er sich in mich verliebt hatte. Und da sie Severin und mich nicht auseinander bringen konnte, obgleich sie alles versucht hat, hat sie ihm heute …«
»Langsam, Nicole!«, sagte Falk. Sein Gerechtigkeitssinn war dann doch stärker als die bitterste Verachtung für diese so entzückende kleine Person mit dem englischroten Haar. »Jasmin hatte keine Gelegenheit dazu. Und sie hat … sie hat Severin geliebt.«
»Und darum hat sie ihn umgebracht!«, schrie Nicole fast. »Diese Hexe. Da sie ihn nicht haben konnte, sollte auch ich ihn nicht haben. So ist das!«
»Was sind das denn für makabre Ideen?«, bemerkte Tante Adele aufgeräumt. »Jasmin, das sind doch Sie, Frau Kandel, nicht wahr? Warum sagen Sie gar nichts dazu? Ihre alte Schulfreundin wirft Ihnen vor, dass Sie meinen Neffen umgebracht haben.«
Jasmin schüttelte den Kopf. »Es tut mir alles sehr Leid«, erwiderte sie mit einer um Festigkeit ringenden Stimme. »Ich muss Sie alle um Verzeihung bitten, dass ich so taktlos war, mich nicht

eher zurückgezogen zu haben. Sie haben einen schweren Verlust erlitten und das Recht, unter sich zu sein. Zu meiner Entschuldigung kann ich nur anführen, dass auch mich Severins Tod sehr erschüttert hat. Ich hatte gedacht, Nicole beistehen zu können, die ja nun ...«

»So, hast du das gedacht?«, fuhr Nicole sie an. »An meinem Unglück weiden wolltest du dich. Du ...«

Jasmin stand rasch auf, die Handtasche in der Hand. »Und nun bitte ich Sie, mich zu entschuldigen. Wenn es noch Fragen gibt, die ich beantworten kann, dann finden Sie mich heute Abend in Hus Achtern Boom. Dort werde ich auch meine Berliner Adresse hinterlassen.«

Damit ging sie aus dem Salon.

»Bleib hier!«, schrie Nicole ihr hinterher. »Ihr könnt sie doch nicht einfach gehen lassen. Sie ist Severins Mörderin!«

»Nun ist aber gut, mein Kind«, knurrte Nicoles Vater. »Nu beruhig dich mal wieder. Frau Kandel ist doch erst in Heiligendamm zu uns gestoßen. Wie Falk schon sagte, sie hatte keine Gelegenheit.«

»Außerdem«, bemerkte Falk, »kann man mit Speed keinen Menschen gezielt töten. Jasmin hätte nicht damit rechnen können, dass Severin ...« Das Bild, wie sein Bruder in sich zusammensackte, machte es ihm unmöglich, dafür Worte zu benutzen. »Wenn Jasmin wirklich so etwas vorgehabt hätte, dann hätte sie zu andern Mitteln greifen können.«

»Zu was für welchen denn?«, begehrte Nicole noch einmal auf. »Hast du auch schon darüber nachgedacht, Falk? Habt ihr etwa gemeinsame Sache gemacht? Mir den Mann wegnehmen, dir das Erbe sichern! Wer kriegt denn jetzt Severins Häuser in Berlin? Und es wäre ja auch nicht das erste Mal gewesen, dass du versucht hast, Severin zu beseitigen. Was war das denn erst letzten Sonntag auf dem Boot? Und damals vor zwölf Jahren bei dieser Strandparty …«

»Nicole!«, rief Adeltraud. »Schluss jetzt! Es reicht!«

Günter Rosenstock nahm die Zigarre aus dem Mund und legte sie auf den Ständer am Aschenbecher. »Was sind das für Geschichten, Falk? Dürfte ich um Aufklärung bitten?«

»Ich weiß nicht, Vater, ob ich der Richtige bin, dich aufzuklären. Das würde nämlich voraussetzen, dass du gewillt wärst, mir zu glauben.«

»Falk«, sagte Adeltraud, »bitte! Wenn es etwas gibt, das wir wissen sollten, dann erzähl es uns ohne gestelztes Drumherumreden. Wir glauben dir doch. Mein Gott, Severin ist tot, und wir sitzen hier und verstehen es nicht.« Tränen stürzten aus ihren Augen. Sie bremste sie mit dem Taschentuch.

Falk schluckte und atmete langsam ein. Der Dolch in seinen Eingeweiden pikste nur ein bisschen.

»Also gut«, sagte er. »Es war vor zwölf Jahren im Mai. Laura hatte uns eröffnet, dass sie schwanger war, und stellte astronomische Forderungen. Sie wollte Geld für eine Abtreibung, Schmerzensgeld und Schweigegeld. Darum hatten wir eine Strandparty geplant, um sie … nun, um ihr eine Lehre zu erteilen. Achim sollte sich an sie heranmachen, damit wir hinterher sagen konnten, sie habe es mit so vielen Jungs getrieben, dass das Kind von jedem sein könnte.«

»Dazu hat man Vaterschaftstests«, bemerkte Tante Adele trocken.

»Laura hat an diesem Abend dann auch kapiert, dass es besser ist, zwanzig Jahre lang zu kassieren als einmal«, erwiderte Falk. »Jedenfalls, der Stoff, den an diesem Abend einer aus Rostock mitgebracht hatte, wirkte ungeheuer. Ich konnte Severin nicht davon abhalten, gleich zwei einzuwerfen. Ein paar Stunden später kippte er um. Es war äußerst knapp.«

»Das hättest du uns unbedingt sagen müssen, Falk!«, rief Adeltraud.

»Severin wollte unter keinen Umständen, dass ihr wisst, dass er mit Drogen herummacht. Vor allem du nicht, Vater, nach der Szene, die du ihm gemacht hast, als du ihn mit sechzehn beim Rauchen erwischtest. Severins Angst vor dir war immer größer als sein Vertrauen. Deshalb hat auch dein Trick nicht funktioniert, uns gegeneinander auszuspielen. Ich wusste, Severin hätte niemals zugegeben, dass er Ecstasy genommen hat.«

»Trotzdem«, beharrte seine Mutter, »hättest du es mir sagen müssen.«

»Ich konnte nicht petzen. Nenn es jugendliche Unreife, aber …«

»Das behauptest du doch jetzt nur«, unterbrach ihn sein Vater.

»Nun lass ihn doch ausreden«, bat Adeltraud.

»Ich finde es unerträglich, wie Falk Severin nachträglich in ein schlechtes Licht stellt, nur um …«

Falk stand so schnell auf, wie es das Messer in seinem Bauch erlaubte. »Ist gut, Vater. Lass dir die Geschichte von Achim erzählen, oder noch besser von Laura, wenn du Wert darauf legst, mich in ein schlechtes Licht gerückt zu sehen. Ich glaube, ich habe hier nichts mehr verloren. Guten Abend.« Er wandte sich zur Tür.

Adeltraud sprang ebenfalls auf. »Bitte, Falk! So darfst du nicht gehen. Bleib.«

»Es hat keinen Sinn, Mama.« Er wehrte ihre Hände sachte ab und wich zurück. »Ich verstehe, dass jetzt alle erregt und aufgebracht sind. Vielleicht ein andermal. Ihr … ihr wisst ja, wo ihr mich findet.«

Adeltraud ließ die Hände sinken und drehte sich zu ihrem Mann um, der seelenruhig zur Zigarre griff und sie zum Mund führte. Falk kam irgendwie an die Tür und drehte sich dort noch einmal um.
»Vor fünf Jahren«, sagte er leise, »habe ich euch um eine zweite Chance gebeten. Ihr … ihr habt sie mir gewährt, wofür ich sehr dankbar bin. Aber es ging auch darum, dass ich … dass ich euch, vor allem dir, Vater, eine zweite Chance geben wollte.«
Der Patriarch nahm die Zigarre nicht aus dem Mund.
»Offenbar«, sagte Falk, während sich in ihm das Messer einmal um sich selbst drehte, »bestand und besteht kein Bedarf dafür. Es tut mir Leid. Lebt … lebt wohl.«
Er wandte sich so schnell um, dass er vom Bild der Sprachlosigkeit, die er hinterließ, nur Mutters in Tränen gebadete Augen und Tabakwolken mitnahm. Er rannte aus dem Haus, sprang in seinen alten Mercedes, wendete vor der Garage, dass der Kies spritzte, und röhrte die Auffahrt hinauf. Fast wäre er mit dem Tor kollidiert, das sich erst halb geöffnet hatte.
Ob ihm jemand nachgelaufen war, um ihn aufzuhalten, hatte er nicht gesehen. Das Bild im Rückspiegel war verschwommen. Er wischte sich die Tränen aus den Augen, um die Straße erkennen zu können, aber sie ersoff immer wieder in Schlieren.
Es war auch nicht nötig, dass ihm jemand hinterhergerannt kam, sie wussten, dass er auf dem Boot sein würde. Man konnte sich, wenn man sich vom Schreck erholt, ihm die dramatische Szene verziehen und sich besonnen hatte, in ein Auto setzen und zu ihm fahren.
Aber sie würden nicht kommen.
Sein Vater würde sich von solchen Ungezogenheiten nicht erpressen lassen. »Zu Kreuze kriechen« nannte er das, was andere

Einlenken nannten. Seine Mutter würde als Friedensstifterin erst einmal anrufen.
Und Nicole? Sie hatte sich in die Familie vorgearbeitet, ohne sie verstehen zu wollen. Vermutlich konnte nur jemand mit dem klaren Ziel vor Augen, reich zu heiraten, die Konflikte aushalten. Am Ende machte sie sich noch an ihn heran wie schon einmal, als Severin in Rostock mit einer Blondine flirtete. Sie hatte wohl sicherstellen wollen, dass sie auch den anderen Rosenstocksohn würde heiraten können, falls es mit dem ersten nichts wurde.
Falk schüttelte sich. Der Ekel verschaffte ihm die nötige Klarheit, sodass er die gewundene Straße durch die finstere Kühlung ohne Verkehrsgefährdung hinter sich brachte.
In Kühlungsborn bog er nach der Bahnlinie aufs bucklige Kopfsteinpflaster der Neuen Reihe ein, wo Hus Achtern Boom sein anachronistisches Dasein fristete. Er lenkte den Wagen in die mit Betonplatten gespurte Lieferantenzufahrt neben dem Hotel und drehte den Zündschlüssel auf Aus. Über dem erleuchteten Speisesaal waren zwei Fenster hell. Er zwang sich auszusteigen.
Die Rezeption war menschenleer, aber die Bürotür war angelehnt. Als Falk die Hand ausstreckte, um anzuklopfen, hörte er Laura sagen: »Jetzt hat er ja, was er wollte. Nun wird der alte Rosenstock ihn zum Geschäftsführer machen.«
»Ich wünschte«, erwiderte Jasmin daraufhin, »wir könnten aufhören, einander intrigante Absichten zu unterstellen. Niemand kann Severins Tod gewollt haben, am wenigsten Falk.«
Er klopfte und stieß die Tür auf.
Laura fuhr mit schildkrötenhafter Geschwindigkeit herum. Sie saß hinter ihrem Bürotisch. Jasmin lehnte am Fensterbrett und sah aus, als würde sie frösteln.

»Jasmin«, sagte er, »könnte ich dich zwei Minuten sprechen?«
Sie stieß sich ab und kam zur Tür. Er führte sie ein paar Schritte von der Rezeptionstheke weg und blieb mitten auf dem Teppich unter der niedrigen mit gelblichen Lampen besetzten Decke stehen.
»Zunächst einmal«, begann er, »möchte ich mich für deine Hilfe heute Mittag beim Stoppen der Festivitäten bedanken. Ich wäre aufgeschmissen gewesen. Zum Zweiten möchte ich mich für die unschöne Szene vorhin in Peerhagen entschuldigen. Man hätte dich nicht so gehen lassen dürfen. Und zum Dritten möchte ich …«, das Messer in seinem Bauch durchbohrte ihm den Magen, »… möchte ich dich bitten, den Kontakt zu uns abzubrechen.«
Jasmin blickte ihn mit ihren hellen, jetzt wie erloschenen Augen stumm an.
»Aber vielleicht hattest du das ja ohnehin vor. Ohne dir böse Absichten unterstellen zu wollen, aber deine Mission ist ja gewissermaßen erfüllt. Da wäre es nun auch ganz in meinem Sinn, wenn wir uns nie wieder begegnen würden.«
»Warum?«, fragte sie kaum hörbar.
»Ich glaube, das weißt du selber. Aber vielleicht brauchst du tatsächlich eine Erklärung, weil du bei deinem Spiel niemals wissen kannst, was andere herausbekommen haben und was nicht. Ich habe dich gesehen, wie du von Nicole einen Scheck entgegengenommen hast. Es war eindeutig, dass sie dir deine … deine große Liebe Severin abgekauft hat. Und ehrlich gesagt, Jasmin, da hört es bei mir einfach auf.«
Er sah noch, wie sich Jasmins Augen mit Tränen füllten, aber über ihre Lider tropfen sah er sie nicht mehr, denn da war er längst hinausgelaufen.

Er drehte den Zündschlüssel, startete den Wagen, stieß rückwärts auf die Straße, fuhr in die Schlossstraße und bog am Bahnhof Richtung Fulgen und Jachthafen ab. Den Autoschlüssel warf er beim Parkplatzbetreiber in den Briefkasten. Dann schritt er auf der Schwimmmole zur *Santa Lucia* hinaus, zog sich die Schuhe aus und begab sich auf sein Boot.

Es dauerte keine Stunde, dann hatte er die Wetterberichte, die Routenberechnung, genug Wasser, Lebensmittel für zehn Tage und ausreichend Sonnenblumenkerne für Kiko beisammen und war startklar. Er warf einen Zettel mit einer Mitteilung über seine Route in den Briefkasten der Hafenmeisterei. Um halb zehn setzte er Positionslichter, löste die Leinen und verließ den Hafen. Draußen auf dunkler See setzte er Segel und nahm am Wind zunächst quer durch die Lübecker Bucht Kurs auf Gedser. Nach etwa einer Stunde hatte er den internationalen Schiffsweg von Lübeck nach Leningrad erreicht und schwenkte raumschots auf den Kurs nach Gotland ein. Er segelte die ganze Nacht. Zwar erleichterten ihm GPS und Autopilot das Navigieren, aber er musste ziemlich wach bleiben, wenn er nicht mit den großen Frachtdampfern auf der Route kollidieren wollte.

Gegen zehn Uhr morgens tauchte grün wie ein Smaragd die Insel Bornholm in einem Sonnenstrahl auf, der sich durch die Wolken bohrte.

Etwa um diese Zeit standen Jasmin und Ronja am Anleger und stellten fest, dass die *Santa Lucia* ausgelaufen war.

»Das hat er schon einmal gemacht«, erklärte Ronja. »Das war, als ich noch ganz klein war. Da ist er abgehauen, ohne jemandem ein Sterbenswörtchen zu sagen. Er ist auf ein Schiff gestiegen, und dann hat man sechs Jahre lang nichts mehr von ihm gehört.«

»Aber heute«, sagte Jasmin, »ist er höchstwahrscheinlich bloß mit den Käufern seines Boots rausgefahren.«

»Ach ja, das wird es sein.« Ronja klang fast enttäuscht.

»Wär's dir anders lieber?«

»Mama wäre es lieber«, gestand sie. »Immer hat sie was an ihm auszusetzen, immer schimpft sie, weil er nicht zahlt und weil wir arm sind, während die in Peerhagen in Saus und Braus leben und all das. Und dann sitzt sie den ganzen Tag vor einer Kanne Tee und wickelt sich die Locken um den Finger.«

»Und weil du irgendwie mit deiner Mutter klarkommen möchtest, wäre es dir lieber, wenn dein Vater sich zurückziehen würde?«

»Nein, ich möchte nicht, dass Papa wieder abhaut. Dann sagen wieder alle, er sei feige und würde sich vor der Verantwortung drücken und all das.«

»Hm.«

»Aber sie verstehen ihn nicht. Niemand versteht Papa richtig.«

»Verstehst du ihn denn?«, frage Jasmin verblüfft.

»Ich weiß nicht«, antwortete Ronja mit einem verschmitzten Lächeln. »Ich bin bloß ein kleines Mädchen. Aber ich glaube, sie haben Papa in Peerhagen nicht nett behandelt. Vielleicht war er als Kind auch dick und plump, und sie haben ihn immer ausgelacht und gehänselt. Und dann ist er mürrisch und finster geworden.«

»Ein kluger Gedanke«, sagte Jasmin.

»Ich bin nämlich auch maulig und aufsässig und rappelig, weil mich niemand anschaut.«

»Oh«, Jasmin lächelte, »ich finde dich eher klug und charmant. Und die rot-schwarzen Haare stehen dir zum Sterben gut.«

Ronja lachte. »Übrigens«, sagte sie und deutete in Richtung Kai,

»ich glaube, da kommen die Leute, die mit der *Santa Lucia* Probe fahren wollten.«
Jasmin blickte sich um. Zwei Pärchen kamen von der Hafenmeisterei den Kai entlang und bogen auf den Schwimmsteg ein, auf dem sie standen, sämtlich mit Segelschuhen an den Füßen und in Wetterjacken. Einer mit Sonnenbrille ging voran, die Boote entlang, die leise klirrend im Hafenbecken schaukelten. Der Trupp zog an Jasmin und Ronja vorbei zum Ende des Stegs. Dann kam er zurück.
»Hier muss sie liegen«, sagte der mit der Sonnenbrille. »Da bin ich ganz sicher.«
»Suchen Sie die *Santa Lucia*?«, fragte Ronja.
Die beiden Frauen und Männer drehten sich um und musterten erst Jasmin und dann Ronja.
»Ja«, antwortete eine der Frauen und schaute dabei Jasmin an, offenbar unfähig, den Blick zu einem Kind zu senken.
»Dann sind Sie richtig«, sagte Ronja. »Das ist ihr Liegeplatz.«
»Aber sie ist nicht da, oder sehe ich das falsch?«, fragte der mit der Sonnenbrille.
»Das sehen Sie richtig«, antwortete Ronja. »Falk Rosenstock ist mein Vater.«
»Ah, freut mich. Und wo ist dein Vater?«
Ronja zuckte fröhlich mit den Schultern. »Ich habe keine Ahnung.«
Vier Paar Augen richteten sich fordernd auf Jasmin. Sie merkte, wie sie sich sperrte, und schwieg, wenn auch lächelnd.
»Wir sind um zehn Uhr verabredet«, sagte der mit der Sonnenbrille tadelnd. »Wir kommen direkt aus Hamburg. Und wo ist Ihr Mann?«
»Herr Rosenstock ist nicht mein Mann.«

»Oh, entschuldigen Sie, ich dachte … Wie dem auch sei, können Sie uns trotzdem sagen, wo er ist?«

Jasmin lächelte liebenswürdig. »Es gab gestern einen Todesfall in der Familie. Herrn Rosenstocks Bruder ist plötzlich und unerwartet verschieden.«

Die Frauen machten betrübte Gesichter. »Mein Beileid!«, murmelte der andere der beiden Männer.

»Ich bin nicht verwandt mit der Familie«, erklärte Jasmin.

»Wollte er nicht heiraten, dieser Bruder?«, platzte der mit der Sonnenbrille heraus.

Jasmin lächelte undurchsichtig.

Die beiden Damen blickten sich ratlos an.

»Na, dann eben nicht!«, schnaubte der mit der Sonnenbrille. »Offenbar braucht er das Geld doch nicht so dringend. War ohnehin überhöht, der Preis. Kommt, gehen wir.«

»Eines wissen wir jetzt ganz sicher«, bemerkte Jasmin. »Falk ist nicht auf Probefahrt.«

»Und er verkauft die *Santa Lucia* nicht.«

»Vielleicht hat er den Termin vergessen«, mutmaßte Jasmin.

»Papa vergisst nie irgendetwas.«

»Könnte man ihn nicht anrufen?«

»Wenn man ein Handy hätte, dann könnte man das tun«, sagte Ronja.

Jasmin drückte Ronja ihr Telefon in die Hand.

Ronja tippte eine Nummer ein und hielt sich das Gerät ans Ohr. Jasmin erkannte an Ronjas Gesicht – einem hoffnungsvollen Aufwachen und dann Enttäuschung –, dass sich nur die Mailbox meldete.

»Abgestellt«, sagte sie und reichte das Telefon zurück.

Jasmin speicherte die eben gewählte Nummer und steckte das

Handy weg. »Kann man deinen Vater nicht auf andere Art erreichen?«
»Ist es so wichtig, dass wir ihn erreichen?«
»Ich weiß es nicht genau, Ronja. Aber mir kommt das seltsam vor. Es könnte ja nicht schaden, wenn wir wüssten, wo er ist und was er vorhat. Meinst du nicht?«
Ronja überlegte. »Dann fragen wir den Hafenmeister. Der kann ihn anfunken.«
Sie stiegen vom Kai den Deich zu den Containern hinauf. Der mit dem Briefkasten enthielt die Hafenmeisterei. Als Jasmin nach einem Kontakt zur *Santa Lucia* fragte, erfuhr sie, dass Falk die Nachricht hinterlassen hatte, er sei auf dem Weg nach Gotland. Unter diesen Umständen verzichtete Jasmin darauf, einen Funkkontakt zur *Santa Lucia* zu erbitten.
Ihr schwindelte vor Erleichterung und vor Angst. Sie hatte die ganze Nacht nicht geschlafen. Immer und immer wieder hatte sie Formulierungen hin und her gewendet.
»Alles ein Missverständnis. Du tust mir Unrecht, Falk. Ich habe Severin nie so geliebt, wie ich dich liebe. Und den Scheck von Nicole habe ich nur genommen, weil ich wusste, dass er nicht gedeckt sein würde.«
Aber das hätte Falk ihr glauben müssen, denn beweisen konnte sie es nicht, und glauben würde er ihr nicht. Ausgerechnet von dem Mann, den sie so liebte, dass ihr jedes Mal schwindlig wurde, wenn sie an ihn dachte, bekam sie jetzt die Quittung für knapp fünf Jahre Intrigen als Meisterliebesdiebin. Fast war sie froh, dass dieses so schwierige, so lebenswichtige Gespräch heute nicht stattfinden würde. Aber der Aufschub war keine Erlösung. Im Gegenteil. Wie lange würde sie fürchten müssen, nicht die richtigen Worte zu finden, ihn nicht überzeugen zu können,

noch einmal abgewiesen zu werden, vielleicht noch verächtlicher, endgültig und unwiderruflich?
Dann wäre auch Lieselottes stete Klage über Filmschlüsse widerlegt, die so taten, als wäre jeder Flug oder jedes ablegende Schiff das letzte seiner Art und würde den Geliebten ins Nirwana entführen.

Karlheinz Tiller wurde am Pfingstsonntag um sieben Uhr früh im Grand Hotel in Heiligendamm verhaftet und zunächst nach Rostock gebracht. Ein geschickter Schachzug von Jasmins Bruder. Er hatte es ihr einmal erklärt. Verbrecher mit Schlips und Kragen verhaftete man am besten fern vom Wohnort. Dann mussten sie mit regulären Gefangenentransporten im Zickzack durch Deutschland an den Gerichtssitz ihrer Heimatstadt transportiert werden. Sie wurden verschubt, wie das im Polizeideutsch hieß, und nach vierzehn Tagen in diversen Gefängniszellen mit Schlägern, Drogensüchtigen und Mördern waren sie in der Regel so mürbe, dass sie gestanden.
Die Steuerfahnder und Polizisten durchsuchten Tillers Büro und seine Villa auf dem Turmberg in Karlsruhe-Durlach erst am Dienstag nach Pfingsten. Durchsuchungsbeschlüsse gab es auch für die Büros von Rosenstock im Rostocker Stammwerk.
Jasmin sah abends im Fernsehen, wie Computerterminals und kistenweise Papiere in Kleintransporter verladen wurden. Der zuständige Staatsanwalt, Wolfram Kandel, erklärte in eine Kamera hinein, man ermittle wegen Betrugs in vermutlich dreistelliger Millionenhöhe und wegen Steuerhinterziehung. Karlheinz Tiller sei als Hauptverdächtiger wegen Flucht- und Verdunklungsgefahr bereits am Sonntag verhaftet worden. Noch bestreite er die Vorwürfe. An einem kleinen selbstsicheren Lächeln in

ihres Bruders Gesicht erkannte Jasmin, dass er damit rechnete, dass Tiller nicht mehr lange widerstehen werde.

Während die Tagespresse ihren Lesern Begriffe wie Gleisumbauzug und Luftgeschäfte nahe brachte, bestimmte der Hochzeitstod des Rosenstockerben die Titelseiten der Regenbogenpresse in den Tagen nach Pfingsten, die Jasmin einsam in Berlin Urlaub machte. Die Boulevardzeitungen übernahmen es, die Ehefrau des verhafteten Millionenschuldners Tiller und deren eine Minute vor der Hochzeit quasi verwitwete Tochter auf ihrer Flucht nach Mallorca ins Bild zu setzen. Währenddessen klärten die Sonntagsbeilagen über die verharmlosten Gefahren von Designerdrogen auf. Man konnte aus jedem Schicksal etwas lernen. Die Nation begriff: Geld macht nicht glücklich.

16

Der Wind hatte auf Nordost gedreht und kam in Böen. Falk musste kreuzen und machte kaum Meilen. Die *Santa Lucia* knallte mit dem Bug in jede Welle. Die Wende durch den Wind kostete ihn jedes Mal fast den ganzen Schub. Am späten Nachmittag hatte sich Regen zur Gischt gesellt. Seit acht Stunden kämpften Falk und die *Santa Lucia* sich Richtung Gotland. Zurück nach Bornholm würde es vielleicht vier Stunden dauern. Bevor die Nacht hereinbrach, wären sie wieder im Hafen von Rønne.

Aber umkehren hieß seine Niederlage eingestehen.

Vielleicht wurde es Zeit, dass er das mal tat, dachte Falk. Aber er kam immer nur kurz zum Nachdenken. In kleine Abschnitte zerstückelt und von Wellen hochgeschaukelt und niedergeschlagen, tauchten vor seinem inneren Auge die Bilder auf, Bilder seines Lebens.

Severin, der zehnjährig zum Vater rannte. »Falk hat mich mit der Eisenstange geschlagen.« Vaters Strafen waren nie drakonisch gewesen. Viel schlimmer war die Mischung aus Betrübnis und Achselzucken, mit der er auf Falks Wutausbrüche reagiert hatte.

Dieses »Mit dir wird es noch mal schlimm enden« im Blick.
Auch Severin hatte sein Päckchen zu tragen gehabt. Es hatte gelautet: »Nun mach du mir nicht auch noch Probleme.« Zum ersten Mal hatte Severin ihn, Falk, wirklich gebraucht, als er einen blauen Brief in der Tasche nach Hause trug. Abitur gefährdet. Falk hatte mit der größeren zeichnerischen Begabung Vaters Unterschrift gefälscht, ohne allerdings zu verstehen, warum das nötig war. Wie konnte sich Severin nur dermaßen vor Vaters Reaktion fürchten? Aber dann hatte ihn Severins Argument überzeugt. »Wenn du das für mich tust, dann nehme ich dich auf die Party am Samstag mit.« Fünfzehn war Falk damals gewesen. Sein erster Rave in einer aufgelassenen Fischfabrik, damals noch in Hamburg. Severin hatte gerade frisch den Führerschein gehabt. Sein tiefer gelegter schwarzer Golf GTI.
Das mit den Tabletten hatte Falk erst nicht begriffen. Severin hatte zunächst verhindert, dass er sie in die Finger bekam. Falk hatte weniger naiv erscheinen wollen, als er war, und die Dinger probiert. Sie machten friedlich. Sie hatten ihm die Streitlust genommen. Auf einmal war es ganz leicht gewesen, sich mit Severin und den anderen aus der Clique zu vertragen. Das war schon in Kühlungsborn.
Und dann fuhr Severin den GTI gegen einen Alleebaum. Sie hatten zu viert im Wagen gesessen. Seltsamerweise war niemand verletzt worden. Sie bekamen den Golf sogar wieder flott, bevor die Polizei auftauchte. Aber der Schaden war nicht zu verbergen. »Kannst du nicht sagen, du wärst gefahren?«, flehte Severin ihn an. Diese Angst immer vor ihrem Vater. Als ob Severin in seinem Leben nichts gehabt hätte als Vaters Wohlwollen. Als ob der, der das Vertrauen des Vaters genoss, mehr zu verlieren gehabt hätte als er, Falk, der es nie richtig gewonnen hatte. Zum

ersten Mal war er wirklich der Böse gewesen. Auf einmal hatte er begriffen, wie es lief. Er hielt den Kopf für seinen älteren Bruder hin, weil es ihm nichts ausmachte, weil Severin der Schwächere war.

Sein älterer Bruder hatte ihn nie verteidigt, auch nicht, als es so aussah, als hätte er, Falk, Severins Auto für eine Spritztour entwendet, und das ohne Führerschein.

»Den Führerschein«, hatte sein Vater mit leiser Stimme angeordnet, »den zahlst du selber, wenn du ihn haben möchtest. Von mir bekommst du keinen Pfennig.«

Severin hatte ihm ausgeholfen.

In Wahrheit hatte Severin ihn als kleineren Bruder auch geschützt, und zwar vor den hochgeschraubten Erwartungen des Patriarchen. Severin war der Nachfolger, Falk hatte Narrenfreiheit gehabt. Severin war einfach zu schwach dafür gewesen, der gute Sohn zu sein. Und Falk war zu stark dafür gewesen. Und so hatten sie sich zusammengetan, um aus Severin den würdigen Erben zu machen, Vaters Hoffnung.

Falk ließ das Boot abfallen und bereitete sich auf eine Halse vor. Vor dem Wind segelte er zurück nach Bornholm. Als es dämmerte, schaukelte hinter Wellenbergen die grüne Küste der Insel auf und nieder. Die Leuchttürme blitzten, und die weiße Kirche mit dem Fachwerkturm und seiner spitzen Haube leuchtete im letzten Abendlicht, als die *Santa Lucia* in den Jachthafen von Rønne einfuhr, den sie am selben Morgen beim ersten Sonnenstrahl verlassen hatte.

Falk begab sich unter Deck, zog sich mit klammen Fingern die durchnässten Kleider aus, nahm Kiko und begab sich mit dem Vogel unter die Dusche.

Regenwaldvögel mochten Regen, das hatte Falk mit der Zeit

gelernt. Auch waren Kikos Äußerungen durchaus nicht sinnentleert. Sagte er mit der Stimme der alten Frau, der er einst gehört haben musste, »So!«, dann erwartete er, dass Falk etwas tat, ihm Sonnenblumenkerne gab, ihm Wasser nachfüllte oder ihm die Salontür aufmachte, damit er an Deck klettern konnte. Gelegentlich ertappte Falk sich dabei, dass er nach vollendeter Aktion selbst »So!« sagte. Kam er in den Salon, rief Kiko »Juhu«, und war er zufrieden mit sich und der Welt, dann vermeldete er »Döskopp!« und pfiff Shantys.

Während Falk sich jetzt landfein machte, kletterte der Graupapagei mithilfe von Schnabel und Krallen seine übliche Strecke über den Schrank, unter dem Türsturz hindurch und das Geländer des Niedergangs hinauf. Als Falk an Land gehen wollte, erklomm Kiko gerade den hinteren Mast. Der Papagei flog fast nie. Er kletterte lieber. Um ihn zurückzuholen, war er bereits zu hoch geklettert. Also ließ Falk die Tür zur Kajüte offen und verklemmte die Salontür, sodass der Papagei zu seinem Fressnapf konnte.

Er selbst schlenderte durch die Gassen mit den bunten Fischerhäuschen und den schmiedeeisernern Laternen rund um die Nikolai-Kirche und kehrte schließlich in Hovedvagten, der alten Hauptwache, ein.

Und er fasste Entschlüsse.

Dazu gehörte, dass er seine Mutter anrief, von der er erfuhr, dass Karlheinz Tiller verhaftet worden war, Nicole und ihre Mutter überstürzt abgereist waren und Severin am Freitag, also übermorgen, beerdigt werden sollte. Er versprach, da zu sein.

Außerdem versuchte er vergeblich, in Hamburg den Kaufinteressenten zu erreichen, den er am Samstag versetzt hatte. Nach Severins Tod war Falks finanzielle Lage nicht besser geworden.

Im Gegenteil, eine wichtige Geldquelle fiel nun weg. Wenn er Lauras trostloses Hotel wirklich sanieren wollte, musste er es alleine schaffen. Und ob er es wollte, war nicht die Frage. Er musste es tun, oder er musste zusehen, wie Ronja in die Überzeugung hineinwuchs, ihrem Vater nichts wert gewesen zu sein. Und dieses Gefühl war das Schlimmste, was Falk sich denken konnte. Severin hatte ihm versprochen, sich an der Sanierung zu beteiligen, sobald er von Vater den Chefposten der Rosenstock-Holding übernommen hatte. Das fiel nun weg. Jetzt hätte er seinen Vater bitten müssen.

Allein der Gedanke trieb Falk das Blut in harten Schlägen durch den Hals. Er wusste, er litt an falschem Stolz. Hatte er jemals seinen Vater um etwas gebeten, das ihn Geld gekostet hätte? Vielleicht hätte er genau das tun sollen. Das hätte der Patriarch verstanden.

In einer Bar erwiderte eine junge Frau seinen Blick. Sie war blond. Aber erst als sie lächelte, merkte Falk, dass er sie angestarrt hatte, vor dem inneren Auge ein ganz anderes Gesicht mit milchzartem Teint, leisen Sommersprossen und englischrotem Haar.

Er spendierte der Blondine ein Bier. Sie sprach etwas Deutsch und Englisch. Er erzählte in ihr Lächeln hinein ohne Rücksicht, ob sie ihn verstand, von großer Fahrt und weiten Reisen und einem Papagei. Sie lachte, auch wenn sie nichts verstand. Nach Mitternacht wollte sie seine Jacht sehen. Doch an der Mole entschuldigte er sich bei ihr mit einem flüchtigen Kuss und schickte sie weg.

Am anderen Morgen wachte er mit Kopfschmerzen und in Kleidern in seiner Koje auf. Und er musste feststellen, dass Kiko verschwunden war. Als der Kaffee aus seinem Kaffeeautomaten in den Becher tröpfelte, liefen ihm unversehens die Tränen übers Gesicht.

Severin Rosenstock wurde im engsten Familienkreis auf dem Friedhof von Kühlungsborn beigesetzt. Die Andacht fand in der alten Feldsteinkirche St. Johannis statt. Im wuchtigen Holzturm läutete das Totenglöckchen.

Danach verliefen sich auch die Spuren von Nicole und ihrer Mutter. Oder die Boulevardpresse hatte das Interesse an den beiden Opfern der tragischen Ereignisse verloren.

Die Firma Rosenstock bekam ihre Computer und Unterlagen zurück. Eine auf gemeinschaftlichen Steuerbetrug abzielende Verbindung zu Karlheinz Tiller hatte sich nicht nachweisen lassen. Die Tageszeitungen wandten sich anderen Schlagzeilen zu, und die Notizen über den Fortgang der Ermittlungen gegen Tiller, die schließlich in eine Anklageerhebung mündeten, rutschten in die Nebenspalten des Wirtschaftsteils.

Dort entdeckte Jasmin Mitte Juli mit ihrem Detektor für gewisse Namen die lakonische Mitteilung, dass Günter Rosenstock sich dreiundsechzigjährig aus der Firma zurückgezogen und die Leitung seinem dreißigjährigen Sohn, dem in Fachkreisen als kreativer Industriedesigner bekannten Falk Rosenstock, übertragen hatte.

Sie griff nach ihrem Handy. Aber wie oft hatte sie es in den letzten Wochen in der Hand gehabt und Falks Nummer aufgerufen, die sie Ronja verdankte, doch jedes Mal, so auch jetzt, übermannte sie ein derart Schwindel erregendes Herzklopfen, dass sie es nicht fertig brachte, den grünen Knopf zu drücken und die Verbindung aufzubauen. Alles hatte sie schon versucht, um die hochschießende Panik abzuwürgen. Eine halbe Stunde

Atemübungen, jeden Abend autogenes Training – »Ich bin ganz ruhig!« –, Stressabbau durch Schwimmen bis zur Erschöpfung. Auch mit Selbstüberrumpelung hatte sie es versucht – im Fahrstuhl und beim Haustüraufschließen eben mal schnell Falks Nummer aufrufen und Hallo sagen. Aber der Schwall lähmender Erregung war immer schneller gewesen. Im Grunde, sagte sie sich, bedeutete es nichts anderes, als dass sie tief in ihrem Unterbewusstsein todsicher wusste, wie ein solches Gespräch mit Falk enden würde – fatal. Am Telefon ging das nicht. Sie hätte ihn aufsuchen müssen. Doch den direkten Kontakt hatte er sich verbeten.

Anfang August rief Nicole an. Jasmin war soeben nach Hause gekommen und hatte begonnen, Möhren und Lauch klein zu schneiden, als das Telefon klingelte.

»Wie geht es dir?«, war Nicoles erste und durchaus verblüffende Frage.

»Gut.«

»Uns leider gar nicht«, lautete Nicoles Erwiderung. »Ein fürchterlicher Regen hat uns gerade das Haus unterm Hintern weggespült. Unglaublich, wie es hier auf Mallorca aussieht. Überall Schlamm. Aber um die Bude ist es nicht schade. Zwei winzige Zimmer, Silberfischchen in allen Ecken, Schaben im Bad und der Vermieter ein schmieriger Typ, der kein Deutsch versteht. Ich habe gar nicht gewusst, dass man so leben kann.«

»Kann ich irgendwie helfen?«, erkundigte sich Jasmin bestürzt. Nicole druckste herum, aber ihr Zögern war zu kurz, ihre Überraschung klang nicht echt. »Das könnte ich nie von dir verlangen. Wie solltest du uns auch helfen können?«

»Na, mit Geld«, sagte Jasmin.

»Das geht doch nicht.«

»Warum soll das nicht gehen?«
»Nach allem … nach allem, was … was zwischen uns war.«
Jasmin schwieg.
»Wie viel … ich meine, wie viel könntest du denn erübrigen?«, kam Nicole dann zur Sache.
»Wie viel würdet ihr denn brauchen?«
»Na ja … Vielleicht zweihunderttausend. Dann könnten wir uns einen kleinen Bungalow kaufen und wären erst einmal aus dem Gröbsten raus. Der Rest wird sich finden. Vielleicht steige ich in ein Maklergeschäft ein.«
»Zweihunderttausend Euro?« Jasmin lachte. »So viel habe ich nicht, Nicole.«
»Aber du verdienst doch ordentlich?« Nicole klang ehrlich verwundert.
»Was glaubst du denn, was unsereiner verdient?«, sagte Jasmin. »Fünfzigtausend im Jahr wäre schon viel. Du hast offenbar niemals für dein Geld arbeiten müssen. Du hast keine Ahnung, was Normalmenschen so für ihre Arbeit kriegen.«
Schweigen kroch durch die Leitung.
»Verstehe«, sagte Nicole schließlich kühl. »Wenn du nicht willst, dann …«
»Nicole, ich kann nicht.«
»Mama hat gleich gesagt, dass es verrückt ist, dich anzurufen. Warum solltest du uns auch helfen wollen, nachdem du uns ins Unglück gestürzt hast.«
»Ich?«
»Ja, du. Der Staatsanwalt ist dein Bruder!«
Jasmin lachte. »Die Machenschaften deines Vaters wären früher oder später ohnehin aufgeflogen. Mach dir da nichts vor.«
»Jasmin, ich habe dich nie um etwas gebeten, und das werde ich

auch jetzt nicht tun. Wir kommen schon zurecht, ob es dir nun passt oder nicht. Und du wirst mit deiner Schuld leben müssen.« Damit legte sie auf.

Jasmin schnaubte zornig. Da sagte jemand einfach so dahin, dass sie Schuld habe, und sie fragte sich beklommen, ob es stimmte. Hatte sie sich wirklich nichts vorzuwerfen? Nicht zumindest die böse Absicht, die sie einst nach Peerhagen getrieben hatte?

»Wer war das denn?«, fragte Rolf, in die Küche tretend.

»Nicole.«

»Und was wollte sie von dir?«

»Geld.«

»Nach allem, was sie dir angetan hat?« Er legte kurz den Arm um Jasmin. »Lass dir bloß von der nicht den Abend verderben. Die fällt schon wieder auf die Füße. Solche Leute fallen immer wieder auf die Füße. Bei dem Bekanntenkreis, in dem sie sich bewegen. Da geht immer irgendetwas. Komm, Jasmin, du musst sie vergessen, sie und Peerhagen. Das ist vorbei. Das war ohnehin eine Nummer zu groß für dich.«

Jasmin rang sich ein Lächeln ab. »Deckst du den Tisch?«

Rolf zog wieder ab. Sie hörte in der Essnische das Klappern von Tellern und Besteck. Dann stellte er den Fernseher an. Noch immer erfasste Jasmin leichte Verwunderung, wenn sie daran dachte, wie sich das mit Rolf und ihr ergeben hatte.

»Was, du und Rolf?«, hatte Lieselotte geschrien, als sie es ihr gestand. »Und ich dachte, ihr hasst euch wie die Pest. Nun ja, was sich liebt, das neckt sich. Erzähl, ihr wart essen, und da hat er dich gefragt, einfach so?«

Nein, er hatte nicht einfach so gefragt. Es war kurz nach Jasmins Rückkehr nach Berlin gewesen, am zweiten oder dritten Tag, an dem sie wieder ihre Arbeit in Glorias Agentur aufgenommen hatte. Gloria war so erleichtert gewesen, dass bei dem ganzen Tiller-Skandal ihre Agentur außen vor geblieben war, dass sie Jasmins Kündigung zerrissen hatte. Und man war übereingekommen, dass Jasmin auf eigenen Wunsch künftig eher im Innendienst beschäftigt sein werde.

Dann war Rolf in ihrem Zimmer erschienen und hatte behauptet: »Schön, dass du wieder bei uns bist.«

Ein großer Satz aus dem Mund des Burschen, der stets so tat, als würde er niemanden auf der Welt brauchen, und deshalb auch niemals nett sein musste. Ob man nicht mal zusammen essen gehen könne. Jasmin hatte vermutet, dass auch ihn die Hintergründe der so spektakulären Hochzeit interessierten, an deren Misslingen er immerhin einen gewissen Anteil gehabt hatte.

»Übrigens ist Falk Rosenstocks Scheck tatsächlich nicht gedeckt«, hatte er ihr mitgeteilt, als sie an einem blanken Holztisch in einer Kneipe auf dem Prenzlberg zusammengerückt waren, in der am anderen Ende eine argentinische Combo Tango spielte.

»Du wolltest ihn doch nicht einlösen?«

»Nachdem Rosenstocks Bücher bei der Staatsanwaltschaft liegen, kann dieser Scheck schon nicht mehr drin auftauchen.«

Danach hatte sich Rolf überraschend einfühlsam nach Jasmins Beziehung zu Severin erkundigt. »Man soll halt niemals Geschäftliches mit Persönlichem verbinden«, hatte er weniger taktvoll kommentiert, angefangen, die Vase mit der kümmerlichen Nelke zu drehen, und gestanden: »Ich habe immer gefunden, dass du eine interessante Frau bist. Ich glaube, ich habe mich schon recht bald in dich verliebt, zumindest ein bisschen. Aber da war immer etwas an dir, eine Trauer, eine Zurückhaltung, sodass ich mir gesagt habe, an die kommst du nicht ran.«

Und so war er unversehens in ein veritables Liebesgeständnis hineingestolpert. Sie hatten Tango getanzt. Rolf war ein guter Tänzer, denn er brachte seine Freizeit in einem Tango-Club zu. Wenn Jasmin sich befragte, welcher Art ihre Gefühle für Rolf tatsächlich waren, so stieß sie auf vollständige innere Leere. Sie war nicht einmal unangenehm. Rolf hatte ihr Zeit gelassen und all ihre Bedingungen akzeptiert: keine gemeinsame Wohnung, Übernachtung bei ihr nur einmal in der Woche. Ein paarmal hatte sie ihn in den Tanzclub begleitet. Es waren nette Abende gewesen, an denen sie Peerhagen, das Meer und die *Santa Lucia* vergaß.

So manierlich hatte Rolf sich bislang verhalten, dass Jasmin sich inzwischen sogar darauf eingelassen hatte, eine gemeinsame Woche Paddeln auf der Mecklenburgischen Seenplatte zu planen.

»Weißt du, Rolf«, sagte sie, als sie jetzt mit Putenspießen, Erdnusssoße und Salat in der Essecke eintrudelte und er den Fernseher ausstellte, »die ganzen Rosenstocks können mir gestohlen bleiben, aber um Ronja tut es mir richtig Leid.«

Rolf gab einen indifferenten Laut von sich.

»Kurz nach meinem Weggang hat sie mir noch eine E-Mail geschickt. Übrigens von Fehlern strotzend. Ich habe auch gleich geantwortet. Aber elfjährige Kinder sind keine großen Briefschreiber. Und anrufen ist riskant. Ronja hat kein Handy. Laura würde das mitkriegen.«

»Na und.«

Jasmin fiel gerade noch rechtzeitig ein, dass sie Rolf nie von dem dramatischen Kontaktverbot erzählt hatte, das Falk ausgesprochen hatte. Sie hatte überhaupt nie von Falk erzählt. Niemandem, nicht einmal Lieselotte.

»Hast Recht«, sagte sie darum jetzt. »Auch wenn Laura mich nicht mag, kann ich ja trotzdem Ronja anrufen. Eigentlich hätte ich sie gern mal nach Berlin eingeladen.«

»Mach das doch.«

Ronja hatte in den letzten sechs Wochen einmal angerufen, an einem Freitagnachmittag, und Jasmin hatte erfahren, dass Ronjas beste Freundin sauer war, weil Ronja ihr nicht gesagt hatte, dass sie mit einer anderen Freundin für den Musiktest lernen wollte, worüber wiederum Ronja ergrimmt war, denn dass man mit jemandem befreundet war, dürfe doch nicht heißen, dass man nicht auch mit jemand anderem befreundet sein könne. Und sie erfuhr, dass der Musiklehrer ein Idiot war, weil er ihr keinen Punkt dafür gegeben hatte, dass sie bei der Geige den Steg richtig bezeichnet hatte, dies aber beim Cello nicht mehr extra hingeschrieben hatte, weil doch ein Cello im Prinzip gleich aufgebaut war wie eine Geige und so weiter. Und auf die Frage, ob es Oma und Opa gut gehe, hatte Ronja nur geantwortet: »Ja.«

Am Samstag entschloss sich Jasmin plötzlich, in der Kottbusser Straße zwischen türkischen Händlern in einen Obstladen zu gehen und eine Tüte Pfirsiche zu kaufen. War es Zufall, dass sie gerade diesen Laden auswählte. Vermutlich nicht. Ein Erinnerungsmarker in ihrem Unterbewusstsein musste sie hierher geführt haben. Dennoch erkannte sie erst auf den zweiten Blick die junge Frau hinter der Käse- und Oliventheke wieder – Xandra, die einstige Braut von Achim Hansen. Wie sie sich fühlte, war ihr nicht anzusehen, aber sie wirkte auch nicht gerade wie eine junge Frau voller Selbstvertrauen im Bewusstsein ihrer Schönheit.

Als Jasmin sich am Montag darauf wieder an ihren Tisch in

Glorias Agentur setzte, spukte ihr Xandra immer noch im Kopf herum. Dabei hätte sie eigentlich einen geeigneten Romeo für eine Witwe finden müssen, die ihr Herz für Obdachlose entdeckt hatte und jede Menge Geld für sie ausgab, was wiederum der Tochter große Sorgen machte. Ein auf Hilfsbedürftigkeit getrimmter Romeo musste die Dame von ihrem Engagement für bärtige Männer im Allgemeinen auf sich im Besonderen ablenken. Und besaß er einmal ihr Herz, musste er sie so bitter enttäuschen – bestehlen, betrügen und verlassen –, dass sie von jeglichem Helfersyndrom auf ewig kuriert wäre und ihr Vermögen ungeschmälert der Tochter vererbte.
Doch entschieden weniger schmerzhaft wäre es für die einsame Dame, wenn man ihr zu einer dauerhaften Bindung verhülfe, zu einem ehetauglichen Mann. Und für so etwas gab es Eheanbahnungsinstitute, wie Adeltraud eines führte.
Das wäre es, dachte Jasmin mit klopfendem Herzen, Adeltraud anrufen und sie bitten, für die alte Dame einen Mann zu suchen. Sie hatte schon die Hand auf dem Telefonhörer, doch sie pfiff sich wieder zurück.
Bist du wahnsinnig? Dein Beruf ist es nicht, einsame Menschen glücklich zu machen, sondern noch ein bisschen unglücklicher. Außerdem kam es Glorias Klientin ja gerade darauf an, dass ihre Mutter auf ihre alten Tage ihr Herz und Geld an keinen einzigen Mann mehr verlor. Und eigentlich, gestand Jasmin sich ein, suchte sie ja nur einen Vorwand, um mit Adeltraud Kontakt aufzunehmen.
Aber würde Adeltraud ihr überhaupt noch freundlich begegnen? Falk hatte ihr doch inzwischen sicher alles über sie erzählt. Und wenn er ihr nichts erzählt hatte, dann musste Jasmins Anliegen, für eine Frau, die ihr Herz und Geld an Penner verschenkte,

einen Ehemann zu finden, bei Adeltraud für ziemliches Erstaunen sorgen. Natürlich konnte Jasmin mit einem routiniert errichteten Lügengebäude ankommen – die Dame sei eine Tante und ihr Glück Jasmin ein persönliches Anliegen –, doch das funktionierte nur, wenn Adeltraud von Falk nichts über Jasmins Beruf erfahren hatte. Sonst musste ihr die Lüge doppelt widerlich erscheinen.

Bestimmt hatte Falk ihr alles erzählt. Hatte er nicht immer sein inniges Verhältnis zu seiner Mutter betont, sich sogar als Muttersöhnchen geoutet, wenn auch eher ironisch? Doch im nächsten Moment war sie wieder felsenfest überzeugt, dass Falk kein Sterbenswort gesagt hatte. War er nicht eigentlich ein verschwiegener Mann mit großem Ehrgefühl, der Geheimnisse anderer nicht ausplauderte. Auch ihres nicht, zumindest so lange nicht, wie sie seine Kontaktsperre einhielt.

Kurz und gut, sie wusste einfach nicht, was Falk für einer war. Sie wusste überhaupt nichts über ihn. Eine Kleinigkeit hatte sie auseinander gebracht, ehe sie sich kennen gelernt hatten. Und weil sie sich nicht kannten, hatte ein kleiner Verdacht gereicht, um rigorose Konsequenzen zu ziehen. Junge Beziehungen waren leicht zu zerstören, sehr leicht.

Wie lange hatte zum Beispiel Xandra ihren Achim Hansen gekannt? Ein paar Monate nur. Je jünger eine Beziehung war, desto weniger brauchte es, um sie zu zerschlagen. Ein falsches Wort, und die Frau fühlte sich verraten, ein falsches Lächeln, und der Mann glaubte, sie interessiere sich für einen andern. Kannten Liebende sich gar nur ein paar Tage, reichte es schon, wenn der eine einfach nur woanders hinblickte, damit der andere sich verlassen fühlte.

Und schon waren Jasmins Gedanken wieder bei Xandra, der

traurigen Kuhäugigen hinter der Oliven- und Schafskäsetheke, und noch am selben Abend schlenderte sie gegen acht Uhr erneut die Kottbusser Straße entlang. Zweimal ging sie an dem Laden des Obsthändlers vorbei, dann trat sie ein. Man war dabei zu schließen. Xandra deckte die Schalen mit Schafskäse und Oliven ab, unterbrach aber ihre Tätigkeit, als Jasmin an die Theke trat.

»Xandra?«, fragte sie. »Sind Sie Xandra Schulze?«

»Ja.«

Jasmin lächelte. »Ich war kürzlich schon einmal hier.«

Auch Xandra lächelte vage. »Ja?«

»Folgendes. Ich habe zu Pfingsten über einen Bekannten Achim Hansen kennen gelernt.«

»Oh!«

»Er hat mir von Ihrer missglückten Hochzeit erzählt«, schwindelte sie. „Von ihm weiß ich auch, wo Ihr Vater seinen Laden hat. Und als ich letzte Woche zufällig hier vorbeikam, ist mir alles wieder eingefallen, und ich habe mich gefragt, ob Sie das sind. Aber ...« Jasmin lächelte gewinnend. »Aber vielleicht wäre es besser, wenn ich nicht so mit der Tür ins Haus fiele. Haben Sie heute Abend schon was vor, oder würden Sie sich von mir zum Essen einladen lassen?«

Xandras große blaue Augen glitten flink durch den Laden. Einen Moment lang wusste sie nicht, was mit ihren Händen tun und wohin sich wenden.

Dann sagte sie: »Wir könnten uns beim Türken an der Ecke treffen. Gehen Sie schon mal vor, ich komme in einer Viertelstunde nach.«

Eine halbe Stunde später saß sie atemlos vor Jasmin und erklärte, ihre Eltern würden nichts mehr zu diesem Thema hören

wollen, deshalb die Heimlichkeit. Und eigentlich wollte sie viel lieber etwas über Achim erfahren als über sich selbst reden.
»Ich weiß auch nicht, wie das passieren konnte«, erklärte sie schließlich bei panierten und mit Schafskäse gefüllten Artischockenherzen, »Georg war voll verknallt. Ich fand ihn auch ganz nett. Man konnte gut mit ihm reden. Und dann sind wir im Bett gelandet. Ich habe ihm aber gleich gesagt, dass ich Achim heirate. Da war er untröstlich, richtig verzweifelt. Ich hatte voll Angst, dass er sich was antut.«
»Er hat gedroht, sich umzubringen?«, fragte Jasmin nach.
»Irgendwie schon. Er hat gesagt, für ihn sei das Leben aus, wenn ich Achim das Jawort gebe. Und als ich ihn dann vor dem Roten Rathaus sah, und dann kam er noch mit rauf, da dachte ich wirklich, wenn ich jetzt Ja sage, dann geht er hin und wirft sich vor ein Auto. Und das wollte ich nicht. Klar, dass es jetzt für Achim so aussieht, als hätte ich ihn nicht gewollt.« Sie lachte auf. »Ich renne mitten in der Zeremonie weg und all das. Was soll er denn da denken?«
»Warum haben Sie es ihm nicht erklärt?«
»Wie denn? Er hätte doch sicher gefragt, wieso mir dieser blöde Kerl so am Herzen liegt und was da vorher gewesen ist.«
Dem konnte Jasmin nur beipflichten. »Das ist eine harte Probe für eine junge Beziehung.«
»Und das Komische ist, ich weiß nicht einmal, was aus Georg geworden ist. Vielleicht hat er sich was angetan. Vielleicht ist er längst tot. Und das, obwohl ich Achim gar nicht geheiratet habe. Ist das nicht komisch?«
»Gar nicht«, sagte Jasmin. »Lieben Sie Achim noch?«
Xandra nickte. »Erst mochte ich ihn gar nicht. Diese distinguierte Art, die steife Oberlippe, und Kaffee trinkt er wie andere

Leute Wein. Und ich eine Obsthändlertochter ohne Abitur. Eigentlich passen wir überhaupt nicht zueinander. Aber irgendwie haben wir uns gleich verstanden. Wir haben uns angesehen, gelacht und uns verstanden. Ich weiß nicht, ob Sie das verstehen. Jeder, egal ob er Geld hat oder nicht, sucht irgendwie nach dem richtigen Weg zu sich selbst, und manchmal ist es für einen, der alles hat und sich alles kaufen kann, viel schwerer. Und Achim denkt wirklich noch manchmal an mich?«
Jasmin entschloss sich zur Wahrheit. »Genau kann ich Ihnen das nicht sagen, Xandra. Ich habe ihn auf der Rosenstockhochzeit getroffen …«
»Die ist doch auch schief gegangen. Habe ich in der Zeitung gelesen.«
»Jedenfalls kam Achim alleine. Eine Freundin hat er offenbar nicht. Und er machte auch keinen sonderlich glücklichen Eindruck auf mich. Mehr kann ich nicht sagen.«
Xandra blickte sie etwas verdutzt an. »Dann hat Achim Ihnen gar nicht von mir erzählt? Wieso kennen Sie dann unseren Laden?«
»Ist doch egal. Jedenfalls könnte ich etwas arrangieren, damit Sie und Achim sich zufällig treffen.«
Xandras Augen leuchteten auf, doch dann schüttelte sie den Kopf. »Ich würde vor Scham im Boden versinken. Ich wüsste doch gar nicht, was ich sagen soll.«

Das Erste, was Jasmin am folgenden Morgen im Büro tat, war, die Karteikarte des Romeos im Fall Hansen in ihrem Kasten mit einem Vermerk zu versehen. Dass ein Romeo mit Selbstmord drohte, gehörte zwar zu den erlaubten Mitteln, aber er hatte es Jasmin nicht gesagt. Er hatte sie im Glauben gelassen, Xandra habe sich tatsächlich in ihn verliebt. Er hatte mehr vorgetäuscht, als er geleistet hatte. Eine Drohung mit Selbstmord und die allzumenschliche Sorge um das Leben eines anderen hatten nichts mit der Sollbruchstelle zu tun, welche die Liebesdiebinnen in einer Beziehung aufdeckten, bevor eine Ehe geschlossen wurde.

Nicht zum ersten Mal kam Jasmin der Gedanke, dass Glorias Wahlspruch reine Augenwischerei war.

Gegen elf Uhr stand sie in der Lietzenburger Straße vor den Schaufenstern der Hansen'schen Kaffeehandlung und betrachtete die Messingschalen mit dem graugrünen Rohkaffee und den gebrannten Bohnen. Im Laden roch es nach geröstetem Kaffee. In den Regalen glänzten Messingbehälter. Zwei Verkäuferinnen bedienten zwei gut gekleidete Damen.

Jasmin fragte nach Achim Hansen und wurde in den hinteren Teil des Ladens verwiesen. Dort empfing sie eine Sekretärin. Jasmin ahnte, dass der Großhandel mit Kaffee das eigentliche Geschäft der Filiale ausmachte.

»Herr Hansen ist gerade beschäftigt«, erklärte die Sekretärin freundlich, »aber ich frage mal nach. Wen darf ich melden?«

»Jasmin Kandel. Sagen Sie ihm, wir hätten uns auf der Hochzeit getroffen.«

Die Sekretärin grinste und verschwand hinter einer Kirschholztür. Gleich darauf erschien sie wieder, immer noch unverhältnismäßig lächelnd. »Herr Hansen lässt bitten. Möchten Sie einen Kaffee?«

Jasmin bedankte sich und betrat ein gediegenes Büro, in dem zunächst ein Tisch mit einem weißen Tuch ins Auge fiel, auf dem in fünf Häufchen verteilt Rohkaffeebohnen lagen wie Edelsteine.

Aber sie kam nicht dazu, mehr zu sehen, denn nicht nur Achim Hansen kam ihr entgegen, sondern aus einem der Ledersessel in einer Sitzecke erhob sich auch Falk Rosenstock.
Jasmin verschluckte sich fast an ihrem Herzklopfen. »Oh!« Aber erstaunlicherweise fiel sie nicht in Ohnmacht.
Falk schwieg und blickte zu Boden.
»Wie … wie geht es deinen Eltern?«, besann sich Jasmin auf die Konvention.
»Gut. Sie … äh … sie sind gerade von einer Kreuzfahrt auf der *Queen Mary 2* zurückgekehrt.«
»Wie schön. Und die *Santa Lucia …*«
»Die habe ich noch. Das ist der einzig erfreuliche Aspekt an Severins Tod. Als Haupterbe habe ich wieder Kredit.«
»Das freut mich. Kiko hätte es sicherlich nicht gefallen, wenn er sein Domizil hätte verlassen müssen.«
»Er hat es verlassen. Er ist mir auf Bornholm entflogen.«
»Oh, das tut mir aber Leid.«
»Immerhin kommt Ronja jetzt gern zu mir aufs Boot. Wir wollen dieser Tage zu einem kleinen Törn zu den dänischen Inseln aufbrechen.«
»Aber Ronja hat nie gewollt, dass du Kiko verlierst.«
Ein Lächeln huschte über Falks Lippen, verlosch aber schnell wieder. »Und jetzt«, sagte er an Achim gewandt, »muss ich wirklich los. Also, wenn du ein paar Tage segeln willst … Überleg es dir. Ein bisschen Ablenkung täte auch dir ganz gut.«
Achim lachte. »Ein verführerischer Gedanke. Ich ruf dich an.«
»Mach das.«
Falk wandte sich zur Tür, und Jasmin fiel auf, dass es ihm gelungen war, die ganze Zeit sorgfältig an ihr vorbeizublicken. Bleib!, hätte sie ihm am liebsten hinterhergerufen. Schau mich an! Rede

mit mir! Aber die Tür fiel leise knackend hinter ihm ins Schloss, und sie war mit Achim Hansen allein.

»Womit kann ich dienen?«, erkundigte der sich höflich, während er sie in die Sitzecke geleitete und die Sekretärin mit Kaffee kam.

Jasmin suchte nach Worten. Was so einfach erschienen war, kam ihr jetzt schwierig vor. Sie hatte nicht bedacht, dass Falk und Achim befreundet waren. Was hatte er ihm über sie erzählt? Alles oder gar nichts? Musste sie lügen, oder musste sie die Wahrheit sagen? Allerdings war die Wahrheit nicht ihr alleiniges Gut. Gloria und ihr Betrieb, einschließlich Rolf, waren davon abhängig, dass sie nicht die Wahrheit sagte.

»Es ist ein bisschen heikel«, begann sie.

Achim lächelte aufmunternd, doch sein Lächeln verschwand, als sie begann: »Am besten, ich sage es direkt. Falk hat mir von Ihrer … nun, missglückten Hochzeit erzählt. Keine Details. Er war nur offenbar ziemlich bestürzt über das, was Ihnen zugestoßen ist. Jedenfalls hat es sich zufällig ergeben, dass ich Xandra kennen gelernt habe.«

Achims Gesicht verhärtete sich.

»Wir kamen ins Gespräch, und sie hat mir schließlich etwas erzählt, was ich Ihnen …«

Der junge Mann lehnte sich in seinem Sessel zurück. »Ich glaube nicht, dass ich das wissen will, Frau Kandel. Danke für den Versuch, aber ich bin nicht interessiert an irgendwelchen Entschuldigungen. Das Kapitel habe ich abgehakt.«

»Ich verstehe Ihren Zorn«, sagte Jasmin. »Aber Xandra wurde erpresst.«

Ein gewisses Interesse konnte Achim nun doch nicht mehr verhehlen.

»Kurz vor der Hochzeit hat sich ein Bursche an sie herangemacht, ein Stalker. Sie wissen, was das ist? Einer, der ein Mädchen verfolgt, der immer wieder anruft, es bedrängt und so weiter. Xandra hat den Fehler gemacht, sich auf ein Gespräch mit ihm einzulassen, in der Hoffnung, er würde sie dann in Ruhe lassen. Doch er hat mit Selbstmord gedroht, sobald sie sich verheiratet. Sogar zur Hochzeit ist er erschienen. Xandra glaubte, er werde sich augenblicklich vor ein Auto werfen, sobald sie vor dem Standesbeamten Ja sagt.«
Achim beugte sich vor, griff nach der Kaffeetasse und nahm einen Schluck. Dann stellte er die Tasse wieder ab. »Und warum hat sie mir das nicht gleich gesagt?«
»Dass ein Typ hinter ihr her war? Sie hat sich wohl geschämt.«
»Verstehe ich nicht.«
»Es ist vermutlich nicht so leicht zu verstehen«, sagte Jasmin. »Aber Xandra stand kurz vor der Hochzeit. Sie beide kannten sich noch nicht allzu lange. Natürlich hätte sie Ihnen vertrauen müssen. Aber wusste sie, wie Sie reagieren würden? Frauen glauben oft, dass Männer denken, sie seien selber schuld, wenn ein anderer Mann sich ihnen in eindeutiger Absicht nähert.«
Achim wechselte den Beinüberschlag. »Und warum erzählen Sie mir das?«
»Xandra hat auf mich einen ziemlich unglücklichen Eindruck gemacht.«
Er lachte bitter. »Das kann ich mir vorstellen.«
Jasmin lächelte freundlich. »Sehr geschickt war sie nicht, das gebe ich zu. Aber sie ist erst dreiundzwanzig. Natürlich betrachte ich mich nicht als Xandras Anwältin. Sie kennen sie viel besser als ich. Ich dachte nur, da wir uns in Heiligendamm kennen gelernt haben, erzähle ich Ihnen das. Viele Beziehungen scheitern

gerade im Anfangsstadium an blödsinnigen Missverständnissen. Aber bitte, ich will mich natürlich nicht einmischen.« Sie stand auf.

Auch Achim erhob sich. »Vielen Dank trotzdem«, sagte er höflich. »Sie haben Ihren Kaffee gar nicht gekostet.«

»Oh! Ist es denn ein besonderer Kaffee?« Jasmin nahm die Tasse und probierte. »Hm.«

»Ein Columbia Maragogype«, erwiderte Achim.

Jasmin lachte. »Ich verstehe leider gar nichts von diesen Bohnen.« Sie deutete auf die grünen Häufchen auf dem Tisch.

»Die neue Ernte«, erklärte er. »Das hier ist ein Sulawesi Kolossi aus Indonesien, ein Kaffee mit wuchtiger Fülle, sehr würzig, aber angenehm weich und rund. Und der hier, der Burma Myanmar, besitzt eine leicht süßliche Würze, natürlich nur bei entsprechender Röstung.«

»Ich sehe schon, Kaffee wird verkostet wie Wein.«

Achim lachte. »Xandra war ein Naturtalent …« Er stockte. »Sie ist es noch, nehme ich an.«

Jasmin schmunzelte.

Sie verließ die Kaffeefiliale mit reichlich Stoff zum Nachdenken. Falk hatte offenbar auch Achim nichts erzählt, kein Wort darüber, dass sie in einer Agentur arbeitete, die Hochzeiten verhinderte und auch seine verhindert hatte. Falk verpfiff eben niemanden an irgendjemanden. Aber als gutes Zeichen wollte ihr das auf einmal nicht mehr erscheinen, bedeutete es doch, dass er ihr Tun für ziemlich verwerflich hielt.

Und im Grunde hatte er Recht mit seinem Misstrauen. Sie konnte das Schwindeln nicht lassen. Was hatte sie Achim eben wieder für wilde Geschichten über Stalker erzählt? Nun ja, es hatte einem guten Zweck gedient. Es war quasi eine Notlüge gewesen. Aber der Punkt war der, dass sie sich absichtlich permanent in Situationen brachte, in denen sie sich mit Notlügen behelfen musste. Wie sollte Falk ihr da irgendein Wort glauben, irgendeine Versicherung ihrer Gefühle? Er hatte oft gesehen, wie leichtherzig sie schwindelte, wie leicht es ihr fiel, die Menschen, mit denen sie zu tun hatte, in ein System falscher Geschichten und Beziehungen einzuwickeln.

17

Am Anhalter Bahnhof lief die Achse einer U-Bahn heiß, ein Waggon fing Feuer und brannte aus. Jasmin sah die Rauchwolke stundenlang über Kreuzberg stehen und hörte im Radio, dass ein besonnener Zugführer dreißig Leute gerettet hatte.

Xandra rief aufgeregt bei Jasmin zu Hause an und erzählte, sie habe Achim wiedergesehen. »Er stand plötzlich im Laden. Und es war wie früher. Er hat mich zum Essen eingeladen. Ich glaube, wir sind wieder zusammen.«

»Das freut mich«, sagte Jasmin warm.

Ihr selbst war elend zumute. Sie hatte eine Woche Paddelboot fahren auf der Mecklenburgischen Seenplatte mit Rolf hinter sich. Es war nichts Besonderes vorgefallen. Aber die anfangs wohltuende Gefühlsleere in Rolfs Gegenwart hatte sich in ein quälendes inneres Schweigen verwandelt. Sie und Rolf hatten sich buchstäblich nichts zu sagen, was über Alltagsabsprachen und die Würdigung eines Essens im Restaurant hinausging. Außerdem zeigte Rolfs anfängliche Geduld mit ihren Launen langsam Ermüdungserscheinungen. Er fing an, mehr Nähe von ihr zu fordern.

Sie war gottfroh gewesen, als sie zurück in Berlin waren und sie

Lieselotte anrufen und mir ihr quatschen und erstmals wieder allein in ihrem Bett schlafen konnte. Und sie freute sich auf den Arbeitsbeginn am Montag und auf die anderen Leute, die sie wiedersehen würde, auf die Telefonate, auf all die Geschäftigkeit.

Es war so einiges schief gegangen, während Rolf und Jasmin Urlaub gemacht hatten. Gloria rief sie, Rolf, Lieselotte, Petra und Vanessa zu einer Krisenbesprechung zusammen.

Die Dame, die ihr Herz für Obdachlose entdeckt hatte, beherbergte jetzt nicht mehr nur einen, sondern vier in ihrer Wohnung. Vanessa hatte, nachdem Jasmin ihr den Fall übergeben hatte, darauf gesetzt, dass der Romeo einen Obdachlosen mimte. Doch die sozial denkende Dame hatte seine Forderung nicht akzeptiert, ihre Hilfe ausschließlich auf ihn zu konzentrieren, und ihn nach etlichen Eifersuchtsszenen seinerseits vor die Tür gesetzt.

»Jasmin hat gesagt, ich soll das so machen«, verteidigte sich Vanessa gegen Glorias Kritik.

»Ich habe dir erklärt«, entgegnete Jasmin, »dass der Romeo zunächst den Gescheiterten spielen müsse, um das Mitgefühl der Frau zu erlangen. Doch dann muss er seine Rolle natürlich ändern und gewissermaßen zu Geld kommen. Dabei muss er die Aktivitäten der Dame in andere Bahnen lenken, in einen Verein, eine christliche Einrichtung, wo Wohltätigkeit weniger kostspielig ist. Und dann muss er sie verlassen.«

»Das hast du mir nicht gesagt.«

»Ein bisschen Gespür und Eigeninitiative gehört halt auch dazu«, bemerkte Jasmin.

»Jedenfalls ist die Klientin stocksauer«, sagte Gloria. »Sie droht mit Anwalt und Presse.«

»Die Töchter gehen nie zur Presse«, wandte Rolf ein. »Dann würden ihre Mütter ja erfahren, was sie getan haben, und ihr Testament ändern.«
Man kam überein, dass Jasmin den Fall übernehmen werde. Ihr lag auf der Zunge zu erklären, dass ihre üblichen Mittel hier versagten, aber sie unterdrückte die Bemerkung, denn Gloria ging zum zweiten Problem über.
»Ihr erinnert euch an den Fall Achim Hansen und Xandra Schulze? Der alte Kaffeeimporteur schreibt mir – ebenfalls ziemlich erzürnt –, die beiden seien wieder zusammen, und droht damit, das Honorar zurückzufordern.«
Jasmin musste unwillkürlich lachen.
»Das ist nicht zum Lachen«, sagte Gloria. »Noch nie, seit ich diesen Laden führe, ist es vorgekommen, dass sich ein von uns getrenntes Paar wieder zusammenfindet. Es gibt keinen zweiten Versuch zur Hochzeit. So etwas kommt bei uns einfach nicht vor.«
Rolf, Lieselotte, Vanessa und Jasmin schwiegen.
Gloria pickte sich mit ihren braunen Augen Rolf heraus. »Ich möchte, dass du herausfindest, was da gelaufen ist.«
»Wahrscheinlich haben sie sich wiedergetroffen«, bemerkte Jasmin gleichgültig, »und die Missverständnisse geklärt.«
»Da gibt es keine Missverständnisse«, sagte Gloria ungehalten. »Sie hat sich in einen anderen verliebt und ihren Bräutigam stehen lassen. So etwas verzeiht kein Mann. Das ist völlig ausgeschlossen.«
»Vielleicht hat sie ihm irgendeine fantastische Geschichte erzählt«, schlug Jasmin vor. »Und Achim, verknallt, wie er in sie war und ist, hat ihr geglaubt.«
»Genau das soll Rolf herausbekommen«, sagte Gloria. »Und

dann brauchen wir Ideen. Ein zweiter Romeo, das geht nicht. Also muss eine gute üble Nachrede her.«

»Was hat der alte Hansen eigentlich gegen das arme Mädchen?«, fragte Jasmin.

Gloria musterte sie. »Das kann uns egal sein, Schätzchen. Der alte Hansen ist imstande und tritt einen großen Skandal los. Er hat ja nichts zu verlieren, wir aber schon.«

»Dann zahl ihm sein Honorar zurück.«

Vanessa kicherte auf einmal los. Gloria blickte Jasmin indigniert an. »Bitte?«

Jasmin straffte sich. »Gloria, denk daran, dass Achim Hansens bester Freund Falk Rosenstock heißt. Und der weiß, wer wir sind. Nicht zuletzt weil du ihm aufgrund einer Voreiligkeit in die Agentur eingeladen hast. Falls er Achim bis jetzt noch nichts von uns erzählt haben sollte, dann wird er es sicherlich tun, wenn er sieht, dass Achims Glück mit Xandra erneut auf die Probe gestellt wird. Lassen wir lieber die Finger davon.«

»So viel Eifer«, bemerkte Rolf. »Das klingt fast, als läge dir was an den beiden.«

»Wir finden nur die Sollbruchstelle, an der die Beziehung später ohnehin zerbrechen wird«, zitierte Jasmin. »Und in diesem Fall hat das Paar zwar einen Riss erlitten, aber keinen Bruch. Die lieben sich. Sie gehören zusammen. Ich denke, das müssen wir akzeptieren.«

Lieselotte stieß einen leisen Jubellaut aus. Rolf seufzte demonstrativ, und Gloria zog die Brauen zusammen. »Darüber sprechen wir, wenn Rolf herausbekommen hat, was da gelaufen ist.«

»Sehen wir uns heute Abend?«, erkundigte sich Rolf bei Jasmin, als sie den Konferenzraum verließen.

»Nimm es mir nicht übel, aber ...«

»Schon gut. Ich habe ja auch zu tun«, knurrte er und wedelte mit den Unterlagen über Achim und Xandra.

»Ich habe ein ernstes Problem«, eröffnete Jasmin Lieselotte, als sie am Abend nach einem kleinen Abendessen in klebrig lauer Luft auf dem winzigen Balkon saßen, der nach hinten hinaus Jasmins Dachgeschosswohnung zierte. Die Schwalben schossen kreischend in den Häuserschacht herab. Es roch nach Stadtstaub, Benzin und schwelender Grillkohle. Berliner Luft.

»Mit Rolf?«, erkundigte sich Lieselotte neugierig.

»Mit dem auch, aber das würde ich kein ernstes Problem nennen. Nein, es geht um etwas anderes.«

Lieselotte rührte in ihrem Caipirinha, biss hin und wieder in die Limonenscheibe, süffelte am roten Strohhalm und genoss den kinderfreien Abend, während Jasmin erzählte, was sie unternommen hatte, um Achim und Xandra wieder zusammenzubringen.

»Oh, oh, das gibt Stress«, sagte Lieselotte. »Aber ich find's gut.«

»Warum arbeitest du eigentlich für Gloria, wenn du immer nur Liebesromane mit Happy End im Kopf hast?«, fragte Jasmin lachend.

»Was kann ich mit meiner Vergangenheit anderes machen?«, seufzte Lieselotte. »Abgebrochenes Studium, ein Jahr arbeitslos, vorbestraft wegen Cannabisaufzucht, zwei uneheliche Kinder und dann vier Jahre Berufserfahrung in einer Entzweiungsagentur? Was übrigens auch für dich gilt, Jasmin.«

»Ausgenommen die Cannabiszucht und die Kinder. Und arbeitslos war ich auch nicht. Aber bald werd ich's sein. Rolf und seine Leute finden sicher alles raus. Warum auch sollten Xandra und Achim nicht allen möglichen Leuten alles erzählen. Ich konnte sie doch nicht gut bitten, es geheim zu halten. Sonst hätte ich ihnen erklären müssen, dass ich meinen Job verliere. Und dann hätte ich ihnen meinen Job erklären müssen. Und dann hätten sie gewusst, dass ich schuld bin, dass ihr erster Versuch zu heiraten missglückte. Andererseits wäre es mir lieber, sie würden es von mir erfahren und nicht von Rolf oder Gloria oder Achims Vater. Außerdem könnten sie es natürlich auch von Falk Rosenstock erfahren.«

Lieselotte rührte versonnen in ihrem Getränk. Dann richtete sie ihre etwas vorstehenden grauen Augen auf Jasmin. »Und wo, wenn ich fragen darf, ist nun eigentlich dein Problem?«

»Äh …« Jasmin wusste es auf einmal selbst nicht mehr.

»Jedenfalls hast du keine Angst vor dem Rausschmiss. Du legst es geradezu darauf an.«

»Gloria spricht mich ohnehin nur noch mit Schätzchen an, seit ich aus Peerhagen nicht zurückkommen wollte.«

»Uh, das ist fies.« Lieselottes Mienenspiel zeigte deutlich, dass sie für den weiblichen Mangel an Logik durchaus Verständnis hatte, Jasmins Ausführungen aber nicht sonderlich erhellend fand. Jasmin musste lachen. Sie stand auf und mischte eine zweite Runde Caipirinhas. Der Himmel über Berlin war noch nicht gewillt, dunkler zu werden. Die Schwalben zischten übers Dach und knapp an der Balkonkante vorbei.

»Ich glaube«, sagte Jasmin, als sie wieder saß, »mein Problem ist, dass ich zu viele Fehler gemacht habe. Die Lügen gehen nicht mehr auf. Und ich fürchte mich davor, dass die Erwachsenen kommen und mich mit moralischen Furchen in der Stirn rügen.«

»Die Grundregel jeder Beziehung lautet«, entgegnete Lieselotte, »niemals einen Seitensprung zugeben, bevor der Partner nicht

eindeutige Beweise hat. Die Angst davor, er könnte es rauskriegen, ist kein hinreichender Grund.«
»Du meinst also, ich soll jetzt nicht herumrennen und allen möglichen Leuten die Wahrheit gestehen.«
»Genau.« Lieselotte suckelte am Strohhalm. »Vielleicht ist es ja gar nicht nötig.«
»Aber wenn es mir ein Bedürfnis wäre, reinen Tisch zu machen?«
»Ah, jetzt kommen wir der Sache schon näher.« Lieselotte stellte den Drink auf dem winzigen Bistrotisch ab, der zwischen den beiden Stühlen auf dem Balkon gerade noch Platz hatte, und holte Tabak und ein Plastikdöschen aus ihrer Handtasche. »Mit wem möchtest du denn unbedingt reinen Tisch machen?«
»Mit allen«, antwortete Jasmin mit einer vagen Handbewegung.
Lieselotte lachte. »Du lügst!« Gemächlich begann sie sich einen Joint zu drehen. »Was ist eigentlich«, fragte sie wie nebenbei, »mit diesem Falk Rosenstock?«
»Was soll mit ihm sein?«
Lieselotte blickte von ihrer Dreharbeit hoch und feixte. »Erstens, warum hat der seiner Familie nicht von deinen Machenschaften erzählt? Und zweitens, woher weißt du, dass er das noch nicht getan hat? Und drittens, was schert's dich eigentlich?«
Jasmin schwieg und sog an ihrem Strohhalm.
»Ihm kannst du jedenfalls nicht die Wahrheit sagen«, bemerkte Lieselotte. »Er kennt sie schon. Aber so wie du aussiehst, hättest du sie ihm gern gesagt, bevor er sie selber herausgefunden hat.«
»Egal was ich ihm sage, er glaubt mir ohnehin nicht.«
»Aha! Nachtigall, ick hör dir trapsen. Sieht er gut aus?«
»Schrecklich gut. Aber es wird nichts draus. Mach dir keine

Hoffnungen, Lieselotte. Er glaubt, ich hätte Severin geliebt, was ja stimmt, und ich hätte mir meine Liebe von Nicole abkaufen lassen, was nicht stimmt. Als Nicole mir den Scheck gab, hatte ich aufgehört, Severin zu lieben, und angefangen, Falk zu lieben. Und dann habe ich den Scheck zerrissen.«

»Schön blöd.« Lieselotte zündete sich ihre Tüte an.

Jasmin winkte ab. »Wahrscheinlich wäre er ohnehin nicht mehr gedeckt gewesen, wenn ich ihn hätte einlösen wollen. Daher nützt es auch nichts, wenn ich Falk beweisen könnte, dass ich Nicoles Scheck nicht angenommen habe. Er wüsste sofort, dass ich nicht damit gerechnet habe, das Geld auch wirklich kassieren zu können.«

»Ein ungewöhnlich kluger Mann«, sagte Lieselotte und bot Jasmin ihren Joint an, die wie immer abwinkte. »Aber es bekommt Männern nicht gut, wenn sie zu klug sind und unsere kleinen Lügen durchschauen. Männer werden nie verstehen, welche Ehre wir ihnen antun, wenn wir einen Orgasmus vortäuschen, oder warum wir fälschlich behaupten, die Schuhe seien ein Schnäppchen gewesen und wir hätten sie unbedingt gebraucht, wenn wir drei Paar nach Hause bringen, oder warum wir auf ihre Frage, wie der Abend mit der Freundin war, ›langweilig‹ sagen, weil wir die ganze Zeit höchst angeregt die uns bekannten Männer auf ihre Attraktivität abgeklopft haben.« Lieselotte langte nach dem Glas. »Was macht eigentlich Nicole?«

»Meine letzte Information ist, dass sie auf Mallorca sitzt.«

»Wohin, sagtest du, wollten Falk und Ronja segeln?«

»Jedenfalls nicht ins Mittelmeer«, antwortete Jasmin alarmiert, »sondern zu den dänischen Inseln.«

Ich werde wahnsinnig, dachte Jasmin, als sie am Montag wieder im Büro saß. Falk und Nicole ... Wie hatte sie das verdrängen können? Wie hatte sie so eitel sein können anzunehmen, dass ein Mann, wenn er Nicole haben konnte, noch irgendeinen Gedanken an sie verschwendete? Und wie zum Teufel bekam sie heraus, was da lief? Wollte sie es wirklich wissen?
Zwei Stunden lang versuchte sie an ihrem Schreibtisch in Glorias Agentur erfolglos, sich jeglichen Gedanken an Falk aus dem Kopf zu schlagen. Vergiss ihn, ermahnte sie sich. Vergiss Nicole. Du darfst nicht zulassen, dass sie immer wieder Macht über dich und dein Leben gewinnt. Du hast einen Freund, und der heißt Rolf. Oder?
Wie würde Rolf sich verhalten, wenn er herausbekam, dass sie Xandra und Achim wieder zusammengebracht hatte? War das ihre Sollbruchstelle? Sollte sie es ihm sagen oder abwarten, ob er es wirklich herausfand? Was war richtig? Niemals in ihrem Leben hatte sich Jasmin so ratlos und unsicher gefühlt. Sie hatte die Peilung verloren. Ihr waren die Kriterien abhanden gekommen, mittels derer sie bislang immer entschieden hatte, was für sie richtig war und was sie tun musste, um es zu erreichen.
Zum Henker mit Falk!
Gegen Mittag hielt sie es nicht mehr aus, verabschiedete sich von Petra mit der Ausrede Recherche und ließ sich von einem Taxi den weiten Weg zur Ehevermittlungsagentur Goldene Rose bringen, schön gelegen in einer alten Villa mit Erker und Fachwerk im Giebelgeschoss am Sandwerder mit direktem Zugang zum Wannsee.
Außer einem Messingschild mit einer eingravierten Rose wies nichts auf die Funktion des Hauses hin. Die Diskretion reichte so weit, dass auf dem Klingelschild an der Tür einfach nur der

Name Rosenstock stand. Jasmin läutete. Hinter der Glastür zeichneten sich die Konturen einer Frau ab. Aber es war nicht Adeltraud, die öffnete, sondern eine gut gekleidete Frau mittleren Alters. Sie lächelte freundlich und ließ sie ein, ohne irgendwelche Fragen zu stellen.

Jasmin fand sich in einem Vestibül wieder, das mit einem Biedermeiertisch und den dazugehörigen Stühlen und Kommoden ausgestattet war. An den mit Holz verkleideten Wänden hingen eingedunkelte Blumenstillleben in Öl.

»Was darf ich Ihnen bringen? Kaffee, Tee, Wasser?«, erkundigte sich die Dame.

»Tee, bitte.«

»Sehr gern. Und wen darf ich melden?«

»Jasmin Kandel. Ist Frau Rosenstock denn zu sprechen?«

Die Dame lächelte nachsichtig. »Selbstverständlich. Wenn Sie sich noch zwei Minuten gedulden würden.«

Doch Jasmin musste keine zwei Minuten warten. Kaum war die Dame durch eine Tür entschwunden, schwang diese Tür auch schon wieder auf, und Adeltraud stürzte ins Vestibül. »Jasmin, welche Freude!« Sie breitete die Arme aus. Im nächsten Moment fühlte Jasmin sich wärmstens in die Arme geschlossen. »Wie schön, dass du mich besuchst. Wie geht es dir denn?«

»Gut, danke. Aber das muss ich eigentlich dich fragen, Adeltraud. Wie geht es dir denn?«

»Es geht, mein Kind. Es muss. Das Leben geht weiter. So banal das klingt, aber es ist tatsächlich wahr. Man geht seinen Geschäften nach. Anfangs denkt man immer noch, Severin werde gleich zur Tür hereinkommen, doch irgendwann hört man auf, das zu denken. Andere Geschäftigkeiten wuchern in die Lücke, die ein Verstorbener hinterlässt. Man reist, man isst, man trinkt, man ist sogar fröhlich und ausgelassen. Und dann erschrickt man wieder, weil man denkt: Wie kannst du hier so laut lachen. Aber andererseits, Severin tut es ja nicht mehr weh. Er ist jetzt in anderen Gefilden, wo er hoffentlich die Ruhe gefunden hat, die er in seinem Leben nicht finden konnte. Doch jetzt komm erst einmal herein. Ich freue mich sehr, dich zu sehen. Wir haben dich nicht sonderlich nett behandelt, fürchte ich.«

Jasmin winkte ab. »Ich war wohl auch nicht sonderlich hilfreich.«

Adeltraud lachte und nahm sie am Ellbogen. »Es ist nicht deine Aufgabe, hilfreich zu sein. Frau Geier, den Tee bitte in mein Zimmer.«

Sie führte Jasmin in einen sonnigen Salon mit Blick auf die Wiese und zum See hinaus. Unten am Steg lag ein altes, schweres Ruderboot, weiß-rot-blau gestrichen. Auf der blauen Wasserfläche kreuzten die bunten Segel von Surfbrettern und die weißen kleiner Segelboote.

Adeltraud bat Jasmin, in einem der Sessel Platz zu nehmen, die im Erker um einen niedrigen runden Tisch herum standen. Das Einzige, was an ein Büro erinnerte, waren ein wuchtiger Schreibtisch und eine Reihe von Aktenordnern in dem Regal dahinter.

»Störe ich auch nicht?«, erkundigte sich Jasmin, als sie Platz nahmen und Frau Geier ein Tablett mit Thermoskanne und zwei Teetassen aus hauchdünnem chinesischen Porzellan auf dem Tischchen abstellte.

»Absolut nicht, mein Kind«, versicherte Adeltraud. »Ich erwarte heute keinen Kunden mehr.« Vermutlich hatte Jasmin etwas besorgt dreingeblickt, denn Adeltraud ergänzte: »Ein exklusives Institut wie meines lebt davon, dass sich die Kunden nicht die

Klinke in die Hand geben und dabei einander in die Augen schauen. Ein Kunde pro Tag reicht. Und nun erzähl mal. Wie ist es dir ergangen? Ronja schwärmt ja immer noch von dir. Sie will Schachweltmeisterin werden oder ersatzweise entweder Mathematikprofessorin oder Weltraumfahrerin. In Mathe ist sie jedenfalls seit Pfingsten schlagartig besser geworden, wenn nur die Rechenfehler nicht wären. Ich glaube, sie ist eigentlich doch ein ganz helles Kind. Man merkt es nur meist nicht.«

»Das liegt daran, dass sie vermutlich unter Hyperaktivität leidet«, sagte Jasmin.

»Was? Unsinn. Sie ist doch meistens nervtötend träge.«

»Deshalb nennt man das auch das Aufmerksamkeitsdefizit-Syndrom, kurz ADS. Meine Freundin Lieselotte hatte ähnliche Probleme mit ihrer Ältesten. Daher weiß ich ein bisschen was darüber. Die Kinder beruhigen sich mit Süßigkeiten und Tagträumen. Aber Ronja kann ja auch ziemlich zapplig sein. Und einmal in Fahrt gekommen, redet sie ununterbrochen und sprudelt über vor Ideen.«

»Da magst du Recht haben.« Adeltraud nickte vor sich hin. »Könnte tatsächlich sein.«

»Ursache ist ein neurologisches Problem. Die Kinder haben Schwierigkeiten, die auf sie einstürmenden Reize zu sortieren. Sie lassen sich leicht ablenken. Und wenn es zu viel wird, machen sie dicht. In ganz schlimmen Fällen gibt man Amphetamin, denn kurioserweise sind die Kinder so zapplig, weil sie eigentlich tief in ihrer Seele müde und depressiv sind und sich irgendwie stimulieren möchten. Aber oft reicht schon Cola oder Kaffee. Bei Lieselottes Ältester hat es zumindest geholfen. Koffein hellt die Stimmung auf und macht die Kinder ruhiger.«

»Das muss ich Falk sagen. Er war in seiner Jugend auch immer

in Bewegung, immer aktiv. Wie vom Teufel geritten, so kam er mir manchmal vor. Und keine Strafe hat jemals geholfen.«
»Na ja«, sagte Jasmin, »nicht jedes aktive Kind ist gleich hyperaktiv, aber früher galten solche Kinder natürlich als unartig. Ihr solltet Ronja einfach mal gründlich untersuchen lassen. Dann kann man den Schullehrern auch besser die Fehler im Diktat und die Rechenfehler erklären.«
Während sie so vor sich hin plauderten, dachte sie krampfhaft darüber nach, wie sie den Einstieg in den eigentlichen Grund ihres Besuchs finden könnte. Adeltraud schien überhaupt nicht zu vermuten, dass Jasmins Besuch einen besonderen Anlass hatte. Doch schon bald musste Jasmin feststellen, dass sie die geschwätzige Dame wieder einmal unterschätzt hatte, denn plötzlich nahm Adeltraud die Teekanne, goss Jasmin noch einmal nach und sagte: »So, und nun schieß mal los. Was hast du für ein Problem, mein Kind?«
Die Frage kam so unerwartet, dass Jasmin herumstotterte. »Eigentlich geht es um … eigentlich wollte ich … Ich dachte …«
»Immer der Reihe nach«, sagte Adeltraud lächelnd.
»Es ist etwas kompliziert.«
»Ich habe Zeit.«
Jasmin seufzte und lehnte sich zurück. Der Augusttag lag wie Blei auf dem See. Die Segel der Boote und Surfbretter wirkten wie festgewurzelt. In Jasmins Magen ballte sich ein Klumpen. Was sie sagen wollte, wäre wie ein Schlag ins Gesicht der sie so offen und liebevoll anblickenden Frau. Nicht den Rauswurf fürchtete Jasmin, zwar auch, aber nicht so sehr wie den Schmerz, den sie Adeltraud bereiten würde.
Adeltraud gab sich zwar Mühe, abwartend zu schweigen, aber dann erkundigte sie sich doch: »Geht es um Falk?«

»Was ist mit Falk?«, fragte Jasmin alarmiert zurück.
»Nichts. Er arbeitet wie ein Tier. Schließlich war er niemals darauf vorbereitet, die Finanzgeschäfte von Rosenstock zu managen. Er war dabei, sich als freier Industriedesigner ein Büro in Berlin einzurichten. Darum wollte er auch sein Boot verkaufen. Natürlich freut es ihn, dass er die *Santa Lucia* behalten kann. Aber es ist ihn hart angekommen, seine Pläne aufzugeben. Falk liebt die Unabhängigkeit sehr. Sich in die Leitung des Konzerns einspannen zu lassen fällt ihm nicht leicht.«
Jasmin gab einen verständnisinnigen Laut von sich.
»Außerdem kümmert er sich intensiv um Ronja. Die beiden scheinen langsam einen Draht zueinander zu finden. Und damit Laura aufhört, die Kleine gegen ihn einzunehmen, finanziert er ihr die Renovierung dieses trostlosen Hotels Hus Achtern Boom. Ein geschickter Schachzug. Aber die Küche dort hätte auch keinen zweiten Besuch des Wirtschaftskontrolldienstes überstanden. Und dass Laura ihren Laden dichtmachen muss, bei dem Vater, den ihre Tochter hat, das hätte ja auch niemand verstanden, im Ort nicht und auch Ronja nicht.«
Jasmin nickte. »Und …« Sie musste sich räuspern. »Hat man wieder etwas von … von Nicole gehört?«
Adeltraud lächelte. »Sie hat ein paarmal angerufen. Natürlich ging es um Geld. Sie hat damit gedroht, irgendwelchen Boulevardzeitungen irgendwelche angeblichen Familiengeheimnisse von uns zu erzählen, wenn wir ihr nicht unter die Arme greifen. Mein letzter Stand ist, dass sie in Benidorm an der Costa Blanca ein Maklerbüro gründen oder in eines einsteigen will. Ob Falk gezahlt hat, weiß ich nicht. Er ist so taktvoll, mir die unschönen Sachen nicht zu erzählen.«
Jasmin war schlecht, ohne dass sie wusste, ob vor Erleichterung

oder vor Sorge oder vor Grimm. Sicher war nur, Falk hatte noch Kontakt mit Nicole. »Mich hat sie auch um Geld gebeten.«

»Dich?«

»Sie hatte völlig unrealistische Vorstellungen. Ich musste ihr sagen, dass ich so viel nicht habe. Daraufhin hat sie beleidigt eingehängt.«

Adeltraud lachte herzlich. »Na, die hat es nötig. Wenn ich mir überlege, mit welchen Lügen sie uns getäuscht hat. Hätten wir mal Falk eine ordentliche Bonitätsprüfung bei Tiller machen lassen. Er macht das manchmal für mich. Er hat einen sechsten Sinn für Lügen und frisierte Bücher.«

Jasmins Herz begann heftig zu klopfen.

»Falk hat sogar kurz vor der Hochzeit noch erfahren, dass Tiller ein gottserbärmlicher Betrüger ist. Nicht dass wir Nicole verstoßen hätten, nur weil ihr Vater Pleite macht, aber wie sich dann herausgestellt hat, wusste Nicole genau, wie es stand. Sie hat jede Menge Schecks ihres Vaters gefälscht, und sie wollte sich mit der Hochzeit kurz vor dem Zusammenbruch des Tiller'schen Imperiums finanziell absichern. Wir waren zu vertrauensselig, was Nicole betraf. Mir hat sie ja nie sonderlich gut gefallen, aber wir wollten alle gar zu gern, dass Severin endlich heiratet.«

»Warum eigentlich?«, entfuhr Jasmin eine Frage, die ihr schon lange auf der Zunge lag.

»Ach weißt du, Kind … Mein Mann und ich, wir wollten auch einmal wieder an uns denken. Machen wir uns nichts vor, Severin war …«

Das Telefon klingelte. Adeltraud bat um Entschuldigung und stand auf, um an den Schreibtisch zu gehen. Sie nahm den Hörer, meldete sich mit »Ja« und lauschte dann erst einmal eine Weile mit abgewandtem Gesicht. Dann drehte sie sich um. Ihre

Augen suchten Jasmin, und Jasmin sah die wachsende Sorge in ihrer Miene. »Sie ist gerade bei mir«, sagte Adeltraud schließlich. »Ja, ich melde mich, sobald wir … Mach dir keine Sorgen. Sie ist kein kleines Kind mehr.«

Langsam legte sie auf. »Das war Falk. Ronja ist ausgerissen.«

Jasmin sprang auf. »Was? Ist das sicher?«

»Anscheinend fehlen ein Rucksack, Kleidungsstücke und der Schachcomputer. Außerdem hat sie ihre Sparbüchse geplündert. Laura wusste zwar nicht, wie viel da drin war, aber Falk vermutet, dass es an die hundert Euro gewesen sind.«

»Seit wann ist sie weg?« Jasmin blickte auf die Uhr. Es war fast halb drei.

»Entdeckt hat Laura es erst jetzt. Sie weiß aber nicht einmal, ob Ronja am Morgen überhaupt noch da war. In der Schule war auch niemand mehr, der sagen konnte, ob sie heute dort war. Die Polizei hat auf dem Rostocker Bahnhof nach ihr gesucht, sie aber nicht gefunden.«

»Und Falk glaubt, sie sei auf dem Weg nach Berlin?«

Adeltraud nickte. »Offenbar hatten sie gestern Krach. Ich hab's nicht ganz kapiert, worum es ging. Ronja hat anscheinend behauptet, sie habe die Hausaufgaben gemacht, und dann hat sich herausgestellt, dass das gelogen war. Und das kann Falk einfach nicht ab, dass man ihn anlügt. Er sagt, er habe die Nerven verloren. Ronja aber offenbar auch. Sie hat ihn angeschrien, dass sie ihn hasse und dass niemand nett zu ihr sei, ausgenommen du. Jedenfalls ist er zu dem Schluss gekommen, dass sie auf dem Weg zu dir sein könnte.«

Jasmin versuchte ihre Erregung zu dämpfen. »Sie hat zwar meine Adresse und Telefonnummer, aber sie kennt sich doch in Berlin gar nicht aus. Blöd, dass sie kein Handy hat.«

»Tja«, sagte Adeltraud, »genau darüber haben sich Falk und sie auch immer wieder gestritten. Hätte man halt vorher wissen müssen, dass es jetzt günstig wäre, wenn sie eins hätte. Da will man ein Kind dazu erziehen, dass es nicht immer alles bekommt, was es haben will, und dann ist das auch wieder verkehrt.«
»Wie man es macht, ist es falsch«, sagte Jasmin. »Aber dann sollte ich jetzt wohl nach Hause fahren, falls sie bei mir aufkreuzt, ohne vorher anzurufen.«

Jasmin war noch keine halbe Stunde daheim, da klingelte das Festnetztelefon. Es war Petra. »Ich stelle durch«, sagte sie sekretärinnenhaft streng.
»Hallo, Jasmin«, meldete sich Sekunden darauf Gloria. »Wo zum Teufel steckst du?«
»Ronja ist weggelaufen.«
»Wer?«
»Falk Rosenstocks Tochter ist ausgerissen. Sie ist vermutlich auf dem Weg zu mir. Deshalb bin ich nach Hause gefahren.«
»Da kannst du auch bleiben, Schätzchen. Du bist fristlos entlassen.«
Jasmin lachte. »Hat Rolf es also rausgefunden.«
»Wenn du darauf anspielst, dass du hinter meinem Rücken Achim Hansen seiner Braut wieder zugeführt hast … Ja, das haben wir herausgefunden. Mein Gott, Jasmin, was ist nur in dich gefahren?«
Das konnte Jasmin nicht beantworten, deshalb sagte sie lieber nichts.
»Wie dem auch sei, die Kündigung geht dir schriftlich zu. Und denk an deine Kaution.«

Ach ja, die Kaution. Jasmin hatte über all die Jahre beinahe vergessen, dass Gloria von allen Mitarbeitern entweder beim Einstand eine hohe Kaution kassierte oder sie vom Monatsgehalt in Raten abzweigte, und zwar für den Fall einer Kündigung, wie sie jetzt an Jasmin ergangen war. Wenn sie in den nächsten drei Jahren zur Presse lief oder irgendetwas tat, was der Firma schadete, dann sah sie dieses Geld nie wieder.
»Die könnt ihr euch teilen, Rolf und du«, sagte sie.
»Das werden wir nicht, Schätzchen. Und überleg dir gut, ob du auf neunundachtzigtausend Euro wirklich verzichten willst.«
So viel? Jasmin hatte das Gefühl, nicht mehr klar denken zu können. War man denn immer bestechlich? Außerdem konnte sie Glorias Schätzchen nicht mehr ertragen und legte einfach auf.
Ziellos wanderte sie durch ihre kleine Wohnung. Sie hatte die Kündigung erwartet, und nun war sie doch geschockt. Sie hätte sich erkundigen müssen, für wie viele Monate sie noch Gehalt bekam. Wie war das bei einer fristlosen Kündigung? Musste sie ihre teure moderne Wohnung kündigen und sich sofort im Bezirk Mitte etwas Billiges suchen? Für einen Umzug würden ihre Ersparnisse gerade reichen.
Irgendwann rief Lieselotte an und sagte: »Es tut mir entsetzlich Leid.« Jasmin bedankte sich. Rolf rief nicht an. Eigentlich hätte er sie ruhig vorwarnen können. Wenigstens das. So viel zu seiner Loyalität.
Sie warf ihren Computer an, schaute nach den Ankunftszeiten der Züge aus Rostock auf dem Lehrter Bahnhof und spielte Schach. Gegen fünf hatte sich ihre Unruhe ins Unerträgliche gesteigert. Daheim sitzen und warten war unmöglich, sich in die Straßen von Berlin stürzen und ein Kind suchen war blanke Unvernunft. Jasmin bezwang sich.

Viertel nach fünf klingelte es an ihrer Tür. Sie sprang auf, schlug sich die nackten Zehen am Tischbein an, humpelte zur Tür und riss den Hörer der Gegensprechanlage von der Gabel, während bereits die Steine von ihrem Herzen zu purzeln begannen. Es meldete sich niemand. Gegen ihre Gewohnheit öffnete sie die Tür.

Es war nicht Ronja. Es war Falk.

»Sie ist nicht hier«, sagte Jasmin und ließ ihn herein. Überraschenderweise blieb ihr Herz auch diesmal nicht stehen.

Er trug die Reste eines Geschäftsanzugs, anthrazitgraue Hosen, schwarze Lederschuhe, ein weißes Hemd, das Jackett in der Hand. Die Hemdsärmel hatte er hochgekrempelt, die Krawatte war ihm längst abhanden gekommen. Das Jackett warf er auf den nächsten Stuhl.

»Tut mir Leid, dass ich dich so überfalle«, sagte er hastig und fuhr sich durch die störrischen Haare, »aber ich hatte keine Ruhe. Ich habe mich ins Auto gesetzt und bin … na ja, das siehst du ja.« Er ließ den Blick durch die Wohnung gleiten, ohne aber viel zu sehen, wie Jasmin vermutete.

»Darf ich dir was zu trinken anbieten?«

»O ja, Wasser. Gute Idee. Meine alte Pagode hat leider keine Klimaanlage, aber ich kann mich einfach nicht von ihr trennen.«

Jasmin ging in die Küche, und er folgte ihr.

»Ganz normales Wasser aus dem Wasserhahn«, bat er.

Er schaute blicklos zu, wie sie ein Glas unter den Wasserhahn hielt, und nahm es und leerte es in einem Zug. Danach wirkte sein Blick etwas frischer.

»Eine Rosenstock-Küche«, bemerkte er, das Glas auf den Abtropfrost der Spüle stellend. »Modell Barcelona, wenn ich es richtig erkenne. Ich lerne derzeit diese alten Modelle wie Vokabeln, denn die Händler und Werksleiter erwarten, dass ich sie erkenne. Ziemlich … bieder. Entschuldige, ich wollte dir nicht zu nahe treten, es ist ja alles eine Frage des Preises.«

»Sie gehört ohnehin meinem Vermieter. Ich hatte gar keine Wahl. Ich würde mich für deine Linie Clarissa entscheiden.«

Ein Lächeln huschte über sein Gesicht. Jasmin führte ihn an der Essnische vorbei in ihr Wohnzimmer, in dem sie zugleich ihren kleinen Schreibtisch mit dem Computer stehen hatte. Die Balkontür war offen. Schwalben kreisten in den Lüften.

»Störe ich?«, fragte Falk.

»Na hör mal!«

Er ließ sich auf das Sofa fallen und schlug die Hände vors Gesicht. Jasmin ging taktvoll wieder hinaus und brachte Orangensaft und ein paar rasch mit Olivenöl beträufelte und mit Sardellen und Tomaten belegte Weißbrotscheiben. Inzwischen hatte Falk sich wieder gefangen und verschlang vier Scheiben Brot.

»Du lieber Himmel«, stöhnte er mit neu gestärkten Lebensgeistern, »ich hätte nie gedacht, dass man verrückt werden kann vor Sorge um ein Kind. Was müssen meine Eltern gelitten haben. Und ich Narr habe das nie verstanden. Ich fühlte mich ja so erwachsen und erfahren, dass ich ihre Ängste und Sorgen als Beleidigung empfand. Aber man macht sich einfach Sorgen, fürchterliche Sorgen.«

»Ronja ist nicht blöd. Und sie weiß, wie man mit öffentlichen Telefonen umgeht.«

»Das sage ich mir auch ununterbrochen.«

»Sie ist halt die Tochter ihres Vaters«, meinte Jasmin lächelnd. »Starrköpfig, abenteuerlustig, verwegen und klug. Sie wird hier ankommen.«

Falks Gesicht verfinsterte sich schlagartig. Er sprang auf und trat auf den winzigen Balkon. Jasmin fragte sich betreten, was sie Falsches gesagt hatte. Nach ein paar Sekunden drehte er sich wieder ins Zimmer um und blickte auf die Uhr. »Wenn sie nach der Schule nach Rostock aufgebrochen ist, dann müsste sie eigentlich jetzt langsam mit dem Zug in Berlin ankommen, nicht?«

»Zum Beispiel um 17: 21 Uhr oder 17:36 Uhr oder 18:17 Uhr auf dem Lehrter Bahnhof«, sagte Jasmin wie aus der Pistole geschossen.

Falk studierte seinen Chronographen. »Im ersten Fall wäre sie schon angekommen, und in den anderen würde ich es vermutlich nicht mehr rechtzeitig zum Bahnhof schaffen, jetzt in der Hauptverkehrszeit.«

»Doch, bis achtzehn Uhr würdest du es schaffen«, sagte Jasmin. »Und deine Tochter kriegt den Schreck ihres Lebens, wenn du sie wie ein Hinrichtungskommando auf dem Bahnsteig empfängst.«

Falks Augen blitzten zornig auf. »Sie hat wahrlich keinen Grund, vor mir Angst zu haben«, knurrte er. »Und du hast keinen Grund, mir zu unterstellen, ich würde ihr den Kopf abreißen. Verdammt, mir ist doch nur wichtig, dass ihr nichts passiert.«

»Nichts dergleichen wollte ich dir unterstellen«, sagte Jasmin freundlich. »Aber wenn Kinder weglaufen, fühlen sie sich nicht wirklich stark. Ronja sitzt im Zug, weiß nicht, was passiert, ob sie mich findet, wie ich sie aufnehme und wie sie später den Weg nach Hause wiederfindet. Sie hat Heimweh, sie fühlt sich verlassen, und sie hat Angst.«

Falk lehnte sich gegen den Rahmen der Balkontür. »Angst«, seufzte er. »Severin hatte auch immer diese Angst. Ich habe das nie verstanden. Was hätte ihm schon passieren können? Was könnte Ronja denn passieren? Fressen werde ich sie nicht. Ich schlage sie nicht. Ich bin nur sauer, mehr nicht. Und aus gutem Grund. Muss man davor solche Angst haben?«

Jasmin lachte verblüfft auf. »Du hast nie Angst gehabt, die Achtung eines Menschen zu verlieren?«

Er blickte sie verwundert an. »Wie?«

»Es soll ja Menschen geben«, sagte Jasmin, »die glauben, ein für alle Mal das Vertrauen eines anderen verspielt zu haben, wenn sie einmal einen Fehler gemacht haben. Und wenn der andere dann schimpft, fühlen sie sich ganz und gar und für immer abgelehnt.«

»Unsinn!«

»Wenn ich die Andeutungen deiner Mutter richtig verstanden habe, dann hast du in deiner Kindheit und Jugend dafür gesorgt, dass dein Vater niemals Vertrauen zu dir gefasst hat. Und folglich brauchtest du auch keine Angst zu haben, es mit einem kleinen Fehler zu verspielen.«

Falk zog die Brauen zusammen. »Du meinst, wo nix war, war auch nix zu verspielen?«

»Und was man nicht besitzt, das kann man auch nicht zu verlieren fürchten. Folglich warst du in dieser Hinsicht angstfrei. Eigentlich eine schöne Sache, wenn es nicht so traurig wäre.«

Jasmin hörte ihn scharf einatmen. Im selben Moment tat es ihr Leid, die Lücke in seinem Panzer zu einem derart kraftvollen Stoß genutzt zu haben. Er stieß sich müde von der Balkontür ab, ging zum Sofa und setzte sich langsam. Seine Stimme klang etwas unsicher, als er zu sprechen anfing.

»Ich glaube, ich tauge wirklich nicht zum Vater. Ronja ist … sie ist auch gar nicht meine Tochter.«

»Was?«
»Sie ist Severins Tochter. Ich habe niemals mit Laura geschlafen.«
»Aber …«
Er hob die Augen. »Ich weiß, sie behauptet, ich hätte sie verführt, weil sie die Freundin meines Bruders war und weil ich alles hätte haben wollen, was meinem Bruder gehörte. Aber es stimmt nicht. Ich war zwar verknallt in sie – ich war siebzehn –, aber ich war viel zu … zu naiv, um mich wirklich zu trauen. Es war Severin, der sie geschwängert hat. Er hatte natürlich wieder Angst vor unserem Vater. Dabei, enterbt hätte er ihn nicht. Er hätte nur darauf gedrungen, dass Severin Verantwortung übernimmt. Aber Laura heiraten wollte Severin auf keinen Fall. Bei mir kam es auf eine Schandtat mehr oder weniger nicht an. Also habe ich die Rolle des Wüstlings übernommen. Es war ein Versprechen unter Brüdern auf Leben und Tod, mit Blut besiegelt. Niemals sollte irgendjemand erfahren, dass Ronja nicht meine, sondern seine Tochter ist.«
Jasmin war sprachlos. Und zugleich fügte sich ein Puzzleteilchen ins Bild, von dem sie niemals vermutet hatte, dass sie es finden würde. Ronja hatte zwar auch dunkle Augen, aber es waren die ihrer Mutter. Und sie hatte Severins Haarfarbe. Niemals war ihr aufgefallen, dass sie Falk ähnlich sah. Bestenfalls hatte sie um den Mund herum den Zug ihres Großvaters.
»Und bitte, Jasmin, es soll auch künftig niemand erfahren. Vor allem Ronja nicht. Ich glaube nicht, dass sie es verstehen würde, wieso ihr leiblicher Vater sie verleugnen konnte. Das versteht man nie, nicht einmal wenn man längst erwachsen ist und schon etliche Enttäuschungen überlebt hat. Und Severin hat sie verleugnet, nicht nur damals, sondern in seinem täglichen Umgang

mit ihr. Er mochte sie nicht. Manchmal denke ich, er hat irgendwann angefangen zu glauben, dass tatsächlich nicht er, sondern ich ihr Vater sei. Unsere Abmachung sah vor, dass er die Alimente an mich zahlt, die ich Laura überweise. Und wenn ich in finanziellen Schwierigkeiten war, dann half er mir aus. Laura hat immer wieder Unterstützung für ihr Hotel von mir verlangt. Sie hat immer gedroht, den Deal auffliegen zu lassen, wenn ihre finanziellen Forderungen nicht erfüllt werden. Leider hatte ich nie sonderlich viel Geld. Und ich konnte Vater nicht gut darum bitten. Erst dachte ich, Severin habe genügend Geld, weil er als Student ein höheres Taschengeld bekam und sich in den Semesterferien in der Firma etwas dazuverdiente. Aber dann stellte sich heraus, dass er Kundenschecks entwendete. Er hatte Spielschulden und …«

»Severin?«

»Ja, Severin war derjenige von uns beiden, der sein Glück im Spiel suchte.«

Ein weiterer Puzzlestein passte. Severin hatte ihr den Klammergriff der Spielsucht so anschaulich erklärt – wenn auch auf Falk gemünzt –, dass er ihn eigentlich nur selbst erfahren haben konnte.

»Er hat auch das auf mich projiziert«, erklärte Falk. »Er war krank. Solange er mich vor unserem Vater damit aufziehen konnte, ich hätte Spielschulden, glaubte er, man käme ihm nicht auf die Spur. Wenn irgendwo Geld fehlte, müsste ich der Dieb gewesen sein.«

»Stimmt«, sagte Jasmin. »Er hat dich bezichtigt, ihn zum Diebstahl angestiftet zu haben, weil du Spielschulden hättest.«

Falk blickte sie nachdenklich an. »Und du hast es ihm sofort geglaubt.«

»Deine Mutter hat es auch so dargestellt.«
Er lächelte bitter. »Meine Mutter hat dir unsere Familiengeheimnisse anvertraut? Alle Achtung! Da muss ja ein richtiges Legendenerzählen über mich stattgefunden haben. Aber meine Mutter war nicht so leichtgläubig. Sie vermutete schon lange, dass nicht Severin für mich, sondern ich für Severin den Kopf hingehalten habe. Denn eines ist sicher, Vater hätte ihn nicht als Nachfolger aufgebaut, wenn er gewusst hätte, dass Severin spielt. Severin hoffte auf den Jackpot, um sich von ihm unabhängig zu machen. Unabhängigkeit stellte er sich als finanzielle Unabhängigkeit vor. Schon der Gedanke, irgendwo acht Stunden arbeiten zu müssen und dafür nicht mehr zu kriegen als den Gegenwert eines Mittelklassewagens, löste bei ihm Panik aus. Er konnte sich ein Leben in einer Zweizimmermietwohnung nicht vorstellen. Also sehnte er sich nach Geld bis zur Selbstvernichtung. Etwas besser bekam er seine Spielsucht in den Griff, als er vor sechs Jahren von Vaters Mutter die Mietshäuser in Berlin geerbt hat. Es half ihm, sich unabhängiger zu fühlen. Und so richtig gut im Griff hatte ihn Nicole. Sie hatte keinerlei Hemmung, ihm damit zu drohen, dass sie unserem Vater alles erzählen werde, wenn Severin mehr als Hunderttausend in einem Monat verspielte. Und ich bin sicher, sie wäre kaltblütig genug gewesen, ihn entmündigen zu lassen, um seine Häuser in Berlin zu retten. Für Severin war sie ein echter Halt.«
»Mein Gott!«, entfuhr es Jasmin. Endlich verstand sie, warum die Familie Severins Ehe mit Nicole so gewünscht hatte. Auch Adeltraud, die offenbar mehr wusste, als ihr Sohn Falk ahnte.
»Nachdem ich den schwarzen Peter übernommen hatte«, fuhr er fort, »blieb mir nichts anderes übrig, als Peerhagen zu verlassen. Besonders glücklich war ich dort ohnehin nicht. Es stimmt, ich

habe Ronja im Stich gelassen. Es war mir damals egal, Verantwortung hin oder her. Ich wollte das Lügengebäude hinter mir lassen, auf dem meine Familie aufgebaut ist. Ich wollte woanders neu anfangen. Hätte ich die *Santa Lucia* nicht gefunden und begonnen, sie zu restaurieren, hätte ich es auf Kos vermutlich kein Jahr ausgehalten. Das Gute daran war, dass ich gelernt habe, die Armut nicht zu fürchten, das Schlechte war, dass sie mich sechs Jahre lang von zu Hause fern hielt. Als ich zurückkam, war Ronja sieben Jahre alt. Sie war mir fremd, und ich war für sie ein Fremder. Sie war mir böse, und ich glaubte, ein paar nette Gesten reichen. Vermutlich hat Laura ein Übriges getan, um ihr die Ungeheuerlichkeit meiner Pflichtvergessenheit als Vater einzutrichtern. Ich denke, viele der Schwierigkeiten, die Ronja und ich heute miteinander haben, sind meiner Abwesenheit zu verdanken. Sie traut mir nicht und hat auch allen Grund dazu. Ich habe ihr nicht beweisen können, dass ich ein zuverlässiger Vater bin. Und ich bin es ja auch nicht.«

»Du lieber Himmel, Falk!« Jasmin setzte sich neben ihn aufs Sofa. »Du hast dir wirklich keine Vorwürfe zu machen. Du musst es nur deinem Vater endlich erklären.«

»Er würde es für einen weiteren Versuch halten, das Andenken meines Bruders zu schmälern.«

»Aber wenn du es ihm nicht sagst, kann er seine Meinung über dich nie ändern.«

»Ich kann damit leben.«

»Aber dein Vater auch?«, fragte Jasmin leise.

Falk schnaubte. Jasmin griff nach seiner Hand. Er zuckte zusammen und riss sie ihr weg, angespannt wie er war. Doch in Jasmin machte sich eine eigenartige Furchtlosigkeit breit. Falk hatte sich ihr offenbart. Endlich.

Er langte, wie um seine aus ihrer gerettete Hand sinnvoll einzusetzen, nach dem Glas Orangensaft und sagte mit einer um einige Grade kühleren Stimme: »Ich weiß nicht, warum ich dir das alles erzählt habe. Und du musst mir auch versprechen, dass du es niemandem, aber auch wirklich niemandem weitererzählst. Ich kann dich zwar nicht dazu zwingen so wie Laura, die genau weiß, dass sie sämtliche Geldzuwendungen verlieren würde, zumal der richtige Vater ja nun tot ist. Aber ich setze auf deine … ja, auf was kann man bei dir setzen? Auf dein Wort? Deine Treue? Ach ja, natürlich … ich bin ja jetzt imstande, dir eine anständige Summe Geldes …«

Jasmin sprang erzürnt auf. »Falk, du … du gehst zu weit!«

Er blickte sie an. In seinen Augen wüteten so viel Schmerz und Verbitterung, dass Jasmin spontan geneigt war, ihm die beleidigende Entgleisung zu verzeihen.

»Ich verspreche dir, niemandem zu erzählen, was du mir eben erzählt hast«, sagte sie kühl. »Und jetzt möchte ich, dass du …«

In diesem Moment klingelte das Telefon.

Mit zwei Schritten war Jasmin dort und riss den Hörer von der Auflage. »Ja?«

Sie hörte Bahnhofsgeräusche im Hintergrund und war schlagartig erleichtert, noch bevor sich Ronjas dünnes Stimmchen zu ihr durcharbeitete. »Jasmin, bist du das? Ich bin in Berlin. Ich bin ausgerissen. Darf ich … darf ich zu dir kommen?«

»Ja, natürlich. Wo bist du? Soll ich dich abholen.«

»Nein, ich fahre mit einem Taxi.«

Es tat Jasmin zwar Leid um Ronjas Ersparnisse, aber sie gönnte ihr die Selbstständigkeit. »Karl-Marx-Straße, das weißt du? Okay, dann bis gleich. Und wenn es ein Problem gibt, dann rufst du sofort an, ja?«

»Ja, mach ich.« Damit hängte sie ein.
Falk war inzwischen aufgesprungen, auf dem Gesicht eine Mischung aus Erleichterung und Verlangen.
Jasmin machte eine beruhigende Handbewegung. »Ronja ist in Berlin.«
»Gott sei Dank!« Er ballte die Faust und trat auf den Balkon. Den Weg, seine Dankbarkeit anders zu zeigen, hatte er sich eben verbaut.
»Sie wird in etwa einer Viertelstunde hier sein«, fuhr Jasmin fort. »Und darum ist es besser, wenn du jetzt gehst.«
Falk drehte sich um. »Aber …«
»Doch«, sagte sie bestimmt. »Und zwar nicht nur weil du mich eben in nicht akzeptabler Weise beleidigt hast, sondern und vor allem auch weil es besser für Ronja ist.«
»Du glaubst doch nicht wirklich, dass ich wie das personifizierte Strafgericht über sie herfalle.«
»Nein. Aber Ronja ist ausgerissen. Das war zwar ungezogen und geht auf keinen Fall, aber es war auch mutig. Soll sie später einmal ihren Kindern oder Enkeln mit resigniertem Schulterzucken erzählen, dass ihre Aktion damit endete, dass ihr Vater schon auf sie gewartet hat. Das ist fast ehrverletzend. Auch wenn du nicht sonderlich viel Gespür für das Ehrgefühl anderer Menschen hast.«
Einen Moment stand er sprachlos da. Dann sagte er knapp: »Verstehe«, durchmaß das Zimmer, nahm sein Jackett von der Sessellehne und ging zur Wohnungstür. Dort wandte er sich noch einmal um. »Auch wenn du mich natürlich nicht daran hindern könntest, vor der Haustür auf meine Tochter zu warten.«
»Dann pass aber auf, dass sie dich nicht sieht, bevor du sie

gesehen hast. Wenn sie dann kehrtmacht, wird es sehr schwer für uns, sie in dieser großen Stadt zu finden.«

Falks Brauen zuckten. »Hast du eigentlich auf alles einen klugen Spruch parat?« Er griff nach der Klinke und öffnete die Tür. »Ich bin bei meiner Mutter im Haus am Wannsee. Die Telefonnummer hast du?«

Damit schloss sich die Tür hinter ihm.

18

Eine Viertelstunde später sank Ronja weinend in Jasmins Arme. Jasmin strich dem Kind über die schwarzroten Haare, beruhigte es mit Cola und setzte es dann vor die Platte mit den Weißbrotscheiben mit Sardellen, die es ebenso hungrig verschlang wie eine Stunde zuvor sein Vater oder vielmehr sein Onkel. Zumindest im Temperament ähnelten die beiden sich.

In nicht sonderlich geordneten Bahnen erzählte Ronja, dass sie sich gestern mit Falk gestritten habe. Es war sein Wochenende gewesen. Aus irgendeinem Grund war er auf die Idee verfallen, Ronja zu fragen, ob sie ihre Hausaufgaben in Mathe schon gemacht habe. Statt ihm gleich zu sagen, dass sie die nicht gemacht habe, hatte sie gelogen und erklärt, sie finde ihr Heft gerade nicht. Wieso sie das getan hatte, konnte Ronja nicht erklären, aber sie war gehörig wütend über den väterlichen Erziehungsanfall gewesen. Sie hatte ihn angeschrien, dass er sich doch auch sonst nicht um sie kümmere, dass sein Boot ihm wichtiger sei als sie und dass er ihr überhaupt gestohlen bleiben könne. Außerdem möge sie Jasmin viel lieber. Die nörgle nicht ständig an ihr herum. Nicht mal einen Schachcomputer habe er ihr schenken wollen, und ein Handy bekomme sie auch nicht, obgleich alle in der Klasse eines hätten, und nur sie stehe da wie eine Asoziale.

Jasmin konnte sich denken, dass auch Falk einige scharfe Bemerkungen eingefallen waren. Jedenfalls hatte Ronja beschlossen abzuhauen. Ihrer Mutter sei es ja auch lieber, wenn sie weg sei. Sie würde es ja nicht einmal merken. Und so hatte sie ihre Sparbüchse geplündert, war mit dem Molli nach Bad Doberan gebimmelt, mit dem Zug nach Rostock gefahren und dort in den Zug nach Berlin gestiegen, was bereits beinahe ihre gesamte Barschaft aufgezehrt hatte.

Und nun sei sie hier.

Jasmin lobte gebührend Ronjas Umsicht und Mut.

»Kann ich nicht für immer bei dir wohnen?«, bettelte das Mädchen.

»Aber du musst doch in die Schule.«

»Kann ich nicht auch hier in die Schule gehen?«

»Im Prinzip schon. Allerdings müssen deine Eltern das erlauben. Du bist ja noch nicht achtzehn.«

»Könntest du mich nicht adoptieren?«

»Du hast doch Eltern. Solange das so ist, kann dich niemand adoptieren.«

»Scheiß Welt!«

Jasmin ließ Ronja eine Weile stumm wüten und brachte Teller und Gläser in die Küche.

Ronja kam schließlich nach. »Vielleicht erlaubt Papa es ja, dass ich bei dir wohne.«

»Da müsstest du ihn fragen. Aber ehrlich gesagt, Ronja, ich glaube, dein Vater wäre sehr traurig, wenn du ihn darum bitten würdest. Er hat dich nämlich ziemlich lieb.«

»Und warum macht er dann so einen Stress? Das ist doch voll ungerecht. Nur weil ich mal die Hausaufgaben nicht gemacht habe.«

»Ich fürchte, es war mehr deswegen, weil du ein bisschen geschwindelt hast. Erwachsene regen sich darüber in der Regel ganz fürchterlich auf.«

»Voll behindert. Die lügen doch auch ständig.«

»Tja, die Welt ist für Kinder ziemlich ungerecht.«

»Voll krass fett ungerecht.«

»Ich will ehrlich sein«, nahm Jasmin den Faden wieder auf, »deine Oma und dein Vater sind in ziemlicher Sorge um dich. Sie haben nämlich schon gemerkt, dass du verschwunden bist.«

»Scheiße.«

»Na ja, irgendwann hätten sie es doch ohnehin gemerkt. Ich glaube, dass sie ganz schön erleichtert wären, wenn du sie anrufen würdest. Sie sind im Haus am Wannsee.«

Ronja nagte an der Unterlippe. »Ist Papa arg böse?«

»Nein«, sagte Jasmin ernst. »Er ist völlig verzweifelt.«

»Dann schimpft er bestimmt mit mir.«

»Das mag schon sein, Ronja. Er hatte solche Angst, dich zu verlieren, dass es schon sein kann, dass er etwas heftig reagiert. Du bist ja auch nicht immer nett und sanft, wenn du dich aufgeregt hast, oder?«

Nach einer Weile war Ronja bereit, ihre Großmutter anzurufen. Jasmin verzog sich taktvoll in die Küche und hörte das Kind nur wenige Worte sagen.

Zwischendurch kam Ronja in die Küche gelaufen. Sie solle fragen, ob sie bei Jasmin übernachten dürfe. Jasmin stimmte zu. Dann kam Ronja noch einmal und sagte, die Oma wolle sie sprechen.

Jasmin ging ins Wohnzimmer und nahm den Telefonhörer. Adeltraud entschuldigte sich für den Aufwand, den man ihr mache, und bedankte sich. »Falk holt Ronja dann morgen früh bei dir ab, wenn es dir recht ist.«

»Es wäre mir lieber, wenn ich sie bei dir im Haus am Wannsee vorbeibringen könnte«, entgegnete Jasmin. Auf keinen Fall wollte sie Falk noch einmal in ihrer Wohnung empfangen, nachdem sie ihn rausgeworfen hatte.

»Wie du meinst«, sagte Adeltraud. »Aber nicht dass du noch mehr Umstände hast.«

»Nein, nein, es passt mir so besser. Wäre zehn Uhr recht? Oder ist das zu spät?«

»Komm, wann du denkst. Ich freue mich immer, dich zu sehen. Wir sind ja heute Mittag ziemlich abrupt unterbrochen worden. Und du wolltest mir doch noch etwas erzählen.«

Nachdem das Unangenehme für Ronja erledigt war, bauten sie ein Schachbrett auf und spielten. So fand sie kurz nach acht Rolf vor, als er kam.

»Und wer bist du? Ah, Ronja. Freut mich, dich kennen zu lernen«, sagte er nicht sonderlich erfreut.

»Hallo, Rolf«, antwortete Ronja, ebenso wenig begeistert.

»Schachmatt, Ronja«, stellte Jasmin fest. »Und jetzt ab ins Bett.«

»Aber die Revanche.«

»Heute nicht mehr.«

»Morgen?«

»Wenn du um sieben aufstehst. Und jetzt komm ins Bett.« Jasmin stand auf und bezog Ronja das Gästebett, während das Kind im Bad herumtrödelte. Rolf nahm sich unterdessen einen Brandy mit Eis. Jasmin brachte Ronja zu Bett, deckte sie ordentlich zu, sagte ihr Gute Nacht und schloss die Zimmertür.

Rolf war inzwischen beim zweiten Glas und stand an der offenen Balkontür.
Jasmin ließ sich aufs Sofa fallen.
»Was macht die Kleine hier?«, fragte er.
»Was geht es dich an?«
Rolf schwenkte das Glas, dass die Eiswürfel klirrten. »Hat die nicht Schule?«
»Rolf«, sagte Jasmin, »was willst du hier?«
»Na hör mal!«
Jasmin raffte den letzten Rest von Aufmerksamkeit zusammen, den sie noch hatte. »Wie kommst du auf die Idee, hier aufkreuzen zu können, nachdem du heute nichts Eiligeres zu tun hattest, als Gloria darüber in Kenntnis zu setzen, dass ich mich mit Xandra und Achim getroffen habe?«
»Du warst ja nicht im Büro, und keiner wusste, wo du bist.«
»Rolf, ich habe ein Handy. Und abgesehen davon, Gloria hätte wohl noch ein paar Stunden auf diese Information warten können. Du hast mich verraten, Rolf. Anders kann ich das nicht werten.«
»Umgekehrt wird ein Schuh draus, Jasmin. Du hast die Firma hintergangen und damit auch mich.«
Jasmin lachte. »Von mir aus kannst du das so sehen. Es ist deine Entscheidung, wem gegenüber du mehr Loyalität empfindest, Gloria und der Firma oder mir gegenüber. Du hast die Entscheidung getroffen. Gloria hat mir fristlos gekündigt. Und wir beide, Rolf, sind geschiedene Leute.«
Er schwenkte erneut das Glas. »Wenn du das so siehst, dann kann ich ja gehen.«
»Genau.«
Dem schloss sich dann noch ein stundenlanges Diskutieren an.

Gegen ein Uhr sank Jasmin völlig erledigt ins Bett. Sie hatte das Gefühl, ihr Hirn habe sich in eine grünlich-violette blubbernde Masse verwandelt und sie würde nie wieder damit denken können. Und es blubberte so, dass sie auch nicht einschlafen konnte.

19

Falk war dabei, das alte Ruderboot am Landungssteg hinterm Haus sauber zu machen. Da Adeltraud einen Kunden hatte, hatte er sich aus dem Haus verzogen. Er stand barfuß in einem löchrigen T-Shirt und in Jeans aus dem vorigen Jahrhundert im Boot und schrubbte den abblätternden Lack vom Holz. Auf dem Steg häuften sich Ölzeug, Taue, ein rostiger Anker und ein paar Kanister. Die Riemen lagen im Boot, obgleich sie Falk störten. Aber solange ein Boot im Wasser war, auch wenn es gut vertäut war, durften die Ruder niemals woanders liegen.

Schritte auf dem hölzernen Landungssteg ließen ihn aufblicken. Es war Ronja. Jasmin folgte ihr in einigem Abstand über die sandige Wiese. Sie trug sommerliche Jeans. Hätte Falk sich in modischen Begriffen ausgekannt, hätte er sie Siebenachtel-Jeans nennen können. Ihr T-Shirt war mit hellgrünen, orange- und rosafarbenen Kreisen gemustert, an den Füßen trug sie Flipflops mit Pfennigabsatz. Die Irritationen, die Jasmins badesommerliches Outfit bei ihm auslöste, schrieb er den kuriosen Details zu, die sein Auge fesselten: Plastikbadeschlappen mit Absatz und ein Shirtmuster wie aus Raumschiff Orion, nur in Farbe. Es stand ihr. Überhaupt war er bereit, alles an ihr

wunderbar zu finden, solange es das eigenartige Kupfer-Gold-Gemisch ihres Haares unterstrich, das ihr offen bis knapp über die Schulter fiel.
Er stieg aus dem Boot und streckte die Hände nach Ronja aus, die auf ihn zugelaufen kam und fröhlich in ihn hineinsprang. Er drückte sie an sich und stellte sie dann vorsichtig wieder auf den Stegbrettern ab.
»Bist du mir noch böse?«, fragte sie.
»Nein.«
Während Ronja in das Boot hüpfte, wandte er sich Jasmin zu, die auf der Wiese stehen geblieben war und sich die Schlappen von den Füßen zog, weil der Absatz in Sand und Moos versank. Barfuß setzte sie ihren Weg fort. Das Hübsche war selten praktisch, stellte Falk fest, wie immer voller Bewunderung, dass Frauen es auf sich nahmen, auf Pfennigabsätzen zu balancieren. Allerdings war er inzwischen alt genug zu wissen, dass Jasmin sich nicht für ihn mit den Attributen der letzten Mode ausgestattet hatte, sondern dass Frauen das ganz allgemein dann taten, wenn sie ihre Seele abschotten und den Blick auf ihre Fassade lenken wollten, etwa auf Partys oder beim Treffen mit Freundinnen.
Er hatte sie gestern schwer beleidigt, dessen war er sich bewusst. Wahrscheinlich war es sogar unverzeihlich. Er hatte sie mit Laura auf eine Stufe gestellt und ihr Geld angeboten. Die mieseste Karte, die ein reicher Mann ziehen konnte. Warum er das getan hatte, mochte er sich selbst kaum eingestehen. Nicht absichtlich, aber unwillkürlich hatte er sie auf die Probe gestellt, und diesen Test hatte sie bestanden, diesen Scheck hatte sie zurückgewiesen. Und damit auch ihn. Doch was quälte er sich? Er würde sie nie bekommen. Ihr Leben fand auf einem anderen

Planeten statt, zu dem er keinen Zugang hatte. An ihrer Garderobe neben der Tür hatte eine Männerjacke gehangen. Rolf hieß er, soweit Falk sich erinnerte.

»Hallo«, sagte er, als Jasmin endlich am Steg eintraf. »Vielen Dank, dass du Ronja gebracht hast.«

»Da nicht für«, winkte sie ab.

Ihr Blick glitt bis zu seinen nackten Füßen hinab und dann zum Boot hinüber.

»Tut mir Leid«, sagte er, »dass ich herumlaufe wie ein Neandertaler. Weißt du, warum Männer sich so schlecht kleiden?«

Jasmin blickte ihn verwundert an. Er sah, dass sie neugierig war, es aber nicht zeigen wollte.

»Seit der Steinzeit machen sich Frauen hübsch, weil sie uns anlocken wollen. Wir dagegen mussten abschrecken, dem Feind Furcht einflößen. Deshalb steckten wir uns Knochen durch die Nase, malten uns schreckliche Zeichen ins Gesicht, warfen stinkende Löwenfelle über, banden den Penis hoch und verlängerten ihn mit einem Rohr. Ich fürchte, das hat sich bis heute in unseren Genen erhalten.«

Jasmin musste lachen, ließ sich aber rasch von Ronja ablenken, die breitbeinig im Boot stand und es zum Schwanken brachte. Die Wellen, die sie erzeugte, klatschten gegen die Pfosten des Bootsstegs.

»Du wirst noch ins Wasser fallen«, konnte Falk sich nicht verkneifen zu sagen.

Ronja setzte sich, überraschend wenig auf Krawall gepolt, und griff nach den Riemen. »Darf ich ein Stück rausrudern?«

»Warte.«

Falk wandte sich an Jasmin. »Fahren wir ein Stück? Oder setzt du dich mit mir auch nicht mehr in ein Boot?«

Jasmins Miene nahm einen verschlossenen Zug an.
»Es tut mir wirklich sehr Leid, was ich gestern gesagt habe. Es war ungerecht. Es ist unverzeihlich. Aber eines fernen Tages kannst du es mir vielleicht doch nachsehen. Und bis es so weit ist, könnten wir uns doch auf eine Art freundschaftlichen Umgang einigen, hm?«
Zu seiner Bestürzung sah er Jasmins aquamarinblaue Augen sich mit Tränen füllen.
Sie blickte zornig auf den See.
»Wirklich, Jasmin, ich konnte heute Nacht vor Scham nicht schlafen. Es hat auch nicht geholfen, dass ich die Rosen auf der Tapete gezählt habe. Es sind dreitausendsechshundertvierundachtzig. Erst habe ich es ausgerechnet, dann nachgezählt – drei Ranken zu je dreiundfünfzig Rosen pro Tapetenbahn, einundzwanzig volle Bahnen, dazu die über der Tür und in der Gaube, macht …«
Sie lachte.
»Es tut mir wirklich unendlich Leid, Jasmin.« Er streckte ihr die Hand hin. »Frieden? Waffenstillstand wenigstens?«
»Okay«, sagte sie.
Ihre Hand huschte förmlich durch seine. Das Bedürfnis, sie in seine Arme zu ziehen, wollte ihn überwältigen. Aber er hatte keine Chance, der Verlockung zu diesem Wagnis nachzugeben, denn Ronja war im Begriff, das schwere hölzerne Ruder beim Versuch, es in die Dolle zu heben, zu verlieren. Er stieg rasch ins Boot und setzte die beiden Riemen ein.
»Komm, Jasmin!«, rief Ronja.
Sie trat einen Schritt zurück.
Falk sprang wieder aus dem Boot und löste die Leine. »Fahrt ihr beide«, sagte er. »Mir fällt gerade ein, dass ich noch etwas zu

erledigen habe. Aber, Ronja, in einer Stunde sollten wir heimwärts aufbrechen, ja?«
So hatte Jasmin gewissermaßen keine andere Wahl, als zu Ronja ins Boot zu steigen, denn alleine konnte man das Kind nicht rudern lassen. Jasmin nahm auf dem Brett achtern Platz, während Ronja ihre kleinen Hände um die Ruderenden schloss. Doch sie hatte sich noch nicht eingerichtet, da sprang sie auch schon wieder auf und kibbelte auf den Steg.
»Oma!«, rief sie und rannte die Wiese hinauf, über die soeben vom Haus her Adeltraud herabkam.
Einem plötzlichen Impuls folgend, warf Falk die Leine ins Boot und sprang hinterher. Sein Sprung trieb das Boot vom Steg weg. Im nächsten Moment hatte er die Riemen ergriffen, setzte sich und machte ein paar rasche Ruderschläge in den See hinaus.
»He!«, rief Jasmin, sich aufrichtend. »Was soll das werden?«
Er hielt inne, darauf gefasst, dass sie sich augenblicklich ins Wasser stürzen würde, um zum Steg zurückzuschwimmen, aber so dramatisch sah sie ihre Lage dann doch nicht.
»Wenn du gestattest, würde ich dich gern für eine halbe Stunde entführen«, erklärte er und begann wieder zur rudern.
»Wozu?«
»Es ist so ein schöner Tag.«
Sie schwieg.
Er ruderte. »Hast du heute frei? Musst du nicht arbeiten?«
»Frau Göran hat mich fristlos entlassen.«
»Ach. Warum?«
»Das ist eine lange Geschichte«, sagte sie unwillig.
»Wir haben Zeit«, bot er an.
Aber sie winkte ab und ließ die Hand ins Wasser hängen.
»Bin ich schuld?«, fragte er.

Sie schüttelte den Kopf. Das Wasser glitt durch ihre Finger und hinterließ eine kleine Spur in der Wasseroberfläche. Dann zog sie ihre Hand zurück, schüttelte die Tropfen ab und blickte ihn an. »Warum hast du deiner Mutter noch nicht erzählt, womit ich mein Geld verdient habe?«

»Ich hätte nicht vermutet«, erwiderte er, »dass du Wert darauf legst, dass ich es ihr erzähle.«

»Verstehe. Du meinst, ich sollte es ihr selbst sagen.«

Er schwieg wohlweislich.

»Aber, Falk, so einfach ist das nicht. Ich kann ihr nicht einfach erzählen, warum ich zu Pfingsten in Peerhagen war. Denn wenn ich es täte, dann müsste ich ihr auch sagen, dass du es herausbekommen hast. Und was, glaubst du, wird sie wohl über dich, ihren Lieblingssohn, denken, wenn sie erfährt, dass du ihr das verschwiegen hast. Vermutlich wäre sie ziemlich enttäuscht von dir.«

Falk ruderte ein paar Schläge und spürte seiner Verwunderung nach. »Auch wieder wahr. So habe ich das noch nicht betrachtet.«

»Siehst du!« Sie lächelte triumphierend.

»Aber nein«, sagte er, »deine Rücksichtnahme ist doch unnötig. Meine Mutter wäre mir nicht böse, weil ich den Mund gehalten habe.«

»Bist du da sicher?«

»Absolut. Für meine Mutter bin ich der Beste, Schönste und Größte, egal was ich anstelle. Sie ist meine Mutter.«

Ein Schatten fiel über Jasmins Gesicht, das im diffusen Licht des dunstigen Sommertags milchweiß schimmerte.

Falk hielt inne und beugte sich vor. »Ist das bei deiner Mutter nicht so?«

Sie lächelte verlegen. »Ich bin eine Tochter. In den Augen meiner Mutter befinde ich mich in ständiger Gefahr, in der Gosse zu landen.«

Falk lachte. »Aber für deinen Vater, da bist du das Prinzesschen?«

»Das kann man so auch nicht sagen.« Sie deutete ein Grinsen an. »Ich bin zwischen Autos aufgewachsen und, bis ich vierzehn war, eher für ein Junge durchgegangen.«

Falk ruderte geräuschlos und langsam.

»Mein Vater betreibt eine Pfandleihe für Autos. Ich bin mit dem Anblick aufgewachsen, dass jemand in einem polierten Wagen durchs Tor kommt und zu Fuß wieder geht.«

»Mit anderen Worten«, bemerkte er nach zwei leisen Ruderschlägen, bei denen kein Tropfen Wasser aufspritzte, »im Gegensatz zu mir hast du nie erfahren, was es heißt, bedingungslos geliebt zu werden.«

»Wer wird das schon?«, sagte sie wegwerfend.

»Ich, und zwar von meiner Mutter. Was glaubst du denn, warum ich zurückgekommen bin. Doch nicht, weil ich ein Masochist bin und es mir so gut gefällt, von meinem Vater für einen verantwortungslosen Hallodri gehalten zu werden.«

Sie lächelte. »Aber ein bisschen selbstquälerisch bist du schon. Warum sonst hast du die Firmenleitung übernommen?«

»Weil meine Mutter Sorge hat, dass mein Vater sich übernimmt. Er hat Rückenprobleme und Herzrhythmusstörungen. Er muss dringend kürzer treten. Und an einen Fremden hätte er die Firma nicht so schnell verkauft. Er hat das Unternehmen schließlich aufgebaut. Wie sehr er mich auch verachtet, Blut ist eben immer dicker als Wasser.«

»Also hast du dich doch geopfert.«

»Opfer klingt zu dramatisch. Aber dass ich an einem Dienstag mit dir im Boot auf dem Wannsee rudere, ist eigentlich nicht drin. So eine Firma frisst einen mit Haut und Haaren, und nach dreißig Jahren wacht man im Krankenhaus auf und stellt fest, man hat vor lauter Arbeit nicht mitbekommen, dass inzwischen die Welt ein Paradies geworden ist oder gar nicht mehr existiert.«

Darauf erwiderte sie nichts.

»Eigentlich«, sagte er, »wollte ich in Berlin ein Büro für exklusives Industriedesign aufmachen. Ich hatte sogar schon den Laden und die halbe Mannschaft zusammen. Die Kredite waren bewilligt, die Finanzierung stand. Und dann starb Severin. Seit drei Monaten arbeite ich mich nun bei Rosenstock ein. Ich habe nicht einmal Zeit, meine junge Küchenlinie Clarissa zu verbessern. Das machen jetzt andere Designer.«

»Vielleicht solltest du einen Geschäftsführer einstellen.«

»Das wird Vater niemals zulassen, solange er noch was zu sagen hat.«

»Und wie lange wird das sein?«

»Bis er das Zeitliche segnet. Mir gehört die Firma ja nicht. Ich erbe sie nur. Momentan bin ich der Geschäftsführer der Holding und bekomme ein Gehalt, allerdings ein stattliches.«

Jasmin blickte über den See und senkte wieder die Hand ins Wasser. »Eigenartig«, sagte sie schließlich nach einer Weile, »du hast immer den Aufstand gegen deinen Vater geprobt, es war dir scheißegal, was er über dich denkt, du hattest nie Angst vor ihm, behauptest du, aber du hast ihm nie wirklich die Stirn geboten.«

Falk rammte die Ruderblätter ins Wasser und hielt inne. »Was willst du damit sagen?«

Sie blickte ihn an und lächelte fein. »Du bist ein Hasardeur.

Und wenn es nicht mehr weitergeht, dann darf's auch ruhig Kamikaze sein. Ein Ninja weint nicht. Du hast deinem Vater die Grenzen gezeigt, aber erklärt hast du sie ihm nie. Zum Diskutieren fehlt dir die … die Geduld? Oder der Mut? Wer diskutiert, kann nämlich auch verlieren. Und noch schlimmer, er muss Kompromisse machen.«

»Wie bitte?«

»Ich glaube, du verwechselst Stolz mit Selbstachtung. Wer stolz ist, pfeift auf die Meinung der anderen. Wer Selbstachtung besitzt, der verteidigt sich, wenn ein anderer einen kränkt.«

»Und wirft ihn aus dem Haus?«

Jasmin lächelte.

So ganz spritzwasserfrei waren Falks nächste Ruderschläge nicht. »Und du täuschst dich«, sagte er, »wenn du meinst, ich würde auf die Meinung anderer pfeifen. Auf deine zum Beispiel lege ich großen Wert. Leider komme ich nie gut weg.«

Auch darauf entgegnete sie nichts.

Sie waren inzwischen auf Höhe des Grunewalds angelangt. Am Strand herrschte Sommertrubel. Falk wendete das Boot langsam. Was auch immer er sich von dieser kurzen Entführung erhofft hatte, er war desillusioniert. Jasmin war für ihn nicht zu knacken. Sie ließ ihn nicht an sich heran.

Sie sprachen nicht mehr viel auf der Rückfahrt.

Jasmin betrachtete verstohlen seine dunkel behaarten Arme. Er bewegte sich kraftvoll, ruhig und flüssig. Wie so oft in den letzten Monaten meinte sie wieder seine drängende Umarmung zu spüren. Eine Nacht lang hatten sie sich selbst vergessen. Jetzt saß dieser Mann vor ihr, nur einen Meter entfernt und dennoch unerreichbar. Verkapselt in seine Bitterkeiten und in seiner Unfähigkeit, einen Weg zu ihr zu finden, die ihn immer nur angelogen oder aber ihm unangenehme Wahrheiten gesagt hatte. Sie hatte alles falsch gemacht. Auch jetzt hatte sie es nicht geschafft, ein erfreuliches Gespräch mit ihm zu führen.

»Falk, ich …«, sagte sie leise.

Er hob den Blick. »Ja?«

Doch zugleich bemerkte er im Augenwinkel das Surfbrett, dem wiederum Jasmin keine Beachtung geschenkt hatte. Der Surfer näherte sich ihnen, hinterm Segel versteckt und ohne sie zu sehen. Falk versuchte ihm mit einem raschen Schlag des einen Riemens auszuweichen, was auch gelang. Der Surfer war jedoch so erschrocken, dass er das Segel losließ. Es klatschte neben ihnen ins Wasser. Der Surfer ruderte, um Gleichgewicht ringend, mit den Armen und fiel hinterher.

»Können Sie nicht aufpassen?«, schrie er, als er wieder auftauchte. »Dilettanten wie Ihnen sollte man kein Boot geben. Segler haben immer Vorfahrt.«

»Seemannsheil«, erwiderte Falk ruhig und begann erneut zu rudern, während der junge Mann sich aufs Surfbrett kämpfte und das Segel am Strick aus dem Wasser zog.

Sie näherten sich bereits dem Landungssteg.

»Das Boot zieht Wasser«, bemerkte Falk nach einer Weile mit einem Blick in den Kiel. »Ich schätze, mit einem neuen Anstrich wird es nicht getan sein. Man muss es generalüberholen. Ach ja, was wolltest du vorhin sagen?«

»Nichts.«

»Nichts?« Er schmunzelte. »Nach meiner bescheidenen Erfahrung hat man etwas gründlich verkehrt gemacht, wenn eine Frau *nichts* mehr zu sagen hat.«

Jasmin lachte. »Es hat sich erledigt. Ich wollte sagen: Das Boot zieht Wasser.«

»Tatsächlich?« Er fragte es leichthin, aber ein unwilliges Zucken in seinen Mundwinkeln verriet ihr, dass er ihre kleine Verlegenheitslüge durchschaute.

Schweigend legten sie die Strecke zum Landungssteg zurück. Falk ließ das Boot längsseits gleiten, warf die Leine auf den Steg und stieg hinterher, um das Boot zu vertäuen. Dann streckte er ihr die Hand hin, um ihr auf den Steg zu helfen. Ungeübt, wie sie war, stieß sie sich mit dem Bein im Boot ab, das sofort unter ihr wegglitt. Hätte er nicht mit der zweiten Hand nachgefasst und sie an sich gezogen, wäre sie ins Wasser gefallen. Einen Augenblick lang spürte sie seinen lebendigen und warmen Körper und meinte innerlich zu explodieren. Dann ließ er sie los, so gleichgültig und nachlässig, als würde es ihn nichts kosten. Und Jasmin fiel in einen Abgrund der Verzweiflung. Er hatte wirklich dicht gemacht. Er hatte auf dieser missglückten Bootsfahrt innerlich mit ihr Schluss gemacht. Er hatte aufgegeben. Es war vorbei.

Dass sie den Weg vom Steg auf die Wiese fand, ohne ins Wasser zu stolpern, war ein nahezu unerklärliches Wunder. Aber was grämte sie sich? Es hatte doch ohnehin nie eine realistische Chance bestanden, dass aus ihr und Falk etwas wurde. Jasmin fing sich wieder etwas, als sie die Flipflops anzog, die sie vorhin auf der Wiese zurückgelassen hatte. Falk hatte unterdessen die Riemen aus den Dollen gehoben und ins Boot gelegt und kam nun nach.

Mit Tunnelblick steuerte Jasmin auf die Terrasse zu, auf der Adeltraud und Ronja an einem Tisch saßen und Kaffee tranken und Kuchen aßen.

»Na, war's schön?«, erkundigte sich Adeltraud. »Nachdem ihr so gemein wart, Ronja einfach stehen zu lassen, mussten wir uns

mit Kaffee und Kuchen behelfen. Aber wir wollen nicht so sein, ihr bekommt auch etwas ab, nicht wahr, Ronja?«
Ronja nickte durchaus vergnügt.
Jasmin erwog es, ohnmächtig zu werden, wusste aber nicht recht, wie man das anstellte. Falk gab irgendeinen unartikulierten Laut von sich, den man so verstehen mochte, dass er im Haus etwas Wichtiges zu tun hatte.
»Bringst du Tassen mit?«, rief ihm Adeltraud hinterher. »Was ist dem denn für eine Laus über die Leber gelaufen?«, erkundigte sie sich dann.
Da Jasmin darauf auf keinen Fall antworten konnte, nahm sie Ronja die Gabel weg und klaute einen Bissen von ihrem Apfelkuchen. Ronja protestierte.
Nach fünf Minuten erschien Falk wieder, zwei Teller und zwei Kaffeegedecke in der Hand. Er hatte sich umgezogen und trug den dunkelgrauen Anzug, in dem er gestern gekommen war. Die Krawatte fehlte immer noch.
»Mama«, fragte er, während sie Jasmin und ihm Kaffee einschenkte, nachdem er das Geschirr verteilt hatte, »sag mal, brauchst du nicht jemanden für deine Agentur? Jemanden, der beispielsweise die Bonitätsrecherchen macht.«
Jasmins Herz machte einen Hüpfer.
»Nun ja«, antwortete Adeltraud gedehnt, »das habe ich mir noch nicht überlegt. Aber du hast dafür wohl keine Zeit mehr. Das stimmt.«
»Vielleicht hätte Jasmin Lust dazu«, sagte er.
»Jasmin?« Adeltraud blickte sie an.
Zum ersten Mal in ihrem Leben fühlte Jasmin sich wirklich rot werden. »Meine Chefin hat mich … also man hat mir gekündigt. Ich bin derzeit tatsächlich ohne Job.«

Adeltraud blinzelte nachdenklich. Jasmin wartete auf die fällige Frage nach dem Warum. Aber sie kam nicht. Adeltraud fragte auch nicht, wieso sie, Jasmin, arbeitslos war, wenn sie doch für verschiedene Zeitungen schrieb, wie sie einst behauptet hatte. »Würdest du das denn machen wollen?«, erkundigte sie sich stattdessen.

20

»Wir wünschen Ihnen einen schönen Aufenthalt in Berlin und einen angenehmen Weiterflug. Bitte bleiben Sie noch so lange angeschnallt sitzen, bis das Flugzeug seine endgültige Parkposition erreicht hat und die Zeichen erlöschen.«

Natürlich klackten die Schnapper der Sitzgurte schon vorher, und die Leute standen auf, rammelten aus den Sitzen in den Mittelgang und stießen sich gegenseitig die Ellbogen in Rippen und Gesichter im Kampf um das Handgepäck aus den Ablagen.

Nicole beobachtete das Touristentreiben mit Verachtung. Sie selbst blieb sitzen. Sie hatte auch nicht nach der Landung applaudiert wie die aufgekratzten Urlauber, die mit ihr in Barcelona ins Flugzeug gestiegen waren.

Beim letzten Mal, als sie in Berlin Tegel gelandet war, hatte sie im Privatjet ihres Vaters gesessen. Nicht mal ein Jahr war das her. Inzwischen saß er in Untersuchungshaft. Gelegentlich hatten sie seine weinerlichen Briefe erreicht. Der Zeitung hatten sie und ihre Mutter entnommen, dass er ein umfassendes Geständnis abgelegt und dabei diverse Geschäftsführer diverser Tochterunternehmen beschuldigt hatte, die treibenden Kräfte gewesen zu sein. Nicole hatte keinen einzigen der Briefe ihres Vaters

beantwortet. Und sie hatte auch nicht vor, nach Karlsruhe zu reisen und ihn im Gefängnis zu besuchen.
Schließlich war er dafür verantwortlich, dass sie ohne einen Cent und mit zwei geklauten Kreditkarten in Berlin ankam. Einst eine der reichsten Erbinnen Deutschlands, heute Hochstaplerin, wenn man es genau nahm. Und das war allein die Schuld ihres Vaters.
Endlich setzten sich die im Mittelgang gedrängten Menschen in Bewegung. Nicole erhob sich, zog sich die Jeansjacke mit dem silbernen B der Marke Bogner über und schulterte ihre Handtasche. Freundlich verabschiedete sie sich von den Flugbegleiterinnen, die an der Tür standen und nicht ahnten, dass Nicole in ihrer Tasche eine Stange unbezahlter Zigaretten vom Duty-free-Karren trug, den die Stewardessen vor einer Stunde schwatzend durch den Gang geschoben hatten.
Der Wind pfiff kalt durch die Ritzen des Rüssels, der sie ins Flughafengebäude leitete. Es war Anfang September. Vor zwei Stunden hatte sie eine verbrannte Küste unter sich entschwinden sehen. In Barcelona hatte es noch fast dreißig Grad gehabt. Aber Sonne, Strand und Wärme nutzten sich ab, wenn man sich überlegen musste, ob man sich einen Kaffee leisten konnte.
Den Flug hatte ihr der Reporter einer Boulevardzeitung bezahlt. Auch das Taxi und das Hotelzimmer würde er bezahlen. Nicole zog ihre kleine Reisetasche vom Gepäckband und marschierte durch die Zollschranke hinaus in die Halle. Es war kurz vor sechs Uhr abends. Das Handy meldete ihr, kaum hatte sie es in Betrieb genommen, dass sie zurück in Deutschland war. Sie tippte die Nummer von Peerhagen ein, aber niemand ging ran. Also versuchte sie es mit der Nummer der Villa am Wannsee.
Nach dreimaligem Klingeln nahm jemand ab. »Goldene Rose,

Kandel«, hörte sie und drückte sofort auf Gesprächsende. Wie bitte? Jasmin? Was machte die in Adeltrauds Heiratsagentur? So weit war es schon? Stand da womöglich bald eine glücklichere Hochzeit an, als es ihre gewesen war? Falk und Jasmin mit ihrem scheinheiligen Unterschichtgesichtchen und dem Fleiß, der aus jeder Falte ihrer Kostümchen dunstete?

Leicht verwirrt begab sich Nicole zum Taxistand vor dem Flughafengebäude. Auf der Fahrt nach Berlin Mitte versuchte sie sich darüber klar zu werden, ob sie ihre Strategie ändern musste. Wie grün es hier ist, dachte sie, als sie am Tiergarten entlangfuhren. Nach einem mörderisch heißen Sommer in Spanien hatte sie begriffen: Spanien war etwas für Urlauber, nicht für Leute, die arbeiten mussten. Stundenlang in der Sonne an einem Straßenrand warten, bis Kunden kamen, die ein halb fertiges Chalet in einer schattenlosen Siedlung namens Girasol oder Vista al Mar besichtigen wollten und dann doch nicht kauften, immer wieder zwischen Gipssäcken und Schubkarren den Blick anpreisen, der in zwei Jahren von der nächsten Siedlung verstellt sein würde. In den Bauboom an der spanischen Ostküste hatte sie sich nicht wirklich einklinken können. Ein Makler hatte sie um die Provision betrogen, weil sie den spanischen Vertrag nicht genau verstanden hatte. Die meisten Interessenten waren ohnehin Russen gewesen, und Russisch sprach sie nicht. Sie hoffte, nicht wirklich bis zum Äußersten gehen zu müssen, aber sie wusste auch, es gehörte absolute Entschlossenheit dazu, wenn man jemanden erpressen wollte.

Nicole bezog ihr Zimmer im Hotel Ibis in der Prenzlauer Allee, streckte sich auf dem Bett aus, nahm ihr Handy und versuchte es noch einmal in Peerhagen. Diesmal nahm die Haushälterin Sieglinde ab. Ihre Stimme gefror sofort, als Nicole sich mit

Namen meldete. Die Herrschaften seien nicht da, erklärte sie. Sie kämen auch heute Abend nicht und morgen auch nicht. Herr und Frau Rosenstock senior seien auf Reisen. Herr Rosenstock junior befinde sich auf der Baden-Messe in Freiburg.
Nicole bedankte sich anständig und fluchte erst, nachdem sie das Telefonat beendet hatte. Damit, dass keiner erreichbar sei, hatte sie nicht gerechnet. Und Falks Handynummer besaß sie nicht, wie sie jetzt feststellte.
Sie überlegte eine Weile. Dann tippte sie noch einmal die Nummer der Villa am Wannsee ein. Diesmal klingelte das Telefon vergeblich. Niemand mehr dort. War der Name Kandel vorhin eine Halluzination gewesen? Nicole ließ sich von der Auskunft eine Jasmin Kandel im Telefonbuch suchen. Es gab nur sechs Kandels in Berlin, darunter eine Fahrschule, aber keine Jasmin Kandel. Die CD, auf der Nicole einst alle Adressen, darunter auch die von Jasmin, gebrannt hatte, lag wahrscheinlich immer noch in der Druckerei der Hochzeitskarten.
Zornig warf sie ihr Handy aufs Bett und ging duschen. Das Abendessen würde sie wohl im Hotel auf fremde Kosten einnehmen müssen, wenn sie für den Bummel über den Prenzlberg nachher noch ein paar Euros zum Ausgeben haben wollte. Beim Haarbürsten kam ihr die rettende Idee. Hus Achtern Boom war leicht über die Auskunft zu eruieren. Sie ließ sich gleich verbinden. Nach einer endlosen Klingelei nahm jemand ab.
»Hus Achtern Boom«, lautete die mit kindlicher Stimme heruntergeleierte Ansage, »aber wir haben bis Ostern nächsten Jahres wegen Renovierung geschlossen.«
»Bist du das, Ronja?«
»Ja.«
»Ich bin es, Nicole.«

»Hallo.«
»Ich bin für ein paar Tage in Deutschland und wollte mich natürlich bei euch melden. Aber in Peerhagen ist niemand. Die sind anscheinend alle ausgeflogen.«
»Ja.«
Die träge Göre war offenbar immer noch nicht präsentabler geworden. Ein Gespräch führen konnte sie jedenfalls nicht. Nicole ermahnte sich zur Engelsgeduld.
»Sag mal, Ronja, könntest du so nett sein und mir Falks Handynummer geben. Ich habe sie verloren, und ich müsste etwas Wichtiges mit ihm besprechen.«
»Papa ist nicht da, er ist auf der Hagena.«
»Deshalb hätte ich ja gern seine Handynummer. Könntest du sie mir bitte geben, mein Schatz.«
Ronja rasselte die Nummer so schnell herunter, dass Nicole zweimal nachfragen musste. Dann kam sie noch auf die geniale Idee, sich auch Jasmins Nummer geben zu lassen.
»Geht es euch gut?«, erkundigte sie sich zum Schluss.
»Ja.«
»Und Jasmin?«
»Der auch.«
Nicole gab es auf und verabschiedete sich. Das Hotelrestaurant überraschte mit einer italienischen Woche. Nicole versuchte sich mit einem Teller Meeresfrüchtesalat, Trüffeltortellini und Pana cotta gediegen zu fühlen. Aber sie trug entschieden zu viel Goldschmuck für diese Mischung aus reisenden Rentnern und Jugendherberge. Um halb zehn ließ sie das Telefon bei Jasmin klingeln.
»Kandel.«
»Hallo, Jasmin! Na, kennst du mich noch?«

»Nicole! Wo bist du?« Jasmin klang, als müsste sie sich zum Reden aufraffen.
»Ich bin in Berlin, im Hotel Ibis in der Prenzlauer Allee, und ich muss mit dir reden. Es ist wichtig. Könnten wir uns irgendwo treffen?«
»Wann?«
»Jetzt gleich, wenn es geht. Könntest du ins Hotel kommen. Ich glaube, hier gibt es eine Bar.«
»Na gut. Aber eine halbe Stunde wird es schon dauern.«
»Ich warte in der Bar auf dich. Bis gleich.«
Fast wollte Jasmin ihr Leid tun, aber nur fast. Sie hatte erschöpft geklungen. Vermutlich hatte sie inzwischen auch gemerkt, dass die Rosenstocks Vampire waren.
Sie sah unscheinbar aus, als sie eine Dreiviertelstunde später die Hotelbar durchquerte. Dennoch verfolgten etliche gelangweilte Herren die von Nicole überschwänglich inszenierte Begrüßung an der Bar. Sie registrierte, dass sie dabei den exklusiveren Part spielte. Eine halbe Stunde mochten sich die Herren schon gefragt haben, auf wen sie wohl wartete in ihrem Minirock, mit all dem Gold an den braun gebrannten Armen und dem offenen blonden Haar. Dass sich lediglich zwei Freundinnen treffen würden, hatten sie vermutlich nicht erwartet. Und nun blieben ihre Blicke an ihnen kleben.
»Ich freue mich, dass du kommen konntest. Was möchtest du trinken. Geht alles auf fremde Rechnung.«
»Ein Mineralwasser«, sagte sie, an den Barkeeper gewandt. »Und ich zahle selbst.«
»Uh!«, machte Nicole. »Sind wir heute stolz, hm? Dabei habe ich dir doch nun wirklich nichts getan. Wie geht es dir denn so? Gut siehst du aus.«

Der Barkeeper stellte ein winziges Fläschchen neben ein großes Glas mit Eis und einer Zitronenscheibe.
»Und dir?«, sagte Jasmin steif. »Was machst du in Berlin?«
Nicole bemühte sich, strahlend zu lächeln. »Reden wir nicht lange drum herum, Jasmin. Ich brauche Geld. Eine Zeitung will mir ein Vermögen für meine Geschichte zahlen.«
»Was für eine Geschichte?« Jasmin goss sich das Mineralwasser ins Glas. Sie wirkte nicht nur müde, ihr war auch jeglicher Charme abhanden gekommen. Sie wirkte ärmlich. Ja, das war's, was Nicole irritierte.
»Meine Geschichte über die Gebrüder Rosenstock«, erklärte sie. »Die Wahrheit über Severins Tod. Die Geschichte der Rivalität zweier Söhne – der eine spielsüchtig und auf Speed und der andere eifersüchtig und geldgierig –, die ein Leben lang versucht haben, einander umzubringen, bis es dem jüngeren schließlich gelungen ist.«
Nicole bemerkte, dass der Strahl aus der Flasche in Jasmins Hand zitterte. »Das ist doch Unsinn, Nicole«, sagte sie, das leere Fläschchen abstellend. »Das kannst du nicht machen.«
»Aber wenn die Rosenstocks einfach nicht zahlen!«
»Warum sollten sie denn? Sie schulden dir doch nichts.«
Nicole lachte und nahm einen Schluck von ihrem Whiskey mit Eis. Sie hatte das Gefühl, dass sie, solange sie lachte, die Herren, die rundherum das Rendezvous der beiden hübschen Frauen beobachteten, auf ihrer Seite hatte und damit Jasmin im Griff.
»Natürlich schulden sie mir was. Ich war Severins Braut. Hätte er Ja gesagt und die verdammte Heiratsurkunde unterschrieben, bevor er den Löffel abgab, dann wäre ich jetzt Adeltrauds und Günters Schwiegertochter. Und wenigstens Severins Wohnblocks in Berlin hätte ich geerbt. Dann hätte es mir egal sein

können, ob mein Vater wegen Betrugs hinter Gitter wandert. Das hätte mir niemand nehmen können. Das wäre meins gewesen.«

»Aber es ist nun einmal anders gekommen, Nicole. Adeltraud und Günter können nichts dafür. Es war dein Pech.«

»Falls nicht jemand nachgeholfen hat.«

»Ach, Nicole, fang nicht wieder damit an. Es kann nicht immer gut für dich laufen, und diesmal ist es dumm gelaufen.«

»Aber für dich anscheinend nicht.«

Jasmin machte ein fragendes Gesicht

»Du bist mit Falk zusammen und …«

»Nein, Nicole, ich bin nicht mit Falk zusammen.«

So wie sie es sagte, glaubte Nicole es sogar. Beruhigend, dass sich gewisse Dinge doch nie änderten, und dazu gehörten Jasmins Mutlosigkeit in Sachen Männer und ihre Misserfolge. »Und was hattest du dann heute Nachmittag in Adeltrauds Haus am Wannsee verloren?«

»Dann warst du das, die gleich wieder aufgelegt hat.«

»Mein Akku war leer. Aber sag, was hast du mit den Rosenstocks zu schaffen?«

»Ich erledige gelegentlich kleine Recherchen für Adeltrauds Agentur.«

»Die große Journalistin erledigt Recherchen für eine Heiratsagentur?«

Jasmin lächelte. »Adeltraud zahlt gut.«

Nicole schwenkte ihr Whiskeyglas. »Jasmin, Jasmin, irgendetwas stimmt hier nicht. Ich kenne dich doch. Eigenartig, wie schnell man gleich wieder vertraut ist. Du müsstest dringend zum Friseur. Und stundenlang vor dem Spiegel hast du heute Abend auch nicht zugebracht. Du lässt dich gehen.«

»Komm endlich zur Sache, Nicole.«

»Na gut.« Sie schenkte den Zuschauern auf den Sitzen in der dämmrigen Bar erneut ein helles Lachen. »Ich habe morgen um elf einen Termin mit einem deiner Kollegen von der Boulevardpresse. Bei den Rosenstocks ist niemand zu Hause. Die Alten sind anscheinend auf Reisen, und Falk soll sich auf einer Messe in Baden-Baden oder Freiburg befinden. Oder war's die Baden-Messe in Freiburg?«

Jasmin zuckte mit den Schultern. Sie schien es tatsächlich nicht zu wissen.

»Wie dem auch sei«, fuhr Nicole fort, »ich muss dringend jemanden von der Familie erreichen. Ich habe es sogar geschafft, dieser knäckebrotdummen Ronja Falks Handynummer zu entlocken, aber er hat es abgestellt. Unglaublich, wie kann man auf einer Messe das Handy abstellen! Falls er wirklich auf einer Messe ist.«

»Und was willst du von ihm?«, fragte Jasmin.

»Er soll eine letzte Chance kriegen. Das ist nur fair, denke ich.«

»Du meinst, der soll dir dreimal so viel zahlen, wie dieser Reporter dir geboten hat. Du willst die Rosenstocks erpressen.«

Nicole lächelte breit.

»Und ich soll dir dabei helfen?«

»Oder du hilfst den Rosenstocks, je nachdem wie du es sehen willst.«

»Und warum sollte ich den Rosenstocks helfen wollen?«

Nicole lächelte noch breiter. »Ich kenne dich, Jasmin. Du hast dich immer in die Männer verknallt, die eine Nummer zu groß für dich sind. Und Falk ist eindeutig eine andere Klasse. Severin … nun ja, der nicht …« Sie lachte noch einmal. »Severin war ein armer Tropf. Weißt du, ich habe dir das nie gesagt, weil

ich dich nicht unnötig verletzen wollte, aber ich habe ihn damals aufgefordert, sich um dich zu kümmern, während ich in Amerika war. Ich hab's nur gut gemeint, wirklich. Ich dachte, ein anständiger Fick täte dir mal ganz gut.«
Jasmin klammerte sich an ihr Mineralwasserglas und versuchte, gleichgültig auszusehen.
»Im Grunde hätte Severin sogar ganz gut zu dir gepasst, labil wie er war. Vielleicht hättest du es sogar geschafft, ihn vom Spielen abzubringen. Ja, Jasmin, Severin war der Spieler, nicht Falk. Und die Alten durften es nie wissen. Deshalb hatte ich ihn in der Hand. Deshalb war er bereit, mich zu heiraten. Deshalb hattest du keine Chance, ihn mir abspenstig zu machen. Und Falk hat es unterstützt, obgleich …«, Nicole lachte für die Zuschauer, »… obgleich er mich immer geliebt hat. Immer! Und jetzt, was könnte jetzt noch zwischen uns stehen?«
»Dein Versuch, die Rosenstocks zu belügen«, sagte Jasmin wie jemand, der sich ein letztes Mal aufbäumt. »Er wusste, dass dein Vater ein Betrüger war, schon vor der Hochzeit.«
»Hast du es ihm gesteckt? Aber eine Belohnung hast du dafür anscheinend nicht erhalten. Arme ehrliche Jasmin. Ein undankbarer Bursche, dieser Falk, nicht wahr? Doch die ehrlichen Frauen sind halt langweilig. Da ist keine Musik drin. Die Männer wollen keine aufgeschlagenen Tagebücher heiraten, sondern ein Geheimnis knacken. Wirst schon sehen, ich kriege meinen Millionär.«
»Mein Gott, Nicole, gibt es nichts anderes in deinem Leben als Geld?«
»Weißt du, was das heißt, als Abschaum der Gesellschaft in Spanien in versifften Strandbungalows herumzusitzen, dich dicken kleinen Maklern mit fettigem Haar als Assistentin anzudienen

und ängstlichen Touristen blödsinnige Villen an der Küste vorzuführen? So kann man auf Dauer nicht leben, Jasmin. Immer nur Pizza oder Spaghetti und das Rausgeld nachzählen und um jeden Cent streiten und diese Plastikklamotten aus den Supermärkten tragen. Und wenn du dann mal ein paar tausend Euro in den Fingern hast, dann musst du zuerst was für die Miete auf die Seite legen und für Wasser und Strom. Und die Großeinkäufe teilst du dir genau ein. Das macht nicht glücklich, das kann ich dir versichern.«

»Na, so schlecht scheint es euch auch wieder nicht zu gehen«, erwiderte Jasmin mit einem Blick auf Nicoles Schmuck.

»Du wärst vielleicht damit zufrieden, du mit deiner Dynastie von Autohändlern und Metzgern im Hintergrund. Schau dich doch an! So kriegst du nie deinen Millionär. Du hast einfach keinen Ehrgeiz.«

Über Jasmins Gesicht huschte ein Lächeln. »Ich lebe nur sparsam, Nicole. Schließlich wirst du mich um meine gesamten Ersparnisse bringen.«

Nicole nahm in Ruhe einen Schluck Whiskey. »Heißt das, du willst mir helfen? Ich denke, du hast nichts?«

»Habe ich auch nicht, jedenfalls gemessen an deinen Begriffen von Haben. Aber wenn ich alles zusammenkratze, was ich besitze, und wenn … nun ja, ich habe da eine Kaution gestellt, die ich vielleicht zurückfordern könnte, dann käme ich auf etwa hundertzwanzigtausend Euro.«

Nicole nahm gemächlich einen Schluck. »Nicht sonderlich viel.«

»Dein Reporter zahlt dir mit Sicherheit nicht einmal die Hälfte davon. Und vielleicht zahlt er auch gar nichts, wenn er deine windige Geschichte gehört hat.«

Nicole überlegte. »Wenn du mir bis morgen halb elf …«

Jasmin lachte hart. »Nein, so läuft das nicht, Nicole. Ich stelle die Bedingungen. Und du bekommst keinen Cent von mir vor diesem Termin mit dem Reporter.«

»Wenn du meine Geschichte für so windig hältst, wieso bietest du mir dann deine Ersparnisse an, damit ich sie nicht erzähle, hm? Wovor hast du Angst? Dass dein Name auch auftaucht? Dass ich behaupte, du und Falk, ihr hättet gemeinsam versucht, Severin umzubringen? Das hättest du mir heute hier in dieser Bar anvertraut.«

Jasmin lächelte, leerte ihr Glas und gab dem Barkeeper ein Zeichen, dass sie zahlen wolle. Auf einmal wirkte sie gar nicht mehr klein, verhuscht und unterlegen.

»Viel Glück, Nicole«, sagte sie, nachdem sie gezahlt hatte und vom Barhocker gestiegen war. »Vielleicht hilft dir ja einer der hier anwesenden Herren weiter. Der Dicke da drüben sieht aus, als hätte er Geld.«

Damit wandte sie sich ab und marschierte, verfolgt von etlichen Blicken, zwischen den Tischen hindurch dem Ausgang zu.

Nicole griff nach ihrer Handtasche und der Zigarettenschachtel und rannte ihr hinterher, egal ob die Zuschauer das noch cool fanden oder nicht. Mein Gott, dachte sie, vor ein paar Monaten war sie noch Porsche gefahren, und jetzt verspielte sie ihren letzten Rest von Würde für hundertzwanzigtausend Euro.

Im Foyer hatte sie Jasmin eingeholt. »Wie soll das denn gehen?«, fragte sie atemlos. »Welche Garantie habe ich denn, dass du mir das Geld auch wirklich gibst, wenn ich den Termin mit dem Reporter platzen lasse?«

»Keine, Nicole. Das Risiko musst du eingehen. Kein Geschäft ohne Risiko. So ist das Leben.«

Nicole überlegte fieberhaft. »Und wie …?«
»Wann geht dein Rückflug? Morgen Abend? Gut, ich versuche das Geld bis dahin zusammenzubringen. Und mit diesem Reporter treffe ich mich. Du nicht!«
Nicole nickte erst einmal. Nachdenken konnte sie später noch.
»Und kein Wort zu den Rosenstocks. Das sind meine Bedingungen.«

Jasmins Magen krampfte sich zusammen, wenn sie an das dachte, was sie nun tun musste. Sie wälzte sich schlaflos im Bett, während sich in ihrem Kopf Szenarios und Dialoge im Kreis herumjagten. Einfach so würde Gloria ihr die Kaution bestimmt nicht auszahlen. Warum auch? Vermutlich konnte man so eine Kaution vor dem Arbeitsgericht einklagen, aber das half ihr im Moment auch nicht weiter.
Der Tag begann sonnig. Die Touristen traten sich im Nikolaiviertel gegenseitig auf die Füße.
Petras Begrüßung fiel kühl aus. Nach einer halben Stunde Wartezeit war Gloria bereit, Jasmin zu empfangen.
Als ihre ehemalige Chefin hinter dem gläsernen Schreibtisch Platz nahm, verwarf Jasmin all die Anfänge und Argumentationsgänge, die sie sich nachts ausgedacht hatte, und erzählte die Wahrheit. Sie gestand, dass sie einen Fehler gemacht hatte, als sie Xandras Romeo vor dem Roten Rathaus in ein Taxi verfrachtet hatte und von Falk gesehen worden war. Sie erzählte, wie er sie im Zug wiedererkannt hatte, wie in Peerhagen ihre Gefühle für Severin ins Wanken gekommen waren, wie sie allmählich begriffen hatte, dass sie Falk liebte, der ihr jedoch all die Lügen und ihre Schauspielereien nicht verzieh.
»Ich glaube«, sagte sie zum Schluss, »ich habe Xandra und

Achim auch deshalb wieder zusammengeführt, weil ich insgeheim etwas tun wollte, was Falk mir nicht übel nehmen würde.«

»Männer!«, seufzte Gloria. »Wie schaffen sie es nur immer wieder, eine kluge und selbstständige Frau in den Bann der Abhängigkeit zu schlagen? Du warst die beste Intrigantin, die ich je hatte, eine phänomenale Schauspielerin – so gut, dass ich nicht einmal jetzt weiß, ob ich deinem Gesülze trauen kann – und eine begnadete Lügnerin. Doch dann kommt einer, der meint, er habe ein Recht auf den Luxus, immer die Wahrheit zu hören, und auf einmal hast du ein Gewissen und fühlst dich verantwortlich für das Unglück, in das andere sich selbst hineinreiten, wenn auch mit unserer Hilfe. Du machst einen großen Fehler, Jasmin. Wozu willst du die Rosenstocks vor der Presse schützen? Du bist naiv, wenn du glaubst, sie würden es dir danken.«

»Sie werden es nie erfahren.«

»Dann bist du nicht naiv, sondern dumm. Ich kann gar nicht mit ansehen, wie aus einer begabten Liebesdiebin eine liebesblinde Invalide wird, die sich selbst einen Arm abhackt, damit ein hübscher Egoist unbehelligt seinem Vergnügen nachgehen kann. Wirst sehen, am Ende heiratet er noch Nicole. Aber dass mir dann keine Klagen kommen.«

Jasmin verließ die Agentur Göran mit einem Scheck über neunundachtzigtausend Euro in der Handtasche. Doch die angenehme Überraschung und das Triumphgefühl reichten nicht aus, um ihre Angst zu beschwichtigen. Gloria hatte Recht, sie war wahnsinnig. Sie brachte der Seelenhygiene ein irrationales Opfer.

In Glorias Bank konnte man ihr die Summe nicht gleich auszahlen und bat sie, am Nachmittag wiederzukommen. Fünf nach elf traf sie im Hotel Ibis ein. Ein schlecht gekleideter Mensch ohne Haarschnitt saß bereits an einem Tischchen in der Bar und trank Cola light.

»Sie sind …?«, sprach ihn Jasmin an.

»Thomas Ulau. Aber Sie sind nicht Nicole Tiller.«

Jasmin erklärte ihm, dass Nicole nicht kommen werde. Die Geschichte, die sie ihm habe verkaufen wollen, sei erfunden. Ihre Reise habe nur dem Zweck gedient, Kontakt mit den Rosenstocks aufzunehmen und von ihnen Geld zu erpressen.

»Und wer sind Sie?«, fragte der Reporter.

Jasmin nannte ohne Zögern einen falschen Namen. »Und ich könnte Ihnen eine andere Geschichte anbieten, für die Sie nichts zahlen müssen. Die Geschichte von Nicole, dem Luder. Im Gegensatz zu der Geschichte, die sie Ihnen erzählen wollte, hält meine Geschichte allen Gegenrecherchen stand.«

»Dann erzählen Sie mal«, sagte der Reporter. Er klang allerdings nicht so, als werde diese Geschichte morgen oder übermorgen in seinem Blatt zu lesen sein.

Nachdem sie Ulau verlassen hatte, begab Jasmin sich zu Nicole aufs Zimmer, um sie nicht mehr aus den Augen zu lassen, bis sie sich auf dem Flughafen an der Sicherheitsschleuse von ihr verabschieden konnte. Es waren die quälendsten fünf Stunden ihres Lebens. Nicole plauderte vor sich hin wie in alten Tagen. So gut gelaunt war sie immer nach einem erfolgreichen Raubzug durch die Boutiquen gewesen oder wenn ihr Vater ihr einen Batzen Geld zugesteckt hatte. Mehr brauchte Nicole nicht, um jeden Menschen als Freund in ihre Arme zu schließen, aber auch nicht weniger. Hatte Jasmin einst Nicoles Leichtigkeit, Übermut und Respektlosigkeit vor den moralischen Grenzen eingeatmet wie eine Droge, so kam ihr das alles nun auf einmal unerträglich künstlich, blutleer und irreal vor. Sie schmerzte jeder Atemzug im Schwall von Nicoles Schulzeitnostalgie und Zukunftsvisionen.

Bis zum Flughafen gelang es ihr, eine neutrale Höflichkeit aufrechtzuerhalten, doch als Nicole versuchte, sie vor den Sicherheitsschleusen zu umarmen, ging es nicht mehr, da schubste sie sie regelrecht weg.

Nicole lachte. Nachdem sie den Sicherheitscheck passiert hatte, drehte sie sich noch einmal um, hob den mit Goldreifen bestückten Arm und flatterte mit den Fingern.

»Auf nimmer Wiedersehen«, murmelte Jasmin. Aber durfte sie den Schlussstrich wirklich schon ziehen?

Jasmin verbrachte ein einsames Wochenende damit, ihre Zukunft auszurechnen. Von Adeltraud hatte sie erst einen Auftrag für eine Bonitätsrecherche erhalten, der mit einem Anruf bei der Schufa zu erledigen gewesen und für den Kunden nachteilig ausgegangen war. Für die Miete reichte das nicht. Vermutlich ging Adeltraud davon aus, dass sie als Journalistin ihr Auskommen hatte. Womöglich hatte sie sogar Hemmungen, Jasmin einfach so als Angestellte einzuspannen. Eine Form von Respekt, die Jasmin momentan gar nicht brauchen konnte. Doch um Adeltraud um einen Fulltimejob zu bitten, war deren Agentur offensichtlich zu gut besetzt. Adeltraud brauchte niemanden. Auf dieses Honorar konnte sie also nicht bauen. Und für einen Umzug in einen der Plattenbauten von Berlin Mitte langten Jasmins Mittel nun nicht mehr, mit dem Minus eines voll ausgeschöpften Dispositionskredits auf dem Konto.

Die Jobangebote in der Samstagszeitung waren auch nicht ergiebig. Die nächsten Tage verbrachte Jasmin damit, die Kneipen auf dem Prenzlauer Berg abzuklappern und sich auf Fünfhundert-Euro-Basis als Kellnerin anzubieten. Ein kleiner Kredit von Lieselotte setzte sie instand, ihr Konto so aufzufüllen, dass die Miete abgebucht werden konnte.

21

An einem Samstag Mitte November war der von Ronja glühend herbeigesehnte Tag – sie wurde zwölf Jahre alt. Auf dem Küchentisch stand ein Schokoladenkuchen mit zwölf Kerzen, den Sieglinde gebacken hatte, aber Adeltraud als ihren ausgab.

Adeltraud, Falk und sogar Günter Rosenstock sangen aus voller Kehle »Happy birthday«, sie durfte die Kerzen ausblasen, Adeltraud drückte sie an sich, und ihr Vater führte sie schließlich ins Wohnzimmer, wo die Geschenke aufgebaut waren.

»Ein Fahrrad!« Ronja fiel Falk um den Hals. »Genau so eines, wie ich haben wollte. Danke, Papa.«

Ihr Vater lachte leise, und das gefiel Ronja mindestens so gut wie das Fahrrad. Eigentlich war es ganz leicht, in Papas Gesicht dieses Lächeln zu zaubern. Sie musste ihn nur heftig umhalsen und ihre Zuneigung ausdrücken. Das waren die seltenen Momente in Ronjas stressigem Leben, in denen sie das Gefühl hatte, alles richtig zu machen. Die Welt war überhaupt einfach, wenn man Berge von Geschenken auspacken durfte – Schachbücher, ein Glitzerarmband, schwarze Chacks mit weißen Zehenkappen und Totenköpfen. Und ein Handy!

Ronja fiel ihrem Vater erneut um den Hals.
Außerdem lag da noch ein Geschenk, verpackt wie ein Postpaket. Jasmin Kandel stand als Absender darauf. Das Paket enthielt eine Schachtel mit einen Xplorer Lügendetektor von Kosmos.
Papa runzelte die Stirn.
Ronja packte ein rotes Gerät mit Elektronikplatine, Lämpchen und Alarm und Bändern für die Finger aus und rätselte.
»Wenn du lügst«, erklärte ihr Vater mit jener Knappheit in der Stimme, die Ronja als Indiz für Unwillen werten gelernt hatte, »dann klopft dein Herz schneller, und du kommst ins Schwitzen. Das misst dieses Gerät.«
»Echt? Voll krass! Das muss ich sehen.« Ronja war feinfühlig genug zu spüren, welches Unbehagen das Gerät bei den Erwachsenen auslöste, und ließ darum sich selbst die Kontakte an den Fingern befestigen. »Und jetzt?«
»Jetzt musst du uns etwas erzählen. Und du sagst vorher, ob es die Wahrheit ist oder eine Lüge, und dann schauen wir, ob das Gerät nichts tut oder blinkt und piepst.«
Es blinkte schon, als Ronja ankündigte, sie werde jetzt eine Lüge erzählen. »Aber das ist die Wahrheit!«, rief sie. »Ich werde jetzt wirklich eine Lüge erzählen.«
Es stellte sich heraus, dass Ronja insofern als Lügnerin schwer zu packen war, weil sie bei allem, was sie erzählte, ziemlich aufgeregt war. Es gelang erst ihrem Opa, eine Frage zu stellen, die Ronja so ins Notschwitzen brachte, dass sie es selbst merkte. Er fragte nämlich: »Hast du schon mal Geld geklaut?«
Ronja entschied sich rasch. »Ja, zwei Euro, die bei Mama auf dem Tisch lagen.« Doch auch das klang für den Alarm des Geräts wie eine Lüge.

»Aber ich habe doch wieder die Wahrheit gesagt!«, protestierte Ronja.
Adeltraud lachte. »Es ist eben bloß ein technisches Gerät.«
Ronja zog sich die Messkontakte von den Fingern. »Und jetzt du, Papa.«
»Du hast deinen Kuchen noch gar nicht probiert«, sagte Adeltraud schnell. »Es ist dein Lieblingsschokoladenkuchen.«
Doch Falk ließ sich widerstandslos die Detektoren anlegen.
»Und jetzt erzähl du was«, forderte Ronja ihn auf.
»Frag mich was.«
»Was soll ich dich denn fragen?«
Falk lachte. »Das, was dir am meisten am Herzen liegt.«
Ronja dachte nach. »Hast du mich lieb?«
»Ja«, antwortete Falk, und das Gerät blieb ruhig.
»Jetzt du, Oma. Frag du ihn was.«
»Ach Ronja, mir fällt im Moment wirklich keine Frage ein. Mit so etwas spielt man auch nicht.«
Falk schmunzelte.
»Frag ihn, ob er glücklich ist«, schlug Ronja vor.
Das Lämpchen blitzte kurz.
»Wer ist denn schon immer glücklich, Ronja«, sagte Adeltraud hastig.
»Liebst du meine Mutter?«, wandte sich Ronja urplötzlich an ihren Vater.
»Nein«, antwortete er.
»Aber du hast sie mal geliebt?«
Falk schüttelte den Kopf. »Das kann ich leider nicht behaupten, Ronja.«
»Und warum hast du dann … ich meine … mich gemacht?«
Das Gerät reagierte, ehe er antworten konnte.

Nachdem es sich wieder beruhigt hatte, sagte er: »Es wäre doch ewig schade, wenn es dich nicht gäbe, Ronja, hm?«
»Dann können wir ja jetzt vielleicht endlich den Geburtstagskuchen anschneiden«, griff Adeltraud erneut ein.
Aber Ronja blieb hartnäckig. »Magst du Jasmin?«
Zum Licht gesellte sich akustischer Alarm. Falk streifte sich die Detektoren von den Fingern. »Deine Oma hat Recht, Ronja, es gibt Fragen, die stellt man nicht aus Jux. Und vor allem kann ich sie gar nicht so leicht beantworten. Ja, doch, ich mag Jasmin.«
»Warum laden wir sie dann nie ein?«
»Vielleicht möchte sie nicht kommen«, sagte er.
»Und wenn ich sie frage? Ich habe ja jetzt ein Handy. Ich kann sie jederzeit anrufen, wenn ich will.«
»Das konntest du bisher auch«, sagte Adeltraud in dem Ton, den Erwachsene draufhatten, wenn sie keine Fortsetzung des Gesprächs wünschten.
»Aber Papa möchte doch nicht, dass sie was mit uns zu tun hat.«
Opa Günter lachte unvermutet auf.
»Das stimmt aber! Ich habe es genau gehört. Es war an dem Tag, als Onkel Severin tot umfiel. Da hat Papa uns im Hotel besucht und Jasmin gesagt, dass er sie nicht wiedersehen will. Ich habe gelauscht. Aber ich verstehe nicht, warum. Sie ist doch gar nicht hinter Geld her, Papa. Sie hat doch Schnipsel aus dem Scheck gemacht.«
»Nu ist es aber gut, Ronja«, sagte Adeltraud.
Doch Falk fasste die Kleine am Arm. »Moment, Ronja. Was hat Jasmin gemacht?«
»Sie hat Nicoles Scheck zerrissen. Erst waren sie auf einer Bank in Bad Doberan. Ich musste im Auto warten. Als sie wiederkamen, hat Nicole gesagt: ›Glaubst du mir jetzt, dass der Scheck

gedeckt ist?‹ Aber dann im Café in Rostock hat Jasmin Schnipsel daraus gemacht. Sie dachten, ich hätte es nicht kapiert. Aber ich bin nicht so dumm, wie ihr immer glaubt.«

Falk zog Ronja an sich. »Du bist die klügste Tochter, die ich habe.«

»Dann ist ja alles geklärt«, behauptete Adeltraud und stand auf. Eine Behauptung, die dem Lügendetektor mit Sicherheit nicht standgehalten hätte.

»Schade«, bemerkte Günter Rosenstock, »ich hätte nämlich auch gern noch eine Frage gestellt.«

Falk gab seiner Tochter einen Schubs in Richtung Adeltraud und blickte seinen Vater an. »Dann stell sie mir. Du wirst eine ehrliche Antwort bekommen, auch ohne Lügendetektor.«

Günter Rosenstock hüstelte zeremoniell. »Die Frage habe ich auch deiner Tochter gestellt. Hast du jemals Geld gestohlen, Falk.«

»Nein, Vater.«

Es war eine eigenartig angespannte Stille, die plötzlich im Salon entstand. Ronja ahnte, dass es um etwas ganz Wichtiges ging, spürte aber auch, dass es eine echte Erwachsenengeschichte war, hinter deren Sinn sie nicht kommen würde. Denn natürlich hatte Papa niemals Geld gestohlen. Das hatte er ja auch gar nicht nötig. Und so bekam Adeltraud endlich eine reale Chance, sie aus dem Zimmer zum Geburtstagskuchen zu locken.

»Und die Kundenschecks, die Severin in deinem Auftrag gestohlen hat?«, hörte sie ihren Opa noch sagen.

»Willst du denn wirklich die Wahrheit wissen?«, fragte ihr Papa zurück.

Dann schloss sich die Tür, und sie befand sich mit ihrer Oma auf dem Weg zur Küche.

Am Freitag darauf stürmte Adeltraud gleich um neun Uhr morgens das Büro, in dem Jasmin immer freitags zusammen mit den beiden ständigen Mitarbeitern saß, und bat sie in ihr Arbeitszimmer herüber.

»Du hast ja Nerven, Jasmin! Was hast du dir nur dabei gedacht, Ronja einen Lügendetektor zu schenken? Hast du eine Ahnung, in welche Verlegenheit du uns gebracht hast? Mein Gott, auf wie vielen kleinen und großen Lügen gründet sich doch unser tägliches Leben. Und auf einmal soll man die Wahrheit sagen. Und dann verkündet Falk, dass Severin damals die Kundenschecks nicht für ihn, sondern für sich selbst geklaut hat. Und urplötzlich glaubt ihm Günter. Falk hat tatsächlich immer nur den Kopf für seinen Bruder hingehalten.«

Jasmin machte eine erstaunte Miene.

»Er hat den Bösen gespielt. Nun ist es raus, Jasmin. Severin war viel schwächer, als wir immer geglaubt haben. Das tut weh. Wahrlich, du hast uns ein sehr anstrengendes Wochenende beschert, Jasmin. Vater und Sohn haben sich endlich richtig ausgesprochen. Das ist sicherlich wunderbar und all das, aber es war eben auch sehr schmerzlich und anstrengend. Und das nächste Mal schenkst du Ronja etwas, mit dem nicht auch Erwachsene spielen müssen, ja? Übrigens, möchtest du nicht Weihnachten ein paar Tage in Peerhagen verbringen? Ronja würde sich sehr freuen.«

»Danke, Adeltraud, aber ich habe meinen Eltern versprochen zu kommen.«

»Dann kommst du eben ein andermal. Das musst du versprechen.«

Weihnachten verbrachte Jasmin also in Karlsruhe. »Du siehst schlecht aus«, fand ihre Mutter. »Und mit Rolf, war das auch nichts? Pass auf, dass du keine alte Jungfer wirst wie Tante Hortensie. Wer nimmt dich denn noch mit achtundzwanzig?«

Wolfram machte den Eltern mehr Freude. Er war befördert worden und durfte die Anklage gegen Tiller vorbereiten. Auch an Wolframs Freundin Susi hatte Mutter sich inzwischen gewöhnt. Sie war Grundschullehrerin und gab sich Mühe, fröhlich und nett zu sein. Die beiden hatten sich ganz in der Nähe eine Wohnung in einem der Wohnblocks in der Welfenstraße gekauft und wollten im kommenden Jahr heiraten und Kinder kriegen.

Am zweiten Weihnachtsfeiertag trank ihr Vater eine Flasche Rothaus mit Jasmin und sagte: »Ich habe immer gedacht, aus dir würde mal was Besonderes werden. Kopf hoch, Kleine, das wird schon, auch wenn es gerade mal nicht so läuft.«

Dabei lief es eigentlich gar nicht so schlecht.

Im Oktober hatte Jasmin abends gekellnert und morgens Zeitungen ausgetragen. Wochenlang hatte sie Berlin nur im Dunkeln gesehen. Wenn es zwischen den Häusern für ein paar Stunden hell wurde, lag sie im Bett und schlief. Doch dann hatte man sie mit Handkuss in einem basisdemokratisch selbstverwalteten Hinterhofbetrieb in Kreuzberg aufgenommen, damit sie sich um den Papierkram kümmerte. Zum Betrieb gehörten eine Behindertenwerkstatt mit Schreinerei, eine Restauration für Vollwertkost, die nicht recht funktionierte, und eine von zwei Frauen geführte Werkstatt, in der aus unpassenden Materialien Handtaschen hergestellt wurden, aus Holz, Blechdosen oder Autoreifen in Form von Kugeln, Kuben oder Zylindern, die reißenden Absatz fanden. Seitdem Jasmin sich um die

Finanzen, Pachtzinsen und städtischen Zuschüsse kümmerte und die Hausversammlungen organisierte, rechnete sich das Ganze auch.
Außerdem half sie freitags und am Wochenende bei der Goldenen Rose aus. Nachdem Frau Geier und Adeltraud Jasmins Organisationstalent entdeckt hatten, überließen sie es ihr nur zu gern, den angemessenen Rahmen für die Treffen Heiratswilliger an den Wochenenden zu organisieren und dabei auch diskret präsent zu sein.
Im Januar standen zähe Verhandlungen mit den Sozialreferenten der Stadt an, denn eine Psychologin wollte im Hinterhaus eine Anlaufstelle für Frauen mit psychischen Problemen einrichten. Den Umbau des Hinterhauses zu einer Wohnung mit fünf Zimmern und Gemeinschaftsküche sollte die Stadt finanzieren.
Jasmin erreichte eine Zusage über eine weit größere Summe, als sie erwartet hatte, und kämpfte sich im Februar durch Kostenvoranschläge von Baufirmen, die allesamt ihrem kritischen Auge nicht standhielten. Alles zu niedrig gerechnet, nur um den Auftrag zu kriegen. Nachdem sie sämtliche Arbeiten in Einzelaufträge zerlegt und mit den Maurern, Elektrikern, Klempnern und Malern von Kreuzberg einzeln verhandelt und Verträge geschlossen hatte, sprang die Psychologin ab. Sie hatte sich verliebt, würde heiraten und nach München ziehen. Jasmin raufte sich die Haare, und Adeltraud war voller Mitgefühl.
»Das einzig Sichere ist die Unbeständigkeit der Menschen«, sagte sie sentenziös bei einer ihrer kleinen Teestunden am Freitagnachmittag, bevor sie nach Peerhagen fuhr. »Nur Falk wird immer zuverlässiger. Er macht mir schon richtig Sorgen. Er arbeitet wie ein Tier. Und wenn er zu Hause ist, dann beschäftigt

er sich nur mit Ronja. Sogar Schach spielt er mit ihr stundenlang. Das Kind ist wie besessen davon, seinen Vater zu schlagen. Aber er lässt sie nie gewinnen. Er sagt, das würde sie merken. Wahnsinn, was Ronja für Biss entwickelt. Sie schlägt wirklich ganz nach ihrem Vater. Ich habe Falk erzählt, dass du meinst, sie leide unter ADS. Ich glaube, das hat ihn entlastet. Er muss sich nicht mehr vorwerfen, er sei schuld an Ronjas Sprunghaftigkeit. Du weißt ja, wir haben Ronja zum Geburtstag ein Fahrrad geschenkt, und seitdem radelt sie auch viel. Das tut ihr richtig gut. Nur Falk wird nicht recht froh. Ich finde ihn geradezu beängstigend ruhig. Natürlich tut es dem Hausfrieden gut, dass er nicht mehr selbst jedes kaputte Abwasserrohr im Haus repariert und dabei zerstört und dann allerlei ungeeignete Werkzeuge bei dem Versuch kaputtmacht, den Schaden zu beheben. Aber irgendwie … Na, ich denke, ihm fehlt eine Frau. Ich habe ihm schon vorgeschlagen, dass ich ihm eine suche. Ich sitze ja hier gewissermaßen an der Quelle. Aber das lehnt er natürlich ab.«

Angst wallte in Jasmin auf. Irgendwann würde es passieren. Dann erzählte Adeltraud ihr, dass Falk eine Freundin habe oder dass Nicole zurückgekehrt sei.

»Falk war ja immer ein lieber Sohn«, plauderte Adeltraud auf ihre scheinbar absichtslose Art. »Ich zumindest konnte ihm immer alles sagen, was ich denke, ohne dass er sich gleich aufgeregt hat. Mir gegenüber war er immer ganz offen. Also habe ich ihn kürzlich in einer stillen Minute gefragt …«, sie blickte Jasmin mit ihren schokoladenschwarzen Augen an, »… warum eigentlich aus euch beiden nichts geworden ist.«

Jasmin verschluckte sich fast an ihrem Tee.

»Aber er wollte nicht recht mit der Sprache raus. Dabei wart ihr doch so ein hübsches Paar, wie ihr da letzten August vom Bootssteg über die Wiese heraufkamt. Habt ihr euch gestritten?«

Jasmin schüttelte den Kopf. »Nicht direkt.«

»Und indirekt? Jasmin, was ist eigentlich zwischen euch vorgefallen? Er will dich nicht wiedersehen, hat Ronja behauptet, und er hat dem nicht widersprochen. Klingt ziemlich dramatisch.«

»Ich … ich glaube … nun, es ist so …«, ächzte Jasmin. »Die schlichte Wahrheit ist, er verzeiht mir eine … eine Lüge nicht, oder vielmehr mehrere Lügen.«

»Oh, gleich mehrere!« Adeltraud goss sich Tee nach.

Auf einmal hatte Jasmin das Gefühl, Adeltraud werde ihr nicht den Kopf abreißen und sie nicht verstoßen, wenn sie ihr die Irrtümer ihres Lebens gestand.

»Ich habe«, erklärte sie, »fünf Jahre lang für eine Agentur gearbeitet, die …«

Da sprang die Tür auf, und Frau Geier stürzte herein. »Gerade ruft der Graf an und beschwert sich, seine Verabredung sei nicht erschienen, er warte jetzt schon zwei Stunden. Er ist ziemlich erregt.«

Adeltraud seufzte. »Das ist doch nicht seine erste Verabredung mit dem Mädchen?«

»Nein, die dritte.«

»Dass die Herren aber auch nie begreifen, dass sie ab dem zweiten Date selbst dafür verantwortlich sind, dass die Dame Lust auf ein drittes Treffen hat. Aber gut, Frau Geier, stellen Sie ihn zu mir durch.«

Jasmin kannte den Fall. Der Graf wünschte sich eine Frau, die aussah wie ein Laufstegmodel und dabei Titel und zumindest Familie hatte, die bis zu Karl dem Großen zurückreichte. Und

Geld musste sie haben, denn der Graf besaß zwar am Bodensee ein Schlösschen, aber nicht einen Cent mehr, um es denkmalgeschützt zu unterhalten. Sie hatten schließlich die Tochter eines Allgäuer Käsefabrikanten für ihn aufgetan, bildhübsch und reich. Da hatte der Graf sogar in Kauf genommen, dass ihre Familie nicht so illuster war.
Allerdings machte nun der Vater des Mädchens Probleme, ein echter schwäbischer Bauer, der bereits verkündet hatte, den Grafens werde er sein Geld nicht in den Rachen werfen. Zur Not werde er seine Tochter enterben. Jasmin hatte dem aufgelösten Mädchen klar gemacht, dass es bei der heutigen Lebenserwartung, speziell auch der Allgäuer Bauern, selbst eine alte Frau sein werde, bevor es ans Erben ging. Und vorerst verfügte sie über die Ländereien und eine Wohnsiedlung, die der Alte ihr bereits geschenkt hatte, um Steuern zu sparen. Das hatte sie erst einmal beruhigt. Aber irgendetwas musste nun doch dazwischengekommen sein.
Während Adeltraud den aufgebrachten Grafen zu besänftigen versuchte, ging Jasmin zu ihrem Tisch in dem Büro der beiden anderen Mitarbeiterinnen, die längst in den Feierabend entschwunden waren, und rief Lieselotte an. Die ließ Betriebsgeheimnisse nicht über Freundschaften siegen und bejahte, dass Gloria einen Auftrag von dem Bauern aus Christazhofen erhalten und an Vanessa weitergegeben hatte.

Ein garstiger Westwind fegte durch Berlins Straßen und trieb Regen vor sich her. Immer wieder zeigten die Regenschirme ihr stachliges Innenleben, wenn der Wind unter sie fuhr. Niemand in der Stadt hatte ein Lächeln auf dem Gesicht.
Falk fand einen Parkplatz in der Karl-Marx-Straße unweit von

Jasmins Wohnung und rief sie vom Auto aus per Handy an. Niemand nahm ab. Es war elf Uhr. Logisch, Jasmin arbeitete. Aber wo? Von seiner Mutter wusste er nur, dass sie in irgendeinem alternativen Betrieb in Kreuzberg die Geschäfte führte. Er hatte nicht nach der Adresse gefragt.

Vor zwei Wochen hatte seine Mutter ihn nachts in der Küche aufgestöbert, wo er irgendwie sitzen geblieben war, ohne Licht zu machen. Er hatte auf die Ecke mit der Spüle gestarrt und Jasmin vor sich gesehen, wie sie sich über die Anordnung mokierte. Seine Mutter hatte Licht gemacht und ihn nach Jasmin gefragt, direkt, aber leichthin, wie es ihre Art war.

»Mama«, hatte er ihr gestanden, »Jasmin ist zu … zu irritierend für mich. Ich verstehe sie nicht.«

»Was verstehst du nicht?« Sie hatte wie früher geklungen, wenn sie sich auf seine Bettkante setzte, um ihn zu trösten.

»Sie ist eine wunderbare Frau«, war es aus ihm herausgesprudelt, »schön, einfühlsam, intelligent. Aber ich kriege nicht heraus, was sie will, was sie für mich empfindet.«

»Dann frag sie doch.«

Ausgeschlossen, hatte er gedacht, aber nicht gesagt. Woher würde er wissen, ob sie ihm wahrheitsgemäß antwortete. »Sie hat Severin geliebt, Mama«, erklärte er. »Ich … ich wäre für sie nur zweite Wahl.«

Daraufhin hatte seine Mutter gelacht. »Zweite Wahl? Besonders viel hältst du ja auch nicht gerade von dir. Wahrscheinlich hast du ihr nichts anderes zu verstehen gegeben, als dass du sauer bist, dass sie leider Severin zuerst begegnet ist. Aber ich sage dir eins, Falk, die zweite Liebe ist immer die wahre Liebe. Die erste, das ist nur Schulmädchenschwärmerei. Etwas anderes war das bei Jasmin und Severin nicht. Sie hätte ihn vor der Hochzeit verführen können, das war ja nicht zu übersehen. Aber sie hat es nicht getan. Bedenke das.«

Falk bedachte es stumm.

»Rede mit ihr«, hatte sie ihm ans Herz gelegt. »Es lässt dir ja doch keine Ruhe. Sprich mit ihr. Und zwar freundlich, vernünftig und verständig. Und vergiss dabei nicht, ihr zuzuhören. Das vergesst ihr Männer immer so leicht.«

Nach zwei Wochen grübeln, zögern, sich schämen und sich nicht trauen, sich selbst Leid tun, kurz, nach einem verbissenen Kampf gegen die Windmühlenflügel von Empfindlichkeiten und Selbstmitleid, fuhr er mit der festen Absicht nach Berlin, Jasmin aufzusuchen, zumindest anzurufen und ihr die entscheidende Frage zu stellen.

Aber sie war nicht daheim.

Den Tag über trieb Falk sich in Berlin herum und ging Freunden und Geschäftspartnern auf die Nerven, darunter Achim. Um siebzehn Uhr dreißig war Jasmin immer noch nicht zu Hause. Falk versuchte es alle halbe Stunde, aber niemand nahm ab. Dann endlich um halb elf ging jemand ran. Falk war so erschrocken, dass er sich fast verschluckte und nur noch stammeln konnte. Aber er hatte sich verwählt. Um halb zwölf hörte er auf, ihre Nummer einzutippen.

Die Nacht verbrachte er im Haus am Wannsee, allein, denn Adeltraud befand sich in Peerhagen. Morgens um sechs war er schon wieder wach. Es war nicht gerade ein erquickender Schlaf gewesen. So elend hatte Falk sich nicht mal in seinen elendsten Zeiten gefühlt. Allerdings war es eine andere Form von Elend, nicht vergleichbar mit Hunger, Geldnot und Einsamkeit. Ihm war, als hinge mehr als sein Leben davon ab, dass er die richtigen Worte fand. Die ganze Nacht hatte er überlegt und stets, wenn er eine Formulierung festzuhalten versuchte, das Gefühl gehabt, es sei alles verkehrt, was er tat. Kurz vor Morgengrauen riss ihn der Gedanke aus dem Halbschlaf, dass es ganz einfach war. Kinderleicht. Zum Teufel mit den kunstvollen Einleitungen. Er musste ihr nur sagen, dass er sie liebte. Er hatte es zwar schon gesagt, aber damals hatte er ihr verboten zu antworten. Und nun musste er sie fragen und dann abwarten, was sie sagte.

Er griff nach dem Handy auf dem Nachttisch. Konnte man um sechs Uhr früh irgendwo anrufen? Man konnte, wenn es um Leben und Tod ging. Er tippte die Nummer ein. Es klingelte … Es klingelte und klingelte.

Er wollte es nicht glauben. Morgens um sechs war kein normaler Mensch außer Haus. Es sei denn, Jasmin übernachtete woanders, beispielsweise bei einem Freund. Falk schwankte ins Bad. Die Dusche beruhigte ihn wieder etwas. Wenn er jetzt zurück nach Peerhagen fuhr, dann hatte er verspielt. Dann musste er das Kapitel endgültig schließen. Vielleicht musste er das sowieso, aber er wollte nun doch wenigstens wissen, warum.

Eine Stunde wanderte er durchs entvölkerte, feuchte und morgengraue Nikolaiviertel in Erwartung, dass die Agentur Göran endlich aufmachte. Von der Ecke des Gasthauses Zum Nußbaum aus sah er schließlich um halb neun ein von Wind und Regen zerfetztes weibliches Etwas mit einem Schirm und einem Schlüssel an der Tür des Hauses kämpfen, in dem die Agentur untergebracht war. Es war die Sekretärin. Falk folgte ihr und stürmte die Büroräume der Agentur. Petra hatte gerade erst ihren tropfenden Mantel aufgehängt und war noch dabei, die Frisur zur richten.

»Frau Göran kommt erst gegen elf«, teilte sie ihm mit. »Sie hat einen Zahnarzttermin.«

»Dann warte ich so lange, wenn's recht ist.«
Und Falk wartete. Er stand am Fenster und blickte zum Wolkenhimmel hoch. Er begutachtete die Pflanzen, welche die Warteecke verschönern sollten. Er besichtigte die Fotos griechischer und sonstiger Inseln, die an den Wänden hingen.
Die Mitarbeiter trudelten gegen neun ein, darunter eine kleine Dicke mit vorspringenden Augen, die ihn verstohlen, aber grinsend musterte. Eine hübsche Blonde mit Karrierefrauenhochsteckfrisur, die ihn mit Kennerblick begutachtete, kam und schließlich dieser unangenehme Mensch namens Rolf.
»Herr Rosenstock«, rief der Bursche aus und stoppte seinen Schritt, kaum wandte Falk sich ihm zu. »Ihr Scheck war nicht gedeckt.«
Falk lächelte verbindlich. »Ein bedauerliches Versehen meinerseits. Passiert mir leider immer wieder bei allzu viel Geldgier auf der anderen Seite.«
Rolf wandte sich schnaubend ab und knirschte ein Schimpfwort zwischen den Zähnen, das Falk lieber nicht verstanden haben wollte.
Endlich kam Gloria Göran. »Wollen Sie zu mir, Herr Rosenstock?«, nuschelte sie. »Tut mir Leid, dass Sie warten mussten, aber ich war beim Zahnarzt. Bitte kommen Sie doch rein. Verzeihen Sie, wenn ich etwas undeutlich rede. Hier ist noch alles gefühllos.« Sie betastete unglücklich die linke Wange. »Womit kann ich dienen?«
Sie nahmen in der Sitzecke Platz. Petra brachte Kaffeetassen und eine Thermoskanne.
»Ich suche Jasmin Kandel«, begann Falk, als sie allein waren.
»Die arbeitet nicht mehr hier. Seit … seit August.«
»Ich weiß.«

Gloria erforschte mit in sich gekehrtem Blick und gefühlloser Zunge die gefühllose Wange. »Wenn Sie das wissen, warum kommen Sie dann her?«, nuschelte sie.

»Es könnte ja sein, dass Sie wissen, wo sie jetzt arbeitet.«

»Das könnte sein.«

Falk langte unters Jackett und zog seine Brieftasche hervor. Sie war gefüllt mit Scheinen, und zwar von der ganz seltenen blauvioletten Färbung, wie sie die Fünfhunderter hatten. Er klappte das Leder geruhsam auf und nahm ein paar Scheine heraus. Dann hielt er inne.

Glorias Zunge schien zwischen Zähnen und Wange stecken geblieben zu sein.

Falk wartete.

»Ihre Privatadresse könnte ich Ihnen geben.«

»Die habe ich schon.«

»Tja dann … Ich kann Ihnen wirklich nicht sagen, wo Jasmin momentan arbeitet. Ich habe keinen Kontakt mehr zu ihr. Sämtliche Geschäftsbeziehungen sind abgebrochen, nachdem sie im September noch einmal hier war und …«

Falk legte die Scheine auf den Glastisch und schlug die Beine übereinander.

»Nun ja, warum sollten Sie es nicht erfahren. Es kann ihr ja nicht schaden, und Jasmin hat mich auch nicht zum Stillschweigen verpflichtet. Die Sache ist die. Mitte September war Nicole Tiller anscheinend in Berlin. Aber Ihre Eltern waren auf Reisen und Sie auf irgendeiner Messe. Also hat Nicole mit Jasmin Kontakt aufgenommen. Es ging um Geld. Nicole drohte, zur Presse zu gehen und über die Rosenstocks zu reden. Jasmin erschien jedenfalls hier in meinem Büro und bat mich um … nun ja, um sämtliche Außenstände, die ich ihr noch schuldete.«

Falk konnte nur mühsam an sich halten. »Wie viel?«, fragte er, nachdem er ausgeatmet hatte.
»Ich schuldete ihr noch knapp neunzigtausend Euro. Aber soviel ich weiß, bekam Nicole rund hundertzwanzigtausend.«
Scham war gar kein Ausdruck für das, was Falk empfand. Wortlos stand er auf, deutete eine Verneigung an und verließ das Büro.

22

Nur drei Tage später hätte Falk von Gloria kein Sterbenswörtchen mehr erfahren, denn während er in Berlin war, versuchte Jasmin am Bodensee die Ehe zu kitten, die Glorias Agentur zu zerstören im Begriff war.
Sie besuchte den Grafen in Nonnenhorn auf seinem Schlösschen am Wasser, zeigte ihm Glorias Annonce, erklärte ihm, dass diese Organisation versuchte, seine Beziehung zu der Allgäuer Käsereitochter zu behindern, und empfahl ihm, den grimmigen Vater einzuladen, zu hofieren, zu verwöhnen und ihm das Gefühl zu geben, er sei der Vater, den er, der Graf, sich sein ganzes Leben lang gewünscht habe. So viel Referenz an einen Bauern müsse halt sein, wenn er eine schöne Frau mit Geld haben wolle.
Dann begab sie sich nach Christazhofen, wo der Käsefabrikbesitzer noch selbst einen Hof mit zwanzig Kühen und einer Biogasanlage bewirtschaftete, und erklärte ihm, sie wisse, dass er eine Entzweiungsagentur damit beauftragt habe, dem Grafen seine Tochter abspenstig zu machen. Das sei jedoch rausgeschmissenes Geld, denn in der Regel funktioniere das nicht. Das seien Betrüger. Die Polizei ermittle schon länger gegen diese Leute.

Am meisten Mühe kostete es sie, die Tochter aufzuspüren. Sie fand sie schließlich in einem Café an der Promenade von Lindau mit Blick auf den regennassen Leuchtturm und den Löwen an der Hafenausfahrt. Dort saß sie mit einem jungen Mann, der Jasmin gut bekannt war – braun gebrannt vom Surfen am Cap, sonnengebleichte Rastalocken, Waschbrettbauch unter Sweatshirt und Goretexjacke.
»Hallo, Georg«, sagte sie. »Oder heißt du jetzt anders? Wie geht es Vanessa?«
Der Romeo machte hektische Zeichen.
»Na«, fuhr Jasmin fröhlich fort, »wieder mit derselben Masche unterwegs.« Und an das erschrockene Mädchen gewandt: »Glauben Sie dem nichts. Er macht das beruflich. Sobald Sie die Verbindung mit Ihrem Verlobten lösen, ist auch er auf und davon.«
Der Romeo sprang auf, stolperte durch die Stühle, schreckte einige alte Damen und Herren auf, die zuschauten, wie ein Schiff der Weißen Flotte zu großer Fahrt über den Bodensee ablegte, rannte aus dem Café hinaus und verkrümelte sich auf der grauen Promenade, auf der an diesem nassen Tag kein Spaziergänger, kein Händler und kein Pflastermaler zu sehen war.
»Und wer bezahlt jetzt seinen Kaffee?«, fragte das Mädchen, sich im Schreck auf das Unwesentliche des Lebens besinnend. Jasmin verbrachte zwei Stunden mit ihr und erklärte ihr die Sachlage.
Als Jasmin nach einer Woche Abwesenheit nach Berlin zurückkehrte, berief der basisdemokratische Hinterhausbetrieb eine außerordentliche Versammlung ein und stellte zur Diskussion, ob Jasmin einfach so, außerhalb des Urlaubsplans, für eine Woche verschwinden könne. Es seien Handwerker gekommen,

und man habe nicht gewusst, was man ihnen habe sagen sollen. Die Sache mit dem Umbau für die Frauenwohnungen der Psychologin sei doch geplatzt. Jasmin entschuldigte sich. Ihre Entschuldigung wurde angenommen. Um die ausgehandelten Zuschüsse der Stadt nicht zu verlieren, machte sie sich daran, ein anderes soziales Projekt zu finden. Da war doch mal etwas mit einer Witwe gewesen, die ihr Herz für Obdachlose entdeckt hatte.

Darüber verging der April.

Ein Tief über Deutschland brachte zwar Regen, aber auch milde südliche Luft. Die Büsche hinter den Zäunen und die Bäume in den Parks von Berlin trieben hurtig Knospen. An einem Sonntag spazierte Jasmin mit Lieselotte das Museumsufer entlang und stellte verwundert fest, dass es schon wieder Mai war.

Vor einem Jahr war sie mit der Trennung von Achim und Xandra beschäftigt gewesen. Nicoles Hochzeitseinladung war gekommen, sie hatte Urlaub genommen und Falk kennen gelernt. Das Geschrei der Möwen im Spreebogen rief ihr den Geruch nach Meer in Erinnerung. Sie meinte wieder das Klirren der Takelage zu hören und unter ihren Füßen das Rollen der *Santa Lucia* unter Segel mit Kurs auf Fischland zu spüren. Severin, wie er tot auf den Planken lag, Falks verzweifelter und so wunderbar erfolgreicher Schlag mit der Hand, der seinem Bruder für ein paar Tage das Leben zurückgegeben hatte. Die Bilder kamen von alleine, wenn sie nicht aufpasste, unter der Dusche, in der Straßenbahn, am Herd in der Rosenstock-Küche, und jedes Mal musste sie all ihren Willen aufbringen, um sie zu vertreiben.

Je mehr der Frühling blühte, desto schlimmer wurde es. Und offensichtlich war sie nicht die Einzige, der es so ging, denn die

zunehmend trockenere Luft aus Spanien brachte auch einen Anruf von Nicole.
»Ich wollte mich nur mal melden. Ich will sozusagen Entwarnung geben und dir mitteilen, dass es mir gut geht. Wir leben jetzt wieder auf Mallorca, Mutter und ich. Wir haben eine Villa, sehr schön gelegen mit Blick aufs Meer. Es geht uns ausgezeichnet. Ich habe einen ganz annehmbaren Job bei einer deutschsprachigen Zeitung. Natürlich zahlen die nur einen Hungerlohn, aber es macht Spaß. Und wie geht es dir?«
»Gut.«
»Natürlich wollte ich mich auch noch mal bei dir bedanken. Du hast uns wirklich aus äußerster Not geholfen. Auch Mutter lässt dir ausrichten, dass sie deinen Freundschaftsdienst zu schätzen weiß. Aber ich wusste immer, auf meine Jasmin ist Verlass. Bist doch immer meine beste und treueste Freundin gewesen. Wenn ich da an meinen Vater denke, diesen Verräter … aber Schwamm drüber. Mutter hat die Scheidung eingereicht. Im Juli beginnt sein Prozess. Damit ist das Kapitel dann auch abgeschlossen. Unser Anwalt meint, dass wir wahrscheinlich nicht als Zeuginnen auftreten müssen. Ich habe momentan nicht das geringste Bedürfnis, nach Deutschland zurückzukehren.«
Immerhin das nicht, dachte Jasmin.
»Ja, und was ich noch sagen wollte, du brauchst wirklich keine Sorge zu haben, dass ich dich noch einmal um Geld anbetteln werde. Das war auch für mich eine Demütigung, wie du dir denken kannst. Aber wir sind jetzt aus dem Gröbsten raus. Falk hat uns wirklich großzügig abgefunden.«
Jasmin sagte nichts.
»Wusstest du das nicht? Er hat uns die Villa besorgt und eine durchaus akzeptable monatliche Rente ausgesetzt.«

»Gratuliere.«
»Wusstest du das wirklich nicht?«
»Nein.«
»Dann weißt du vermutlich auch nicht, dass Falk demnächst heiraten wird.« Nicole begann zu lachen. Es war ihr lautes, aus dem Bauch nach oben glucksendes Siegerinnenlachen, das Jasmin früher so oft gehört hatte, wenn sie auf einer Party erfolgreich gewesen war.
Ja, sie hat gewonnen, dachte Jasmin. Wie das Gespräch endete, daran erinnerte sie sich schon eine Viertelstunde später nicht mehr.
»Was ist schlimmer als ein Feind?«, kommentierte Lieselotte. »Eine Freundin.«
»Und was bist du dann?«, fragte Jasmin.
»Ich bin eine dicke Freundin. Die sind harmlos.«
Jasmin lachte.
Am folgenden Abend rief ihre Mutter an. »Du, stell dir vor, dein Vater und ich haben bei einem Preisausschreiben ein Wochenende in Heiligendamm gewonnen. Und das, wo wir nie was gewinnen! Was soll ich nur anziehen? Ich habe doch nichts. Und es ist schon dieses Wochenende. Hätte man uns das nicht eher …« Sie hustete. »Und dein Vater stellt sich auch wieder unmöglich an. Was soll er bei den Fischköpfen?, sagt er. Wenn er nicht sein Rothaus und seine Schupfnudeln mit Schäufele kriegt, will er da nicht hin. Dieses Makramee oder wie das heißt …«
»Ikebana?«, schlug Jasmin vor.
»Du weißt schon, diese Bonsaiportionen auf Riesentellern, das is nix für deinen Vater. Aber da wird er sich dran gewöhnen müssen, fürchte ich. Jetzt, wo du …« Sie unterbrach sich erneut

und hustete umständlich. »Was wollte ich sagen? Ach ja, wir sehen uns doch sicher. Ist ja nicht weit von Berlin an die Ostsee, sagst du doch immer.«

Als eine halbe Stunde später erneut das Telefon klingelte, mochte Jasmin eigentlich nicht mehr abheben.

Es war Gloria.

»Eigentlich verdienst du es nicht, dass ich dich anrufe«, sagte sie. »Nach deiner Einmischung in unseren Fall am Bodensee.«

»Das war unser Fall«, sagte Jasmin. »Die beiden gehörten der Goldenen Rose. Sei froh, dass ich das geregelt habe, bevor Frau Rosenstock euch an die Presse ausliefert.«

»Schon gut. Pass auf, Schätzchen. Weshalb ich anrufe – Falk Rosenstock heiratet.«

Jasmin seufzte. »Weiß ich schon.«

»Weiß ich, Schätzchen, dass du das weißt. Du arbeitest ja sogar für diese Adeltraud Rosenstock und ihr Heiratsinstitut. Aber was ich sagen wollte, wenn du Hilfe brauchst …«

»Danke, kein Interesse.«

»Aber du musst etwas tun, sonst ist er weg.«

»Nein, Gloria, ich werde nichts tun, falls es das ist, was du im Auftrag eines Klienten herausbringen willst. Du musst nicht aktiv werden, um eine mögliche Kontaktaufnahme meinerseits mit Falk zu verhindern.«

Stille knisterte im Telefon.

Jasmin legte auf.

»Weiß man eigentlich, wen Falk heiratet?«, erkundigte sich Lieselotte, nachdem Jasmin ihr umgehend telefonisch von Glorias verwunderlichem Anruf berichtet hatte.

»Nein, das habe ich ganz vergessen zu fragen.«

»Schaf«, sagte Lieselotte. »Aber das kriege ich raus.«

»Lieselotte, geh wegen mir bitte kein Risiko ein. Gloria schmeißt dich raus, wenn sie erfährt, dass wir beide befreundet sind.«

»Dann musst du mich halt in deinem basisdemokratischen Betrieb unterbringen.«

»Gern, aber wir sind drogenfrei.«

»Schade.«

Lieselotte musste jedoch kein Risiko eingehen. Jasmin meldete sich in ihrem Betrieb für drei Trage krank, und so kam es, dass Ronja sie am nächsten Tag mittags daheim telefonisch erreichte. Seit Ronja ein Handy hatte, rief sie immer mal wieder an, meist zu unmöglichen Zeiten, morgens um sieben, wenn sie sich für die Schule fertig machte, oder auch mal um Mitternacht, um sich zu beklagen, dass sie nicht schlafen könne, weil Gnomen unter ihrem Bett rumorten und es viel zu dunkel sei. Solche Ängste waren meist darin begründet, dass sie sich vor einer Klassenarbeit fürchtete.

»Du, Jasmin, ich muss dir was sagen«, redete sie sofort los. »Etwas ganz Furchtbares. Du musst sofort nach Peerhagen kommen. Es ist wirklich ganz wichtig, ganz, ganz, gaaaanz wichtig.«

»Um Himmels willen, was ist denn los? Ist jemand krank?«

»Papa ist krank.«

Jasmin blieb die Luft weg, dann sank ihr das Blut in den Bauchraum, und schließlich wurde ihr schwarz vor Augen. »Was hat er denn?«

»Er will heiraten. Das ist doch voll krank. Er will Mama heiraten.«

»Er … äh … er will Laura heiraten? Das … äh … das ist doch sehr schön für dich.«

»Meine Mutter und mein Vater, das geht nicht. Da ist voll der Krieg die ganze Zeit. Das ist krass behindert. Mama kann Papa nicht ausstehen, und er liebt sie nicht. Sie wollen es bloß wegen mir tun. Aber ich will das gar nicht.«

»Dann sag es ihnen.«

»Ich habe es Papa gesagt. Aber er meint, es sei besser für mich. Das würde ich später auch verstehen. Aber ich weiß genau, was gut für mich ist. Wenn die heiraten, dann will ich zu dir. Dann lauf ich wieder weg.«

»Das wirst du nicht.«

»Aber er hört nicht auf mich. Und auf Oma und Opa hört er auch nicht. Darum musst du kommen. Er mag dich nämlich. Hat er selbst gesagt. Du musst ihn zur Vernunft bringen. Und zwar schon ganz bald. Die Hochzeit ist nämlich schon übermorgen. Kommst du, Jasmin. Bitte, bitte, bitte …«

»Lass mich ein bisschen darüber nachdenken, Ronja«, bat Jasmin. »Ich ruf dich heute Abend wieder an. Okay?«

Dann ließ sie sich auf ihre Couch fallen und brach in haltloses Gelächter aus, bis ihr die Tränen übers Gesicht liefen. Übermorgen heiratete Falk eine halb wahnsinnige Siebzigerjahrehexe, die Mutter der Tochter seines toten Bruders. Nicht zu fassen. Sie blickte auf die Uhr. Es war halb drei. Aber das hatte sie gar nicht feststellen wollen. Vielmehr – heute war Mittwoch. Falk heiratete am Freitag. Wieder ein Freitag. Und sie konnte unmöglich hinfahren. Falk würde den Zweck ihrer Anreise sofort durchschauen und sie hochkant rauswerfen. Aber wie erklärte sie das Ronja? Was um Himmels willen sollte sie tun?

Zwei Stunden später hatte sie sich so weit gefasst, dass sich Rudimente eines Plans in ihrem Hirn abzeichneten. Beispielsweise konnte sie nach Kühlungsborn fahren und sich mit Ronja verabreden, um ihr alles zu erklären. Aber was gab es da zu erklären?

Ein Klingeln an der Haustür unterbrach ihre Erklärungsnöte. Sie hob den Gegensprechhörer ab. »Ja?«
»Ich bin's, Adeltraud«, knarrte es aus dem Lautsprecher.
Jasmin drückte den Summer. Eine Minute später trat Adeltraud aus dem Fahrstuhl, überwältigend herzlich wie immer. »Geht's dir gut? Nein, dir geht es nicht gut. Warst du heute nicht arbeiten? Bist du krank? Dann tut dir ein bisschen Ostseeluft sicher gut. Hast du schon gepackt? Ich parke nämlich in zweiter Reihe. Ich bin auf dem Weg nach Peerhagen, und da dachte ich, ich nehme dich gleich mit.«
»Bitte?«
»Du kommst doch zur Trauung. Zumindest hat Ronja das vorhin am Telefon gesagt. Keine Widerrede, mein Kind. Du bist Trauzeugin. Ich weiß, es ist ein bisschen knapp. Erst kann Falk sich gar nicht entschließen, und dann muss es plötzlich ganz schnell gehen. Also komm, pack ein paar Sachen zusammen. Nur das Nötigste. Das Kleid für die Hochzeit können wir auch morgen noch irgendwo kaufen.«
Eine Viertelstunde später saß Jasmin völlig perplex neben Adeltraud in einem silberfarbenen Dreier-BMW mit GPS. Adeltraud redete ununterbrochen vor sich hin, während Jasmin Todesängste ausstand, denn die Pfeile auf dem Navigator und seine Stimme waren so gebieterisch, dass Adeltraud dazu neigte, rote Ampeln zu missachten, nur um den Befehlen zu folgen. Erst auf der Autobahn konnte Jasmin sich etwas entspannen.
»Wir verstehen es ja auch nicht«, plauderte Adeltraud, »dass Falk jetzt plötzlich Laura heiratet, nach all den Jahren. Vor ein paar Wochen hat er es noch rundheraus abgelehnt, überhaupt zu heiraten. Doch für Ronja ist das sicher gut.«
»Sie lehnt es aber vehement ab«, sagte Jasmin.

»Du weißt doch, wie Ronja ist. Sie braucht immer eine Weile, um sich an neue Verhältnisse zu gewöhnen. Und dann findet sie es doch ganz gut. Sie hat sich überhaupt sehr gemacht. Du wirst sie kaum wiedererkennen. Sie ist ziemlich in die Höhe geschossen und hat richtig ein bisschen Figur bekommen. Sie ist jetzt viel bei uns, denn Laura hat beschlossen, in Rostock ein Studium aufzunehmen. Ethnologie oder so etwas Ähnliches, was kein Mensch braucht.«

Die sinkende und sich immer röter färbende Sonne begleitete sie die ganze Fahrt. Die Windkraftanlagen bei Wittstock drehten sich eifrig. Die Mecklenburgische Schweiz wellte sich grün nach Osten. An der Autobahnböschung spross frisches Gras. Der Wind spielte mit den Getreidehalmen und Maisblättern auf den Feldern von ehemals sozialistischen Ausmaßen. Der Himmel wölbte sich höher und höher, je weiter sie nach Norden kamen. Jasmin konnte nichts dagegen machen, dass sie sich aufs Meer und auf Peerhagen freute, und auf Falk.

Ronja sprang ihr in die Arme, als sie aus dem Auto stiegen. Ihre Haare waren jetzt kurz und hellgelb. Günter Rosenstock gab Jasmin mit der Andeutung eines Lächelns die Hand. Sieglinde werkelte in der Küche und lächelte. Ronja wollte Jasmin sofort zu einer Schachpartie in den Salon ziehen, aber Adeltraud warf sich dazwischen. »Nun lass sie doch erst einmal auf ihr Zimmer gehen und sich frisch machen.«

Es war dasselbe kleine Zimmer, das Jasmin vor einem Jahr bewohnt hatte, mit Blick bis Heiligendamm, links die Kühlung, hinter der glutrot die Sonne unterging.

Jasmin zog sich um. Aus dem Spiegel blickte ihr eine blasse Person in braun-grünem Kostüm mit roten Sneakers an den Füßen entgegen, denn in der Eile hatte sie vergessen, Pumps einzupacken. Mit reichlich weichen Knien stieg sie zum Abendessen hinunter.

Bei jedem Knacken meinte sie Falk eintreten zu sehen. Ihre Nervosität wuchs sich zu regelrechten Halluzinationen aus. Wieder kam er erst, als sie schon dabei waren, im Esszimmer Platz zu nehmen. Er hastete herein, angetan mit einem dunkelblauen Dreiteiler. Und es war nicht sie, Jasmin, auf die sein Blick zuerst fiel, sondern Ronja, die in ihrer zappligen Art vom Tisch aufsprang, um ihn zu begrüßen und ihm mitzuteilen: »Jasmin ist gekommen!«

Da endlich traf sie sein Blick. Er kam auf sie zu und ergriff ihre Hand gleich mit beiden Händen. »Jasmin«, sagte er, »ich freue mich, dass du gekommen bist. Ich freue mich sehr.«

»Es war ganz schön schwierig, sie hierher zu kriegen«, schwatzte Adeltraud, während nun alle Platz nahmen. »Ich musste ein regelrechtes Überfallkommando starten und sie entführen.«

»Tatsächlich?« Falk schmunzelte und setzte sich Jasmin gegenüber.

Siebte Regel im Buch der Verführung: Wenn du einen Mann wirklich liebst, dann setz dich ihm nie gegenüber. Er könnte merken, dass du ihn ununterbrochen anstarrst. Und wenn er den Blick erwidert und dabei auch noch ein klein wenig lächelt, dann besteht Gefahr, dass du vom Stuhl sinkst oder Erbsen über den Tisch schnippst.

Eine Erbse kullerte bis zu Falks Teller hinüber. Die anderen konnte Jasmin wieder einsammeln. Ronja feixte.

Aber auch Falk war nicht die Ruhe selbst. Vor allem sein Atem nicht. Er redete artig allerlei Unsinn über ein Plastikwerk bei Leipzig, das man erwerben könne, damit es noch billiger die Teile für die Linie Clarissa produziere, was bestenfalls seinen

Vater interessieren mochte und den auch nicht sonderlich fesselte, und er richtete nicht ein einziges Mal das Wort an Jasmin. Außerdem konnte er sein Weinglas nur durch ein beherztes Nachfassen daran hindern, umzukippen und seinen Inhalt in Richtung Jasmin zu ergießen.

In ihr lagen Lachen und Heulen so dicht beieinander, dass sie die Zähne zusammenbeißen musste. Das allerdings wirkte sich nachteilig auf ihren Verzehr aus. Sieglinde räumte diskret schweigend einen fast vollen Teller ab.

Nach dem Essen schickte man die aus Prinzip maulende Ronja ins Bett. Falk entschwand, um noch ein bisschen mit ihr zu reden. Nach einer halben Stunde kam er wieder herab und sagte: »Jasmin, Ronja möchte dir noch Gute Nacht sagen.«

»Alles wird gut«, behauptete Ronja. »Ich hab dich lieb.«

Jasmin sprangen die Tränen praktisch waagrecht aus dem Gesicht. Zum Glück war es dunkel, sodass es Ronja hoffentlich nicht merkte. Jasmin blieb auf der Bettkante sitzen, bis sie sich wieder gefasst hatte. Sie wäre am liebsten oben geblieben, hätte sich am liebsten gleich in ihr Bett verzogen, wäre am liebsten morgen in aller Herrgottsfrühe heimlich abgereist und wollte doch auf keinen Fall gleich wieder Falks kostbare und köstliche Nähe entbehren müssen. Doch obgleich sie vor allem letzten Sommer so große Hoffnungen in ein klärendes Gespräch gesetzt hatte, gab es jetzt eigentlich nichts mehr zu sagen. Es war zu spät.

Als sie wieder hinunterkam, hatte Günter Rosenstock seine Zigarre bereits entzündet und paffte schweigend. Adeltraud servierte den Kaffee, und Falk saß mit übereinander geschlagenen Beinen in einem Sessel. Er hatte den Dienstanzug inzwischen durch bequemere Kleidung ersetzt, Baumwollpullover und Jeans. Hätte Adeltraud nicht allerlei Nichtigkeiten gefunden und zu Bedeutsamkeiten hochgeredet, hätte vermutlich Stille geherrscht. In Wahrheit konnten Männer den Frauen nur deshalb Klatschsucht vorwerfen, weil sie selbst nichts, aber auch gar nichts zu irgendeiner Unterhaltung beisteuerten, wenn ihnen nicht danach war. Es gehörte zu den unantastbaren Rechten eines Mannes zu schweigen, ein Luxus, den sich Frauen nicht leisten konnten.

Irgendwann stand Falk auf und trat auf die Terrasse.

Adeltraud erinnerte sich auf einmal, dass sie noch einen Brief zu schreiben habe, und entschuldigte sich.

Plötzlich saß Jasmin alleine Günter Rosenstock gegenüber, was ihn nicht zu stören schien. Er paffte und schwieg. Jasmin brachte nicht den Mut auf, seine Betrachtungen des blauen Rauchs mit der Mitteilung zu stören, sie werde sich jetzt schlafen legen, es sei ein langer Tag gewesen. Doch einfach wortlos den Salon verlassen, das ging auch nicht. Und so blieb ihr buchstäblich nur ein einziger Fluchtweg – hinaus auf die Terrasse.

Dort saß Falk im Dunkeln auf den Stufen der Freitreppe. Er drehte sich um. Die Lichter des Salons glitzerten in seinen Augen. Mit einer Handbewegung lud er sie ein, neben ihm Platz zu nehmen. Eine Weile blickten sie in den nächtlichen Garten mit dem Rosengebüsch und den Birken. Ein Igel ging schnaufend und schmatzend seiner Nahrungssuche nach.

»Jetzt ist es fast auf den Tag ein Jahr her, dass du hier warst«, sagte Falk endlich. »In elf Tagen ist Severin genau ein Jahr tot. Ich vermisse ihn.«

Da konnte Jasmin ihm beim besten Willen nicht beipflichten. Niemanden hatte sie in diesem Jahr so wenig vermisst wie Severin. Aber das konnte sie nicht gut sagen.

»Ja, wirklich, ich vermisse ihn«, wiederholte er und warf ihr einen kurzen Blick zu. »Severin hatte seine Schwächen, aber er fehlt mir trotzdem. Nicht nur weil ich seitdem seine Arbeit machen muss.«

»Macht es nicht auch ein bisschen Spaß, Leipziger Plastewerke für die Linie Clarissa zu kaufen?«, zwang Jasmin sich zu sagen.

»Vergnügungssteuer würde ich dafür nicht zahlen. Aber ich will mich nicht beklagen. Ich habe mich noch gar nicht daran gewöhnt, all das Geld auszugeben, das ich verdiene. Es wächst unaufhaltsam nach. Geradezu gespenstisch. Leider komme ich nicht recht dazu, es zu genießen. Vor drei Wochen habe ich die *Santa Lucia* wieder zu Wasser gelassen, aber ich bin noch kein einziges Mal mit ihr draußen gewesen.«

Dazu fiel Jasmin auch nichts Gescheites ein.

»Aber«, fing er unverdrossen von neuem an, »ich klage auf hohem Niveau. Entschuldige, ich habe noch nicht gefragt, wie es dir ergangen ist.«

»Mit geht es gut, danke.«

Es glitzerte in seinen Augen. »Meine Mutter sieht das ein bisschen anders. Du hattest beruflich in diesem Jahr ziemlich zu kämpfen, meint sie. Und so ganz unschuldig bin ich daran wohl nicht.«

»Nicht der Rede wert.«

»Jasmin, ich hatte noch keine Gelegenheit, dir für deine Bemühungen zu danken, Achim und Xandra wieder zusammenzubringen. Allerdings sieht es momentan so aus, als verstünden sie sich doch nicht so gut.«

»Das tut mir Leid.«

»Aber vor allem schulden wir dir Dank für das, was du getan hast, um Nicole zufrieden zu stellen.«

Jasmins Herz begann zu klopfen. Also weiß er es doch. »Das … das hatte mit euch nichts zu tun. Das war einzig und allein eine Angelegenheit zwischen Nicole und mir.«
»Tatsächlich? Aber …«
»Bitte, Falk, kein Wort mehr darüber. Am liebsten würde ich den Namen Nicole nie wieder hören.«
»Aber du hast …«
»Bitte!«
Er schloss die Lippen, und Jasmin atmete tief ein. Sie spürte förmlich, wie er neben ihr mit sich rang. »Ich hoffe«, begann er nach einer Weile erneut, »Ronja und meine Mutter haben dir nicht zu arg zugesetzt, damit du kommst.«
Was sollte sie darauf nun wieder sagen?
»Hoffentlich bereust du es nicht jetzt schon.«
Jasmin gab sich Mühe zu lachen. »Natürlich nicht. Deine Mutter ist so eine ungewöhnlich warmherzige Frau. Wer könnte dem Diktat ihrer Wünsche widerstehen? Und Ronja ist ganz reizend. Sie ist mir richtig ans Herz gewachsen.«
Sie hörte ihn leise lachen. »Es ist eigenartig«, sagte er dann bedächtig, »aber ich weiß nie genau, woran ich bei dir bin. Du bist immer freundlich und höflich. Du sagst im richtigen Moment die richtigen Nettigkeiten. Und nicht so, dass man den Eindruck hat, du würdest nicht meinen, was du sagst. Ich glaube dir sofort, dass du meine Mutter magst. Das schmeichelt mir als Muttersöhnchen natürlich ungeheuer. Und dass du dich gut mit Ronja verstehst, ist offensichtlich. Es scheint so einfach, und dennoch ist es unendlich kompliziert.«
»Was soll ich dazu sagen«, entgegnete Jasmin mit einem Anflug von Unmut, »ich bin, wie ich bin.«
»Ich wollte dich nicht kritisieren, Jasmin. Und schon gar nicht

würde ich dich ändern wollen. Aber ehrlich gesagt, eines verstehe ich nicht ganz.«

»Was?«

»Warum fragst du mich nicht, warum ich Laura heirate?«

Jasmin schluckte. Ihr Unmut war im Begriff, sich zu einem veritablen Zorn auszuwachsen. »Das versteht sich doch gewissermaßen von selbst. Außerdem hat es mir Ronja hinreichend erklärt. Sie ist übrigens strikt dagegen und hat sich bitter darüber beklagt, dass du sie nicht anhörst. Und sie ist wild entschlossen, wieder davonzulaufen.«

Falks Augen glitzerten sie an.

»Sie hat mich förmlich angefleht, dass ich herkomme und diese Hochzeit verhindere.«

»Und?«

»Was und?«

»Du bist hier. Aber ich warne dich, ich werde Ronja nicht das Taschengeld erhöhen, damit sie dich bezahlen kann.«

Jasmin sprang auf. Hatte er sie nicht mehr alle? Wenn er das so sah, dann hatte sie hier wirklich nichts mehr verloren. Wortlos drehte sie sich um und nahm die zwei Stufen zur Terrasse. Doch auch Falk war aufgestanden. »Warte!«

Das Licht aus dem Fenster fiel auf sein Gesicht. Seine Lippen standen halb offen, seine Augen sprühten Funken.

Jasmin holte tief Luft. »Was bist du doch für ein … ein selbstgerechter Idiot. Glaubst du wirklich, ich hätte nichts als Geld im Kopf? Ja, ich gebe dir Recht, ich habe mich alles andere als geradlinig verhalten. Richtig, ich lüge. Mein Leben ist kompliziert. Aber eines musst du wissen, Falk, du hast kein angeborenes Recht darauf, nicht belogen zu werden. Mit keinem Geld der Welt kannst du dir dieses Privileg erkaufen. Niemand kann dir die Mühe abnehmen, selber herauszufinden, wer es ehrlich mit dir meint. Und es gibt keine Garantien. Das ist nicht leicht. Im Gegenteil, es ist äußerst schwierig, denn in dem Moment, da die Menschen die Sprache erfanden, haben sie die Lüge erfunden. Vermutlich war die Lüge sogar der einzige Zweck, warum die Sprache erfunden wurde.«

Falk kam die letzte Stufe herauf, aber Jasmin wich zurück.

»Du hast dich gefragt«, fuhr sie fort, »warum Severin solche Angst hatte, in Ungnade zu fallen. Du bist sicherlich ein verwegener Mann. Aber du hast auch Angst, Falk. Du hast Angst davor, dich in jemandem zu täuschen. Darum lässt du dich lieber nicht auf jemanden ein, den du nicht kennst. Und darum heiratest du Laura. Da kann nichts schief gehen.«

Falk stand wie vom Donner gerührt da.

Eine gute Gelegenheit für Jasmin, sich umzudrehen und durch den Salon in den Flur und die Treppe hinauf in ihr Zimmer zu rennen.

Auf seinem Sofa im Salon nahm Günter Rosenstock die Zigarre aus dem Mund und musterte etwas verwundert seinen Sohn, der mit allen Anzeichen größter Erregung einen Moment später zur Terrassentür hereinstürmte, doch mitten im Zimmer abrupt stoppte.

»Die ist ja gelaufen, als hätte sie den Leibhaftigen gesehen«, bemerkte Günter Rosenstock. »Dabei schaust du heute ganz manierlich aus.«

Falk wandte sich der Hausbar zu und füllte ein Glas aus der nächstbesten Flasche, die ihm in die Finger kam. Das Glas zitterte in seiner Hand. Sein Vater schmauchte bereits wieder und erwartete augenscheinlich nicht, dass er noch irgendetwas sagte. Falk begab sich zum Sessel und ließ sich hineinfallen. Das

Getränk, das er sich in ein Whiskeyglas eingeschenkt hatte, stellte sich als hochprozentiger Kirsch heraus.
»Auf ein Wort, Vater«, sagte Falk.
Dieser richtete seine grauen Augen auf ihn.
»Übermorgen werde ich heiraten. Und danach werde ich für unsere Holding einen guten Geschäftsführer suchen.«
»Bitte?« Günter Rosenstock legte die Zigarre auf den Ständer am Aschenbecher. »Schmeckt dir das Arbeiten nicht?«
»Halt, Vater, fang nicht wieder so an. Ich habe nichts gegen Arbeit. Ich möchte nur einfach die Arbeit tun, die mir Spaß macht. Ich bin Designer. Ich habe die sehr erfolgreiche Linie Clarissa entworfen. Wenn du es gestattest, würde ich der Firma Rosenstock durchaus erhalten bleiben, aber als Leiter der Entwicklungsabteilung.«
Günter Rosenstock erwog das Gehörte. »Aber nicht für dasselbe Gehalt, das ist dir hoffentlich klar?«
»Und es ist mir so etwas von egal, Vater.«
Dieser griff wieder nach der Zigarre und lehnte sich paffend zurück. »Und was ist mit dieser … dieser Jasmin Kandel?«
»Was soll mit ihr sein?« Falk blickte seinen Vater verständnislos an. Was hatte Jasmin mit seinen Überlegungen zu tun, einen anderen Geschäftsführer zu suchen? Außer dass sie ihm einmal vorgeworfen hatte, er sei zu hochnäsig, mit seinem Vater zu streiten. Aber das wusste der Patriarch ja nicht.
»Ich meine«, sagte sein Vater und fuchtelte mit der schwelenden Zigarre in der Luft herum, »sie ist doch ein hübsches, kluges Mädel. Was ist denn los mit ihr?«
»Jasmin«, erwiderte Falk bedächtig, »ist die Frau, die ich liebe. Mit ganzem Herzen, mit jeder Faser, abgöttisch und unsterblich.«

»So? Und warum heiratest du dann Laura und nicht sie?«
»Ganz einfach, Vater, weil sie mich nicht will.«
»Unsinn. Du bist eine gute Partie. Die müsste doch blöd sein.«
»Papa, es gibt auch so etwas wie Liebe, Sympathie, Zuneigung, Begehren. Das müsste sie mir gegenüber schon empfinden. Geld allein langt nicht. Nicht bei Jasmin.«
»Die gefällt mir, die hat Klasse. Aber offenbar hast du dich nicht sonderlich anständig ihr gegenüber betragen. Frauen wollen umworben werden, mein Sohn.«

23

Als Jasmin um acht aus dem Schlaf erwachte, war es zu spät, um in aller Stille davonzuschleichen. Das Haus war schon wach. Ausgerechnet heute hatte sie länger geschlafen als sonst. Sie hatte es offenbar dringend nötig gehabt.

Adeltraud fing sie im oberen Flur ab und bat sie in ihr Arbeitszimmer.

»Ich möchte dir was geben, Jasmin«, sagte sie. »Und bitte nimm es einfach, ohne Fragen zu stellen. Der Ring hat meiner Mutter gehört, ein echter Aquamarin, nichts Besonderes, aber zu deinen blauen Augen passt er wunderbar.«

Jasmin wehrte ab.

»Bitte, sei so lieb. Wir verdanken dir so viel. Und es ist mir ein Bedürfnis.«

Sie steckte Jasmin den Ring an den Finger. »Passt wie für dich gemacht.«

Jasmin musste schlucken und konnte deshalb auch nichts sagen.

»Und nun geh schnell was frühstücken. Um neun müssen wir los, dein Kleid kaufen. Hast du deinen Ausweis?«

»Wozu das denn?«

»Auf dem Standesamt brauchen sie deine Daten als Trauzeugin.«
Falk war in der Küche dabei, Rühreier zu machen. Auf dem Tisch standen Teller, Gläser mit Marmelade und Brötchen. Ronja hatte ihre Schale Schokomüsli schon geleert.
»Guten Morgen«, sagte Falk vergnügt. »Na, gut geschlafen?«
»Wunderbar«, musste Jasmin zugeben. Sie fühlte sich in der Tat endlich mal wieder ausgeschlafen und munter. Und sie hatte Hunger.
Falk häufte duftende Rühreier mit Gartenkräutern auf einen Teller und stellte ihn ihr hin. »Kaffee kommt auch gleich. Mit Milch, ohne Zucker, richtig?« Der Kaffeeautomat produzierte röhrend und gurgelnd einen Becher Schümlikaffee, den Falk ihr ebenfalls hinstellte.
Er wirkte konzentriert, aber nicht angespannt, so als wäre er mit sich heute Morgen vollständig im Reinen. Zwischen ihm und Ronja hatten sich mittlerweile all die kleinen Gesten etabliert, die sie für Außenstehende als Vater und Tochter erkennbar machten – unbefangene Berührungen, ein Lächeln, eine unauffällig erzieherische Anweisung seinerseits, ein kurzes Aufbegehren auf Seiten Ronjas, als Falk sie daran erinnerte, dass sie jetzt gehen müsse, wenn sie nicht zu spät in die Schule kommen wolle.
Ronja brach mit dem Fahrrad zur zweiten Stunde auf. Wenig später kam Adeltraud herab. Sie fuhren zunächst nach Kühlungsborn und legten auf dem Rathaus einer überfreundlichen jungen Beamtin Jasmins Personalausweis vor. Nachdem die Beamtin eine Fotokopie angefertigt hatte, bekam Jasmin ihn zurück. Dann fuhren sie durch wogende Kornfelder, dichte Wälder und schnurgerade Alleen nach Rostock.

»Es wird eine ganz schlichte Hochzeit«, erklärte Adeltraud. »Nur ein paar Freunde und die engsten Verwandten.«
Dennoch schleppte sie Jasmin in die beiden einschlägigen Läden für Festmode gegenüber dem Rathaus und in der Langen Straße an der Marienkirche. Adeltraud neigte zu langen Kleidern aus Seidentaft mit Drapees. Aber Jasmin bestand auf einem kürzeren Rock – schließlich war sie nicht die Braut – und entschied sich für eine zartblaue Korsage aus matt schimmernder Duchesse mit einem asymmetrischen zweilagigen Rock und für ein Paar hellblaue Schuhe. Leisten konnte sie sich das eigentlich nicht, aber in Kreuzbergs Hinterhöfen gab es Secondhandläden, in denen man Boutiquenware wieder veräußern konnte.
Danach gingen sie unter den blauen Schirmen des Grand Café am Universitätsplatz einen Salat essen, und Jasmin erfuhr, dass die Trauung anderntags um elf stattfinden werde.
Anschließend war in Heiligendamm ein festliches Mittagessen geplant. Eigentlich, so erläuterte Adeltraud, habe man ja nicht in Heiligendamm feiern wollen, der unangenehmen Erinnerungen wegen, aber einige Hochzeitsgäste mochten sie für Geizkragen halten, wenn sie in ein weniger exklusives Lokal einluden.
Waren nicht auch ihre Eltern gerade in Heiligendamm, fiel Jasmin plötzlich ein. War das dieses Wochenende mit dem Preisausschreibengewinn gewesen oder nächstes? Morgen würde sie dort mal nachfragen.
Die Stunden, bis die Sonne von der Terrasse verschwand, verbrachte sie mit Ronja am Schachbrett. Ronja hatte nur einmal gedrängelt, dass Jasmin ihr verriet, was sie vorhatte, um die Hochzeit ihres Vaters mit Laura zu verhindern, sich aber mit einer vagen Antwort abspeisen lassen. Das Kind vertraute ihr.

Das verursachte bei Jasmin wiederum nicht unerhebliche Gewissenskonflikte, die durchs Schachspiel leider nur geringfügig gemildert wurden. Sie übten verschiedene Eröffnungen. Ronja war bereits imstande, etliche Züge vorauszudenken. Falk brachte Orangensaft und schaute eine Weile zu, was Jasmins Sinne in Aufruhr versetzte und Ronja die Chance eröffnete, ihr die Dame zu nehmen. Dann begab er sich in den Garten, um die Kieswege zu harken, Löwenzahn zu stechen, den Inhalt der Komposttonne zwischen den aufblühenden Rosen zu verteilen und den Zaun zu reparieren.

Währenddessen ging Jasmin die Möglichkeiten durch, heimlich abzuhauen. Ohne eigenes Auto gar nicht so einfach. Zwar lag der Schlüssel von Falks Pagode offen auf der Kommode im Vestibül herum, aber ehe sie sein Auto entführte, musste Land unter sein.

Soweit sie sich erinnerte, standen Fahrräder im Keller. Damit konnte sie nach Kühlungsborn kommen und die Mecklenburgische Bäderbahn besteigen.

Also schlug sie Ronja eine kleine Radtour vor. Im Keller standen in der Tat vier Fahrräder, darunter Ronjas Mountainbike und ein Rennrad. Für Jasmin wählte Ronja Adeltrauds gemütliches Rad mit allerdings guter Gangschaltung aus.

Als Falk mitbekam, dass sie das Rad aufpumpten, ließ er alle Schaufeln, Rechen und Gartenscheren fallen und wollte mitkommen. Ronja war begeistert, Jasmin weniger, denn sie sah ihre Flucht vereitelt, was sie zugleich auch wieder zutiefst beglückte. Falk schwang sich auf das Rennrad und führte sie über eine sehr alte, löchrige Straße nach Steffenshagen, ein lang gestrecktes Straßendorf zwischen Bäumen mit der wuchtigen dunkelroten Backsteinkirche, die man von Peerhagens Terrasse aus sah. Von dort ging es weiter Richtung Küste in die Conventer Niederung, in der sich ein stiller weiter See verbarg, an dem Schafe weideten und Reiher lauerten. Jasmin genoss es und litt.

Das Abendessen verlief auf die nun schon vertraute formelle Art. Günter Rosenstock sagte zu seiner Frau: »Falk will die Geschäftsführung hinschmeißen. Dass er bereits nach einem Jahr schlappmacht, hätte nicht einmal ich von ihm angenommen.«

Diesmal erschien in Falks Augen nicht das bittere Glimmen, das Jasmin von früheren Gelegenheiten kannte. Vielmehr lächelte er und bemerkte: »Papa, du bist ein Despot!«

Darauf fiel Günter Rosenstock zunächst nichts ein. Erst als Ronja im Bett lag und Jasmin krampfhaft darüber nachdachte, wie sie sich unter dem Vorwand, schlafen zu gehen, aus dem Haus stehlen und per Fahrrad davonmachen konnte, hatte er eine Entgegnung ausgearbeitet.

»Wo soll's denn diesmal mit der *Santa Lucia* hingehen? Und wie viele Jahre soll der Törn dauern?«

Falk lachte. »Angsthase! Deshalb wolltest du immer, dass ich das Boot verkaufe, hm? Damit ich nicht abhauen kann.«

»Müsst ihr euch schon wieder streiten?«, seufzte Adeltraud.

Falk reichte seiner Mutter den Whiskey, um den sie gebeten hatte. »Keine Sorge, Mama«, sagte er, »zum Streiten gehören immer zwei.«

»Eben!«, knurrte der Alte. »Sei doch bitte so nett, Falk, und mach deinen Mund auf. Wir sind eine Familie, da redet nicht nur der Patriarch.«

Falk blickte seinen Vater überrascht an.

»Wobei mir einfällt«, sagte Jasmin, »dass diese Clarissa-Küchen, die Falk entworfen hat, bei meinen Freundinnen unheimlich gut ankommen. Das wollte ich immer schon mal loswerden. Eine geniale Idee.«

Günter Rosenstock blinzelte.

Falk lachte.

»Wenn ich Ihren Laden zu führen hätte«, fuhr Jasmin freundlich fort, »dann würde ich Falk aus dem Management rausschmeißen und in die Werkstatt stecken. Er hat zwar zwei linke Hände, aber ...«

»Frau Kandel«, unterbrach sie Günter Rosenstock, während er das Ende von der Zigarre abschnitt, das quer über Sessel und den Schachtisch hinter die Heizung schoss, »wollen Sie nicht Geschäftsführerin der Rosenstock-Holding werden? Nach diesem Versager, der sich mein Sohn schimpft, kann es ja kaum noch schlimmer kommen.«

Jasmin lachte. »Danke, sehr schmeichelhaft, aber ich habe schon einen interessanten Job.«

Der Alte schmunzelte, wärmte seine Zigarre in der Flamme und begann dann langsam ziehend sie in Brand zu stecken.

Inzwischen war Falk mit den Drinks fertig und setzte sich neben Jasmin aufs Sofa. Seine Nähe überforderte sie augenblicklich. Sie bekämpfte ihren Schwindel und fasste den wilden Entschluss, der Hochzeit nicht beizuwohnen. Unter keinen Umständen!

Am folgenden Morgen gegen Viertel nach zehn war es so weit. Sie hatte sich mit dem Ankleiden beeilt und dann Ronja beim Make-up geholfen. Alle anderen im Haus waren noch damit beschäftigt, sich in ihren Räumen für die Hochzeit fein zu machen. Es war still im oberen und unteren Vestibül.

Leise huschte Jasmin die Treppe hinab. Auf der Ablage im unteren Flur lag Falks Autoschlüssel. Sie nahm ihn, trat hinaus in den frischen, sonnigen Morgen und wandte sich nach links zu den Garagen. Würdevoll und dunkelgrün standen die Zedern in der Wiese zuseiten der Zufahrt. In den Halmen glitzerte der Tau. Ein Flug Gänse zog schnatternd in Keilformation übers Haus hinweg zur Küste.

Falks blauer Zweisitzer parkte zum Glück vor den Garagen. Jasmin setzte sich hinters Steuer. Die Armaturen waren übersichtlich wie ein leerer Kühlschrank. Kein Plastik, nur Metall in Wagenfarbe. Ein Wagen, der sich von selbst verstand. Jasmin richtete sich den Rückspiegel ein, startete, setzte zurück und bog auf die Zufahrt ein. Die rote Ampel auf halber Strecke sprang auf Grün.

Zugleich lenkte eine Bewegung ihren Blick in den Rückspiegel. Ein Fenster blitzte. Ein Geschoss landete auf der Wiese, bekam plötzlich zwei Beine und rannte wie der Teufel die Auffahrt entlang. Jasmin gab Gas. Der SL beschleunigte ungeheuer. Er war zu schnell für das Tor, das sich langsam in Bewegung gesetzt hatte. Wenn sie in diesem Tempo weiterfuhr, würde die Torkante die Motorhaube der kostbaren Pagode spalten. Jasmin bremste. Immer noch zu schnell. Sie stieg in die Eisen und würgte den Motor ab.

Im nächsten Augenblick riss Falk keuchend die Tür auf, beugte sich, um Luft ringend, herein, griff nach dem Zündschlüssel und zog ihn ab, ehe Jasmin piep sagen konnte. Er sagte auch nichts, denn ihm fehlte der Atem.

Er steckte in einem Anzug von Kiton aus hauchdünnem dunkelblauem Tuch von Ermenegildo Zegna, so weich und fließend, dass er sich die Ärmel nach dem Sprint nicht einmal über die

Manschetten ziehen musste, in denen Manschettenknöpfe aus Platin schimmerten. Zur Krawatte war er nicht mehr gekommen. Eine schwarze Strähne fiel ihm in die Stirn.
»Erlaubst du, dass ich fahre?«, fragte er mit der ersten Luft, die dazu reichte, und streckte ihr die Hand hin.
Sie stieg aus, ohne seine Hand zu ergreifen. Er führte sie um den Wagen herum auf die Beifahrerseite und öffnete ihr die Tür. Dann umrundete er das Auto erneut, riss im Vorbeigehen ein blauviolettes Stiefmütterchen aus der Rabatte neben dem Weg, steckte sich die Blüte ins Knopfloch am Revers und nahm hinter dem Steuer Platz.
Das Tor stand inzwischen sperrangelweit offen.
Falk startete den Motor und warf Jasmin einen kurzen Blick zu. Ein halbes Lächeln spielte um seinen Mund. »So«, sagte er, »jetzt kann's losgehen. Und wenn die Hochzeit vorbei ist, dann fahre ich dich zum Bahnhof nach Rostock, wenn du das möchtest.«
»Und wenn ich das gleich möchte?«
Das Lächeln verschwand. »Wenn du das wirklich möchtest, dann setze ich dich in Kühlungsborn am Bahnhof ab. Dich nach Rostock zu fahren, dazu reicht die Zeit leider nicht.«
Jasmin sagte nichts darauf.
Schweigend bogen sie in Jennewitz auf die Straße zur Kühlung ein. Falks körperliche Nähe überforderte Jasmin erneut. Seine Hände auf dem Lenker, sein rascher Atem, die kleinen Falten in den Augenwinkeln … Sie schwankte zwischen Gelächter und Tränen. In was für eine absurde Geschichte war sie geraten? Merkte er denn nicht, was er von ihr verlangte? Dumm war er doch nicht. Ganz im Gegenteil. Nur dass seine Klugheit offenkundig versagte, wenn es um Liebe ging. Stur, wie er war,

hartnäckig, wie er daran glaubte, nur zweite Wahl zu sein. Stolz, wie er war, und anspruchsvoll, wenn er nichts weniger als aufrichtige Liebe erwartete, aber nicht glaubte, dass er sie bekam, und sich darum an Laura wegwarf, die ihn immer nur erpresst hatte.

»Hör mal, Jasmin«, sagte er, als sie die Kühlung verließen und sich unterhalb am Himmel verstreuter Wolkenschlösser die Küstenlinie von Kühlungsborn vor ihnen aufbaute. »Was würdest du sagen, wenn ich …« Er unterbrach sich. »Nein, anders: Ich habe dich falsch eingeschätzt. Ich habe zu deinem Nachteil ausgelegt, was ich mit etwas weniger erregten Sinnen vorurteilsfrei und neugierig hätte betrachten können. Wie sehr ich dir Unrecht getan habe, musstest du mir erst beweisen. Und nun schäme ich mich, dass ich diesen Beweis gebraucht habe. Wie hätte ich unter dieser Bedingung den Mut finden sollen …«

»Lass gut sein, Falk«, sagte Jasmin mit letzter Kraft. »Setz mich einfach am Bahnhof ab.«

Er antwortete nicht. Doch sein Atem veränderte sich. Und er wirkte plötzlich müde, als er vor dem stattlichen Klinkergebäude des Bahnhofs Ost hielt und sich ihr zuwandte.

»Und wenn ich dich inständig bitte …?«

»Wozu, Falk? Wozu denn noch?«

Damit stieß sie die Tür auf und sprang aus dem Auto. Nur weg. Tränenblind stolperte sie ins Bahnhofsgebäude, schlitterte auf dem gelben Boden um die Ecke und drüben wieder hinaus auf den Bahnsteig. Er war völlig menschenleer. Die Bäderbahn war offenbar gerade durch. Jenseits der Schmalspurgleise wucherte Gebüsch. Links sah man den Bahnübergang, rechts war Nirgendwo.

Jasmin besann sich.
Was würde Adeltraud von ihr denken? Was dachte Ronja? Falk jedenfalls hatte sie deutlich genug gezeigt, dass sie sich von ihm nicht zwingen ließ. Das musste reichen.
Sie schaute auf ihre Uhr. Zehn vor elf. Die Bahnhofsuhr zeigte sogar acht vor elf. Das Rathaus, in dem sie gestern mit Adeltraud gewesen war, lag jenseits des Stadtwaldes in der Ostseeallee. Das konnte sie noch schaffen.
Sie eilte zur Strandstraße vor und bog Richtung Meer ab. Familien mit Fahrrädern, Einkaufende und ältere Herrschaften, die an Restaurantschildern stehen blieben, zwangen sie immer wieder, auf die Fahrbahn auszuweichen. Um schneller voranzukommen, zog sie sich die Pumps aus, raffte den Rock und rannte barfuß weiter über kühle Klinkerwege bis zum Kreisverkehr, dann links. Es roch nach Strand und See. Jasmin rannte an der Villa Patricia vorbei, an der Hubertusburg, der Strandperle, dem Hotel Strandblick, dem Hotel Europa, einer Ruine, dem Hotel Vier Jahreszeiten, der Villa Konzertgarten, dem Ostseestern, dem zypriotischen Restaurant Famagusta, dem Strandhotel Sonnenburg, dem Hotel am Strand, dem Westfalia Hotel – es hörte überhaupt nicht auf –, dem Kunstverein Laetitia …
Endlich, das weiße Gebäude musste das Rathaus sein. Hoffte sie wenigstens. Doch ja, da waren der kleine Vorplatz, die Freitreppe und die mit Blumen bestückten Balkone unter dem Fachwerkobergeschoss. Jasmin blieb stehen, hielt sich am Pfahl einer Bushaltestelle fest, wischte den Sand von ihren Füßen, schlüpfte in die Pumps, zog sich die Korsage glatt, strich über den Rock, hob den Kopf, warf das Haar zurück und setzte sich wieder in Marsch.

Auf dem Parkplatz hinter der Rathausecke und hinter einer Anzeigentafel klappten Autotüren, aber Leute nahm Jasmin nicht wahr, jedenfalls keine Gesichter. Sie erkannte lediglich Adeltraud, Günter Rosenstock, Laura und Falk, die an der Seitentreppe des Rathauses beisammenstanden. Ronja erblickte sie zuerst und kam zu ihr gelaufen. »Du bist ja ganz verschwitzt! Bist du gerannt? Brauchst du ein Taschentuch? Hier, nimm meins. Es ist sauber.«

Jasmin kam gar nicht dazu, sich zu fragen, wieso Ronja ein gebügeltes Stofftaschentuch bei sich hatte, denn das Kind zerrte sie zur Gruppe ihrer Großeltern und Eltern.

»Da ist sie ja!«, rief Adeltraud. »Du lieber Himmel, hast du uns einen Schrecken eingejagt. Wir wollten gerade Günter als neutralen Vermittler entsenden, damit er dich holt. Der nächste Molli geht ohnehin erst in einer Dreiviertelstunde. Es war nur noch die Frage, ob wir ihm Ronja mitgeben, damit sie Günters unterkühlten Charme etwas Zunder gibt.«

Jasmin versuchte zu lachen.

»Denn ohne dich …«, rief Adeltraud und hakte sich entschlossen bei ihr unter, » …kann diese Hochzeit einfach nicht stattfinden.«

Falk war blass, aber er lächelte.

Jasmin fand das alles reichlich übertrieben. Doch Adeltraud war nun einmal so, und Jasmin fühlte sich wunderbar aufgehoben an ihrer Seite.

Laura hingegen musterte sie von oben bis unten, ein dünnes Lächeln auf den Lippen. Sie hatte sich in ein zipfelreiches cognacfarbenes Kleid geworfen und trug um den Hals die lange Kette aus schweren, vermutlich heilkräftigen Türkisen. Wenn man kurz vor der Eheschließung mit einem Millionär stand, fand Jasmin, dann musste man eigentlich nicht so eine bockige Miene aufsetzen.

»Na dann wollen wir mal«, sagte Günter Rosenstock.

Adeltraud lenkte Jasmin zur Seitentreppe, offensichtlich entschlossen, sie nicht mehr loszulassen. Selbst wenn Jasmin daran gedacht hätte, sich umzublicken und die Hochzeitsgesellschaft ins Auge zu fassen, hätte sie kaum eine Chance dazu gehabt. Wer war eigentlich der zweite Trauzeuge, fragte sie sich immerhin.

Vor ihr stiegen Günter Rosenstock und seine Enkelin die Stufen hinauf. An der Spitze des Zugs gingen Falk und Laura.

»Hunde müssen draußen bleiben«, warnte ein Schild an der Tür mit den Öffnungszeiten.

Die überfreundliche Beamtin empfing sie, führte sie in den mit blauem Linoleum ausgelegten Gang und öffnete die Tür zu einem netten kleinen Trauungssaal im Stil voriger Jahrhunderte. Es waren seine Glastüren, die zur Freitreppe gingen.

Jasmin wollte Ronja und Günter Rosenstock folgen und in der ersten Reihe Platz nehmen, aber Adeltraud zog sie noch ein Stück weiter nach vorne in einen von zwei grünen Polstersesselchen für die Trauzeugen, während Falk und Laura daneben auf einem kleinen grünen Sofa Platz nahmen. Nur die Lehnen trennten sie von Falk.

In seinem Revers steckte immer noch das violette Stiefmütterchen. Seine Hand zuckte nervös auf seinem Oberschenkel. Als würde er Jasmins Blick spüren, hob er sie hinauf zum Hemdkragen. Immer noch fehlte ihm eine Krawatte.

Hätte nicht einer der Gäste ihm aushelfen können, fragte sich Jasmin.

Um nicht ständig seine Hand zu beobachten, die jetzt die andere suchte, um sich mit ihr zu verschränken, blickte sie die gold und gelb gestreifte Tapete hinauf.

An der Wand hing ein Seestück mit Dreimaster unter Segeln. Ein halbrunder dunkler Holztisch mit altmodischen Verwaltungsutensilien stand an der Kopfseite des Saals, deren Wand ein Fresko mit Friedens- oder Turteltauben zierte. Die Tauben, diesmal aus Porzellan, fanden sich auch zusammen mit einem Leuchter und einer Vase mit Tulpen und Narzissen auf einer kleinen Kommode wieder. Dabei lag ein kleiner gebundener Strauß, in dem sich die Köpfchen weißer Rosen mit den filigranen weißen Blüten und kugelrunden Knospen der Myrte und weiß erblühtem Rosmarin mischten.

Jasmin knüllte Ronjas Taschentuch in der Hand mit Adeltrauds blauem Aquamarinring und grübelte darüber nach, was der Brautstrauß auf dem Tisch zu suchen hatte. Da öffnete sich auch schon die Tür, und ein Standesbeamter kam herein. Er trug den zum Überdruss bekannten blauen Blazer mit goldenen Knöpfen und einen strengen Seitenscheitel, in der Hand eine Messingschale mit Ringen, die er auf seinem halbrunden Tisch abstellte, und unterm Arm das Aktenbuch für die Unterschriften nach der Zeremonie.

Wenn ein Kampf endgültig verloren ist, dann kehrt eine fast heitere Ruhe ein. Von Jasmin fiel die Benommenheit der letzten Tage ab. Was hatte sie denn geglaubt? Dass sie mehr Glück hatte als Millionen anderer Frauen? Dass ein Schicksal sie auserwählte, welches sich nie so recht um sie gekümmert hatte? Außerdem kannte sie Falk doch kaum. Wer weiß, ob sie hätten zusammenleben können. So etwas entschied sich beim Aufstehen früh morgens und anhand offener Zahnpastatuben und auf den Badfußboden geworfener Handtücher.

»Wir haben uns heute hier versammelt«, begann der Standesbeamte, »weil ein junges Paar den Bund fürs Leben schließen will.«
Adeltraud unterdrückte ein völlig unmotiviertes Lachen.
»Bei einer Trauung ist es üblich«, fuhr der Beamte im Matrosensakko mit tadelndem Unterton fort, »sich an eine ganz bestimmte Abfolge zu halten. Doch ich bitte Sie, liebe Anwesende, Freunde, Bekannte und Verwandte des Brautpaars, zu entschuldigen, wenn dies heute nicht der Fall ist. Der Bräutigam hat mich gebeten, etwas von der üblichen Ordnung abzuweichen und sogleich die eigentliche Trauung vorzunehmen.«
Glänzende Idee, dachte Jasmin. Wie hatten es die Rosenstocks nur geschafft, dass der Standesbeamte die Rede wegließ?
»Daher bitte ich das Brautpaar nun, sich zu erheben.«
Falk stand auf.
Aber auch Adeltraud erhob sich und zog Jasmin mit in die Höhe. Rechts von Falk war auch Laura – die musste ja – aufgestanden.
Der Beamte schlug ein Papier auf und las vor. »So frage ich nun Sie, Frau Jasmin Kandel, wollen Sie den hier anwesenden …«
»Moment«, unterbrach ihn Jasmin heiter, »da liegt ein Missverständnis vor. Ich bin nur die Zeugin.«
Doch nun griff Falk rasch nach dem Brautstrauß auf der Kommode, wandte sich ihr zu, drückte ihr den Strauß in die Hand und schloss seine Hände um ihre. Erschrocken versuchte sie sich zu befreien, aber er hielt sie fest. Und genauso fest blickte er ihr in die Augen.
»Bitte!«, wisperte er. »Heirate mich! Sofort!«
Jasmin fühle sich zu schwach, um irgendetwas verstehen zu wollen. Sie spürte, wie Falk sie sachte am Ellbogen fasste und wieder

dem Standesbeamten zudrehte, der nach einem Räuspern den Faden wiederaufnahm.

»Und so frage ich nun Sie, Jasmin Kandel, wollen Sie den hier anwesenden Falk Rosenstock zum Mann nehmen?«

Es war knisterstill im Saal. Was Altes, was Neues, was Geliehenes und was Blaues, sie hatte alles beisammen. Fast alles. Nur die Silbermünze fehlte.

»Ja«, sagte Jasmin.

»Na, Gott sei Dank!«, seufzte Adeltraud und sank in ihren Sessel.

24

Die *Santa Lucia* pflügte hart am Wind durchs Meer. Leise zischte das Wasser am Rumpf entlang. Von der Küste verschwand zuerst der helle Sandstreifen, dann gingen die weißen Häuser unter, und schließlich versanken die Baumwipfel hinterm Erdenrund.

Falk programmierte den Autopiloten, stieg an Deck, überprüfte die Leinen und Segel und begab sich dann nach achtern, wo Jasmin mit ausgestreckten Beinen saß, das Gesicht im Wind.

Schon auf der Freitreppe vor dem Rathaus hatte er ihr diesen Trip nach Bornholm vorgeschlagen, nur das Wochenende, denn sie musste am Montag ja wieder in Berlin sein. Und sie hatte Ja gesagt. Nach dem Mittagessen hatten sie sich davongemacht, und er hatte sie endlich wieder in seine Arme schließen und unter Deck in seine Kajüte tragen dürfen. Allerdings waren sie mehr unter Deck gefallen.

»Wie heiße ich eigentlich jetzt?«, fragte sie ihn, als er sich neben sie setzte.

»Du hast mit Rosenstock unterschrieben. Aber wenn du lieber weiterhin Kandel heißen möchtest, kann man das noch ändern. Ich habe mich extra erkundigt. Es war ein hartes Stück Arbeit, die Beamten davon zu überzeugen, dass sie die Braut beim Aufgebot nicht zu sehen kriegen. Selbstverständlich ist ein Standesbeamter nicht bestechlich, aber die Stadt hat schließlich doch unsere Hilfe bei der Sanierung des Stadtwalds akzeptiert.«

»Und sogar meine Eltern habt ihr herbestellt.« Jasmin lachte. Ihre Haare sprühten Funken in der Sonne. »Ich dachte, ich sehe nicht recht. Steht da mein Vater und fotografiert uns, wie wir die Freitreppe hinuntersteigen. Den schwarzen Anzug hat er seit zwanzig Jahren für feierliche Anlässe, meistens sind es Beerdigungen. Und meine Mutter in diesem langen Kleid mit dem winterlichen Pelzbesatz. Jetzt verstehe ich erst das komische Zeug, das sie mir erzählt hat, sie habe nichts zum Anziehen, und Vater müsse sich an diese Bonsaiportionen auf Riesentellern gewöhnen.«

»Das mit dem Preisausschreiben war Mamas Idee«, erklärte Falk. »Falls ihr euch vorzeitig hier begegnet. Aber wir brauchten ja deine Geburtsurkunde und all das. Also bin ich nach Karlsruhe gefahren, habe mit deinem Vater diverse Flaschen Rothaus geleert und ihn um deine Hand angehalten. Er war auch gleich einverstanden. Aber hart war es, deine Mutter davon zu überzeugen, dass die Braut von ihrer Hochzeit nichts wissen darf. Mein Gott, hatte ich Angst, dass es schief geht.«

»Alle, wirklich alle wussten es, nur ich nicht?«

»Meinem Vater haben wir auch nichts gesagt. Er ist ein zu schlechter Schauspieler.«

»Und Gloria?«

»Meine Mutter hat sie angerufen. Von Frau zu Frau. Sie hat ihr erzählt, sie habe ausnahmsweise mal nichts dagegen, wenn sie diese Hochzeit stört.«

Jasmin lachte. »Ich hatte eher den Eindruck, sie sollte in deinem

Auftrag sicherstellen, dass ich nicht komme. Und das hatte ich auch nicht vor.«

»Darum haben wir ja dann auch Ronja beauftragt. Sie hat es glänzend gemacht, nicht wahr? Sie musste kein einziges Mal lachen, als sie mit dir telefonierte. Bei ihr merkt man ohnehin nicht, ob sie die Wahrheit sagt oder lügt, wie wir mit deinem famosen kleinen Lügendetektor feststellen konnten. Sie war doch sehr überzeugend, nicht?«

Jasmins Gelächter wurde ausgelassen. »Allerdings. Aber das hätte auch nichts genützt, fürchte ich.«

»Das hat Mama auch prophezeit, und darum hat sie ihr Überfallkommando gestartet. Und das hat, wie du siehst, funktioniert.«

Jasmin schüttelte den Kopf. »Und ich habe die ganze Zeit überlegt, wie ich wieder abhauen kann.«

»Deshalb habe ich die beiden Nächte praktisch auf dem Türvorleger geschlafen. Mama, Ronja und ich, wir haben dich ununterbrochen überwacht.«

»Darum hast du uns gestern auf die Radtour begleitet.«

»Ronja hat viel Temperament, aber sie hätte wohl nicht die argumentative Kraft gehabt, dich zurückzuhalten, wenn du dich am Bahnhof von ihr verabschiedet hättest. Du hast sehr entschlossen gewirkt, Jasmin. Als ich dich heute Morgen von meinem Schlafzimmerfenster aus zu meinem Wagen gehen sah, wusste ich sofort, dass du die einzige Chance erkannt hattest. Ich hätte natürlich meinen Autoschlüssel nicht offen herumliegen lassen dürfen.«

»Du hättest dir den Hals brechen können. Ich war zu Tode erschrocken.«

»Ich auch«, sagte er. »Ich hatte plötzlich das Gefühl, es sei meine letzte Chance. Blödsinnig natürlich, man hat immer noch eine. Ich hätte dir nach Berlin hinterherfahren und gesittet um deine Hand anhalten müssen.«

»Warum hast du das eigentlich nicht getan? Ich meine, warum hast du mich nicht einfach vorher gefragt, ob ich dich heiraten will?«

Falk fasste ihre Hand. »Ich hatte Angst, dass du, liebenswürdig und artig, wie du bist, Ja sagst und mich dann vor dem Standesbeamten stehen lässt.«

Jasmin schwieg und lächelte.

»Im Ernst, auch meine Mutter meinte, zwei Tage müssten mir doch reichen, mich zu erklären. Ich habe es auch versucht, Jasmin, gleich am ersten Abend. Ich war wohl etwas ungeschickt. Aber nach deiner Gardinenpredigt war mir immerhin klar, dass du mich liebst. Ich war drauf und dran, dir hinterherzurennen und zu gestehen, worauf es hinausläuft. Aber dann hättest du zwei gefährliche Nächte und einen Tag Zeit gehabt, darüber nachzudenken, ob deine Pfandleiher, Metzger und Schrotthändler zu den hochnäsigen Küchen-Rosenstocks passen oder ob man annehmen werde, du seist nur auf mein Geld aus. Darum habe ich lieber im Garten aufgeräumt.«

»Na, besonders viel hältst du ja nicht von meiner Vernunft.«

Er lachte. »Dir hätten natürlich auch ernste Zweifel kommen können, ob ich der Richtige für dich bin, ein Hasardeur, ein Skipper, der nur sein Boot liebt, ein Mann mit einem zappligen Kind, der in seiner Vergangenheit zur Flucht vor der Verantwortung neigte …«

Jasmin legte ihm die Finger auf die Lippen.

Sie verbrachten eine Nacht in Wind und Wellen. Beim ersten Morgengrauen fuhren sie in den Hafen von Bornholm ein. Ein paar Stunden Schlaf hatten sie noch, die sie zunächst anderweitig nutzten, bevor der Hafenmeister seine Morgenrunde machte.

Falk ließ Jasmin in der Koje schlafen und stieg an Deck, um dem Hafenmeister Auskunft zu geben.

Ein »So!«, das vom Hauptmast herabtönte, ließ ihn herumfahren.

»Juhu!«

»Er ist seit einem Jahr hier«, erklärte der Hafenmeister. »Manche Skipper füttern ihn. Aber wenn ihr Schiff ausläuft, fliegt er an Land zurück. Den Winter über hatte ich ihn bei mir daheim, doch im Frühjahr wurde er so verrückt, dass ich ihn aus dem Käfig gelassen habe. Und seitdem treibt er sich wieder hier im Hafen herum.«

In diesem Augenblick erklomm Jasmin das Deck, wunderschön und verschlafen.

»Döskopp!«, sagte der Papagei und machte sich daran, die Takelage herabzuturnen.

Jasmin riss die Augen auf. »Kiko!«, sagte sie ehrfürchtig. »Wo kommt der denn auf einmal her?«

Falk legte den Arm um seine Frau. »Er hat auf uns gewartet, ein Jahr lang.«

Rache ist süß – und weiblich!

Christine Lehmann

Die Racheengel

Roman

Die junge Rachel verdient sich das Geld für ihr Studium auf höchst ungewöhnliche Weise: Sie arbeitet für die »Racheengel«, eine Organisation, die an den Männern betrogener und enttäuschter Frauen Rache übt. Als Rachel auf die Nordseeinsel Baltrum reist, um sich eine besonders perfide Überraschung für Götz, den Sohn des dortigen »Bäderkönigs«, einfallen zu lassen, hält sie dies für einen weiteren Vergeltungsfeldzug im Namen unglücklicher Frauen. Doch Götz entpuppt sich nicht nur als sehr attraktiv, sondern auch als extrem einfallsreich – und Rachels Rache-Aktion endet ganz anders, als sie es sich vorgestellt hatte …

Knaur Taschenbuch Verlag

Lisa Jewell

An Wunder muss man einfach glauben

Roman

Drei Männer, sieben Frauen und tausend Probleme. Warum ändert sich das Leben oft so rasend schnell? Warum entscheidet sich die Frau, die man so lange liebte, plötzlich für einen anderen? Und warum sind die Freunde, mit denen man so viel Spaß hatte, auf einmal so »erwachsen« geworden? Diesen Fragen muss sich Ned stellen, der nach einem langen Aufenthalt in Australien zurück nach London kommt und seine kleine Welt völlig verändert vorfindet. Er und seine drei Brüder müssen in einem langen Sommer lernen, dass das Leben nicht nur aus Partys besteht – und dass es Wunder immer wieder gibt … Ein ungewöhnlicher Roman voller Wärme und Tiefgang über das Leben, die Liebe und über ganz besondere Freunde.

Knaur Taschenbuch Verlag